LA LOUVE ET L'ENFANT

HENRI LŒVENBRUCK

LA LOUVE ET L'ENFANT

LA MOÏRA – LIVRE PREMIER

J'AI LU

Un grand merci à Anne Ménatory et à ses 109 loups.

Ce livre est dédié à la petite Sarah qui vient de naître.

Gaelia
Gorban
Ichtar
Blemur
Balimena
Sarban
SARRE
Kayleig
Tarnea
Sarlia
Saratea
Donegul
Îles de Balmun
Castelban
Saî Mina
Gelmast
Beli
Le Pourpre
Dundalk
Chlullyyn
Providence
HARCOURT
Galaban
Kalivden
Ria
GALATIE
Montagnes de Gor Draka
Mulangor
Velian
Mont-Tombe
Vieux-Port
Atarmaja
Borcelia
Fendannen
Le Sinaîn
Din
Ascende
Filiden
Farfanaro
Keshel
Montagnes Brunes
Tenian
BISAGNE
L'Anse d'Ebone
Pelpi
TERRE-BRUNE
Méricourt
Aiverhin
Dugarvani
Ashanriod
Klennergen
N
LA MOIRA

Chapitre 1

UNE MAIN SUR LA LANDE

La mémoire de la terre est étrangère à celle des hommes. On croit tout connaître de l'histoire et du monde, mais il est des âges oubliés où se croisaient encore mille merveilles aujourd'hui disparues. Seuls les arbres se souviennent, et le ciel et le vent. Et si un soir d'été, l'âme bienveillante, vous vous allongez dans l'herbe et vous les écoutez le cœur ouvert, vous entendrez peut-être cette histoire d'un autre temps, au pays de Gaelia ; celle de la louve blanche et de l'enfant qu'on appelait Aléa.

Ce soir-là, au comté de Sarre, en cette ère qu'on nommait le Troisième Âge, une enfant pleurait dans le ventre sableux de la lande.

Il n'y avait rien à perte de vue que cette fille en haillons, recroquevillée sous les derniers rayons du soleil, là où se terminait la trace rectiligne de ses empreintes de pas. Le vent jouait autour d'elle. Un vent sec et chaud qui emportait avec lui des buissons d'amarante et soulevait dans un souffle des nuages de sable blanc. La fin du jour s'emplissait déjà des odeurs de fumées lointaines.

Aléa était assise au milieu de nulle part, perdue dans le va-et-vient des vapeurs vacillantes, le visage fouetté par quelques mèches brunes de ses cheveux en bataille. On voyait à peine son visage, la tête enfoncée dans les épaules, et ses yeux bridés d'un bleu profond n'apparaissaient que de courts instants derrière le voile battant de sa chevelure noire. Sa silhouette enfantine se dessinait en filigrane sous le claquement de sa chemise, agitée par des tourbillons capricieux.

Les mains plongées dans le sol, elle souleva deux poignées de sable qu'elle laissa lentement glisser entre ses doigts. Les grains filaient les uns derrière les autres comme pour mesurer le temps. Le temps qui semblait s'écouler au ralenti tant le souffle du vent étouffait les bruits de la vie. Au sud, la montagne de Gor-Draka était si vieille qu'à son pied les années paraissaient des secondes. Elle était si haute que les hommes n'étaient rien auprès d'elle, que des grains de poussière qu'une brise de printemps aurait pu balayer, des petits bouts de vie tiraillés dans le grand jeu du destin, la Moïra.

Aléa se demanda si la Moïra ne l'avait pas abandonnée, et pour toujours cette fois. Comme elle se sentait seule !

À présent elle levait le menton pour exposer au vent le visage de ses treize ans. Si fin, si sombre, si dur et tendre à la fois. Des traînées sombres sillonnaient ses joues, mémoire de larmes séchées. Elle était différente, et on le lui avait répété mille fois. Elle n'avait pas le physique habituel des Sarrois. Tout en elle la distinguait des autres villageois : son corps mince, sa peau brune, ses yeux bridés et sa chevelure noire sauvage, longue et raide.

Les grains de sable glissaient dans ses cheveux, sur son corps, comme une douche dorée. Elle laissa tomber ses mains entre ses genoux et se remit à creuser pour oublier sa colère, ses larmes, et la douleur qui labourait son abdomen. Elle n'avait jamais senti pareille douleur. C'était comme des coups de poing qu'on lui donnait au ventre et sur les reins. Elle ne comprenait pas. Et comme chaque fois qu'elle était triste, elle était venue pleurer dans la lande, auprès de la terre, seule face à une nature qui semblait l'écouter.

Ce n'était pas une journée comme les autres, cela, elle l'avait compris dès le matin. Les villageois l'avaient encore chassée, et c'était une fois de trop. Et la douleur qui courait de ses hanches jusqu'à l'intérieur de son ventre n'avait rien arrangé. Mais elle ignorait qu'elle était sur le point de vivre une histoire fabuleuse, une histoire si fabuleuse qu'elle mériterait encore d'être racontée bien plus tard, jusqu'à ce jour, dans ces pages.

Car, soudain, sa main heurta quelque chose sous le sable.

*
**

Un peu plus tôt, au milieu du printemps, la légende raconte qu'une louve connut la même solitude. Les conteurs d'antan appelèrent cette louve Imala, ce qui dans notre langue signifie Blanche, et on la nomma ainsi parce que sa fourrure, contrairement à celle de tous les autres loups, était couleur de neige.

Ce soir-là, elle partit chercher à boire au pied d'une colline avant d'aller se reposer dans sa tanière où elle pourrait bientôt s'étendre et mettre bas.

Dès qu'ils avaient senti le comportement étrange des femelles qui geignaient et tournaient en rond à la recherche d'un confort particulier, les mâles avaient agrandi la tanière, creusée sous la façade sombre d'un rocher incliné, en haut de la colline. C'était une tanière magnifique : ensoleillée la journée mais à l'abri du vent, à quelques foulées à peine d'un petit étang où nageaient de grands poissons, et suffisamment en hauteur pour prévenir l'invasion d'autres prédateurs. Cela faisait plusieurs saisons que la meute n'avait pas changé d'endroit : à cette époque, la terre était assez riche et giboyeuse pour que jamais les proies ne viennent à manquer. Il y avait suffisamment de chevreuils et de cerfs, et les loups n'avaient pas à migrer chaque hiver.

Imala avançait prudemment sur le coteau, la queue et les oreilles dressées, la tête en avant, prête à bondir. Le ventre lourd, elle se savait vulnérable, et les autres prédateurs hésitaient rarement devant une femelle pleine. Les pluies avaient cessé depuis plus d'une semaine et la végétation, trop rare, commençait enfin à verdir. L'étang était entouré de nouvelles touffes d'herbe, les plus douces. Ainsi on repérait l'endroit de loin, l'herbe était plus foncée et dégageait un parfum plus frais. Imala n'eut aucune peine à trouver ce qu'elle cherchait. Elle but longtemps, relevant la gueule par moments pour regarder autour d'elle, puis elle revint vers son liteau avant le coucher du soleil. Les poils qu'elle perdait sous son ventre depuis quelques jours formaient sur le sol un duvet confortable et elle se laissa tomber sur ce tapis moelleux, les yeux mi-clos. Elle était fatiguée et faisait peine à voir, mais les autres mâles préféraient s'occuper d'Ahéna, la louve dominante, qui elle aussi était pleine, et avaient laissé Imala se débrouiller seule.

Imala n'était pas une louve comme les autres. Jamais une autre femelle n'aurait osé s'accoupler dans une meute déjà dotée d'un couple dominant. C'était contraire à la nature même du clan. Les louves se soumettaient naturellement à l'autorité de la dominante et bloquaient d'elles-mêmes leurs chaleurs. Mais Imala en avait décidé autrement. Elle était résolue, insolente, et il ne faisait plus aucun doute qu'elle finirait par quitter la meute si elle ne parvenait pas à remplacer la dominante. Imala ne pouvait plus se soumettre. La nature lui réservait autre chose. Elle devait mettre bas.

Elle avait toujours eu du mal à se faire accepter par la meute, peut-être à cause de la blancheur de sa fourrure, ou à cause de la fierté qu'elle semblait en tirer. Elle s'était donc résignée à s'occuper elle-même de la naissance de ses louveteaux et espérait seulement que

Taïmo, leur géniteur, finirait par abandonner Ahéna pour venir l'aider à les nourrir.

L'hiver était passé, les loups avaient survécu, nombreux, et Imala comprit que sa portée serait sans doute de trop pour le clan. Mais elle était fière, tout de même, et aucun loup n'aurait su l'intimider. Elle était la plus forte des jeunes louves et avait essayé deux hivers de suite, à la saison des amours, de remplacer la dominante. Mais Ahéna était encore la plus forte et Imala, vaincue, s'était accouplée en cachette avec Taïmo, l'un des jeunes loups. Elle était devenue le jour même la rivale d'Ahéna, laquelle ne manquait aucune occasion de lui rappeler sa suprématie par des grognements ou des gestes violents.

Tout semblait indiquer que l'unité du clan était menacée. La meute allait vers une rupture. C'était la loi de la nature. Se battre, ou mourir. Et Imala comprenait d'instinct que si elle restait trop longtemps dans ce clan, Ahéna finirait par l'attaquer, et sans doute la tuer. Il faudrait donc partir, et entraîner avec elle au moins un autre loup. Mais pas tout de suite. Elle allait avant tout montrer qu'elle était louve et qu'elle pouvait mettre bas.

Quand elle se fut installée confortablement sur son nouveau liteau et que le soleil eut complètement disparu derrière le rocher imposant qui surplombait la tanière, Imala fut la première à hurler, et les loups des autres meutes au loin répondirent bien avant les siens.

*
**

Décontenancée, Aléa arrêta soudain de creuser. Que pouvait-il y avoir sous cette couche de sable, au beau milieu de la lande ? Il y avait quelque chose d'anormal dans la matière de l'objet que ses doigts avaient touché. Quelque chose qui n'aurait pas dû se trouver là. Un objet de valeur ? Quelque argent caché ?

La jeune orpheline avait passé son enfance à courir derrière la chance sans jamais pouvoir la saisir. Elle avait fini par apprendre à ne rien espérer du hasard et à ne faire confiance à la bonté de personne. C'était comme si la Moïra avait décidé de s'acharner sur cette enfant pour mesurer sa force. Aléa avait appris à vivre seule et désarmée, d'aussi loin qu'elle se souvienne, sans cesse obligée de lutter pour survivre en regardant de loin jouer et rire les enfants de son âge. Et à Saratea, comme dans tout le comté de Sarre, on n'aimait pas les petites pouilleuses dans son genre.

Le village n'offrait aucune pitié à ses enfants sombres, tout juste l'abri de ses ponts de pierre sous lesquels Aléa s'allongeait, à même le sol, attendant le sommeil, le regard perdu en ricochets sur les reflets humides des pavés du quai. On n'avait pas le droit d'errer, à Saratea, il y avait du travail pour tout le monde, ou du moins c'est ce que prétendaient les anciens, les marchands et les mères du village, qui détournaient le regard de leurs petits protégés quand passait Aléa, les mains dans les poches, les cheveux en bataille, préparant sans doute un mauvais coup. Tout le monde se plaignait de l'errance d'enfants abandonnés, mais rares étaient ceux qui pouvaient offrir un travail à Aléa et, de toute façon, sans doute n'avait-elle pas envie de travailler. Elle en arrivait presque à ne plus envier personne parce que, au fond d'elle, elle se savait unique. Parce qu'elle ne se sentait heureuse que dans le calme de la nature – les soirs où elle s'échappait du village –, elle s'était dit qu'elle était la fille de la Terre, et que le vent, le sable, les arbres, le ciel et les animaux étaient ses seuls compagnons. Fille de la Terre, elle en avait d'ailleurs fait son surnom et se faisait appeler ainsi par les enfants du village.

Personne ne connaissait Saratea aussi bien qu'elle, les petites allées, les vieux puits, les bosquets, les granges et les entrepôts oubliés, personne ne savait se cacher comme elle dans les coins sombres du village, personne ne savait s'enfuir aussi vite dans les labyrinthes des venelles obscures à la nuit tombante. Pas même les garçons de la rue à qui elle tenait tête. Elle avait appris à survivre malgré sa solitude, et c'était tout ce qui comptait. Elle savait se battre – et elle devait souvent le faire avec les autres vagabonds de son âge –, elle savait courir, dormir à la belle étoile, en somme elle savait se contenter de ce que chaque jour apportait. Bien sûr, elle trouvait parfois des amis ou au moins quelques villageois bienveillants qui l'aidaient un peu, de temps en temps, mais cela ne durait jamais et en tout cas cela ne survivait pas aux famines et aux crises qui mettaient régulièrement le village sur la paille.

Aléa devait se débrouiller seule. Elle vivait la plupart du temps à l'ouest du village, près du marché, où les gens étaient trop nombreux et trop occupés pour faire attention à elle. Parfois, certains marchands lui donnaient quelques pièces en échange de son aide pour vider les charrettes et installer les étals. Pendant quelques jours elle pouvait s'acheter de quoi vivre, mais très vite les pièces venaient à manquer et il lui fallait trouver autre chose. Elle s'aventurait alors hors du village et ramassait tout ce qu'elle pourrait y vendre. Des baies, des champignons, et même les fleurs des plaines de Sarre qu'elle savait si bien présenter, fraîches ou séchées. Certains villageois lui achetaient sa marchandise, comme l'aubergiste bedonnant de *L'Oie et le Gril*, qui donnait même à Aléa un peu plus qu'elle ne le demandait. Alors la vie recommençait, Aléa faisait la fière et s'achetait de quoi manger.

L'hiver, c'était une autre histoire. Et la petite, malgré elle, finissait toujours par voler un peu de nourriture, ou bien elle restait une semaine auprès d'une caravane d'itinérants de passage qui acceptaient de l'aider un peu. Puis ils repartaient et Aléa se retrouvait seule à nouveau.

Elle avait toujours été seule. Elle ne connaissait que la solitude, dans les rues du village. Ou du moins n'avait-elle aucun autre souvenir. Comment était-elle arrivée là ? Ce n'étaient pas les villageois égoïstes qui auraient pu le lui dire. Avait-elle jamais eu des parents ?

Et sinon, qui l'avait laissée là et à quel âge ? À toutes ces questions, elle préférait ne pas penser. Elle avait... oublié.

Mais aujourd'hui les questions revenaient en cascade. C'était comme si ces larmes et la douleur étrange dans son ventre l'avaient soudain réveillée et qu'une voix dans sa tête lui criait de partir, de changer.

Alors si c'était un trésor qui se cachait là, sous le sable, et qu'enfin elle devenait riche, Aléa se promit qu'elle retournerait à Saratea une dernière fois se venger de ceux qui l'avaient exclue comme on se débarrasse d'un parasite. Elle mangerait enfin à la table des riches villageois. Puis elle irait à Providence, la plus grande ville du royaume, et deviendrait une dame respectable.

Mais avant tout, elle se vengerait d'Almar, le boucher obèse de Saratea, qui l'avait attrapée ce matin quand elle avait tenté de voler deux petits bouts de viande. Il l'avait attendue, caché derrière un étalage voisin, et lui était tombé dessus alors qu'elle tentait de s'enfuir avec les tranches de veau dissimulées sous sa chemise. La pauvre Aléa n'avait pas résisté sous le poids du marchand et s'était effondrée, abasourdie, au beau milieu du passage, accompagnée par une salve de rires et d'applaudissements. Le boucher avait récupéré ses deux tranches de viande sous le regard amusé des autres commerçants.

— Disparais du village ou la prochaine fois j'appelle les soldats !

Alors qu'elle tentait de se relever, quelqu'un lui avait lancé une pomme. Aléa avait reçu le fruit au milieu du dos et avait poussé un cri de douleur. Bientôt, tous les commerçants s'étaient décidés à imiter leur confrère et avaient poursuivi l'attaque sans pitié. Aléa s'était enfuie sous une pluie de projectiles. Elle avait couru jusqu'à la sortie du village et ne s'était arrêtée que beaucoup plus tard, dans la lande, où elle se trouvait à présent, les joues salies de larmes.

D'ordinaire, elle aurait vite oublié cette mésaventure, ravalé ses larmes et ne se serait peut-être même pas enfuie du village malgré les menaces du boucher. Ce n'était pas la première fois qu'elle se faisait surprendre par un marchand, ni la première fois qu'on s'amusait à l'humilier publiquement. La cruauté des habitants de Saratea n'avait plus de secret pour elle et Aléa s'était depuis longtemps enfermée dans une carapace.

Mais ce jour-là, la carapace avait cédé. Aléa ne savait pourquoi, mais elle ne se sentait pas dans son état normal, et elle avait préféré fuir dans la lande pour trouver un peu de solitude. Elle se sentait faible, vulnérable, et surtout très lasse. Elle n'avait plus du tout envie de lutter, comme si elle avait atteint, après treize années de bonne volonté, la limite de sa tolérance, comme si la dernière petite ficelle qui l'aidait à soutenir sa vie de bohème avait soudain cassé, la laissant sans force. Elle ne voulait plus de cette vie-là.

Aléa soupira et entreprit enfin de découvrir ce qui était enterré là, devant elle.

*
**

En ce temps-là, les nuits étaient si différentes. Si vous aviez pu vous coucher au sommet de cette colline vous auriez entendu toutes ces choses aujourd'hui disparues ou déformées par le bruit des hommes. Il y avait le ressac mugissant du vent dans les feuilles et les branches, qui grondait soudain et s'apaisait ensuite pour un bref instant seulement. Il y avait le bruit des arbres et de leurs habitants, les oiseaux et les rongeurs qui semblaient ne jamais vouloir dormir. Et il y avait les murmures des lutins, toujours, qu'on ne voyait jamais mais qui chuchotaient d'arbre en arbre comme s'ils complotaient, sournois, d'un bout à l'autre de la nuit. C'était un concert gracieux, une berceuse sylvestre calfeutrée au cœur de la forêt.

Imala, couchée en rond dans son liteau, fut réveillée tantôt par les mâles qui profitaient de l'obscurité pour partir à la chasse, tantôt par les louveteaux qui, déjà, bougeaient dans son ventre comme s'ils voulaient sortir.

Taïmo s'était lentement approché d'elle et l'avait frottée de l'épaule dans un geste amical avant de partir à la chasse. Il lui signifiait simplement qu'il sentait sa peur et sa fatigue, et qu'il lui ramènerait donc de quoi se nourrir. Mais Imala, déjà agitée par l'instinct maternel, poussa un grognement défensif et le regarda s'éloigner en penchant la tête. Elle n'avait jamais mis bas, mais elle savait déjà que cela la ferait souffrir et qu'il faudrait beaucoup de patience et de force pour que ses petits survivent. Peut-être même se souvenait-elle de sa propre mère, ce n'était pas très clair. Mais elle savait comment faire. Il fallait qu'elle dorme.

Tard dans la nuit, enfin, les hurlements lointains d'une louve de son âge la rassurèrent et elle se laissa bercer par ce chant harmonieux, une note qui galopait vers les aigus, s'accrochait un moment tout en hauteur sans rien perdre de son intensité, puis retombait, en ton comme en force, et s'éteignait un instant avant de repartir. Elle avait déjà entendu ce hurlement précis. Et même si elle n'avait jamais rencontré la louve qui chantait ainsi, elle se sentait proche d'elle et en concevait un plaisir réconfortant qui l'incita à dormir.

Au même instant, au cœur de la forêt, Taïmo et les autres mâles s'approchaient lentement d'un cerf égaré. En tête de file, Taïmo se mit à ramper sur le ventre et avança prudemment, marquant une pause à chaque pas et adaptant son rythme aux bruits naturels de la forêt. De la bave coulait déjà le long de sa gueule. La faim et l'excitation le saisissaient au ventre. Les autres loups se déployèrent en silence à droite et à gauche pour encercler leur proie. Mais avant qu'ils n'aient eu le temps de former un cercle, le cerf s'immobilisa en dressant la tête. Il avait entendu un bruit qui n'appartenait pas au chant habituel de la forêt. Il se mit à humer l'atmosphère par à-coups, et avant que les loups ne puissent réagir il sentit qu'il était en danger et sauta brusquement pour s'enfuir dans l'obscurité. La chasse commençait.

Les loups se mirent à courir à la poursuite de leur proie, moins habiles et peut-être moins rapides, mais plus nombreux et animés par la faim. La force de la meute résidait dans son entêtement et sa patience, un véritable harcèlement.

La poursuite s'accéléra, mais la forêt opposait de nombreux obstacles aux chasseurs comme à la proie, des branches basses, des rochers, des talus et des fossés, et très vite la fatigue se fit sentir. Bientôt, le cerf entendit le souffle de ses poursuivants qui se rapprochaient et finit par faire volte-face au pied d'un haut rocher pour affronter le danger en s'embûchant. Les loups arrêtèrent aussitôt leur course et se mirent en demi-cercle pour acculer le cerf au rocher. Au lieu de sauter directement sur leur proie, ils attendirent sans bouger et certains se couchèrent même sur le sol sans perdre le cerf de vue. Celui-ci fraya ses bois contre la terre et poussa un bramement sourd pour impressionner ses attaquants. Mais les loups ne bougeaient pas. Ils regardaient patiemment le cerf trépigner et attendaient que son attention se relâche pour lui sauter enfin dessus. Le cervidé était penché vers l'avant, les deux pattes antérieures tendues, et il gardait ses cors magnifiques et terrifiants à la hauteur des loups, prêt à se défendre. Mais comme les prédateurs restaient immobiles, il releva la tête et se mit à avancer en crabe, cherchant une brèche dans leur étau. Taïmo en profita. Il bondit vers le cerf la gueule grande ouverte, les babines retroussées et la crinière hérissée. Le cervidé réagit aussitôt et envoya un coup de cors vers son assaillant. La gueule de Taïmo s'empala en plein vol dans l'une des ramifications des bois du cerf, et le loup fut projeté au sol d'un coup de tête capricieux, accompagné par une giclée de sang épais. Alors que les autres loups s'élançaient, le cerf se retourna en se cabrant et donna un violent coup de pattes à Taïmo qui tentait de se relever avec peine. Le loup reçut les sabots en pleine tête et mourut aussitôt.

Mais le cerf ne put faire front aux multiples prédateurs qui l'attaquaient de toutes parts. Il donna des cors et des pattes dans un ultime effort pour survivre, mais un jeune loup lui sauta à la gorge et ne lâcha pas prise. À mesure qu'il perdait son sang, le cerf perdait sa force et ne fut bientôt plus secoué que par des sursauts de vie sans espoir.

Les loups traînèrent le cerf mourant derrière eux, abandonnant le cadavre de Taïmo dans une mare de sang au cœur de la forêt.

Le lendemain matin, Imala fut réveillée par les bruits de la meute et l'odeur forte de la viande fraîche. Les mâles avaient ramené le cerf à la tanière et déjà tout le clan se partageait la proie avec un appétit vorace. Imala s'étira de tout son long, se dressa sur ses pattes et regarda autour de la tanière. Elle remarqua très vite que Taïmo n'était pas là. Elle s'approcha des loups qui dévoraient le cerf et comprit, en voyant le sang rouge sur leurs poils et sur les cors de la proie, que la chasse avait été brutale et que sans doute Taïmo n'avait pas survécu. Elle émit un gémissement d'inquiétude et le regard d'Ehano, le loup dominant, qui arrêta un instant son repas, confirma ses inquiétudes.

Taïmo n'était plus, le cerf l'avait tué.

*
**

Aléa poussa un cri d'horreur.

Une main était apparue sous le sable.

La petite fit un bond en arrière et se traîna à reculons sur quelques mètres sans cesser de hurler. La surprise lui fit même oublier les crampes dans son abdomen. Quand enfin elle s'immobilisa, estimant sans doute qu'elle était assez loin pour être hors de danger, elle prit réellement conscience de ce qu'elle venait de découvrir. Elle qui avait espéré trouver un trésor ! Ce n'était finalement rien d'autre qu'un cadavre, recouvert sans doute par une tempête de sable.

Aléa se demanda ce qu'elle allait pouvoir faire. Courir à Saratea et prévenir les soldats qu'il y avait un cadavre enterré dans la lande ? Jeter un peu de sable par-dessus et l'oublier ? N'allait-on pas lui causer des ennuis si on apprenait qu'elle avait découvert ce cadavre ?

Le soleil avait presque entièrement disparu derrière l'horizon de la forêt de Sarlia. L'ombre des arbres avançait lentement sur l'étendue ciselée de la lande. Loin au sud on distinguait à peine les lumières rougeâtres et la fumée de Saratea. Il allait bientôt faire nuit.

Une idée la saisit soudain. Et s'il était riche ? Si le cadavre portait sur lui des bijoux, ou même une bourse bien remplie ? Elle se dit d'abord qu'elle n'aurait jamais le courage de le déterrer complètement et encore moins celui de le dépouiller ensuite. Ce n'était certes pas la première fois qu'elle voyait un cadavre, elle avait même vu mourir un enfant de son âge une nuit d'hiver sur les trottoirs du village, mais celui-ci, enfoui sous le sable, avait quelque chose d'étrange qui la terrorisait. La position de cette main, sans doute, était comme un avertissement. C'était la main d'un vieil homme, mais elle était dure et droite, suppliante à la fois. Elle semblait se tendre comme une menace vers Aléa.

Après tout, maintenant qu'il était mort, l'homme n'aurait sûrement plus grand-chose à faire de ses richesses... Mais n'était-ce pas aller à l'encontre de la Moïra ? N'était-ce pas faire un affront au destin ? Risquer de changer le cours des choses en volant le sort d'un autre ? À moins au contraire que la Moïra n'eût délibérément placé ce cadavre sur son chemin... Après tout, combien de chances y avait-il pour qu'Aléa se mette à creuser dans la lande juste au bon endroit, et au bon moment ?

La petite s'essuya la bouche sur le revers de sa manche comme pour se donner du courage et avança lentement, à quatre pattes, vers la main qui dépassait du sable, juste devant elle. Elle remarqua alors sur l'un des doigts un magnifique anneau serti d'une pierre précieuse d'un rouge étincelant. Elle était bien incapable d'en donner le nom mais il avait sûrement une valeur inestimable. Le bijou semblait être là pour confirmer ses doutes et l'encourager à déterrer le corps. Elle se dit que si elle arrivait à prendre celui-là, cela lui donnerait sans doute la force de continuer. Mais l'idée de toucher un cadavre qui était peut-être là depuis plusieurs jours la dégoûtait franchement. Elle lança un regard circulaire pour s'assurer que personne ne la verrait. La plaine était vide, bien sûr.

Aléa tendit la main vers le bijou, ouvrant et refermant son poing au rythme de ses hésitations, et se décida finalement en se mordant les lèvres.

Elle fut d'abord surprise de constater que la main qui dépassait du sable n'était pas aussi froide qu'elle s'y attendait : on disait toujours que les morts étaient glacials, celui-là avait dû être réchauffé par le soleil et le sable. Elle prit sa respiration et commença à tirer sur la bague. L'anneau avait du mal à glisser sur le doigt sec. La peau se plissait et retenait la bague. Aléa tira plus fort. Elle tremblait.

L'anneau céda enfin. Au même instant, le poing se referma sur la main d'Aléa.

La petite hurla. Le poing ne lâchait pas. Il était ferme, crispé, et cela lui faisait mal. La main semblait vouloir tirer Aléa vers le sable. L'entraîner dans le cœur du désert, pour la punir. Soudain, elle sentit le long de son bras un choc étrange, transmis par la main du corps ensablé, ou peut-être tout simplement par la peur. La terreur pure. Elle sauta le plus loin possible en arrière, se releva et courut sans réfléchir vers Saratea, les yeux écarquillés, la gorge brûlée par son hurlement continu, laissant derrière elle un poing fermé sur l'horizon de la lande.

*
**

Les louveteaux naquirent au milieu de l'après-midi. Imala mit bas cinq petits qui crièrent pendant de longues minutes avant que les coups de langue de leur mère ne les calment enfin. C'étaient cinq petites boules de poils gris foncé aux reflets roussâtres, les yeux complètement fermés et le museau presque plat. Deux petits triangles discrets coiffaient leur crâne en guise d'oreilles. Leurs pattes griffues tremblaient doucement, malhabiles, s'enfonçaient dans le sol du liteau, à la recherche d'un équilibre qu'elles ne trouvaient guère.

Imala était épuisée et confuse. Elle tentait de se fier à son instinct, mais les cinq louveteaux la terrifiaient tout autant qu'ils l'attendrissaient. Par-dessus tout, elle se sentait seule. La mort de Taïmo signifiait qu'elle allait devoir s'occuper seule de la portée. Elle regarda ses cinq petits comme pour mieux les connaître. Ils avaient chacun une différence subtile, dans leur odeur, dans la couleur de leur fourrure, dans la forme de leurs oreilles, ou dans leur taille tout simplement, et Imala réussit très vite à les identifier. L'un des cinq était nettement plus gros que les autres. Il semblait aussi plus dégourdi. Un autre, le plus maigre, paraissait fragile et respirait avec peine. Ils étaient déjà tous pour elle des individus, des petits loups pleins de promesses.

À quelques pas de là, Ahéna avait mis bas elle aussi, mais Imala ne pouvait distinguer grand-chose derrière la meute assemblée en rond. Elle enviait la louve dominante mais revint à ses petits, blottis contre son ventre. Affamée, elle commença par se repaître de son propre placenta, ne s'arrêtant par moments que pour donner un coup de langue réconfortant aux cinq nouveau-nés qui allaient bientôt trouver le chemin des mamelles. Elle se demanda quel mâle allait finalement quitter Ahéna pour lui apporter un peu de viande fraîche, et lança un grognement vers le clan. Quelques loups tournèrent la tête, la regardèrent un instant, mais aucun ne vint jusqu'à elle. Aucun n'aurait osé contrarier Ahéna en montrant trop d'affection à sa rivale, qui, en plus, avait l'orgueil de mettre bas à un moment où le clan n'avait pas besoin de nouveaux membres.

Imala chercha une position confortable ; du bout du museau elle ramena ses petits contre son ventre, puis elle laissa tomber sa tête sur sa couche, cherchant un repos mérité.

Elle fut à nouveau réveillée par les premières succions de ses petits. Trois d'entre eux, dont bien sûr le plus gros, avaient déjà trouvé le chemin et l'utilité de ses mamelles et tiraient dessus sans vergogne. Elle lâcha un long soupir où se devinaient à la fois fatigue et soulagement. Quand ses yeux s'habituèrent enfin à la lumière, elle découvrit que l'essentiel de la meute était parti à la chasse, qu'il ne restait qu'Ahéna et ses petits, juste sous l'ombre du rocher. Elle put enfin découvrir la portée de la louve dominante. Ils étaient plus nombreux que les siens, et peut-être même déjà plus gros. Ahéna leva les yeux vers elle et fit un signe en remuant la tête et en couchant ses oreilles vers l'avant.

Imala ne répondit pas. Elle était trop fatiguée et s'était déjà soumise mille fois. Elle ne comprenait pas l'acharnement d'Ahéna à vouloir faire ainsi la démonstration de sa suprématie. Peut-être la dominante était-elle jalouse de la couleur unique de la fourrure d'Imala. Ou bien était-ce toujours ainsi ? On n'échappait pas à la loi de la nature ni à l'ordre établi par la meute.

Les rayons du soleil se dissipaient derrière les branchages entrecroisés des chênes rouvres qui surplombaient la colline. Quelques taches de lumière s'éparpillaient progressivement sur le tapis rouge, violet et blanc que formaient en contrebas un parterre de corydales creuses et quelques pousses de muguet. Le chant du printemps berçait doucement la louve et ses petits, apaisés par les claquements lointains d'un pivert et les battements d'ailes intermittents d'un couple de pigeons colombins. Imala était sur le point de s'endormir à nouveau quand un grand loup arriva seul à la tanière. Sans doute était-il parti chasser en solitaire, car il revenait avec un lièvre entre les crocs. C'était Lhor, un loup majestueux et qui semblait aussi fort qu'Ehano. Il s'arrêta un moment, déposant le lièvre devant lui avant de se frotter dessus pour y imprégner son odeur. Il voulait clairement montrer que cette proie était la sienne. Ahéna lui jeta juste un regard méprisant et reposa sa tête sur ses petits.

Le loup se mit à nouveau sur ses pattes et commença à déchirer la peau du lièvre de ses incisives, le maintenant au sol avec ses griffes. Les babines retroussées, il poussa quelques grognements jusqu'à ce que la chair cède et que le lièvre soit complètement ouvert. Il mangea un moment en jetant régulièrement des regards aux deux louves qui gardaient chacune leurs petits, puis, soudain, contre toute attente, apporta les restes de son lièvre à Imala et s'assit à côté d'elle comme pour la forcer à manger. La louve hésita. Plus loin, Ahéna commençait à grogner, mais elle n'était pas en position de se battre et Ehano n'était pas là pour faire régner l'ordre à sa place. Lhor s'approcha davantage et poussa encore le lièvre déchiqueté vers Imala jusqu'à ce qu'elle ne puisse plus refuser. Elle saisit la proie tout d'un coup et mangea sans s'arrêter.

Aussitôt, Lhor fit demi-tour et disparut dans la forêt.

Chapitre 2

UN NOUVEAU FOYER

Le Grand-Druide Aldero était debout devant le mystérieux palais de Shankha, épuisé mais heureux d'avoir enfin trouvé ce lieu secret qu'il cherchait depuis bientôt un an. C'était un vieil homme, mais il était aussi déterminé qu'un jeune adolescent. Car enfin il allait pouvoir accomplir sa mission. Une récompense tant attendue, peut-être la dernière. Aldero était seul, à bout de forces, mais il pouvait presque sentir l'énergie des autres druides qui pensaient sans doute à lui de l'autre côté du monde. Il en avait besoin.

L'édifice d'un vieil ocre pâle, érodé par la force des temps, se détachait de la roche par sa façade, taillée d'un seul bloc, comme née des entrailles de la montagne. C'était un palais sculpté au milieu de la paroi de roche jaune, un spectacle magnifique et inquiétant. Par quelle magie une telle construction avait-elle pu échapper à la vigilance des hommes ? Qui avait bien pu ériger cette œuvre d'art sinon un peuple ancien au savoir aujourd'hui disparu ? Les lignes de fuite verticales se mariaient aux courbes des voûtes et des fenêtres avec une élégance immobile. La beauté était gravée dans la pierre, immortelle.

Le soleil s'arrêtait à la porte du temple. Tout semblait tranquille et froid, intact, mort presque, et pourtant Aldero savait que son ennemi était là, caché au cœur du palais. Il sentait sa présence, la signature de son passage, sur la face des pierres, dans l'immobilité des ombres. Son ennemi était là qui l'attendait, prêt à tuer. Mais il n'était plus temps de revenir en arrière. Le combat était inéluctable. Comme gravé en lettres majestueuses sur l'arcade brune qui couvrait l'entrée du palais de Shankha.

Aldero, son visage ridé caché dans l'ombre de sa capuche marron et derrière les poils gris de sa longue barbe, déposa lentement son épée entaillée à ses pieds. Il savait qu'il n'en aurait plus besoin. On ne se battait pas contre cet ennemi-là avec le métal d'une lame. Il posa son sac et détacha son ceinturon.

Il fit quelques pas puis s'arrêta, levant les mains vers le ciel comme pour la dernière fois. Il sentit l'énergie qui entrait en lui, courait le long de ses veines, aiguisait la conscience qu'il avait de chacun de ses muscles pour lui donner le contrôle total de son corps et des éléments. Il se laissa porter par son pouvoir, la force intérieure qu'apprenaient à détenir les gens de sa caste : le Saîman.

Le froid le saisit entièrement dès qu'il franchit le pas de l'immense porte. L'ombre tranchait l'espace telle une frontière opaque entre le monde du dehors et l'air glacé du palais. L'atmosphère était marquée par le mal. Un mal qui retenait Aldero à chacun de ses pas. Comme si un regard l'épiait derrière chaque zone d'ombre et le suivait en silence. Bientôt ses yeux s'habituèrent à l'obscurité et il découvrit la pièce autour de lui. Un large hall où plongeaient deux escaliers parallèles et dont les murs se perdaient en hauteur dans un jeu d'ombres et de lumières contrastées. De rares rayons de soleil quadrillaient l'espace. Par endroits la lumière faisait danser des nuages de poussière dans un spectre multicolore. C'était beau et terrifiant à la fois, comme violer un tombeau ancien. Mais Aldero savait qu'il ne devait pas s'attarder sur la beauté des lieux. Il ne devait plus penser qu'à une seule chose, le combat. Vivre, ou mourir.

Le Saîman réchauffait lentement son corps et embrasait ses sens. Les sons et les lumières s'amplifiaient autour de lui et il envoya sa conscience inspecter chaque recoin de la pièce, flotter autour de lui à la recherche d'une piste, d'un battement de cœur. Il n'y avait rien dans le hall, que les pierres polies de quatre murs surélevés. Il ferma les yeux et sut aussitôt qu'il devait monter. Aldero quitta la grande pièce et emprunta l'escalier de gauche sans faire de bruit, guidé par le Saîman.

Lorsqu'il arriva en haut de l'escalier, un mur caché tomba lourdement derrière lui dans un vacarme assourdissant, empêchant toute fuite en arrière. Quand il ouvrit à nouveau les yeux, le bruit résonnait encore dans sa tête. C'était comme si son destin s'était lentement refermé sur lui. Il n'avait plus le choix. Il tenta de se ressaisir et découvrit enfin devant lui la pièce qu'il avait vue en songe. Un rectangle large et profond longé à droite et à gauche par des colonnes ornées de fresques obscènes, et un plafond trop haut pour être visible. Au loin, on entendait par vagues l'écho de cris inhumains. Une intense lumière rouge irradiait le fond de la pièce, projetant depuis le sol un arc flamboyant vers les parois de pierre. Au centre, une passerelle traversait des bassins d'une lave visqueuse, rouge et noir, où des bulles brillantes venaient éclater lourdement. Et tout au bout, le trône.

Un trône haut et étroit, sinistre, sculpté semblait-il dans des os humains. Dessus, comme une statue de roc noir, une silhouette se dessinait à contre-jour. Maolmòrdha. Seigneur des gorgûns, Maître des Herilims, Porteur de la Flamme des ténèbres. Celui que les druides appelaient le Renégat. Il était là. Il attendait patiemment Aldero, les bras posés sur les appuis du trône. Dans son regard brillait la mort de ses victimes passées et de ses ennemis futurs. Il ne bougeait pas mais son immobilité évoquait déjà la puissance. Comme une force lente, destructrice, que rien ne pouvait arrêter. Il n'y avait plus rien d'humain dans cette créature silencieuse, ni dans son regard ni dans le sourire menaçant qu'on devinait dans l'ombre de son visage.

Aldero avança sur la passerelle étroite, luttant pour ne pas perdre le contact avec son pouvoir malgré la peur qui l'envahissait chaque seconde davantage. Son ennemi était devant lui. L'affrontement était maintenant l'unique solution. Seule la mort pourrait conclure leur rencontre. Et son ennemi semblait déjà connaître l'issue du combat.

— L'un de vous m'a donc enfin trouvé...

De la voix de Maolmòrdha sourdait sa haine pour les druides. Une haine approfondie par le temps. Irréversible. Meurtrière. Séquelle d'une blessure qui ne se refermerait jamais et qui avait fait de lui un monstre.

— Je suis venu te tuer, répondit seulement Aldero, essayant de trouver au fond de lui-même une assurance digne de sa caste.

Mais si instruit fût-il dans l'art magique des druides, il ne parvenait pas à contenir la peur qui le rongeait à l'idée d'affronter leur plus terrible ennemi. Maolmòrdha éclata de rire. Il se leva brusquement du trône en tendant ses bras au-dessus de sa tête. Son corps musclé, mêlé de métal noir et de chair à vif, entra dans la lumière écarlate qui entourait le trône. Il pencha sa tête vers l'avant, découvrant les veines gonflées qui striaient son crâne rasé. Ses yeux s'enflammèrent d'un seul coup et sa silhouette sembla s'agrandir à mesure que son rire envahissait l'espace. Puis ce rire devint cri de rage. La température de la pièce augmenta soudainement. Des éruptions de lave jaillirent des bassins, et le sol se mit à trembler.

Aldero, pris de court, concentra son énergie autour de lui, pour se protéger de l'attaque imminente. Le feu du Saîman se mit à danser autour de son corps.

Aussitôt, la voix de Maolmòrdha s'éteignit sans écho. Il fondit sur Aldero comme un fauve sur sa proie.

Aldero l'évita de justesse, manquant de tomber dans la lave, et se redressa au milieu du pont de pierre, prêt à esquiver un nouvel assaut. Mais il ne pouvait pas se contenter de se défendre, il fallait qu'il passe à l'offensive. Avant de chercher un moyen de l'attaquer par surprise, il décida de laisser lui aussi son corps se gonfler d'une énergie brûlante. Il hurla à son tour pour concentrer le Saîman dans ses veines, mais alors que ses muscles s'embrasaient, Maolmòrdha lançait déjà une nouvelle attaque.

Le corps du Renégat sembla fondre en un instant et s'enflammer d'un seul coup. Aldero, surpris, relâcha son attention et Maolmòrdha en profita pour se jeter sur lui. Devenu boule de feu, il fendit l'air et explosa devant Aldero. Le druide se mit en garde, concentra son énergie devant lui et parvint à se protéger juste à temps. Le corps de Maolmòrdha, recroquevillé aux pieds d'Aldero, reprit forme humaine et s'étira d'un geste gracieux alors que des flammes parcouraient encore ses muscles saillants.

Aldero, dans un éclair de rage, tenta de le frapper de ses deux poings en se dressant comme une vrille, mais son adversaire esquiva cette attaque avec une rapidité surhumaine.

Le rire de Maolmòrdha éclata à nouveau tandis qu'il tournait lentement autour d'Aldero, posant sur lui un regard empli de mépris, de haine et de défi.

Soudain le visage de Maolmòrdha se figea en un rictus inquiétant. L'instant d'après son corps sembla se démultiplier dans un mouvement rapide et flou et ce ne fut plus un mais quatre ennemis qu'Aldero dut affronter. Les coups jaillirent de tous les côtés à la fois, plus rapides encore que l'attaque précédente. Les bras enflammés de Maolmòrdha s'enfoncèrent dans le bouclier d'énergie d'Aldero qui, cette fois, ne put éviter cette rafale inattendue. Le druide fut saisi par ces assauts de feu au flanc gauche et dans le ventre. Il tomba à genoux en hurlant de douleur et perdit tout d'un coup le contrôle du Saîman.

Désarmé et stupéfait, Aldero n'opposait plus aucune résistance. Recroquevillé sur la douleur aiguë qui lui brûlait le ventre, il était soumis, vulnérable. Maolmòrdha reprit sa forme humaine et se pencha sur son adversaire.

— Donne-moi le nom du Samildanach, ordonna-t-il de sa voix sépulcrale.

Aldero ne put résister. L'injonction de son ennemi n'était pas simplement un ordre, c'était un sortilège. Les mots sortirent tout seuls de sa bouche.

— Le Samildanach s'appelle Ilvain, balbutia-t-il alors que du sang coulait le long de ses lèvres. Ilvain Iburan. Mais les autres te tueront avant que tu ne puisses le voir. Maolmòrdha... tu peux me tuer, les miens savent où tu es à présent.

Maolmòrdha éclata de rire à nouveau.

— Je suis content que tu sois venu me rejoindre, Aldero...

Le druide leva lentement la tête, adressant à son bourreau un regard étonné.

— Te rejoindre ?

Maolmòrdha ferma les yeux. L'instant d'après sa main s'effila, devenant une longue lame de métal brillant qu'il abattit d'un seul geste sur Aldero, tranchant son corps de l'épaule jusqu'au ventre.

Quand la fumée se dissipa enfin autour d'eux, Maolmòrdha se pencha lentement, le sourire aux lèvres, pour saisir la main de son ennemi agonisant dont la chair et le sang se répandaient sur les dalles de pierre.

— Adieu, pauvre fou, chuchota-t-il, puis il retourna s'asseoir sur le trône, pensant déjà à d'autres morts.

À l'autre bout de la salle, le corps d'Aldero eut un dernier soubresaut.

*
**

Le village était déjà presque complètement éteint quand Aléa s'écroula au pied de la grande porte. À bout de souffle, elle posa une main sur le sol et l'autre sur son ventre, comme pour calmer la douleur qui à présent se transformait en nausée. Que lui arrivait-il ? Pourquoi son ventre semblait-il se contracter ainsi ? La panique la gagna entièrement jusqu'à ce qu'enfin elle ne puisse plus retenir la nausée qui lui retournait le cœur. Les yeux emplis de larmes, elle se mit à vomir sur le sol, manquant de perdre l'équilibre.

Elle cracha plusieurs fois avant de relever la tête pour chercher un peu d'air frais.

On entendait au loin les rires des fêtards à l'entrée des auberges et le grincement des volets qui se fermaient en cascade. Saratea entrait paisiblement dans la nuit, comme tous les villages de Sarre, sous l'œil bienveillant de la Moïra.

La petite resta immobile un long moment, cherchant à reprendre son souffle et à retrouver ses esprits. Elle se releva et s'éloigna en soupirant de l'endroit où la nausée l'avait prise. Elle se demanda si elle pourrait encore parler tant sa gorge la brûlait. Elle enfouit sa main dans sa poche pour s'assurer de nouveau que la bague était toujours là. Elle avait déjà vérifié au moins dix fois. Elle ne devait pas la perdre, elle se figurait que cela pourrait lui servir de preuve.

Quand elle sentit le baiser froid du vent sur sa nuque, elle se décida enfin à entrer et se résolut à trouver le capitaine Fahrio, le chef de la garde, pour lui raconter son histoire. Comme chaque soir au moment où le village commençait à s'enfoncer dans la nuit, Aléa savait qu'elle trouverait Fahrio sur la place centrale, devant la taverne *L'Oie et le Gril* où s'agitaient déjà les joueurs de fidchell.

Elle courut dans l'allée principale de Saratea, prenant garde à rester sur le bord de la rue incurvée pour éviter les déchets qui coulaient au milieu. Pourtant, il sentait bon, son village, à cette heure du soir. On plongeait par moments dans des nappes de parfum où se mêlaient les fumets des rôtis qu'on préparait dans les cuisines et l'odeur chaude et sèche du bois et de sa sève qui brûlaient dans les cheminées.

La rue s'illuminait de reflets bleus et rouges à mesure que la lumière de la lune venait petit à petit remplacer celle du soleil, et on voyait trembler à travers les fenêtres ouvertes les hautes flammes jaunes des feux de cheminée.

Aléa aperçut au loin la place centrale du village et, après quelques foulées de plus, distingua nettement le capitaine Fahrio au milieu d'autres hommes assemblés devant l'auberge. Il portait l'armure de cuir des soldats de Sarre, orné d'une hirondelle – le blason du comté. Il avait coincé son heaume sous son bras droit et tenait des gants de cuir dans sa main gauche.

Le capitaine avait l'habitude de venir parler aux habitants du village, le soir à cet endroit. Il venait respirer l'humeur des badauds, chercher dans les ragots toute information utile pour la sécurité de Saratea... On disait d'ailleurs des Sarrois qu'ils étaient les plus volubiles du royaume de Gaelia.

— Il paraît que le roi va se marier, annonça un marchand sur le ton de la confidence, avec l'accent fort des paysans de Sarre.

— Il ferait mieux de s'occuper des chrétiens et de Harcourt, intervint un autre. Ces autres illuminés envoient leurs Soldats de la Flamme jusque chez nous, qu'on m'a dit, et d'ici à ce qu'ils viennent jusque dans nos villages pour essayer de nous convertir de gré ou de force... Moi, je dis qu'on devrait pendre le comte Al'Roeg, lui reprendre Harcourt et se débarrasser des chrétiens.

Les autres acquiescèrent, à l'exception de Fahrio qui ne quittait jamais la mine grave et sérieuse que lui imposait son rang.

— Un cousin m'a rapporté, reprit un villageois, que les Soldats de la Flamme ont rasé un village tout entier sous prétexte que les habitants ne voulaient pas accueillir leur évêque de malheur.

— Thomas Aeditus.

— Si cet imbécile d'Eoghan ne fait rien, les chrétiens vont tous nous tuer.

— Ne parlez pas ainsi du Haut-Roi ! intervint Fahrio.

Les villageois se turent un instant. La présence du capitaine les forçait tout de même à surveiller un peu leur langage.

— Est-ce vrai qu'il va se marier ? demanda finalement un villageois.

— Oui, c'est vrai, répondit Fahrio d'un ton posé.

— Avec une dame de Galatie ?

— j'ai entendu dire que c'est une jeune fille de notre comté...

— Une Sarroise ? s'étonnèrent les villageois.

Au lieu de répondre, le capitaine fronça les sourcils en essayant de voir au bout de la rue.

— Qui est cette gamine, là-bas ? demanda-t-il à l'assemblée qui suivit alors son regard vers le nord.

Aléa arriva enfin, essoufflée, sur la place centrale.

— Capitaine ! Capitaine ! hurla-t-elle avant de s'arrêter devant les villageois, courbée par la fatigue.

Le capitaine Fahrio s'approcha de la petite.

— Tiens, mais, par la Moïra, ne serait-ce pas la petite Aléa ? Dis donc, mon enfant, on m'a dit que tu avais fait des tiennes aujourd'hui...

— Capitaine, écoutez-moi, j'ai découvert une chose incroyable au sud du village, au milieu de la lande... Il faut que vous alliez voir.

Intrigué, le reste de l'assemblée s'approcha à son tour, formant un arc de cercle autour de la petite. Aléa reconnut le boucher Almar, son ennemi juré, les mains posées sur son ventre rond et taché de sang animal.

— Qu'est-ce que tu racontes ? coupa le capitaine, le regard brillant, un sourire aux lèvres.

— J'ai trouvé un corps enfoui dans le sable de la lande, capitaine. Un vieil homme, il était enterré dans le sable et sa main dépassait du sol.

Almar, le boucher, éclata de rire en se tapant sur le ventre.

— Elle est bien bonne, celle-là ! Cette petite voleuse serait prête à raconter n'importe quoi pour se rendre intéressante ! railla-t-il, entraînant le rire des autres villageois.

— Mais non ! Je vous jure que c'est vrai ! Tenez, s'écria Aléa en sortant l'anneau de sa poche, il portait même cette bague au doigt !

— Ah, c'est bien ce que je pensais, reprit Almar avant même que le capitaine ne pût intervenir, tu as encore volé quelqu'un et tu inventes toute une histoire pour t'innocenter, c'est bien cela ? Si ça se trouve, c'est même toi qui l'as tué, ce vieil homme !

— Tais-toi ! hurla Aléa en entrant dans une rage folle.

Son injonction fendit l'air comme un éclair, si puissante qu'elle lui fit peur à elle-même. Au même instant, Almar fut projeté au sol, comme s'il avait pris un violent coup de pied.

Le boucher tomba sur les fesses et les villageois restèrent bouche bée. Puis ils éclatèrent de rire en voyant la mine déconfite d'Almar.

Mais Aléa, elle, ne riait pas du tout. Elle avait senti son corps traversé par un spasme violent, le même choc qui l'avait saisie quand le poing du cadavre s'était refermé sur sa main au milieu de la lande. Que lui arrivait-il ? Complètement désorientée, elle commença à balbutier quelques mots sans aucun sens.

Mais le capitaine la sortit de sa torpeur. Il avait eu plusieurs fois affaire à la petite et savait qu'elle n'avait pas mauvais fond.

— Bon, écoute, Aléa, j'irai voir tout cela dès demain matin. Mais tu as mauvaise mine... Très mauvaise mine. As-tu de quoi te payer une nuit d'auberge ?

— Oui, mentit Aléa.

— Je te promets que je ferai tout cela à condition que tu ailles te coucher dans une auberge et que tu me jures de te tenir tranquille, pour une fois. C'est bien compris ?

Aléa acquiesça. Mais elle se demandait comment elle allait pouvoir payer l'auberge si Fahrio la suivait pour s'assurer qu'elle dormait à l'abri. Elle n'avait plus un sou en poche. Si elle avait eu le moindre argent, elle n'aurait jamais tenté de voler Almar.

— Quant à toi, Almar, ajouta le capitaine, tu ferais mieux de boire un peu moins le soir, tu ne tiens même plus sur tes pattes, gros lard.

Les badauds se dispersèrent en riant, et Almar, sidéré, partit sans mot dire, se retournant de temps en temps pour lancer vers Aléa de petits regards pleins d'inquiétude.

En un instant la place fut vide. Aléa tenta de se ressaisir et, voyant que le capitaine la surveillait, se dirigea vers *L'Oie et le Gril*.

*
**

Pendant huit longues semaines, Imala resta sur le liteau pour allaiter ses louveteaux. Elle dut pourtant les abandonner plusieurs fois pour aller chercher elle-même une viande que la meute ne daignait pas partager. La croissance de ses petits s'en ressentit. Alors qu'ils avaient le même âge que les petits d'Ahéna, ils semblaient plus maigres et plus fragiles. Imala était affamée et épuisée. L'allaitement était devenu douloureux, et elle avait perdu beaucoup de poids. Ses os saillaient sous sa peau dégarnie.

Le sevrage fut difficile. Les louveteaux étaient décharnés et encore très malhabiles quand Imala les laissa pour la première fois seuls plus d'une nuit. Elle revint le lendemain matin avec un chevreuil qu'elle défendit contre le reste de la meute et amena près de son liteau. Elle commença à manger sa proie et donna à ses petits la viande qu'elle régurgitait. C'est sans doute ce qui les sauva ce jour-là, alors que la famine les avait affaiblis pendant plus d'une semaine.

Un matin, comme il ne restait plus rien à manger sur la carcasse du chevreuil, Imala partit à nouveau chercher de la viande, seule, dans le cœur de la forêt.

Les cinq petits louveteaux, qui n'en pouvaient plus de rester sur la couche de leur mère alors que la nature les appelait partout autour d'eux, en profitèrent pour s'aventurer aux alentours de la tanière. Là, ils rencontrèrent les petits d'Ahéna, dissipés et pleins de vie, qui jouaient dans les herbes et se couraient après, s'amusaient à se mordre, à lutter, et sautaient en tous sens, les uns par-dessus les autres. En voyant arriver la portée d'Imala, les petits d'Ahéna se réjouirent : ils espéraient trouver là de nouveaux compagnons de jeu. Ils commencèrent par tourner autour, puis ils les taquinèrent du bout du museau avant enfin de jouer à la lutte avec ces adversaires trop faciles. Les petits d'Imala, affaiblis par la malnutrition, parvenaient à peine à se défendre et sortirent épuisés de ces jeux trop violents. Quand les petits d'Ahéna se lassèrent, ils repartirent vers le liteau de leur mère, et les cinq louveteaux d'Imala les suivirent en titubant. Les deux portées se couchèrent ensemble et ne furent réveillées que quelques heures plus tard par les grognements de la louve dominante, visiblement surprise de voir les petits d'Imala mélangés aux siens. Ahéna entra dans une colère folle et bondit sur les intrus.

Le premier louveteau fut mordu à la gorge jusqu'à ce qu'un violent coup de mâchoire lui brise la nuque sous sa chair déchirée. Il mourut sans gémir, n'ayant même plus la force de se plaindre. La vue du sang excita encore davantage la dominante qui se jeta sur les quatre autres louveteaux en grognant. Un à un elle les sortit de la tanière.

Mordus à la gorge, secoués et jetés en l'air, les quatre louveteaux chétifs s'effondrèrent dans un bain de sang les uns après les autres, sous les crocs aiguisés de la louve. Quand elle fut sûre qu'aucun ne bougeait plus, elle fit volte-face et retourna dans son liteau où l'attendaient ses propres petits, tremblants de peur. Elle se coucha en poussant un long soupir.

À la tombée du soir, quand Imala revint bredouille à la tanière, elle découvrit quatre de ses petits, morts des suites de leurs blessures, et le cinquième, respirant à peine, allongé sur le flanc. Paniquée, elle commença par faire rouler du bout du museau les cadavres de ses louveteaux, comme pour leur redonner de la vie. Elle dut vite se rendre à l'évidence et attrapa délicatement le seul survivant pour le ramener au liteau où elle le lécha longuement, abandonnant les quatre morts à la lisière de la tanière. Le dernier louveteau poussait des petits cris de douleur, entrecoupés par une respiration irrégulière. Ses poils gris étaient collés par son propre sang sous sa gorge et le long de ses côtes.

Quand les autres loups arrivèrent à la tanière et qu'ils commencèrent à sentir les cadavres des quatre louveteaux, Imala se dressa sur ses pattes en grognant, les babines retroussées, l'échine arquée et le poil hérissé. Elle était terrifiante, et les loups s'écartèrent la queue basse sans plus oser toucher les dépouilles ensanglantées qui gisaient à l'entrée de la tanière. Imala se coucha en rond autour de son dernier petit et poussa un long soupir en posant délicatement sa tête près du petit corps meurtri.

Le lendemain matin, les quatre corps avaient disparu. Imala ne chercha pas à savoir comment et se consacra plutôt au louveteau qui geignait contre son flanc. Elle n'avait plus de lait pour le nourrir et plus de viande autour d'elle. Il lui fallait partir à nouveau, mais elle ne voulait pas abandonner son petit, craignant de le trouver mort à son retour. Elle décida donc de l'emmener avec elle. Elle prit le louveteau dans sa gueule aussi délicatement qu'elle put et s'éloigna lentement de la tanière, laissant la meute derrière elle avec indifférence. Elle passa sans ralentir à côté des petits d'Ahéna qui jouaient à se battre à l'entrée de la tanière, et s'enfonça dans les bois la queue basse. À cet instant, elle crut qu'elle ne reviendrait plus jamais dans cette meute.

Elle marcha longuement au milieu de la forêt de hêtres, dans la chaleur de l'été. Les couleurs et les chants joyeux des oiseaux ne changeaient rien à son humeur : Imala était épuisée, inquiète et déchirée.

Le louveteau était déjà mort depuis longtemps quand elle sentit qu'il ne bougeait plus dans sa gueule et que son petit corps s'était refroidi. Elle continua pourtant à marcher encore longtemps avec le cadavre de son dernier bébé coincé entre ses crocs et ne s'arrêta qu'à la nuit tombante pour déposer le corps immobile sous la racine d'un chêne énorme.

Assise sur son derrière elle hurla longuement, cherchant en vain les réponses réconfortantes de son espèce, puis elle repartit dans la nuit d'un trot rapide et régulier qui allait la porter loin de ces souvenirs déchirants.

C'est ainsi, raconte la légende, qu'Imala devint louve solitaire.

*
**

— Combien me donnez-vous pour cette bague ?

Kerry, le propriétaire ventru de la taverne *L'Oie et le Gril*, dévisagea la petite avec un air méfiant avant de se résoudre à inspecter l'anneau qu'elle lui montrait.

Il y avait déjà du monde dans l'auberge, de nombreux villageois épuisés par une journée de travail, mais aussi trois soldats qui avaient gardé leur uniforme sarrois jaune et une troupe d'acteurs ambulants dont Aléa avait aperçu la roulotte sur la place du village. On entendait à peine les craquements du bois dans la haute cheminée autour de laquelle se réunissaient chaque soir les joueurs de fidchell du village quand il n'y avait plus de place sur les tables extérieures. La petite n'était pas très à l'aise parmi tous ces adultes, mais il valait mieux éviter le courroux du capitaine Fahrio. De plus, le décor de l'auberge avait quelque chose de rassurant. Quelques lanternes aux vitres colorées réparties sur les murs de pierre diffusaient dans la pièce une lumière tamisée, tantôt rouge, tantôt verte. Les fauteuils et les bancs rembourrés sous un épais tissu ocre étaient une invitation à la détente, et il flottait dans l'air un délicieux parfum de viande rôtie qui venait de la cuisine. Aléa n'était jamais entrée dans cette auberge et se dit qu'il devait faire bon y vivre. Suffisamment sombre pour qu'on s'y sente dans l'intimité, mais suffisamment claire aussi pour donner à l'atmosphère une chaleur agréable.

— À qui l'as-tu volée ? demanda l'aubergiste en repoussant la bague que lui tendait Aléa.

— Je ne l'ai pas volée ! C'est tout ce qu'il me reste de ma mère et je n'ai pas de quoi me payer une nuit dans votre auberge...

Aléa mentait si mal, un sourire au coin des lèvres, que l'aubergiste se demanda si elle ne le faisait pas exprès, pour l'attendrir. D'ailleurs, si c'était le cas, cela commençait à fonctionner.

— Je n'en crois pas un mot et il est hors de question que je te rachète cette bague volée, mais si tu veux, tu peux rester ici cette nuit, à condition seulement que tu aides ma femme en cuisine. Tu auras aussi droit à un bon repas, et ma femme est la meilleure cuisinière de Saratea, tu peux me croire.

Il posa sa main sur la lourde porte de chêne et baissa la tête vers la jeune fille.

— Ça te va ? demanda-t-il.

Aléa fit mine d'hésiter.

— Bon, d'accord, avoua-t-elle finalement.

L'aubergiste sourit. Il avait toujours été attendri par cette petite fille qui arpentait les rues de la ville. Dès qu'il le pouvait, il l'aidait en lui achetant ce qu'elle avait à vendre, même s'il n'en avait pas vraiment besoin. Plusieurs fois, il lui avait aussi proposé du travail, mais l'enfant semblait ne pas pouvoir rester en place...

— Très bien. Tu t'appelles Aléa, n'est-ce pas ?

La petite acquiesça. Il lui sourit gentiment puis se retourna vers la cuisine pour appeler sa femme.

— Tara ! Viens voir un peu par ici ce que la Moïra nous amène ! Je voudrais que tu donnes un bain et une chambre à cette petite, ensuite elle ira t'aider en cuisine.

La femme apparut dans l'embrasure de la porte. Elle était petite et replète et un large sourire fendait le bas de son visage potelé. Aléa trouva qu'elle ressemblait exactement à l'image qu'elle se faisait d'une aubergiste sarroise... et cela la rendait sympathique.

— Viens, ma petite, nous avons de la place ce soir, tu as de la chance.

À peine une heure plus tard, Tara avait donné une chambre à Aléa et lui avait rempli un grand bain d'eau chaude. La petite avait oublié sa nausée et les crampes dans son ventre, et s'était allongée dans la grande baignoire en poussant un long soupir de soulagement. Elle ne s'était pas sentie aussi bien depuis fort longtemps. L'eau chaude était comme une caresse qui venait détendre sa peau, et Aléa se laissa submerger par un bien-être nouveau. Après quelques instants, elle attrapa près de la baignoire la bague dans sa poche, et la regarda longuement. C'était un bijou magnifique, et Aléa n'était finalement pas mécontente de l'avoir gardé. Aléa leva la bague pour laisser quelques rayons de lumière passer à travers le rouge de la pierre précieuse et découvrit alors des symboles gravés à l'intérieur de l'anneau. Elle l'approcha de son visage et put distinguer ce qui était dessiné : deux mains couvrant un cœur et une couronne. La gravure était fine et très belle. Aléa sourit. Elle ne savait pas ce que cela pouvait bien signifier, mais elle était sûre que cela ajoutait de la valeur à son bijou.

Quand elle se sentit enfin prête, elle s'habilla et descendit dans la cuisine où elle retrouva Tara. L'aubergiste était bavarde, et elle ne cessa de lui parler tout en préparant les plats qui faisaient la renommée de *L'Oie et le Gril* : du jambon rôti au miel et découpé en petits cubes qu'on servait en amuse-bouche, de la pintade farcie aux raisins blancs dans une sauce au vin cuit, du cochon de lait rôti à la broche et servi avec des pommes cuites caramélisées, et – la spécialité de Tara – du gigot de sanglier à l'ail, flambé à l'eau-de-vie, qu'elle servait avec des tomates farcies et de gros oignons rôtis. La cuisine était presque aussi grande que la pièce principale, il y avait un nombre impressionnant d'ustensiles pendus le long des murs et certains même dont Aléa ne connaissait pas le nom.

— Tu pourrais demeurer avec nous, si tu le voulais, ma petite. D'ailleurs, tu aurais dû venir nous voir depuis bien longtemps, plutôt que de traîner dans les rues...

Aléa resta silencieuse. Elle était intriguée par la bonté de l'aubergiste mais ne perdait rien de son naturel méfiant. Même si l'aubergiste lui avait déjà offert de travailler par le passé, c'était la première fois qu'on lui proposait si sérieusement un emploi et elle trouvait cela aussi inquiétant que gratifiant... Mais elle ne savait que dire. Elle se sentait si seule, si désarmée dans ce genre de circonstances. On ne lui avait pas appris à parler aux adultes, ni à accepter la générosité gratuite. Soudain, Aléa se sentit incroyablement pauvre et démunie, absolument incapable de réagir. Jamais elle ne regretta d'être orpheline autant qu'en cette minute-là. Elle eut du mal à retenir les larmes de honte qui lui piquaient le coin des yeux.

— Tu sais faire la cuisine ? demanda Tara après quelques minutes de silence, en s'essuyant les mains sur son tablier.

Aléa hésita un instant, puis elle comprit qu'elle n'allait pas pouvoir rester muette toute la soirée.

— Pas vraiment, répondit-elle enfin.

— Qu'est-ce que tu sais faire ? demanda sans malice la cuisinière.

— Je peux faire n'importe quoi du moment que vous m'expliquez, se vanta la petite en retrouvant un peu de courage.

Tara sourit, prit la main d'Aléa et jeta un peu de sel dans sa paume. La jeune fille en fut étonnée, hésita un instant, puis demanda :

— Pourquoi avez-vous fait ça ?

L'aubergiste parut surprise qu'Aléa ne connaisse pas la signification de son geste. Mais Aléa avait toujours vécu dans la rue, et elle ne pouvait pas connaître toutes les traditions des Sarrois.

— Pour attirer la bienveillance de la Moïra sur toi, Aléa. Il ne faut pas trop en demander à la Moïra, elle est capricieuse et irritable, mais de temps en temps, on peut bien lui demander un petit service, non ? Je voudrais qu'elle s'occupe enfin de toi. Je voudrais que tu travailles avec nous...

Ainsi Aléa se retrouva le soir même à servir les clients de l'auberge, à une heure où toutes les filles de son âge partent sagement se coucher. Elle se trompa une ou deux fois en apportant les plats aux clients, se brûla les doigts sur une assiette chaude et renversa une tasse sur le sol, mais dans l'ensemble elle fit preuve d'une hardiesse étonnante qui lui valut le sourire des aubergistes comme des clients. Ceux qui la reconnaissaient s'étonnèrent de la voir ainsi travailler. Certains s'en réjouissaient et d'autres pariaient qu'elle ne tiendrait pas plus de deux jours...

Au milieu de la soirée, alors qu'elle commençait à sentir la fatigue, Aléa aperçut une femme à la beauté saisissante qui entrait dans l'auberge avec une harpe sous le bras. Les clients se turent un instant et quand ils reprirent leurs conversations, ce fut avec un entrain redoublé, comme si l'entrée de cette femme les avait tous enchantés. Elle n'était pas vêtue comme les dames de Saratea et marchait avec une assurance et une agilité remarquables. Elle portait un corsage en feutrine à col haut et aux manches bouffantes, d'un bleu élégant qui ajoutait à la noblesse de son maintien. C'était le bleu des bardes, la couleur qui leur était réservée, et ainsi Aléa n'eut aucune peine à deviner le statut de la nouvelle arrivante. Une barde ! Incroyable ! Au milieu de son corsage était brodée la silhouette gracieuse d'une licorne, son blason. Au lieu d'une robe elle portait une culotte longue et légère, noire, qui lui collait à la peau et soulignait le galbe de ses longues jambes. Sa chevelure rousse tombait dans son dos dans un enchevêtrement de mèches et de boucles gracieuses.

— Bonsoir, Faith, dit l'aubergiste en posant son torchon sur le comptoir pour l'accueillir à bras ouverts. Cela faisait si longtemps ! Où étais-tu passée ?

Aléa fut surprise de voir que la femme connaissait les aubergistes. La barde embrassa Kerry puis tendit les bras à Tara, qui venait d'apparaître derrière le comptoir.

— Bonsoir, mes amis. J'ai voyagé au royaume de Harcourt en espérant que mes chansons et mes nouvelles pourraient apaiser ses habitants, mais il ne fait vraiment pas bon vivre là-bas, quand on refuse de prier leur fameux *Christ*. Alors me revoilà, avec quelques nouvelles chansons pour les auberges de Sarre.

— Tu restes ici ce soir, n'est-ce pas ? demanda Tara tout en préparant une table pour la barde.

— Bien sûr, si vous m'offrez un peu de votre célèbre pintade...

Tara lui répondit d'un clin d'œil puis s'approcha d'Aléa. La petite se rendit alors compte qu'elle était restée immobile et bouche bée depuis l'entrée de la barde, admirant son visage et ses yeux si brillants.

— Je crois que tu as assez travaillé pour ce soir, Aléa, il est temps que tu te détendes un petit peu. Là, va t'asseoir à cette table près du comptoir, je vais t'apporter à manger et tu vas pouvoir écouter Faith. C'est la meilleure barde de tout le comté, crois-moi. Nulle autre ne connaît des histoires aussi captivantes et des chants aussi beaux. Alors, que veux-tu manger ?

— C'est la première fois que je vois une barde, avoua la petite au lieu de répondre.

— Eh bien, je comprends ton excitation ! Les bardes sont des gens extraordinaires, tu sais. Ils suivent les enseignements des druides, puis ils doivent parcourir la terre pour colporter leurs chansons, leurs histoires, mais aussi pour apporter les nouvelles de village en village. Faith est souvent venue ici.

— Je n'ai jamais vu de druides non plus...

— Les druides sont très occupés dans leur grande tour. On les voyait davantage jadis, mais depuis les tensions avec le royaume de Harcourt, je pense qu'ils ont mieux à faire. Allez, va t'asseoir, maintenant, et écoute Faith.

La petite ne se fit pas prier et partit s'installer à la table sans quitter la femme des yeux. Une barde ! Ça non, elle n'en avait jamais vu ! Comme elle était belle, et comme elle était mince ! C'était la femme la plus élégante qu'Aléa ait vue de sa vie. Aléa se surprit à rêver qu'un jour elle aurait la même silhouette, la même noblesse, et peut-être le même métier. La barde avait dû voir tant de pays, vivre tant d'aventures ! Elle exerçait sur Aléa une fascination merveilleuse et dut s'en rendre compte en croisant son regard.

Faith adressa à la petite un tendre sourire.

Aléa était tellement envoûtée qu'elle oublia complètement sa mésaventure, la cruauté d'Almar, le boucher, sa course effrénée à travers la lande, ses larmes douloureuses, le cadavre dans le sable, et même la bague magnifique au fond de sa poche. Elle ne pensait plus à tout ça. Elle se laissait bercer par la magie du lieu, les parfums de rôtis, la lumière rouge et verte des lanternes vacillantes, la bonté de ses hôtes et surtout, là, devant elle, cette femme mystérieuse. Aléa s'empressa de manger les délicieux carrés de jambon que Tara lui apportait et applaudit avec enthousiasme quand Faith s'assit au bord d'une table, la harpe entre les mains, se préparant à entamer sa première chanson.

— Voici une chanson que chantent les silves dans la forêt de Borcelia. Je l'ai traduite dans notre langue, mais je n'ai pas changé l'air, et vous verrez ainsi combien les silves connaissent la musique...

— Mais les silves, ça n'existe pas ! s'exclama Aléa, quelques tables plus loin, regrettant aussitôt d'avoir parlé, comme tous les regards se tournaient vers elle.

Son visage rougit jusqu'à la racine de ses cheveux et elle esquissa un sourire gêné. Ses yeux bleus étaient brillants de honte. Elle était tellement accaparée par la barde qu'elle en avait presque oublié qu'elle n'était pas seule dans la pièce. Trop pressée de lui parler, elle n'avait pas pu s'en empêcher dès qu'une phrase lui était passée par la tête.

Heureusement, la barde lui adressa un sourire. Elle reposa lentement sa harpe sur le bord de la table et, alors qu'un silence attentif avait envahi l'auberge, commença à raconter une histoire sans quitter Aléa des yeux, et sa voix, déjà, était un poème.

Chapitre 3

LE DRUIDE

Ainsi commençait l'histoire de Faith :

— Il y a fort longtemps vivait sur cette terre un vieux roi qu'on appelait Toland et qui était bon et juste. Il avait fait construire sa demeure – un somptueux château comme aucun roi ne pourrait en construire aujourd'hui – dans la ville de Providence, qui à l'époque ne s'appelait pas Providence mais Amelsön. Le royaume de Toland s'étendait de l'Anse d'Ebone jusqu'au nord de Gaelia. Ses sujets vivaient paisiblement de la pêche, la chasse, l'élevage et l'agriculture. C'était avant l'arrivée des Galatiens, bien avant même que ne soit érigé au nord le prestigieux palais de Saî-Mina.

» En ce temps-là, il y avait sur cette riche terre des hommes, des nains, des lutins, des loups et bien d'autres créatures aujourd'hui oubliées et qui vivaient en harmonie. C'était comme un très grand village où tout le monde se fréquentait et s'aimait. Il n'y avait pas de guerre et les hommes ne connaissaient que la terre, les arbres, les fleurs, les oiseaux, la mer, les poissons et le soleil...

» Mais comme le roi se faisait de plus en plus vieux, son fils, Ersen, commençait à trouver le temps long. Le prince était un adolescent aussi ambitieux qu'égoïste, et il n'attendait qu'une chose : prendre la place de son père pour diriger le royaume à sa guise. La reine était morte quelques années plus tôt, et le roi, trop occupé par les affaires de l'État, n'avait pas pris le temps d'élever son fils comme il se doit. Il le regretta toute sa vie, comme le font tous les pères trop absents. Mais le pauvre Toland, qui, je l'ai déjà dit, était juste et bon, essaya tant bien que mal d'assurer l'éducation de son fils. Il fit construire pour lui une cité magnifique sur l'île du Mont-Tombe, qu'on appela Mur Ollavan, la cité des instruits, car il y fit venir les plus grands savants. C'était à l'époque où le savoir se transmettait par les livres, avant l'arrivée des druides. Oui, car les druides nous enseignèrent plus tard la supériorité des mots que l'on dit sur ceux que l'on écrit. Le vrai savoir se transmet de bouche à oreille, comme un précieux secret. Mais je peux vous dire également que c'est sur les ruines de cette cité de Mur Ollavan que Thomas Aeditus a fait construire l'université du Mont-Tombe, car lui croit au livre et à l'écriture. Et je dois avouer que, même si j'ai peu d'estime pour cet Aeditus, sa bibliothèque est la plus riche que j'aie vue en Gaelia. J'ai visité toutes les grandes villes de ce monde, j'ai vu Farfanaro, Tarnea, Providence et Ria, j'ai même vu de grandes villes au-delà des mers du Sud, mais jamais je n'ai vu plus belle bibliothèque que celle du Mont-Tombe. Des copistes y travaillent jour et nuit, reproduisant à la plume les plus beaux livres sur des peaux de mouton tannées. On y trouve l'unique exemplaire du *Livre des Invasions*, on y trouve les grandes cartes du monde dessinées par les marins de Bisagne... Il faudrait plusieurs vies pour lire tout ce que contient cette bibliothèque.

» Quoi qu'il en soit, revenons à notre histoire : après quelques années passées en pension à Mur Ollavan, le prince Ersen était donc lui-même devenu fort instruit. Oh, bien sûr, pas autant que le sont les druides, mais il connaissait fort bien la géographie, l'histoire et la philosophie des anciens. Et même s'il n'y avait pas de guerre, le jeune prince insista pour qu'on lui apprenne les secrets du combat et de la stratégie militaire. Il ne pouvait supporter l'immobilisme de son père et aurait voulu mettre à profit toutes les terres de la Couronne dont le roi osait à peine jouir. Le savoir au service du pouvoir ; ce n'est pas toujours la meilleure alchimie, quand il manque la bonté.

» Alors, avant même de devenir roi, le jeune Ersen décida de parcourir le pays pour assurer son autorité sur les sujets de son père, percevoir de nouveaux impôts et vérifier que tout le monde se soumettait à la loi royale, du moins telle que lui l'entendait. Il traversa le royaume à cheval de long en large à la tête d'une armée de trois cents hommes malgré les protestations de son père, et là où Toland avait su se faire apprécier par ses sujets, le prince, lui, se fit détester pour sa cruauté et son égoïsme. Mais c'était un chef exceptionnel, un habile manipulateur de la rhétorique, et il était parvenu sans peine à convaincre ses soldats du bien-fondé de sa mission. Après quelques semaines de voyage seulement, les trois cents hommes qui accompagnaient Ersen étaient devenus des brutes sauvages, bornées et terriblement obéissantes.

» Les plaintes remontèrent très vite jusqu'au roi dans son château d'Amelsön, et Toland sombra bientôt dans un profond désespoir. Il était vieux et, s'il venait à mourir, il laisserait alors tous ses sujets à la merci d'un fils qui ne lui ressemblait pas, dont la cruauté ne cessait de croître, et sur lequel il n'avait plus la moindre autorité. Toland demanda alors à tous ses conseillers ce qu'il devait faire, mais tous ne voyaient qu'une solution : se débarrasser du fils indigne. Toland ne pouvait s'y résoudre et cela ne fit qu'aggraver son désespoir.

» Un matin, alors que le roi était près de mourir, rongé par la tristesse et le désarroi, un étrange messager vêtu de noir, la tête dissimulée sous une capuche inquiétante, demanda que Toland lui accorde un entretien. Les conseillers du roi n'appréciaient guère l'idée en de telles circonstances, mais le messager se montra si pressant qu'il finit par les convaincre de le mener jusqu'au chevet du roi mourant. Peut-être même usa-t-il de magie.

» Il était grand, mince, et avait des gestes gracieux. Quelque chose dans sa démarche inspirait le respect ; il avait l'allure d'un roi.

» "Sire, commença-t-il en baissant sa capuche derrière sa nuque, dévoilant alors ses traits fins, ses oreilles effilées et la couleur étrange de sa peau qui avait la même texture que le bois, je suis Obéron, roi du peuple silve, et je suis venu de la forêt de Borcelia pour vous offrir notre aide.

» — Un autre roi, sur mon royaume ?" balbutia Toland en s'étouffant.

» Le silve sortit de sa poche une fleur séchée qui avait pourtant gardé sa couleur rose.

» "Chaque année, l'Arbre de Vie de notre forêt donne une fleur que nous autres silves appelons la Muscaria.

» — Qu'est-ce que l'Arbre de Vie, et qui habite ma forêt ?" s'indigna le roi.

» Mais le silve ne répondit pas. Il continua son histoire d'une voix douce et calme, comme s'il parlait à un enfant.

» "Celui qui mange cette fleur rajeunit d'un an. C'est le cadeau de l'Arbre de Vie. Ainsi, selon la légende, si un homme venait à manger chaque année la nouvelle Muscaria, il serait éternel."

» Toland fronça les sourcils, et jeta des regards inquiets à ses conseillers derrière le silve. Mais ceux-ci semblaient plus intéressés par la fleur que par leur roi mourant.

» "Mangez cette fleur, sire, et chaque année le peuple silve viendra vous en offrir une nouvelle, ainsi vous serez éternel et votre fils ne sera jamais roi."

» Les deux monarques, le silve et l'humain, parlèrent ainsi jusqu'à la fin du jour et quand le soleil eut totalement disparu derrière les sommets roses des montagnes de Gor-Draka, le roi Toland accepta l'offrande du peuple silve.

» Ainsi, chaque année, le roi rajeunit d'un an et très vite il retrouva toute sa vigueur. Le prince Ersen, comprenant qu'on lui volait son destin, devint fou et attaqua son père avec sa propre armée – qui comptait à présent cinq cents hommes. Mais les troupes du roi furent les plus fortes, et Ersen trouva la mort sur le champ de bataille, devant les yeux emplis de larmes de son père, qui, vous le savez, était juste et bon.

» L'année d'après, le roi arrêta de manger la Muscaria que lui offraient les silves. Il avait eu depuis un deuxième enfant d'une deuxième femme, et quand cet enfant fut en âge de gouverner, Toland lui fit promettre qu'il respecterait le pacte des silves. Il se laissa mourir l'hiver suivant. Son fils devint lui aussi un roi juste et bon, et il respecta la promesse que Toland avait faite aux silves, comme le firent par la suite tous les rois jusqu'à ce jour.

— Et quelle était cette promesse ? demanda Aléa à la barde alors que celle-ci avait fermé les yeux comme si elle attendait une question.

— Que la forêt de Borcelia et ses secrets restent à jamais sous la protection du monarque. C'est pour cette raison qu'on sait si peu de chose au sujet des silves et que quelques petites filles, même, pensent qu'ils n'existent pas...

Tous les clients de l'auberge applaudirent la barde, parfois en riant. Faith fit un clin d'œil à Aléa puis reprit sa harpe pour chanter enfin sa chanson.

Un. Pas de chant pour le nombre un,
Car une seule chose est unique,
Qui n'a rien avant, ni rien après : la Mort.

Deux bœufs attelés à une roulotte
Tirent les acteurs dessus la route,
Jusqu'à en mourir, quelle tristesse !

Trois parties dans le monde ;
Trois commencements et trois fins,
Trois royaumes pour le Samildanach.

Quatre pierres à aiguiser,
Pour affûter l'épée des braves
Aux quatre coins de Gaelia.

Cinq âges dans la durée du temps,
Pour les dieux, les bêtes et les hommes,
Cinq âges, puis recommencent.

Six plantes médicinales,
Et dans le petit chaudron
Le petit nain mêle le breuvage.

Sept planètes parmi nous,
Sept cordes sur la harpe du barde,
Qui s'accordent dans l'harmonie du monde.

Huit vents qui soufflent ;
Depuis les huit mers du monde
Sur la montagne de la guerre.

Neuf lutins qui dansent
Neuf Herilims qui chassent
Neuf chiffres résument le monde.

Dix vaisseaux ennemis
Qu'on a vus venant du sud
Malheur à nous !

Onze prêtres armés,
Avec leurs épées brisées
Et leurs robes ensanglantées.

Douze mois dans l'année
Douze Grands-Druides
Pour tout terminer.

*
**

Tard dans la nuit, quand tous les clients de l'auberge furent partis, Aléa remercia les deux aubergistes et partit exténuée dans la chambre qu'on avait préparée pour elle. Son ventre lui faisait mal à nouveau, et elle espérait trouver un peu de repos.

Malgré le sommeil qui la gagnait, elle avait du mal à s'endormir. Elle était excitée par tous les événements de la journée. Et elle se demandait comment allait finir sa rencontre avec les aubergistes. Elle ne croyait pas un instant qu'elle pourrait rester ici longtemps. Elle n'était jamais restée très longtemps amie avec qui que ce soit. À part avec Amine... Le souvenir de son amie lui revint alors comme un éclair dans la nuit.

Amine Salia, la fille du forgeron, qui avait offert à Aléa une amitié sans égale. Toutes deux s'étaient retrouvées en secret chaque soir l'année de ses onze ans. Elles s'inventaient des jeux, s'apportaient des cadeaux, se racontaient leurs journées et s'écoutaient mutuellement avec une passion bouillonnante. Amine racontait le métier de son père, Aléa racontait la vie des rues, puis elles rêvaient d'un ailleurs, d'une autre vie qu'elles pourraient vivre ensemble, loin des exigences stupides de ce village de fermiers. Elles partaient alors en courant se moquer des adultes imbéciles et de leurs occupations vaines qu'elles épiaient en riant depuis les toits du village.

Ce fut comme une révolution pour Aléa. Pour la première fois, on la regardait avec admiration. Pour la première fois, elle était écoutée, surtout comprise, et elle s'en trouva entièrement transformée, comme si se sentir moins seule l'avait sortie de l'enfance pour la plonger dans un âge merveilleux où l'on essaie de se faire confiance à soi-même et où même les échecs ont la saveur de l'apprentissage. Les deux petites filles se comprenaient entièrement, parce qu'elles ressentaient les mêmes choses, qu'elles avaient les mêmes réactions aux mêmes moments et que d'un simple regard elles pouvaient tout se dire. Elles s'imaginèrent qu'elles allaient avoir chaque jour de nouvelles histoires à raconter, de nouveaux jeux à découvrir, de nouvelles aventures à vivre, elles s'imaginèrent que ce moment de grâce pourrait durer toujours, et elles se promirent que rien ni personne ne pourrait séparer la fille du forgeron et la fille de la Terre. Que leur amitié serait éternelle... Oh, qui n'a jamais fait cette promesse ?

Puis, un soir, Amine ne vint pas à leur rendez-vous quotidien.

Le lendemain, elle expliqua à Aléa que son père était mort et que sa tante allait l'emmener avec elle loin d'ici, à Providence, la capitale de Gaelia.

Aléa ne revit plus jamais Amine et retrouva la solitude silencieuse à laquelle on l'avait abandonnée depuis l'enfance. Elle accepta, résignée, la seule vie que la Moïra semblait vouloir lui offrir, celle d'une orpheline oubliée.

Aléa soupira, et laissa s'évanouir le visage d'Amine au fond de ses pensées. Puis, lentement, elle trouva le sommeil.

Au milieu de la nuit, pourtant, elle fut réveillée par la douleur. Son ventre lui faisait de plus en plus mal et quand elle se leva elle sentit un liquide chaud entre ses jambes.

Prise de panique, elle s'approcha de la fenêtre où brillait la lumière blafarde de la pleine lune. Là, elle se pencha pour regarder l'intérieur de ses cuisses et découvrit une marque de sang. Elle poussa un cri d'horreur en plongeant sa tête dans ses mains et se laissa glisser par terre, dos au mur, au bord de l'évanouissement, les joues trempées de larmes. La douleur était intense dans sa tête et dans son ventre. Elle avait l'impression que son crâne allait exploser. Que se passait-il ? Elle se dit d'abord qu'elle était en train de mourir, qu'elle allait se vider de tout son sang jusqu'à en mourir. Elle imagina que c'était la Moïra qui la punissait de son vol. Puis elle se dit que c'était peut-être Almar le boucher qui lui avait jeté un mauvais sort !

Soudain, elle eut un sentiment insupportable d'impureté, ce sang la dégoûtait profondément à cet endroit où il n'aurait pas dû être. Elle se dit qu'il était le corps de toutes ses fautes, et qu'il fallait qu'elle s'en débarrasse si elle voulait obtenir le pardon de la Moïra. Terrorisée, elle se précipita vers la cuve d'eau à côté du lit et sauta dedans pour se laver. Au même moment, Tara fit irruption dans sa chambre, alertée par ses cris.

— Que se passe-t-il ? demanda-t-elle en voyant Aléa qui sanglotait, nue, dans la cuve d'eau.

Les larmes embuaient les grands yeux bleus de la jeune fille et, complètement désemparée, elle répondit simplement : « Du sang... » en désignant son bas-ventre.

La grosse aubergiste haussa les sourcils puis éclata d'un rire soulagé. Aléa fut tellement étonnée par le rire de Tara qu'elle arrêta aussitôt de pleurer en s'étouffant, un peu vexée. Elle attrapa la serviette que lui tendait la brave femme avec un sourire réconfortant, en lui faisant signe de venir s'asseoir sur le lit à côté d'elle.

Aléa passa la demi-heure suivante à écouter Tara. L'aubergiste expliqua à la jeune fille que cela arrivait à toutes les petites filles quand elles devenaient femmes, qu'elle pouvait même être fière et n'avait en tout cas aucune raison de s'inquiéter.

— La nature est comme toi, Aléa. Tu entres dans le grand cycle de la nature. Il y a les saisons, la vie, la mort, le soleil, le cycle de la lune. C'est avec les règles que la femme s'inscrit dans tout cela, tu comprends ? C'est naturel.

Elle ne comprenait pas réellement, mais Aléa trouva pour la première fois une chaleur maternelle, elle à qui on venait d'apprendre qu'elle n'était plus une enfant, et quand elle fut vraiment rassurée elle s'endormit tout doucement sur les genoux de l'aubergiste attendrie.

Le lendemain matin, Aléa eut droit au meilleur petit déjeuner de sa vie. Elle passa presque une heure à remercier les deux aubergistes. Elle n'avait jamais été de si bonne humeur et elle se sentait tellement différente. Elle en était sûre maintenant, c'était bien la Moïra qui l'avait envoyée hier au milieu de la lande et lui avait fait découvrir ce corps enfoui, le premier événement d'une série de surprises qui semblaient diriger sa vie vers un nouvel avenir. Elle n'était plus une enfant.

Le surlendemain, le capitaine Fahrio revint dans l'auberge pour lui poser quelques questions. Il n'avait pas trouvé le cadavre dans la lande et se demandait ce qu'il s'était réellement passé. La petite préféra mentir pour qu'on la laisse tranquille, elle prétendit qu'elle avait inventé tout cela pour se rendre intéressante, qu'elle avait juste trouvé une bague dans la lande, et c'était tout. Le capitaine fronça les sourcils et ordonna aux aubergistes de la surveiller tant qu'il n'aurait pas résolu cette affaire.

Aléa resta ainsi plusieurs semaines à la taverne de Kerry et Tara, les aidant du mieux qu'elle pouvait, apprenant les secrets de son nouveau métier, sympathisant avec les clients réguliers, s'habituant même aux plaisanteries mal placées des ivrognes tardifs, et elle pleura le soir où Faith, la barde, quitta Saratea pour un autre village...

Chaque soir, après le départ des derniers clients, elle lavait les grandes dalles de terre cuite sur le sol de la taverne, couchait les bûches dans le foyer de la cheminée pour que le feu s'éteigne doucement et montait se coucher après avoir remercié les deux aubergistes qui lui offraient toujours un sourire chaleureux. Avant de s'endormir, c'était devenu un véritable rituel, elle sortait la bague qu'elle avait trouvée sur le cadavre de la lande et l'admirait à la lumière d'une bougie, la chérissant comme son seul bien, son seul trèsor. Elle essayait de deviner ce que pouvaient bien signifier les symboles gravés à l'intérieur de l'anneau. Deux mains couvrant un cœur et une couronne. Elle pensait savoir que le cœur symbolisait l'amour et la couronne la royauté... Mais l'ensemble ? Alors elle passait l'anneau à son doigt puis s'endormait en s'imaginant que cette bague ne cesserait plus jamais de lui porter chance, car à présent c'était sûr : la Moïra lui accordait une nouvelle vie.

Chaque jour Aléa s'attachait davantage à ses deux hôtes. Ils la traitaient comme leur propre fille, l'écoutaient, lui parlaient, lui apprenaient toutes ces choses que son enfance ne lui avait pas permis de découvrir par elle-même, et ils avaient même commencé à lui donner un peu d'argent pour son travail. Pendant les premières semaines, Aléa crut qu'elle vivait dans un rêve.

Au bout de quelque temps, pourtant, elle se surprit à regretter certaines libertés de sa vie d'autrefois. Ses hôtes avaient beau la traiter comme leur fille, elle ne pouvait par moments s'empêcher de se souvenir qu'elle n'était sans doute pas à sa place. Les clients mettaient du temps à l'accepter, et elle continuait de lire la haine dans les yeux de certains. Et puis elle avait du mal à se plier au rythme de vie des aubergistes, mais aussi à leur façon de penser, à leurs traditions, leurs habitudes. Il y avait quelque chose de triste dans leur vie, si généreux fussent-ils : le manque absolu de surprise. Un soir, alors qu'elle jouait avec sa bague dans sa main, Aléa se demanda si la vie qu'on lui offrait à présent était vraiment faite pour elle.

Elle était certes heureuse dans l'auberge, mais quelque chose au fond d'elle la poussait à sortir. Elle avait besoin de se sentir seule, sans doute, entièrement libre, et peut-être même en danger. La vie de bohème lui manquait. La rue, la peur, la clandestinité. Pas assez pour avoir envie de quitter sa nouvelle vie, mais suffisamment pour disparaître certains soirs, l'espace de quelques heures, le temps de retrouver les émotions brutes de jadis. Ainsi, elle commença à s'éclipser de temps à autre. Kerry et Tara ne lui en tinrent pas rigueur. Ils comprenaient sans doute que la petite avait besoin de recul. Ils se contentaient de lui sourire quand elle rentrait, comme pour lui signifier qu'elle était toujours bienvenue et qu'elle pouvait prendre son temps avant d'accepter sa nouvelle vie. Kerry et Tara, malgré eux, n'avaient jamais eu d'enfants. Ils n'étaient pas sûrs de bien faire, mais ils auraient tout donné pour rendre Aléa heureuse. Plus rien ne leur faisait autant plaisir que la lumière dans ses grands yeux bleus.

— La petite a besoin de se sentir libre, avait expliqué un soir le brave aubergiste, alors qu'ils venaient d'entendre Aléa rentrer au beau milieu de la nuit, je suis déjà très étonné qu'elle se soit habituée si vite à ce changement de vie. Fahrio lui-même n'en revient pas !

— Je sais, mais j'ai peur qu'un soir elle ne revienne pas, avoua Tara. Et si elle se faisait attaquer ?

— Elle s'est très bien débrouillée toute seule jusqu'à maintenant. Allons, tu as surtout peur qu'elle ne veuille plus rester avec nous...

— Pas toi ?

L'aubergiste ne répondit pas. Bien sûr qu'il avait peur, et sa femme le savait. Il n'avait jamais été aussi heureux que depuis l'arrivée d'Aléa. La petite avait changé bien des choses. Elle avait même réveillé par sa simple présence l'amour que Kerry et sa femme se vouaient l'un à l'autre. Mais il savait bien qu'elle ne pourrait rester éternellement.

*
**

Un soir, alors qu'elle marchait lentement dans les rues du village un peu avant l'heure du dîner, Aléa surprit une conversation entre deux villageois. Assis sur le bord d'une fontaine de pierre, ils parlaient du Haut-Roi de Gaelia.

Eoghan Mor n'était pas le plus adoré de tous les rois qu'avait connus l'île. Il n'était certes pas mauvais, mais on disait de lui qu'il se laissait facilement manipuler ou intimider. Il ne savait faire face aux druides, par exemple, et avait trop vite abandonné la guerre contre les religieux de Harcourt. En somme, Eoghan avait bien du mal à se faire respecter par les cinq comtés de Gaelia. Mais une nouvelle venait cependant réjouir les habitants de Sarre, le comté le plus pauvre de l'île : le Haut-

Roi allait épouser une Sarroise ; mieux encore, une jeune fille qui était née à Saratea !

Aléa s'approcha discrètement pour en entendre davantage.

— Comment s'appelle-t-elle ? s'enquit le plus vieux.

— Amine. C'est la petite Amine Salia, la fille du forgeron, tu te souviens d'elle ?

Aléa sursauta en entendant le nom de son amie d'enfance. Il lui fallut plusieurs secondes avant d'accepter ce qu'elle croyait comprendre. Amine allait se marier avec le Haut-Roi ? C'était impossible !

— Mais elle ne doit même pas avoir quinze ans ! s'exclama le vieux villageois.

— Elle les a tout juste, répondit l'autre. Quand son père est mort, Amine est partie vivre à Providence, chez sa tante. Là, elle a étudié auprès d'un druide et cette gamine est si douée qu'elle est devenue vate l'an dernier ! Par la Moïra, elle est tellement jeune que toute la capitale s'est mise à parler d'elle comme d'un enfant prodige ! Une petite de Saratea, tu te rends compte ? Et c'est ainsi que le Haut-Roi l'aurait remarquée...

— Crois-tu qu'elle pensera à nous quand elle sera reine ? Peut-être que le Haut-Roi acceptera enfin de s'occuper du comté de Sarre ?

— Je l'espère, comme toi, soupira le jeune villageois.

Aléa n'en croyait pas ses oreilles. Elle regarda la bague sur le doigt de son poing serré et sourit. Oui, sa vie n'avait pas fini de changer ! Elle n'eut plus qu'une seule envie, courir à *L'Oie et le Gril* pour raconter son histoire à Kerry et Tara. Elle fit demi-tour et se précipita vers l'autre bout de Saratea, le cœur battant. Quelques villageois s'amusèrent de la voir passer. Cela faisait bien longtemps qu'on n'avait pas vu la petite Aléa courir ainsi dans le village.

Elle arriva essoufflée à l'auberge et se faufila entre les clients pour courir dans la cuisine de Tara où elle trouva les deux aubergistes. Ils se regardèrent d'un air étonné, se demandant ce qui pouvait bien être arrivé à la petite.

Aléa leur raconta toute l'histoire, fort maladroitement, essayant vainement de reprendre son souffle entre chaque phrase, mais elle était tellement excitée qu'elle mangeait un mot sur deux. Quand elle eut fini d'expliquer qui était Amine et ce qu'elle représentait pour elle, Aléa conclut enfin :

— Il faut que j'aille à Providence !

Tara lança un regard inquiet à son mari. Elle devinait ses pensées.

— Aléa, répondit Kerry en poussant une chaise vers la jeune fille pour qu'elle puisse s'asseoir, calme-toi un peu... Je comprends ton excitation, mais tout de même, tu vas un peu vite ! Es-tu bien sûre d'abord qu'elle te reconnaîtrait ?

Aléa parut étonnée. Elle avait espéré une autre réaction de la part de ses hôtes. Elle ne voyait pas comment l'aubergiste pouvait douter qu'Amine la reconnaisse et devinait que ce n'était pas vraiment ce qui l'inquiétait.

— Bien sûr qu'elle me reconnaîtra ! répondit-elle en fronçant les sourcils.

Kerry se retourna vers sa femme, espérant trouver les mots justes dans son regard, mais Tara était aussi mal à l'aise que lui. Il se pinça les lèvres, regarda Aléa à nouveau et lui offrit un sourire gêné.

— Et ensuite ? reprit-il d'un air désolé. Elle a sûrement mieux à faire avec la préparation de son mariage que de s'occuper d'une amie d'enfance qu'elle n'a pas vue depuis des années... Aléa, je... Je ne crois pas que ce soit une bonne idée de débarquer comme ça...

Cette fois-ci, Aléa comprit que Kerry n'osait pas lui dire directement qu'il s'opposait à son voyage.

— Je suis sûre qu'elle sera ravie de me voir. Et de toute façon, moi, je le serai ! Tara, je veux y aller !

— Mais Providence est très loin d'ici, Aléa, ce n'est même pas dans notre comté ! Tu n'as pas les moyens de t'offrir un voyage pareil, il faudrait acheter un cheval, avoir de quoi payer les auberges sur la route... Et là-bas, les soldats du roi ne te laisseraient jamais entrer dans le palais ! Vraiment, Aléa, c'est impossible !

— J'y arriverai sans problème ! Je me suis toujours débrouillée toute seule, je n'ai pas besoin d'acheter un cheval ni de payer des auberges ! Pourquoi veux-tu m'en empêcher ?

Tara ferma les yeux et préféra se retourner pour faire mine de s'occuper de la cuisine. C'était la première fois qu'ils entraient en conflit avec la petite, et l'aubergiste ne savait comment réagir. Après tout, quels que fussent les sentiments qu'ils éprouvaient pour elle, ce n'était pas leur fille : ils n'avaient pas vraiment d'autorité sur elle. Et pourtant, elle était convaincue, comme son mari, qu'il était de leur devoir d'empêcher Aléa de faire cette bêtise. Elle espéra que la petite finirait par comprendre.

Quant à Kerry, il commençait à perdre patience. Lui non plus n'osait trop user de son autorité sur cette enfant qu'il ne connaissait vraiment que depuis quelques semaines, mais l'entêtement d'Aléa devenait ridicule. Et il aurait détesté la voir partir ainsi pour Providence alors qu'elle commençait à peine à découvrir une vie normale.

— Écoute, ma petite, je t'assure que c'est une mauvaise idée. Je comprends que tu aies envie de partir, mais tu dois savoir qu'on ne fait pas toujours exactement ce qu'on veut dans la vie... Et ce n'est pas le moment pour toi de partir seule sur les routes. Tu es encore trop jeune, tu commences tout juste à gagner ta vie... Nous en reparlerons quand elle sera mariée. Peut-être viendra-t-elle d'elle-même à Saratea pour revoir tous les villageois, et alors elle te reconnaîtra sans peine. Mais en attendant, tu dois attendre. Être patiente. Tu comprends ?

— Je comprends que vous ne voulez pas que j'y aille, un point c'est tout ! s'exclama Aléa en essayant de cacher les sanglots dans sa voix.

Elle se leva brusquement et partit dans la grande salle pour prendre les commandes des clients qui commençaient à s'impatienter. Elle se força à ne pas pleurer et évita pendant toute la soirée les regards inquiets de Kerry et Tara. Même les clients remarquèrent sa tristesse. C'était la première fois qu'elle ne souriait pas aux farces des amuseurs habituels et qu'elle n'avait pas en retour un bon mot pour chacun.

À la fin dé la soirée, quand elle se retrouva enfin seule dans l'obscurité de sa chambre, elle laissa couler les larmes qu'elle avait retenues pendant toute la soirée. Elle essayait de comprendre la réaction de Kerry et Tara, mais non, elle n'y parvenait pas. Eux qui avaient été si bons avec elle jusqu'à présent, pourquoi refusaient-ils soudain qu'elle fasse ce qui pouvait la rendre encore plus heureuse ? Ne voulaient-ils pas vraiment son bonheur ? Elle se dit qu'ils étaient finalement égoïstes et qu'ils désiraient simplement la garder avec eux parce qu'elle leur rendait service. Ils ne l'aimaient pas pour elle mais pour ce qu'elle faisait dans l'auberge ! Encore une fois, elle n'aurait pas dû faire confiance à la bonté des gens. La générosité est toujours intéressée ! se souvint-elle. Mais il n'en serait pas ainsi ! Elle voulait aller à Providence pour retrouver Amine, et les aubergistes ne pouvaient pas l'en empêcher ! Après tout, ils n'étaient pas ses parents.

Elle eut bien de la peine à trouver le sommeil. Elle voulait se convaincre qu'elle avait raison de vouloir partir, et pourtant elle ne pouvait se résoudre à l'idée que Kerry et Tara faisaient preuve d'égoïsme. Peut-être étaient-ils sincères. Peut-être avaient-ils simplement peur pour elle ? Comment savoir ? Elle en finissait par se détester de leur en vouloir, eux qui avaient tant fait pour elle. Oui, mais elle voulait tellement retrouver Amine !

Elle ne cessa de se tourner et se retourner dans son lit et ne trouva le sommeil que tard dans la nuit.

Le lendemain matin, Aléa traîna dans son lit avant d'oser descendre. Elle ne savait plus trop si elle en voulait aux aubergistes, ou si elle leur donnait raison.

Elle n'était sûre que d'une chose, elle voulait revoir Amine.

Quand elle descendit enfin, elle fut accueillie par le sourire de Tara qui la prit dans ses bras et la serra contre elle sans rien dire. Cela réconforta Aléa qui lui rendit son sourire et partit prendre le petit déjeuner qu'on lui avait préparé. Elle essaya d'oublier l'histoire de la veille et se délecta des grandes tartines grillées que Tara avait soigneusement beurrées pour elle.

Au même instant, un vieil homme entra dans l'auberge, s'appuyant à chaque pas sur un long bâton en chêne blanc.

Il était grand, maigre et inquiétant, le regard caché sous l'ombre d'une haute capuche, emmitouflé dans un long manteau, blanc lui aussi, au milieu duquel était brodé le symbole de la Moïra – un dragon rouge et effilé au milieu d'une frise complexe – qu'on ne trouvait d'ordinaire que sur les portes des maisons pendant les fêtes de Samonios et le solstice d'été.

Aléa s'arrêta de manger et resta immobile jusqu'à ce que le vieil homme parte s'asseoir à une autre table. Elle était inquiète et excitée à la fois. Était-ce possible ? Un druide, à Saratea ?

Elle eut du mal à le quitter des yeux tant il l'intriguait. Que venait-il faire ici, dans cette auberge ? Était-ce un bon ou un mauvais présage ? Aléa se demanda si elle devait se retirer. Tara était dans la cuisine et la petite se trouvait donc seule avec lui. Elle ne savait que faire. En tout cas, elle n'oserait sûrement pas aller prendre sa commande.

Puis, soudain, le druide tourna la tête vers elle, sans ôter sa capuche.

— Bonjour, Aléa, dit-il d'une voix grave et profonde.

La petite sursauta et baissa les yeux vers son repas, faisant mine de n'avoir pas entendu.

— Tu ne veux pas me dire bonjour ? insista le vieil homme, avec un soupçon de moquerie dans la voix.

Aléa leva lentement la tête vers le druide, mais elle

ne parvint toujours pas à voir son visage, noyé dans l'ombre. Elle ne savait où poser son regard.

— Qui... Qui êtes-vous ? balbutia-t-elle en regardant à nouveau son petit déjeuner. Comment connaissez-vous mon nom ?

À cet instant, Tara entra enfin dans la grande salle. Aléa poussa un soupir de soulagement. L'aubergiste saurait sûrement quoi faire.

Tara s'arrêta brusquement au milieu de la salle. Elle semblait très étonnée par la présence du vieil homme. Elle adressa un regard à la petite, lui sourit, puis s'avança vers le druide en lui tendant respectueusement la main.

— Bonjour, balbutia-t-elle. Bonjour, druide, je... je ne m'attendais pas... Cela fait si longtemps...

— Plus de dix ans, en effet. Je suis d'ailleurs surpris que vous vous souveniez de moi...

— On n'oublie pas quelqu'un comme vous, répondit l'aubergiste avec un sourire gêné. Aléa vous a demandé ce que vous désiriez ?

Le vieil homme sourit. Ses gestes lents n'avaient rien pour rassurer Aléa.

— Non. Je crois que je lui fais peur, n'est-ce pas, Aléa ?

La petite resta muette et leva la tête vers l'aubergiste en fronçant les sourcils.

— Tu n'as aucune raison d'avoir peur, Aléa, dit Tara à la petite en lui faisant signe de continuer son repas tranquillement.

Aléa essaya de retrouver son calme et reprit son repas en lançant des regards discrets au vieil homme qui avait enfin enlevé sa capuche. Il était entièrement chauve et on avait peine à deviner son âge ; une seule chose était sûre : il était très vieux, mais avait gardé un regard fort pétillant. Un bouc de poils gris et blancs, taillé de près, soulignait son menton proéminent. Son large front était le plus effrayant, comme s'il cachait un tas de pensées bizarres que la petite n'osait imaginer. Mais elle faisait confiance aux paroles apaisantes de

Tara et se dit qu'elle avait sans doute de la chance de voir un druide dans un si petit village.

— Décidément, la Moïra est avec nous ce mois-ci, reprit Tara en souriant au vieil homme. Notre chère Faith Dana, la harpiste, est passée elle aussi il y a quelques semaines, alors que nous ne l'avions pas vue depuis des années ! Qu'est-ce que je peux vous servir, Phelim ?

Ainsi il s'appelle Phelim, pensa la petite. *Cela ne me dit rien, et pourtant lui connaît mon nom.*

— Je voudrais seulement un petit bouillon, madame, si vous en avez pour moi.

L'aubergiste acquiesça et repartit vers la cuisine.

— Tu as grandi, Aléa, je ne t'ai presque pas reconnue, reprit le druide tout en se levant pour venir s'asseoir auprès d'elle.

Aléa resta immobile. *Il prétend me connaître*, pensa-t-elle. *Mais je n'ai pas l'impression de le connaître, moi... Peut-être m'a-t-il vue quand j'étais toute petite.*

— Le capitaine Fahrio m'a raconté ton histoire de l'autre jour... Il pense que tu as dit n'importe quoi et que tu as volé cette bague à un étranger ou peut-être même à quelqu'un du village.

Aléa, bouche bée, laissa tomber ses mains sur la table. C'était donc cela. Le druide était venu la juger. Elle avait déjà entendu dire que dans les grandes villes, lorsqu'il y avait un crime, c'étaient les druides qui se chargeaient de juger le coupable. Se pouvait-il que celui-ci soit venu jusqu'ici rien que pour elle ? Aléa se mit à trembler.

— Moi, reprit le vieil homme, je suis sûr que tu disais la vérité. Tu veux bien me raconter comment cela s'est passé ?

Aléa était paralysée. Elle ne savait que répondre. Lui tendait-il un piège ? Devait-elle mentir pour se protéger ? Le druide la dévisagea un long moment sans rien dire, attendant sans doute qu'elle s'explique, puis il reprit d'un ton calme :

— Cette bague à ton doigt, c'est bien celle que tu as trouvée sur cet homme, n'est-ce pas ?

Aléa précipita sa main sous la table, regrettant aussitôt son geste. Elle était bouleversée par un horrible sentiment de culpabilité. Elle avait pensé que cette histoire n'aurait pas de suites. Fahrio n'était jamais revenu, et ni Kerry ni Tara ne lui avaient posé de questions sur sa bague.

— Je crois que je reconnais cette bague, Aléa, reprit le druide. Et si c'est bien la bague que je connais... alors je sais qui était l'homme que tu as trouvé là-bas, dans la lande.

Tara entra à nouveau dans la salle, apportant un bouillon au vieil homme. Phelim prit le bol qu'elle lui tendait et la remercia d'un signe de tête. Il mangea en silence, et quand il eut fini il dit simplement :

— Peux-tu au moins me raconter comment tu as fait tomber Almar à la renverse, l'autre jour ? C'était... volontaire ?

Cette fois-ci, Aléa prit vraiment peur. Elle avait presque oublié ce petit incident et fut saisie d'angoisse en se souvenant de cette force étrange qui l'avait traversée des pieds jusqu'à la tête ce jour-là.

— Je... je ne me souviens pas, mentit-elle en bafouillant.

Phelim sembla s'impatienter. Il soupira et reprit son bâton qu'il avait posé sur le banc, s'appuyant dessus des deux mains.

— Aléa, je dois absolument voir cette bague. C'est très important pour moi.

La jeune fille eut un mouvement de recul et, terrifiée, elle s'écria :

— C'est hors de question ! Laissez-moi tranquille !

Les deux aubergistes arrivèrent aussitôt, surpris par les cris de la petite.

— Que se passe-t-il ici ? demanda Tara.

— Il veut me voler ma bague ! s'exclama Aléa sans réfléchir.

Le druide posa lentement sa main droite à plat sur la table.

— Aléa, ne sois pas ridicule. Je ne veux pas te voler cette bague, je veux juste la voir.

Tara s'approcha de la petite avec un sourire gêné, elle semblait ne pas vouloir contrarier le vieil homme.

— Aléa, si le druide te dit qu'il veut juste voir ta bague, c'est que c'est vrai. Tu peux la lui montrer. On doit obéir à un druide, Aléa.

Mais la petite se leva brusquement.

— Non ! cria-t-elle.

Aléa tremblait de tout son corps. Elle était maintenant persuadée que le druide voulait la punir et, dans sa panique, décida qu'il valait mieux fuir. Mille pensées se mélangeaient dans sa tête. Un sentiment d'urgence l'envahissait. Il fallait qu'elle se décide. Elle se dit qu'elle avait à présent une nouvelle raison de retrouver Amine : celle-ci pourrait sûrement la protéger. Elle lança un regard empli de larmes vers les deux aubergistes, elle aurait voulu les embrasser pour leur dire adieu, mais le druide s'était levé à présent et elle se précipita vers la porte, renversant son banc dans sa course. Elle s'enfuit de l'auberge sans se retourner.

Elle courut instinctivement vers le sud, essuyant d'un revers de manche les larmes qui coulaient sur ses joues. Elle s'en voulait d'abandonner ainsi Tara et Kerry, surtout après la dispute de la veille, mais une voix dans sa tête lui ordonnait de fuir et, au fond d'elle, elle était sûre que c'était la meilleure chose à faire.

Elle se promit qu'un jour elle reviendrait voir les aubergistes pour les remercier de leur bonté.

En fermant presque les yeux elle accéléra encore le rythme de sa course ; elle ne voulait pas croiser le regard des villageois qui s'étonnaient de la voir courir si vite, comme si elle fuyait une meute de loups. Quand elle fut arrivée à la sortie du village, elle s'arrêta pour reprendre son souffle. Devant elle commençait la longue route qui menait à Providence. Elle devait faire son choix, à présent. Rester ici et affronter les questions du druide, ou bien partir sur cette longue route pour retrouver Amine, malgré les conseils des aubergistes. Aléa respira profondément, jeta un dernier coup d'œil au village et se remit à courir. C'était sans doute ce que voulait la Moïra. Animée par l'espoir de retrouver Amine, elle disparut bientôt dans la lande, derrière la grande porte de Saratea.

Chapitre 4

LE CORNEMUSEUR

À bout de forces, Aléa se laissa tomber dans un parterre d'herbe fraîche émaillé de pâquerettes blanches et attendit tranquillement de reprendre son souffle, étendue sur le dos. Soudain elle éclata de rire. Un rire qui la prit par surprise et qu'elle n'arrivait pas à contrôler. Le druide lui avait fait tellement peur que ses nerfs se relâchaient soudain, et elle ne s'était tout simplement jamais sentie aussi libre. Si loin de la ville. Cette fois, elle savait qu'elle était partie pour de bon, et cela faisait battre son cœur. Elle avait déjà oublié sa peur et ses larmes et un sentiment d'impatience l'emplissait à présent.

Elle resta encore un long moment allongée dans l'herbe, souriant au soleil rouge et suivant du regard une grosse mouche noire qui tournoyait bruyamment au-dessus d'elle. Elle passa ses mains sous sa nuque pour surélever un peu sa tête et admirer l'horizon. À l'ouest, elle apercevait la silhouette crénelée de la forêt. Cette pensée ramena à son esprit le doux souvenir de Faith, la barde, qui avait chanté de nombreuses histoires de silves, ces créatures de légende. Mais elle essaya de l'oublier, se disant à regret qu'elle ne la reverrait sans doute jamais. Elle scruta à nouveau l'horizon. Plus loin au sud, elle admira la chaîne de Gor-Draka dont les sommets aux reflets roses et blancs se perdaient dans un océan de nuages.

Pour l'heure, elle était bien décidée à se rendre à Providence où, elle en était sûre, elle retrouverait Amine. Elle se leva d'un bond et repartit vers le sud, traînant ses pieds dans le sable blanc de la lande.

Elle marcha plusieurs heures avant de sentir la faim au creux de son ventre. À nouveau, elle allait devoir trouver seule un moyen de manger et de dormir.

C'est alors qu'elle assista à une scène étrange. La lande se creusait à cet endroit comme une vallée entre deux collines, et des rochers imposants entouraient le chemin de sable blanc. Un passage idéal pour une embuscade. Et justement, quelques mètres plus loin, au beau milieu de la route, deux brigands armés de bâtons entouraient un petit homme, trop petit pour être un homme et trop trapu pour être un enfant. Il devait s'agir d'un nain et Aléa comprit qu'il avait besoin d'aide. Les deux hommes le menaçaient de leurs bâtons alors que lui n'avait aucune arme. Elle ramassa par terre un tas de pierres qu'elle cacha dans sa poche avant de s'avancer d'un pas vif vers les trois inconnus.

— Vous n'aurez pas mon argent ! criait le nain aux deux hommes.

Aléa s'approcha et distingua enfin l'étrange accoutrement des brigands. Elle comprit en voyant leurs vêtements blancs et le tatouage sur leur front qu'il s'agissait de bannis.

Aléa n'avait vu des bannis qu'une seule fois, à Saratea. Elle avait alors éprouvé de la pitié pour ces parias à qui personne ne devait adresser la parole. Le bannissement, déclaré par les druides, par les comtes ou par le Haut-Roi, était la dernière punition avant la peine de mort, dans tous les comtés de Gaelia, et Aléa se demandait finalement laquelle des deux était la pire. Les bannis n'avaient plus aucun droit. On ne leur adressait pas la parole, on ne devait pas leur accorder l'aumône ni le moindre témoignage de pitié ou de sympathie. Ils n'avaient accès à aucun lieu public, ni auberges ni même les simples commerces, et de toute façon ils n'avaient pas l'argent pour en profiter. Souvent, ils se réunissaient dans la campagne et partageaient le fruit de leur chasse et de leur pêche, mais dès qu'ils formaient un groupe trop nombreux, les soldats venaient pour les séparer. La plupart du temps, les bannis se laissaient mourir sous le soleil sans éveiller la moindre pitié.

Quand, quelques années plus tôt, elle avait vu marcher ces bannis décharnés dans la ville, elle s'était dit qu'elle avait bien de la chance à côté d'eux, et que la justice n'était pas toujours juste.

Mais aujourd'hui, c'était davantage pour ce nain qu'elle éprouvait de la pitié. L'un des deux bannis s'approcha en dressant son bâton au-dessus de sa tête, mais avant qu'il ne puisse l'abattre sur le nain, Aléa envoya une pierre dans sa direction, de toutes ses forces. Elle avait peu de chances de l'atteindre à cette distance, mais elle s'était souvent entraînée au lancer de cailloux à Saratea et était devenue particulièrement habile en tirant sur les oiseaux et parfois même sur les vitres des villageois qui l'avaient ennuyée.

Par chance, ce caillou-là arriva pile à l'endroit qu'elle avait visé. Le banni reçut la pierre en pleine nuque et tomba aussitôt par terre, la tête la première, complètement sonné. Le nain, qui avait vu Aléa arriver, profita de la surprise occasionnée par l'attaque pour décocher un coup de poing phénoménal dans le ventre du second qui se plia en deux en hurlant de douleur. Aléa ne perdit pas de temps et, alors que les deux bannis se relevaient, incrédules, elle leur lança de nouvelles pierres en hurlant le cri dont elle usait, toute petite, pour faire peur aux garçons du village : « *Je suis la fille de la Terre ! Je suis la fille de la Terre !* »

Les deux brigands, tordus de douleur, s'enfuirent sans demander leur reste sous le rire moqueur du gros nain.

Aléa lâcha ses dernières pierres en regardant les deux couards s'éloigner, et, avec une fierté non dissimulée, elle rejoignit le nain en lui tendant la main.

— Je m'appelle Aléa, dit-elle tout sourire, portée par sa bonne humeur.

— Et tu es une sacrée bonne femme, ça oui ! répondit le nain sans cesser de rire. Moi, je m'appelle Mjolln Abbac.

— Comment ?

— Mjolln !

— C'est un drôle de nom, s'étonna la petite, qui était un peu vexée que le nain l'ait traitée de « bonne femme ».

— Pas drôle pour un nain ! Ahum. Drôle pour une femme lanceuse de pierres, ça peut-être. Les tiens m'appellent souvent le cornemuseur, à cause de mon instrument.

Il montra la cornemuse qui était attachée dans son dos.

— En tout cas, merci pour ton aide, tu leur as fait peur, à ces deux idiots ! Ahum, ahum. Non pas que je n'aurais pas pu me débrouiller sans toi, oh, oh, oh, mais au moins cela m'a fait bien rire !

— C'est ce que je vois, dit-elle avec ironie.

— Par la Moïra, reprit le nain, il va falloir que votre roi fasse quelque chose pour les bannis. Ça, oui ! Ces pauvres hommes deviennent fort agressifs. Ahum ! C'est le moins qu'on puisse dire. Et où vas-tu comme ça, toute seule, lanceuse de cailloux ?

— À Providence, répondit Aléa en inspectant son interlocuteur de haut en bas.

Quel étrange personnage ! Elle avait déjà vu un ou deux nains dans des auberges de Saratea, mais elle parlait avec l'un d'eux pour la première fois et trouva qu'il avait l'air plutôt sympathique, malgré sa voix sourde et rauque et son étrange façon de parler. Il était vêtu de cuir des pieds jusqu'à la tête, portait deux ceinturons, une gourde en bandoulière et un drôle de chapeau marron coiffé d'une longue plume d'oie toute blanche. Dans son dos on voyait dépasser les tuyaux en bois de son instrument de musique, et quand il bougeait quelques notes s'en échappaient. Il était plus petit qu'Aléa mais beaucoup plus large, et sa barbe rousse frottait contre son torse.

— Ah. Moi, j'allais plutôt vers le nord, vers Blemur, où il fait bon vivre dans les collines. Mais j'aimerais bien te remercier d'une façon ou d'une autre. Ahum. Que puis-je t'offrir en guise de ma bonne reconnaissance ?

Aléa hésita un moment, elle ne voulait pas paraître grossière, mais la faim se faisait de plus en plus ressentir.

— Eh bien, répondit-elle enfin, je n'ai rien à manger et je commence à avoir faim...

— Je vois. Miam, miam, miam. Ça, manger, oui, c'est ce que je sais faire de mieux après la cornemuse ! Je suis le roi des mangeurs. Si tu acceptes de me tutoyer, malgré mon grand âge, alors je veux bien t'inviter pour un bon repas dans cette auberge que j'ai croisée un peu plus au sud. Ahum. On pourra faire connaissance, chanter un peu et compter les nuages pour se moquer du ciel.

— Mais vous deviez partir vers le nord...

— Le sud ou le nord, ça dépend où on met la tête. Il paraît même que plus on va au nord, plus on a de chances de finir dans le sud ! Ahum. Ha, ha, ha. C'est merveilleux, n'est-ce pas ? Parole de nain, si je trouve celui qui a inventé le sud, je lui ferai perdre son nord ! Allons, lanceuse de cailloux, je ne suis pas pressé. Ce n'est pas tous les jours qu'on croise une aventurière comme toi. Je reprendrai mon chemin plus tard.

Une aventurière ! Il l'avait appelée *aventurière !* Aléa était flattée, enchantée, elle qu'on n'avait jamais traitée que de voleuse ou de pouilleuse ! Cela lui plaisait bien qu'on la prenne pour une *aventurière.* Elle songea que seule une adulte pouvait être appelée ainsi. Aléa leva le front, et son visage sembla s'éclairer à la lumière de ses grands yeux bleus.

— Alors, allons-y, ne perdons pas de temps, déclara le nain alors qu'au loin on voyait soudain se former de gros nuages gris, contrastant avec la clarté de cette partie du ciel.

Et ils partirent côte à côte comme deux vieux compagnons. Le nain était chaleureux et rieur, et il avait mis la jeune fille en confiance dès le début. Leurs deux caractères se mariaient à merveille. Mjolln était bavard, drôle et très curieux, il ne cessait de poser des questions à la jeune fille en commentant chaque fois longuement ses réponses.

— D'où viens-tu ?

— De Saratea.

— Il ne faut pas s'arrêter à Saratea. Haha. S'arrêter à Saratea. Tu viens de là ? Ahum. Je comprends que tu sois partie...

— Pourquoi ?

— Il ne se passe rien à Saratea. La vie s'arrête à Saratea. Haha. Non ? Sinon pourquoi es-tu partie ?

— On m'a chassée...

— Comme du gibier ? Haha. Ils t'ont plumée, aussi ?

Aléa le trouva complètement loufoque et ils continuèrent à parler longtemps, s'amusant et oubliant tout, le temps, les bannis, la marche et même le lendemain...

Mjolln raconta qu'il s'en revenait de Vieux-Port où il avait pu revendre les objets qui lui étaient restés sur les bras après la fermeture de sa boutique. La vie de Mjolln semblait bien compliquée, et Aléa découvrit très vite que son grand âge lui avait permis de pratiquer un nombre incroyable de métiers.

Le nain, comme tous les nains semblait-il, avait d'abord été forgeron à Pelpi, le village de son enfance, au sud-ouest de Farfanaro. C'était le métier qu'il avait pratiqué le plus longtemps, il en connaissait tous les secrets et racontait qu'il avait même fabriqué une épée pour le neveu du comte de Bisagne. Mais à la mort de sa femme, Mjolln avait décidé de quitter son village pour partir sur les routes du monde et découvrir tout le nord du pays. Il s'était dit à l'époque qu'il visiterait le monde tant qu'il n'aurait pas atteint la taille d'un humain – c'est-à-dire toute sa vie !

Il avait d'abord rejoint un groupe d'acteurs, des nomades fort accueillants auprès desquels il avait appris le théâtre, mais aussi à se diriger et à se débrouiller seul au milieu de la nature. Les acteurs ambulants ne restaient jamais plus d'une nuit dans les villes où ils donnaient leur spectacle et passaient leur vie sur les routes et les chemins, dans leurs roulottes colorées. On les appelait aussi enfants de la Moïra parce qu'ils lui consacraient leur vie, à l'écoute de ses signes, mettant leur sort entre ses mains. Les acteurs ne faisaient jamais de plans, ne prévoyaient pas l'avenir, ne pensaient pas au lendemain : ils se laissaient guider dans le courant de la Moïra et vivaient au jour le jour. C'est à leurs côtés que Mjolln apprit à ne plus avoir peur de la mort. On lui enseigna bien d'autres choses encore, qui lui servirent plus tard, comme le nom des fleurs, des arbres, celui des plantes comestibles et celui des champignons mortels. Il resta ainsi avec les acteurs deux années complètes et les quitta enfin, un jour qu'ils passaient près de Providence.

Le nain erra quelques jours dans la ville gigantesque, apprit à ne pas se perdre dans le dédale de ses rues larges et bondées, puis trouva une place d'apprenti chez un vernisseur de meubles. Il apprit à vernir le bois au tampon, pour lui donner une brillance discrète sans trahir la matière naturelle, il apprit à confectionner lui-même le vernis et la laque avec la résine et la sève des arbres, il apprit à mélanger les teintes pour redonner à un mobilier une couleur uniforme, et surtout il apprit à aimer le bois, lui qui ne connaissait que le fer. C'était un matériau si noble, qui continuait de vivre longtemps après sa mort. Le bois bougeait, changeait, et la nuit il lui semblait même qu'il lui parlait. Mjolln pouvait rester des soirées entières à passer sa large paume sur le dos des meubles entassés dans l'atelier de l'artisan, caressant le bois dans le sens de ses veines, lentement, comme la peau d'une femme. Il pouvait même passer sa main sur le vernis encore frais sans abîmer la surface, tant il était délicat. Il aimait l'odeur de vernis qui emplissait l'atelier et qui restait imprégnée sur ses doigts une fois le travail terminé. Il se sentit si bien dans son nouvel emploi qu'il demeura là presque trois ans, jusqu'au jour où le vieux vernisseur ferma boutique pour finir ses jours à Vieux-Port, comme le faisaient souvent les artisans de Providence. Quand Mjolln se remit sur la route, il avait les mains noircies par la teinte jusque sous les ongles – et aujourd'hui encore il gardait fièrement les traces de son artisanat.

L'année suivante fut la plus difficile mais aussi la plus importante pour lui. Il voyagea seul jusqu'aux montagnes de Gor-Draka, qu'il entreprit de franchir. Si le plus petit homme du monde pouvait franchir la plus haute montagne du monde, alors rien n'était impossible, s'était-il dit, peut-être même d'atteindre la taille d'un humain ! Il commença à grimper par la façade sud de Gor-Draka, rencontra d'abord les bergers solitaires et leurs troupeaux de moutons, puis dormit à la belle étoile sous le souffle du vent. Chaque matin, il repartait le cœur joyeux pour marcher jusqu'au soir, après d'interminables lacets sur le flanc de la montagne. Bientôt, il n'y eut plus un seul homme sur sa route, seulement quelques chamois et marmottes qui l'espionnaient en silence. La pente était de plus en plus raide, le sol de schiste de plus en plus glissant, et les rayons du soleil étaient si forts que Mjolln crut plusieurs fois perdre la tête. Mais le plus difficile était de se nourrir. À mesure qu'il montait, Mjolln avait de plus en plus de mal à trouver des plantes et des poissons, et il pensa qu'il allait mourir de faim quand – par chance – il tomba sur une vieille cabane de bois où les bergers, sans doute, avaient soigneusement conservé dans le sel quelques aliments essentiels. À peine de quoi faire un repas, mais cela lui permit au moins de reprendre des forces et du courage, et le lendemain, Mjolln se remit en route.

Chaque jour, une nouvelle partie de son corps lui faisait mal. Sa bouche, asséchée, brûlante. Ses yeux, rouges et baignés de larmes. Ses mains, blessées de toutes parts. Son dos, rigide et endolori. Ses jambes, nouées de crampes. Ses pieds, ensanglantés. Chaque nouveau pas le faisait souffrir et il avait perdu depuis longtemps la notion du temps, continuant à la seule force de son orgueil, et il n'était plus que l'ombre de lui-même quand il atteignit enfin un col sous le sommet de Gor-Draka.

Continuer plus haut aurait été de la folie, la paroi était à pic et Mjolln était beaucoup trop faible. Mais il avait gagné son pari : il allait passer de l'autre côté de la montagne. Il s'écroula au sol, secoué seulement par des larmes où se mêlaient la douleur et la joie.

Il resta là plusieurs jours, reprenant lentement des forces dans le berceau du col de Gor-Draka, à regarder tout en bas la ville d'Atarmaja, et plus au sud encore la forêt de Borcelia. Quand au soir le soleil se couchait loin à l'ouest, la mer s'habillait d'une magnifique robe violette. C'était le spectacle le plus magnifique que Mjolln eût jamais vu, et les rares plantes qu'il trouva alentour lui suffirent à le faire tenir debout tant il semblait pouvoir se nourrir simplement de la beauté des montagnes et du monde autour d'elles. Il passait ses journées à se laisser envahir par la grâce du monde, jusqu'au jour où il comprit le sens de son propre voyage.

Il ne voulait plus grandir comme un homme.

Le lendemain, Mjolln entama la longue descente qui allait le mener de l'autre côté de la montagne, et son cœur était empli de joie.

Quelques semaines plus tard, il s'installait dans le petit village de Blemur où il pratiqua de nombreux métiers – teinturier, cuisinier, cordonnier, palefrenier... – jusqu'à ce qu'il ouvre sa propre boutique, un bazar où l'on trouvait tout et n'importe quoi. Il tenait son magasin en se montrant un commerçant des plus aimables et fut très apprécié par les habitants du village qui savaient qu'ils pouvaient toujours tout trouver chez Mjolln. Et quand bien même il n'avait pas l'article désiré, on pouvait être sûr qu'il ne mettrait pas plus d'un mois pour se le procurer ! Dix années passèrent, le nain apprit à jouer de la cornemuse auprès d'un barde, puis un jour il se décida enfin à repartir sur les routes. Il était las, et le voyage lui manquait. Il lui fallait un nouveau défi et Mjolln en trouva un plus fou encore que la montagne de Gor-Draka : maintenant qu'il avait appris la cornemuse, il se jura qu'il deviendrait le premier barde nain. Il revendit sa boutique puis partit à Vieux-Port pour se débarrasser des derniers objets inclassables dont personne ne voulait à Blemur.

— Ainsi, expliqua le nain, je m'en reviens de Vieux-Port. Et je cherche un druide qui veuille bien faire de moi un barde. Tu vois un peu tout ce qu'on peut faire, en commençant forgeron ?

— J'ai connu un forgeron, intervint Aléa, ou en tout cas la fille d'un forgeron.

— Et moi, je n'ai pas de fille ! Tralala. Il y a bien eu ma femme, il y a fort longtemps, mais c'est encore une autre histoire. Ahum.

— Raconte-moi ! demanda la petite alors que se profilait enfin au loin l'auberge vers laquelle ils se dirigeaient.

— Encore ? Ahum. Bon, je te raconte. Quand j'avais à peu près ton âge, ou peut-être un peu plus, le double, ou peut-être le triple, je ne sais plus, je suis tombé amoureux de mon amie d'enfance. Elle s'appelait Zaïne, ahum, belle Zaïne, et nous avions grandi ensemble dans les ruelles de Pelpi... Comme ce nom est doux dans ma mémoire. Pelpi... Pardon ? Ah, oui ! Zaïne... Zaïne était espiègle, vive et joyeuse, et moi, comme mon père, j'étais plutôt pataud, lent et songeur. Pourquoi tu ris ? Oui, je suis songeur, moi, lanceuse de cailloux ! C'est Zaïne qui m'apprit à rire de tout et en échange je lui fis partager mon amour pour les étoiles. Tu aimes les étoiles ? Ahum, regarde comme elles se cachent le jour et se réservent à la nuit pour consoler un peu les insomniaques et les allumeurs de réverbères. Tiens, ce soir, je nommerai une étoile Aléa en souvenir de la lanceuse de cailloux. En tout cas, un jour, alors que nous étions amis depuis toujours, je me suis rendu compte que peut-être nous nous aimions. Ahum. D'amour, je veux dire. Et le lendemain, je l'ai demandée en mariage. Au début elle a cru que j'étais fou, mais pas du tout, bien des années plus tard l'histoire m'a donné raison : nous étions bien amoureux l'un de l'autre. Finalement, elle accepta de devenir ma femme et le village nous offrit notre nouveau toit.

— Ils vous l'ont offert ? s'étonna Aléa.

— Oui, c'est comme ça chez nous. Ahum. Quand un couple se forme, tout le village se réunit pour construire sa maison. Cela ne dure que deux semaines au bout desquelles le couple est officiellement marié. Chez nous, la cérémonie du mariage est un chantier de deux semaines ! Ahum. Nous espérions avoir des enfants, bien sûr : j'aimais beaucoup Zaïne et je voulais qu'elle soit la mère de mes nains, non, pas *le nerf de mes mains*, ni *l'amer naît demain*... Ha, ha, ha. On fait n'importe quoi avec les mots, hein ? Il n'y a rien de plus drôle que les mots et... Pardon ? Ah, oui... Zaïne. Je ne pouvais imaginer personne d'autre. D'ailleurs... Enfin, bref, ahum, nous voulions des enfants et avions même préparé leurs chambres, que Zaïne passa une année entière à décorer... Et puis un soir, les gorgûns sont arrivés à Pelpi.

— Les gorgûns ?

— Tu n'en as jamais entendu parler ?

— Si, bien sûr, mais je croyais que c'étaient des contes pour faire peur aux enfants... Les gorgûns existent vraiment ?

— Taha, oui, les gorgûns existent, et ils ont en plus une haine féroce contre les nains. Ahum. On la leur rend bien, d'ailleurs, il faut dire...

— Et à quoi ça ressemble, un gorgûn ? demanda Aléa, les yeux écarquillés.

Après les histoires de silves que la barde avait racontées à l'auberge, voilà qu'un nain lui parlait maintenant des gorgûns ! Toutes ces créatures de légende lui paraissaient jadis si mystérieuses qu'elle avait du mal à y croire aujourd'hui et qu'elle s'émerveillait à l'idée de pouvoir découvrir chaque jour autant de nouveaux prodiges.

— Un gorgûn ? C'est très laid. Il n'y a rien de plus laid. Les bannis de tout à l'heure gagneraient un concours de beauté au pays des gorgûns. Beurk. Ils sont complètement disloqués, comme si leurs os étaient sur le point de sortir de leur peau verte. Oui, ahum, ils ont la peau verte, comme des crapauds, sales, et des petits yeux rouges inquiétants. Ils sont poilus, mais, surtout, ils sont fort agressifs. Bah, bah, je les déteste. Vous m'entendez, les gorgûns ? Je vous déteste ! Enfin, bref, ils sont arrivés pour piller le village et avant que nous ne parvenions à repousser ces monstres visqueux ils avaient déjà tué la moitié des habitants de Pelpi. Quand je suis retourné dans la maison, j'ai trouvé le corps de ma femme étendu par terre. Zaïne. Les gorgûns l'avaient tuée. Ils m'avaient enlevé ma raison de vivre. Belle, comme elle me manque. Je lui suis resté fidèle depuis et c'est pour cela que je n'ai pas d'enfants, vois-tu ?

— Elle est plutôt triste, ton histoire...

— Oh ! Je suis parti sur les routes et la montagne de Gor-Draka a un peu soigné mes maux. Ahum. Et toi, ton histoire ?

— Bah, il n'y a pas grand-chose à dire. En vérité, j'ai l'impression que je viens seulement de naître.

Le nain la regarda d'un air étonné, puis Aléa lui raconta un peu de sa vie, les rues de Saratea, la fille du forgeron, le boucher obèse et le chef des soldats, elle lui parla du corps enfoui dans la lande, cette histoire que vous connaissez déjà, et elle lui montra même l'anneau en lui expliquant qu'elle partait pour le vendre à Providence.

Les nuages s'épaississaient, avançaient lentement dans le ciel, et l'atmosphère lourde semblait indiquer qu'un orage n'allait pas tarder à éclater. Mais ils s'en souciaient peu et ne virent pas le temps passer. Aléa se régalait en écoutant le nain, retrouvait cette sensation de confiance qu'elle avait jadis éprouvée en présence d'Amine. Quand enfin ils arrivèrent à l'auberge, ils se réjouirent à l'idée de pouvoir se rassasier tant ils avaient faim.

*
**

— Je vous écoute, maître.

— Je veux que vous me rameniez celui qu'on appelle Ilvain.

Maolmòrdha n'avait pas quitté son trône au palais de Shankha depuis qu'il avait tué Aldero. La pièce était plongée dans une obscurité froide et malsaine. L'énergie du maître des lieux saturait l'atmosphère. Il y avait deux cadavres à droite du trône. Deux serviteurs sacrifiés, peut-être simplement par plaisir. L'odeur du sang et de la pierre humide envahissait la salle à en donner la nausée. Une jeune fille dénudée, allongée sur le ventre, couverte de sang, la chair lacérée de griffures et de morsures monstrueuses, était attachée au trône de Maolmòrdha par des chaînes qui lui entaillaient les chevilles et les poignets. On entendait en bruit de fond ses sanglots étouffés. Les murs semblaient vivants, parcourus par des filets de liquide visqueux qui glissaient jusqu'au sol comme des coulées de lave. La salle du trône était tout entière possédée par l'âme de Maolmòrdha, aussi froide que la mort, aussi vide, mystérieuse et terrifiante.

Un colosse en armure se tenait à genoux devant Maolmòrdha, n'osant pas même lever la tête pour voir le visage de son maître. Maolmòrdha ne lui en tiendrait peut-être pas rigueur, mais il préférait ne pas essayer : trop d'hommes étaient morts avant lui à vouloir tester la tolérance du maître.

Ayn' Sulthor était le prince des Herilims, le Jeteur d'ombre, digne héritier de l'ancienne lignée des voleurs d'âmes, et Maolmòrdha en avait fait son bras droit pour s'assurer la fidélité de tous les Herilims, des alliés décisifs. Sulthor était un géant surhumain. Il mesurait près de deux mètres quinze et ses muscles semblaient taillés dans le roc. Son armure noire assombrissait encore davantage son visage lugubre et sous son casque scintillaient les billes ténébreuses de ses yeux. C'est de là qu'il tenait son nom, Ayn' Sulthor, les Yeux Noirs.

Mais devant Maolmòrdha il n'était rien. Rien qu'un serviteur obéissant et terrifié par les pouvoirs de son maître. Maolmòrdha avait fait la démonstration de sa puissance par deux fois au cours des derniers jours, comme il réunissait une petite armée de gorgûns afin de parvenir à ses fins. Les gorgûns étaient stupides, et Maolmòrdha avait dû en tuer plusieurs, pour l'exemple. Les flammes et les éclairs qui avaient jailli de son corps assuraient pour longtemps son statut de maître auprès des nombreux gorgûns et des Herilims qui les dirigeaient pour lui.

Sulthor hésita avant de parler. Pour ne pas être tenté de lever les yeux, il fixait une petite lueur au coin d'une dalle et s'imaginait la figure de son maître, gonflée de sang, ciselée par des veines saillantes où coulait la sève du mal, prête à exploser ; et au milieu, ses yeux vides, fenêtres opaques qui cachaient à peine le bouillonnement d'une magie en furie.

— Comment le reconnaîtrai-je, maître ? demanda Ayn' Sulthor sans lever les yeux, la main posée sur le pommeau doré de son épée.

— Il est le Samildanach. Sa puissance le trahira et vous n'aurez aucune peine à le reconnaître, Prince des Herilims. Mais ne vous avisez pas de le combattre. Faites-le venir ici. Amenez-moi cet Ilvain. Si jamais il n'y a d'autre issue que le combat, alors tuez-le, et amenez-le-moi dans ce linceul. Ainsi il conservera son pouvoir jusqu'à moi.

— Il sera fait selon vos désirs, maître.

— Tant mieux, Prince des Herilims, tant mieux.

Sulthor se leva, fit volte-face et quitta la salle du trône sans regarder Maolmòrdha. Il entendit seulement derrière lui le dernier cri de la jeune esclave enchaînée à qui l'on venait de trancher la gorge.

*
**

Imala partit vers le sud et entra bientôt dans une forêt plus dense où culminaient des futaies de chênes, de pins et de bouleaux. Les pattes enfouies dans une herbe haute, elle marchait prudemment, s'assurant à chaque foulée qu'on ne la suivait pas dans cette région qu'elle ne connaissait guère. La forêt sentait bon, un mélange de sève, de résine, d'herbe humide et de terre ; un petit vent frais lui chatouillait le museau et la faisait cligner des yeux. Imala se perdait dans les effluves de parfum qui allaient et venaient dans la danse du vent. Ses pattes trempaient dans une rosée abondante et vivifiante. Elle était bien.

Elle n'avait pas mangé depuis la veille et espérait seulement qu'elle pourrait trouver du gibier dans les herbes de cette forêt. Curieusement, elle ne ressentait déjà plus la douleur d'avoir perdu ses petits, même si elle gardait un souvenir empli de haine à l'égard d'Ahéna, la dominante. Mais elle connaissait à présent une nouvelle émotion, celle de l'aventure et de l'inconnu. Elle se pourlécha les babines et s'enfonça plus avant dans les bois, bercée par le chant des oiseaux et le hululement d'une chouette matinale.

Après une heure de marche, elle trouva enfin un marcassin égaré. Il grommelait sans cesse, appelant sans doute la mère qu'il avait perdue. Mais cela n'arrêterait pas la louve que seule la faim motivait. Elle s'immobilisa, surveilla sa proie un instant, puis se plaqua contre le sol, la queue tendue à l'horizontale, la tête en avant, les oreilles couchées, et avança lentement vers le jeune sanglier, déjà bien en chair, mais qui semblait encore malhabile. Une cible idéale.

Quand Imala ne fut plus qu'à quelques mètres du marcassin, celui-ci se dressa soudain. Il avait dû l'entendre ou sentir son odeur. Mais la louve s'y attendait et ne perdit pas une seconde : elle se précipita sur sa proie la gueule grande ouverte. Le marcassin tenta de donner des coups de ses défenses naissantes mais la mâchoire de la louve se referma sur son large cou. Le jeune animal tomba sous le choc et Imala ne lâcha pas prise, secouant la tête violemment pour l'égorger. Elle continua de serrer tant que couinait le petit sanglier. Elle sentait le sang poisseux couler le long de sa gueule et cela l'excitait encore davantage.

Après quelques derniers soubresauts convulsifs, le marcassin perdit la vie entre les crocs de la louve. Imala garda sa prise quelques instants de plus, puis emmena sa proie plus loin pour se repaître de sa chair, sous l'ombre immobile d'un vieux chêne. Elle s'endormit une heure plus tard, le ventre plein et l'esprit apaisé.

Quand elle se réveilla, elle fut tellement surprise qu'elle fit un bond en arrière et se coucha contre le sol en montrant les crocs : elle n'avait pas entendu arriver le vertical qui était assis devant elle.

C'est ainsi que les loups voyaient les hommes et tous ceux qui pouvaient se tenir debout. Des verticaux. Il s'était approché d'elle pendant son sommeil et s'était assis juste là pour la regarder dormir. Elle n'avait jamais vu un vertical de si près, et c'était terrifiant. Pourtant, il ne semblait pas lui vouloir de mal. Son odeur n'avait rien d'agressif et ses gestes calmes et lents étaient finalement rassurants. Imala, tapie dans l'herbe, se levait par à-coups pour mieux voir le vertical qui ne bougeait pas et continuait de la regarder. Elle remarqua alors qu'il était grand et fin et qu'il était très différent de l'image qu'elle s'était faite, de loin, des verticaux. C'était surtout la couleur de sa peau, ses oreilles et la finesse de son visage qui l'étonnaient. Intriguée, la louve décida de ne pas fuir tout de suite, même si son instinct le lui dictait.

Au même instant, d'une voix douce et mélodieuse, le vertical lui parla tendrement :

— Hath ne frian, imala cloth.

Sa voix apaisa aussitôt la louve qui se dressa sur ses pattes et marcha de côté. Le vertical en profita pour se lever lentement, et il s'éloigna sans un bruit.

La louve s'arrêta net, et le vit disparaître au milieu des arbres de la forêt et des rayons opaques du soleil qui se faufilaient entre les branches comme une pluie de lumière.

Imala partit renifler l'herbe aplatie où s'était assis le vertical, mémorisant à jamais l'odeur de cette créature étrange et amicale. Elle fit demi-tour et reprit le chemin de l'inconnu en trottant, la queue battante.

***

La petite auberge était installée juste au bord de la route. La lande se vallonnait de plus en plus par ici, et plusieurs arbres se dressaient autour du bâtiment. Quelques dépendances prolongeaient l'auberge vers le sud : grange, étable, pressoir... C'était une étape incontournable pour les voyageurs qui ne pouvaient que se laisser tenter par le fumet délicieux qui s'échappait de la cuisine, dont la fenêtre restait judicieusement ouverte. C'était une auberge large et basse, construite en pierres sèches sous un épais toit de chaume. Aléa et Mjolln s'engouffrèrent à l'intérieur. Dehors, on entendait gronder les premiers signes d'un orage.

La grande salle de l'auberge ne ressemblait pas du tout à celle de *L'Oie et le Gril*. Ici, les murs étaient sales, le mobilier était quelconque, abîmé, et les tables rangées sans ordre apparent. Le bruit ambiant était étourdissant. Pourtant, l'auberge baignait dans une humeur chaleureuse. L'humeur du voyage, celle de la pause méritée, de la détente avant la reprise de la marche. Loin du confort casanier de l'auberge de Saratea, ici on ne faisait pas de manières et on mangeait bruyamment. Deux serveuses enjouées couraient de table en table sans jamais s'arrêter, et Aléa se dit qu'elle n'aurait jamais pu les remplacer – rien à voir avec le rythme de l'auberge de Saratea. Ici, les deux serveuses avaient toujours les bras chargés d'assiettes, de cruches et de godets et semblaient danser sur une chorégraphie savante.

L'arrivée de l'orage avait réuni plus de monde qu'à l'accoutumée. La fumée des pipes et des plats chauds faisait une nappe épaisse et lourde qui, avec le fond sonore, devenait vite étouffante. Dehors, le ciel était à présent tout assombri. Un premier éclair vint ciseler le plafond de nuages.

Il n'y avait plus un banc de libre, et Mjolln et Aléa tournaient en rond, de table en table, un peu perdus, quand quelqu'un les interpella derrière eux :

— Mademoiselle, monsieur, vous pouvez vous asseoir à notre table, quand il y a de la place pour trois, il y en a pour cinq.

Trois jeunes hommes portant un étrange chapeau noir et plat leur adressaient un sourire. Aléa parut étonnée, et interrogea le nain du regard.

— Ce sont des étudiants du Mont-Tombe, Aléa. Ils ont un drôle d'uniforme, non ?

Le nain et la petite ne se firent pas prier davantage, ignorant sans doute que les universitaires du Mont-Tombe n'étaient pas très bien vus, dans la région, et s'assirent face à face aux côtés des jeunes garçons.

— Bonjour, je suis Darragh, et voici Garrett et Pearse.

Avec le bruit de l'orage et de la clientèle, il fallait presque crier pour se faire entendre.

— Bonjour à vous, répondit le nain alors qu'Aléa se contentait d'un sourire timide.

Les trois universitaires dégustaient un cuisseau de porcelet dont la magnifique teinte dorée faisait envie. La cuisinière avait enlevé l'essentiel de la couenne, légèrement saupoudré le gras de sucre, réchauffé le cuisseau jusqu'à l'os et l'avait mouillé d'un peu de jus de cuisson pour lui donner sa couleur et sa saveur sans brûlure. Le magnifique morceau de viande était servi avec une macédoine de légumes blanchis et étuvés au beurre. Mjolln se frotta les mains et passa sa langue sur ses lèvres tel un jeune chiot se léchant les babines. Dès qu'une serveuse fut assez proche pour l'entendre, il demanda, impatient, qu'on leur serve la même chose. La serveuse acquiesça en riant et s'engouffra dans la cuisine.

— Vous allez vers le sud, ou vers le nord ? demanda celui des trois universitaires qui s'était présenté comme Darragh.

— Moi, je vais vers le sud, à Providence, répondit fièrement Aléa pour qui visiter la capitale semblait un privilège.

— Moi aussi, enchaîna Mjolln à la surprise de la petite.

Pendant la marche, Mjolln avait secrètement décidé qu'il allait accompagner sa nouvelle amie à Providence. Il trouvait Aléa attendrissante et ne voulait pas s'en séparer si tôt. Il n'était pas pressé de rentrer à Blemur, après tout, aucune femme ne l'attendait là-bas. Il faut avouer qu'il était aussi très flatté de voir combien la petite riait de bon cœur à chacune de ses farces, et ils se délectaient tous deux d'une amitié aussi forte que précipitée. C'était un de ces moments magiques où le futur se dessine soudain à la lumière d'une nouvelle rencontre.

— J'accompagne Aléa à Providence, continua-t-il en souriant comme s'il venait de faire une bonne farce. Et vous ?

— Nous descendons aussi vers le sud, mais jusqu'à l'Anse d'Ebone où se termineront nos Facultés...

Les étudiants de l'université du Mont-Tombe, pour la fin de leurs études, devaient passer une année complète sur les routes du monde par petits groupes de trois ou quatre. On leur donnait alors une mission à accomplir. En général, il s'agissait de rapporter à la bibliothèque du Mont-Tombe certaines informations précises pour compléter quelque ouvrage savant, et ce dans n'importe quel domaine. Certains devaient revenir avec une longue étude sur tel ou tel métier, d'autres sur la géographie d'une région, d'autres encore sur sa politique ou son histoire... Rien n'échappait à la curiosité de l'évêque Aeditus et de son Église, et ces petits voyages, qu'on appelait les Facultés, permettaient en plus de vanter les mérites du christianisme et de sa vision du monde. Car les chrétiens ne voyaient pas les choses de la même manière que le peuple de Gaelia. Même s'ils n'osaient le dire haut et fort, leur philosophie remettait en cause l'idée même de la Moïra. Les moines de l'Université essayaient donc petit à petit de faire passer leur savoir du côté de la culture populaire, et un jour, peut-être, viendrait le temps d'affirmer les conséquences de leur théorie. Mais pour l'heure, il s'agissait de réunir le plus d'étudiants possible, et ceux qui partaient sur les routes pour accomplir leurs Facultés jouaient souvent aussi le rôle d'agents recruteurs...

— Et que devez-vous étudier, dans l'Anse d'Ebone ? demanda Aléa qui n'était même pas sûre de savoir ce qu'était vraiment cette Anse.

— Mais les fameux échassiers, bien sûr, répondit Pearse sur un ton qu'Aléa trouva quelque peu méprisant.

— Ah oui ? Et c'est quoi ? insista la petite en haussant les sourcils.

— Ce sont les habitants d'Ebone, reprit le jeune universitaire comme s'il récitait sa leçon, une ville sur pilotis située dans l'anse du même nom, et d'où l'eau se retire une fois par jour. Les habitants sortent alors de leurs maisons et se déplacent sur de grandes échasses qui s'enfoncent dans la vase où ils peuvent pêcher tranquillement. C'est pour cette raison qu'on les appelle les échassiers. C'est une coutume très particulière, et on ne sait pas grand-chose à leur sujet. Ce sera l'objet de notre étude.

— C'est passionnant, assura Mjolln, mais son regard s'était tourné vers le cuisseau fumant que lui apportait la serveuse avec une dextérité remarquable.

Aléa, elle, était réellement intriguée par cette histoire, et surtout par l'université du Mont-Tombe. Ainsi, il existait un endroit où l'on accumulait tout le savoir du monde, et où l'on écrivait tout ! Un endroit où l'on pouvait découvrir d'un seul coup toutes les villes du monde, tous les métiers, toutes les histoires, simplement en lisant des livres et en écoutant des professeurs. Ah, si seulement elle avait su lire, Aléa aurait tant aimé rejoindre le Mont-Tombe, et apprendre ! Elle se fichait de tout ce qu'on pouvait dire sur les chrétiens, il y avait tant de choses qu'elle ne connaissait pas, tant de noms, d'histoires, tant de gens et tant d'idées merveilleuses, différentes, dont elle ne soupçonnait sans doute même pas l'existence. Depuis la veille, il lui semblait qu'elle avait tout à apprendre, qu'elle ne savait encore rien de la vie et du monde, elle qui n'avait eu que les murs de Saratea comme ligne d'horizon, et que chaque jour lui réservait une nouvelle surprise. Elle se dit qu'il n'y avait rien de mieux que le savoir, la connaissance, que c'était sans doute même une richesse plus grande que l'or, et que celle-ci, enfin, était accessible.

— Mais y a-t-il des filles dans votre Université ? demanda-t-elle après un long silence.

Les trois étudiants se regardèrent d'un air gêné. Ils ne s'étaient sans doute pas attendus à cette question et, visiblement, il s'agissait d'un sujet sensible.

— Non, répondit Darragh, c'est... C'est interdit aux filles.

— Ah, répondit Aléa, déçue. C'est dommage.

— Mais... les filles peuvent se rendre à la bibliothèque et y lire tous les livres qui s'y trouvent, à condition bien sûr de payer le droit d'entrée annuel... Les moines ne sont pas comme les druides ! Ils autorisent la lecture et l'écriture, et ainsi chacun peut apprendre. Le savoir, chez nous chrétiens, n'est pas réservé à une élite.

Mais déjà Aléa n'écoutait plus. Étourdie par le bruit de l'orage qui faisait rage au-dehors, elle se laissa emporter dans le flot de ses pensées. Le monde était mal fait, et elle aurait sans doute préféré être un garçon. Il n'y avait pas de justice. Il fallait être né riche pour ne pas errer à treize ans sur les trottoirs de Saratea et ne pas être née fille pour partir au Mont-Tombe, apprendre le nom des choses et leurs mystères. Quelle logique pouvait-il bien y avoir là-dedans ? Dans les rues de la ville, les garçons ne se débrouillaient pas mieux qu'elle, ni par la force ni par l'esprit, alors pourquoi ? Quelques semaines plus tôt, l'aubergiste Tara lui avait vanté l'honneur d'être une femme, alors qu'entre ses jambes coulait le sang qu'elle avait d'abord pris pour une punition. Et aujourd'hui, elle avait beau être femme, elle n'en était pas plus libre. Libre d'apprendre comme ces trois imbéciles qui partaient étudier les échassiers de l'Anse d'Ebone. Non, vraiment, il n'y avait pas de justice, le monde était mal fait. Si seulement on pouvait changer le monde, se dit Aléa ! Mais était-ce bien ce que voulait la Moïra ou devait-on seulement suivre, tels les cheminants, sa voie toute tracée ? Aléa se dit que l'on était sûrement là pour agir, changer, bouger, et c'était bien ce qu'elle avait l'intention de faire, si jeune soit-elle, et si fille soit-elle ! Au fond d'elle, la petite se promit qu'un jour elle ferait tout pour changer cette loi idiote et qu'elle deviendrait alors la première fille à entrer à l'université du Mont-Tombe ! Elle sourit en se souvenant qu'elle s'était fait bien des promesses aujourd'hui, et conclut qu'en premier elle pouvait se contenter d'atteindre Providence.

Mjolln avait déjà mangé près de la moitié du cuisseau quand elle se décida à en prendre une tranche. La viande était délicieusement tendre et la fine couche de couenne croustillante à souhait. Elle se régala, et quand le repas fut fini, Mjolln paya l'aubergiste de bon cœur et ils attendirent la fin de l'orage en buvant du lait chaud au miel. Les étudiants n'avaient plus prononcé une seule parole pendant tout le repas, comme si la question d'Aléa les avait profondément troublés. Ils s'éclipsèrent bientôt en saluant poliment le nain et la jeune fille et s'en allèrent au sud vers leurs mystérieux échassiers.

— Ahum. Je n'aime pas trop ces chrétiens, glissa soudain Mjolln alors qu'il n'avait pas dit un mot depuis le début du repas. Bah. Après tout, je n'ai jamais connu de fille forgeron !

Aléa le regarda en haussant les sourcils, se demandant ce qu'il avait voulu dire, puis quand elle comprit elle lui adressa un sourire entendu.

Quand enfin l'orage cessa, ils reprirent la route ensemble, rassasiés, et plongèrent à nouveau dans leurs bavardages enthousiastes, foulant le sol trempé d'un pas sûr et joyeux.

Mais après une heure de marche, ils durent quitter bien vite leur humeur légère.

*
**

Le regard noir de Sulthor, le Jeteur d'ombre, parcourait lentement la surface de la lande à la recherche du moindre indice. Il l'avait senti, le Samildanach n'était plus très loin.

Le sable blanc et les rochers gréseux étincelaient au soleil comme une gigantesque plage de verre. Le sol était si chaud que des nuées de vapeurs tremblotantes flottaient sur toute la lande, déformant le relief et la ligne d'horizon. N'importe quel être humain aurait souffert sous la chaleur accablante du soleil, mais Ayn' Sulthor, lui, baigné dans la vapeur du désert, ne sentait rien sous son armure d'acier. Il ne craignait plus ni la chaleur ni le froid.

Il avait parcouru tout le comté de Sarre sur son haut cheval noir, explorant comme un limier chaque parcelle de la lande, chaque rue de chaque village, chaque clairière, chaque chemin. Il avait senti les âmes des habitants qu'il croisait, reniflé leur esprit pour repérer le petit indice qui désignerait sa proie. Les gens fuyaient sur son chemin, terrorisés par son allure et sentant parfois cette vague glaciale qui traversait leur corps quand le prince des Herilims lisait dans le fond de leur âme.

Plusieurs fois il s'était arrêté pour se nourrir sur la route. Mais Sulthor ne mangeait pas dans les auberges, ni même dans les chaumières. Non, le voleur d'âmes mangeait dans le crâne de ses victimes. Il se nourrissait de leurs pensées, de leur esprit, de leur mémoire et de leurs peurs, laissant leur corps imbécile flotter aveuglément dans une torpeur muette quelques minutes encore, avant de s'écrouler sans vie comme une oie à qui l'on a coupé la tête. Il choisissait ses proies, jaugeait leur âme, aiguisait leurs émotions, puis il les saisissait par les épaules quand la terreur devenait insupportable, quand elle donnait à sa nourriture étrange ce goût amer qui l'excitait tellement, et il se laissait envahir par l'énergie terrifiée qu'il volait à leur corps. Par la simple force de son esprit il parvenait à absorber l'âme de ses proies ; c'était l'Arhiman, la force des Herilims. Il n'y avait aucun moyen de fuir. Quand il avait trouvé sa proie, Sulthor la tuait, toujours. Il ne lâchait pas prise, n'abandonnait jamais, et plus on lui résistait, plus il prenait plaisir à dévorer sa victime. Il n'y avait plus rien d'humain chez le prince des Herilims, pas un regard, pas un mot, pas un seul geste. Il était devenu une machine à tuer sous les ordres de Maolmòrdha, et dans ses veines coulait un poison noir.

Après plusieurs jours enfin, il était entré dans le comté de Sarre et, alors qu'à l'ouest commençaient à s'élever les chênes et les hêtres verts de la forêt de Sarlia, il avait senti une brûlure au fond de sa tête. Un signal discret, mais bien présent, qui le fit arrêter brutalement sa monture. Il n'y avait aucun doute : si faible que fût ce signal, on ne pouvait pas se tromper, c'était celui d'Ilvain Iburan, le Samildanach. L'homme que Maolmòrdha l'avait envoyé chercher.

Le Jeteur d'ombre descendit de son cheval, et lentement il se mit à marcher, essayant de ne pas perdre la trace encore floue de sa proie. Il ne pouvait se fier à ses yeux, et même s'il continuait de scruter l'horizon à la recherche du moindre indice, il faisait surtout confiance à l'impression qu'il avait au fond de lui-même. Oui, Ilvain était là, mais Sulthor peinait à remonter la trace. Il crut d'abord qu'Ilvain était encore loin, puis il comprit ensuite que ce n'était pas le cas : c'était son signal, sa lueur vitale qui était faible. Comme si... Comme si le Samildanach était mourant. Le prince des

Herilims accéléra le pas, se laissant guider par cette brûlure étrange qui se faisait maintenant de plus en plus présente, presque douloureuse. C'étaient deux forces opposées qui peinaient à s'accorder, s'affrontaient malgré elles dans un territoire trop exigu. Cela devenait insupportable. Suffocant. Saîman contre Arhiman. La force des druides et du Samildanach contre celle des Herilims, deux puissances incompatibles, deux énergies adverses qui ne pouvaient coexister.

L'horizon plat de la lande blanche se perdait vers le nord, n'opposant aucun obstacle aux recherches mentales du cavalier. Soudain, Sulthor sentit un choc violent au fond de son âme, et il sut que le Samildanach était devant lui.

*
**

Alors qu'ils avançaient au milieu du chemin bordé de dunes de sable et de pins épars, Aléa et Mjolln furent assaillis par huit bannis armés de gourdins et d'épées.

— Ce sont eux, pas de pitié ! hurla l'un des parias, tout en faisant tournoyer la lame de son épée dans les airs.

Aléa et Mjolln reconnurent l'un des deux bannis qu'ils avaient fait fuir le matin et comprirent aussitôt ce qui leur arrivait. Ainsi, les deux lâches étaient partis chercher du renfort et ils revenaient maintenant à l'attaque.

Le combat s'engagea. Mjolln fit de son mieux pour protéger la petite tout en esquivant lui-même les coups qu'on lui portait. Mais les bannis étaient trop nombreux. Malgré le tatouage sur leur front qui leur interdisait tout contact avec les citoyens de Gaelia, les parias semblaient bien décidés à se mettre à nouveau hors la loi. Bientôt Mjolln reçut un coup de gourdin sur l'épaule, si fort qu'il tomba face contre terre en hurlant de douleur. Aléa se retourna pour l'aider à se relever mais elle fut coupée dans son élan par la lame d'une épée qui lui frôla le nez. Évitant l'arme de justesse, elle perdit l'équilibre et tomba sur le dos juste à côté du nain. Ils reçurent tous deux des coups de pied au ventre sans pouvoir se défendre.

— Enfuis-toi, criait Mjolln à la petite, mais Aléa n'avait aucune issue et s'accrochait au nain.

L'instant d'après, elle vit l'un des bannis au-dessus d'eux, qui levait son épée derrière sa nuque, prêt à les achever sans la moindre pitié. La haine se lisait dans ses yeux. La haine et la vengeance, comme si le banni avait choisi de faire payer à ces deux victimes le prix de son isolement et de toutes ses souffrances.

Aléa se vit morte. Il n'y avait pas la moindre lueur d'hésitation dans le regard de son bourreau et déjà la lame commençait à descendre. La petite hurla de toutes ses forces, comme si le cri pouvait arrêter l'épée dans sa chute meurtrière. Mais plus rien ne semblait pouvoir arrêter le banni.

Le métal de la lame étincela sous les rayons du soleil, projetant un éclat de lumière éblouissant qui aveugla la petite. L'instant d'après, elle sentit un choc brutal et crut que c'en était fini.

Pourtant, elle ouvrit les yeux et vit que le décor n'avait pas changé, à ce petit détail près que le banni n'était plus au-dessus d'elle. Elle se redressa et le vit plusieurs mètres en arrière. Son corps avait été projeté contre un arbre et brûlait tout entier ; il gisait là, ensanglanté, secoué par quelques vains soubresauts au milieu des flammes.

Et soudain, le temps sembla s'arrêter.

Un instant. Un court instant.

Aléa s'essuya les yeux et vit un spectacle confus, comme en rêve, se dérouler derrière un voile vacillant qui étouffait autour d'elle les couleurs et les bruits. Les bannis semblaient s'écrouler un à un, au ralenti, brûlés tout entiers par une boule de lumière qui flottait de l'un à l'autre en laissant des traînées blanches et floues sur son passage. C'était horrible et magique à la fois. La boule de feu explosait contre le corps d'un homme, projetant alentour des lambeaux de chair calcinée et des fragments d'os brisés, puis se reconstituait au-dessus du cadavre fumant pour repartir comme une flèche dans une autre direction. Les bannis n'eurent pas même le temps de comprendre, la mort les saisissait plus vite les uns que les autres. La boule de feu finit sa course dévastatrice contre un arbre où elle s'éteignit enfin.

Quand Aléa put enfin se relever, paniquée et prête à fuir, elle vit apparaître un homme derrière l'arbre sur lequel s'était écrasée la boule de feu. Il était grand et maigre, vêtu d'un long manteau blanc. À son crâne chauve elle reconnut Phelim, le druide mystérieux, dont les mains étaient encore parcourues de petits éclairs blancs qui sifflaient et grésillaient avec un son suraigu.

— C'est... C'est vous qui avez fait ça ? demanda-t-elle, affolée.

Phelim sourit sans répondre et s'approcha de Mjolln, allongé par terre.

Le nain parut surpris.

— Un druide ! Vous êtes un druide, n'est-ce pas ? balbutia-t-il péniblement dans sa barbe rousse tout en se tenant l'épaule.

— Mon nom est Phelim, monsieur, ou plus exactement Caron Cathfad, fils de Katubatuos, mais Phelim est mon nom de druide. Laissez-moi voir votre blessure.

L'épaule du nain était déboîtée. Le vieil homme passa sa main dessus et Aléa crut voir une lueur rouge sous sa paume. Le nain sursauta et l'instant d'après il était debout, bouche bée.

— Guéri ! je suis guéri ! Tahin, taha, c'est un prodige ! Vous êtes bien un druide ! Aléa ! Un druide, tu te rends compte ?

La petite ne parut pas aussi émerveillée que le nain. Au fond, elle ne savait si elle pouvait faire confiance à un druide. Certains villageois de Saratea disaient parfois qu'ils étaient de vieux fous, complotant derrière les rois, et qui jouaient un jeu dangereux avec la magie et la Moïra... Rien de très rassurant en tout cas.

— Vous m'avez suivie ? demanda Aléa tout en regardant les cadavres des bannis autour d'elle.

— Oui, et je crois que j'ai bien fait car je ne pense pas que ces bannis vous auraient laissé la vie sauve. Maintenant approche un peu que je soigne tes blessures.

— Je vais très bien, se rebiffa Aléa en reculant d'un pas.

Mjolln parut étonné et lança un regard inquiet à la petite.

— Aléa, ma lanceuse de pierres, Aléa. Hé, j'ai été plus poli avec toi quand tu es venue me porter secours, ahum ! Tu pourrais être plus reconnaissante avec Phelim. Taha. On ne vexe pas un druide, ça non, non, non !

— Mjolln, je connais ce Phelim et je ne lui fais pas confiance, coupa Aléa en chuchotant.

Mjolln mit les mains sur ses hanches en fronçant les sourcils, le menton baissé, appuyant sa barbe frisée sur le haut de sa poitrine. La petite soupira en levant les yeux au ciel.

— Je ne vais pas lui faire confiance simplement parce qu'il est venu nous aider ! protesta-t-elle.

— *Aider ?* s'offusqua le druide. Il me semble qu'il n'y avait plus grand-chose à *aider*, quand je suis arrivé... *Sauver*, ça oui, corrigea-t-il en souriant.

Aléa avait de la peine à cacher sa gêne. Elle savait très bien pourquoi le druide était là. C'était justement ce qui l'avait fait fuir Saratea le matin même.

— Ce n'est pas parce que vous m'avez sauvée que je vous donnerai ma bague, dit-elle enfin en cachant ses mains derrière son dos.

— Ce n'est pas ce que je te demande, répéta le vieil homme. Mais accepteras-tu au moins que je t'accompagne jusqu'à Providence pour que je t'explique pourquoi je t'ai suivie ?

Aléa regarda le nain qui semblait s'impatienter. Elle était confuse. Ce Phelim était si mystérieux. D'abord, il avait tué tous les bannis par magie en moins de temps qu'il n'en faut pour le dire, et ensuite il avait soigné son ami Mjolln. Mais d'un autre côté, tout semblait indiquer qu'il était là pour la juger, et peut-être même croyait-il qu'elle avait tué cet homme dans la lande avant de lui voler sa bague.

— Si je te voulais du mal, Aléa, crois-tu que je ne t'aurais pas déjà tuée mille fois ? Et si je voulais voler ta bague, crois-tu que je n'aurais pu le faire avant même que tu n'entendes parler de moi ?

Aléa admit que sur ce point Phelim ne mentait pas. La curiosité commençait à l'emporter...

— D'accord, Phelim. Vous pouvez m'accompagner, finit-elle par céder.

— *Nous* accompagner ! s'écria le nain aussitôt en se saisissant de sa cornemuse. Ce n'est pas tous les jours qu'on peut parler avec un druide, et je ne vais pas vous abandonner comme ça ! Ça non. Pas comme ça. Bras dessus, bras dessous, et pas de pitié pour les larrons. Voilà la chanson du jour !

Ils se mirent en route rapidement, pressés sans doute de quitter le décor de leur bataille. Le druide marchait en avant, d'un pas décidé. Il donnait ainsi l'impression de choisir le chemin, de guider les deux autres. Il y avait dans sa démarche un mélange de force et de grâce que rien ne semblait pouvoir perturber.

— Comment avez-vous fait pour envoyer ces boules enflammées, tout à l'heure ? demanda Aléa sans regarder le druide.

Elle se décide enfin à me parler, pensa le druide. *C'est donc sa curiosité qui me permettra de l'apprivoiser. Je dois en profiter.*

— Je suis un druide, Aléa, et je siège au Conseil des Grands-Druides. J'ai étudié toute ma vie pour connaître ce genre de secret, et bien d'autres encore.

— Vous appelez ça un secret ?

— Oui. Comme j'appelle secret le nom de l'homme que tu as trouvé dans la lande, comme j'appelle secret ta naissance, comme j'appelle secret la raison de ton départ...

— Vous connaissez ces secrets-là ? s'offusqua la jeune fille. À moins que vous ne disiez tout cela pour attirer mon attention, n'est-ce pas ? Je ne suis pas stupide, vous savez !

En effet. Je n'ai jamais vu une telle volonté et un esprit aussi vif chez un enfant de son âge. Si seulement elle pouvait me faire confiance...

— Comment crois-tu que je t'ai trouvée ? Par hasard, peut-être ?

— Puisque vous savez tout, alors expliquez ma naissance et la raison de mon départ !

Si j'en étais certain, je crois bien que cela me ferait encore plus peur que toi...

— Ton histoire est écrite dans le cœur de la Moïra. Il suffit de savoir lire ce livre-là. Je sais par exemple que tu es la Fille de la Terre... Cela ne signifie rien pour toi ?

— Tous les druides parlent ainsi ? Par énigmes ? demanda Aléa avec un ton moqueur.

Mais au fond d'elle, elle se demandait comment le druide connaissait aussi son surnom. L'avait-il entendu en la suivant depuis Saratea ?

— Les énigmes posent les bonnes questions. Et les questions nous en apprennent souvent bien plus que de simples réponses. Il suffit de savoir écouter.

Le druide s'arrêta soudain et se retourna vers ses deux poursuivants.

— Sais-tu écouter, Aléa ? demanda-t-il en se penchant vers la jeune fille.

Aléa haussa les épaules. Le vieil homme la mettait mal à l'aise. Heureusement, Mjolln intervint avant que le silence ne devienne trop long.

— Eh bien, pour voir si tu sais écouter, je vais te jouer un peu de cornemuse, tu veux bien ?

— Avec plaisir, acquiesça la petite alors que le druide se remettait en marche, un sourire aux lèvres.

Et c'est ainsi que cette étrange compagnie reprit le chemin de Providence, au rythme joyeux des mélodies de Mjolln Abbac, le cornemuseur.

Chapitre 5

PREMIER ESTOC

Quand le soleil disparut à l'horizon, les trois compagnons trouvèrent un coin calme pour camper à quelques mètres de la route et décidèrent de s'arrêter. Mjolln prépara un feu pendant qu'Aléa écartait les pierres et branchages qui jalonnaient le sol pour rendre le campement plus confortable.

Quelle journée ! Il s'était passé tant de choses depuis le matin ! Malgré l'attaque des bannis, Aléa n'avait rien perdu de l'excitation que lui procurait son nouveau départ. Elle ne savait pas encore ce que l'avenir lui réservait, mais elle commençait à se sentir plus sûre d'elle. Mjolln l'aidait à se détendre, et Phelim lui-même ne lui faisait plus aussi peur, à mesure qu'elle lui parlait. Bien sûr, elle se méfiait encore un peu de lui, mais elle avait fini par accepter l'idée qu'il ne lui voulait pas de mal. Pas directement en tout cas.

Le druide avait une énergie extraordinaire. Il était sûrement très vieux mais il marchait sans peine et il était si vif que cela jurait avec les rides de son visage. Il semblait appartenir à un autre monde, un autre âge.

Sur la route, ils n'avaient plus reparlé de la bague ni du corps enfoui dans la lande, mais le sujet restait présent à leur esprit ; on l'avait simplement ajourné. On préféra faire plus ample connaissance et c'est surtout Mjolln qui raconta des histoires. Il faut dire qu'il était un conteur extraordinaire, qui se perdait souvent dans les méandres tortueux de ses histoires – diable, comme tous les vrais conteurs ! –, et on ne se lassait ni de sa voix ni de sa vision émerveillée du monde et des choses.

Quand Mjolln parvint enfin à allumer son feu, ils s'assirent tous trois sur un vieux tronc mort et ce fut Phelim qui commença à parler. Le soir peignait déjà le sol et les hommes d'une épaisse couche noire et la lumière vacillante du feu sur le visage du druide lui donnait un air terrifiant.

— Aléa, l'homme que tu as trouvé dans la lande hier était Ilvain Iburan. En vérité, j'en suis presque sûr mais seule toi pourras me le confirmer.

Le nain et la petite fille adressèrent au vieil homme un regard interrogateur.

— C'était un homme très important dans le cours de la Moïra, reprit-il.

— C'est-à-dire ? demanda Aléa, intriguée.

— Il était... le Samildanach.

Aléa regarda Mjolln du coin de l'œil. Le nain était bouche bée.

— En d'autres termes, continua Phelim, il possédait un pouvoir unique et... très important. Un pouvoir qui ne devait pas lui échapper.

— Et si c'était lui et qu'il était bien mort ? demanda Aléa.

— S'il est mort, vois-tu, cela signifie peut-être que quelqu'un lui a pris son pouvoir, et c'est cela qui m'inquiète terriblement.

— Pourquoi ?

— Parce que c'est un pouvoir énorme et que seul un druide doit en hériter.

— Vous le connaissiez ? continua Aléa.

— Oui, bien sûr. Il était le Samildanach. Mais je n'ai pas vu Ilvain depuis fort longtemps, et la bague que tu as trouvée ressemble énormément à la sienne. Si seulement tu voulais bien que je l'inspecte, je pourrais être sûr que c'est la sienne. Je serai alors certain que c'est bien lui que tu as trouvé dans la lande.

— Comment le reconnaîtriez-vous ? dit Aléa encore méfiante.

— Le symbole du Samildanach est gravé à l'intérieur.

— Quel est ce symbole ? s'enquit Aléa tout en faisant tourner la bague sur son doigt.

— Deux mains qui couvrent un cœur et une couronne, expliqua Phelim.

Aléa se mordit les lèvres. C'était bien le dessin gravé à l'intérieur de l'anneau. Elle hésita encore un instant, puis, plutôt que de parler, elle tendit sa bague au vieil homme. Celui-ci prit le bijou en souriant à l'enfant et l'examina avec attention.

— C'est bien ce que je craignais. Tiens, dit-il en rendant la bague à la petite. Garde-la bien avec toi, c'est une bague d'une très grande valeur. Je ne suis pas sûr que tu pourras la garder cependant, tout cela est bien étrange...

Puis il ajouta simplement :

— Ainsi Ilvain est mort.

Aléa vit alors que les yeux du vieil homme s'embuaient. Gênée, elle remit l'anneau à son doigt et se leva pour entretenir le feu sans rien dire. Ils restèrent ainsi un long moment jusqu'à ce que Mjolln se décide à briser le silence.

— On voit rarement des druides dans des petits villages. Ahum ? Que faisiez-vous à Saratea ?

— Mon bon nain, vous êtes fort curieux, et vous semblez savoir bien des choses sur les druides ; vous devriez donc savoir qu'ils ont leurs raisons secrètes ?

Le nain fit la moue.

— Et qui décide de ces raisons secrètes ? insista Aléa. Votre fameux Conseil ?

— Je t'expliquerai tout ça plus tard. Mais pour l'instant, je voudrais me reposer. D'accord ?

— Non ! Pourquoi refusez-vous de me répondre ?

— Aléa, Ilvain est mort. C'était un homme important. Très important. Je dois accompagner son âme au royaume des morts par la méditation. Tu dois me laisser seul. Nous aurons tout le temps de parler dans les prochains jours. Tu devrais dormir, Aléa, la journée a été longue.

La jeune fille haussa les épaules et partit se coucher près du feu.

— Alors je vais monter la garde, décida Mjolln. Tada, fort et brave contre les invasions de la nuit, debout, Mjolln vaillant veillera. Ahum. Les loups traînent souvent par ici.

— Nous n'avons rien à craindre des loups, mon cher nain, le rassura Phelim en lui posant une main sur l'épaule. Vous pouvez dormir tranquillement, il ne nous arrivera rien cette nuit.

Le nain acquiesça et il se coucha à son tour sous le dôme obscur de la nuit. Avant de s'endormir, Mjolln regarda le ciel, choisit l'étoile la plus brillante et la nomma Aléa.

*
**

Ayn' Sulthor, le prince des Herilims, aperçut, malgré l'approche de la nuit, la silhouette qui dépassait du sable à quelques pas de là. Le vent avait dégagé la moitié du corps, et le cavalier noir n'eut aucune peine à reconnaître Ilvain. C'était un vieillard aux traits durs. Les grains de sable blanc de la lande faisaient un ciel d'étoiles sur la barbe grise du vieil homme. Sa longue toge marron était sèche et rigide. Ses yeux encore ouverts étaient tout à fait noirs.

Ilvain n'était plus, et cela, pour Sulthor, n'était pas une bonne nouvelle. Le géant se baissa pour inspecter le cadavre de plus près. Il était mort depuis plusieurs jours, et de façon naturelle, semblait-il. En tout cas, Sulthor vit que le pouvoir du Samildanach avait presque complètement quitté Ilvain. Il ne restait dans le corps du vieil homme que quelques faibles traces du Saîman, ce qui expliquait que Sulthor ait eu du mal à ressentir sa présence. Il pesta, comprenant que Maolmòrdha ne pourrait accomplir ce qu'il comptait faire maintenant que le Samildanach avait perdu son pouvoir.

Le cavalier attrapa le corps d'Ilvain par le bras et le tira jusqu'à ce qu'il soit complètement dégagé du sable. Le cadavre était lourd et tendu. Sulthor le porta jusqu'à la croupe de son cheval et l'attacha derrière la selle pour le ramener comme preuve à son maître. Il grimpa sur sa monture et se décida à partir vers le village le plus proche en espérant en apprendre davantage sur la mort d'Ilvain.

C'est ainsi que Sulthor entra furieux dans Saratea, sur son cheval, sans ôter son casque ni l'épée à sa taille. Le village était maintenant plongé dans l'obscurité totale ; c'était une nuit sans lune et il n'y avait plus une seule fenêtre d'allumée dans tout Saratea. Sans hésiter, il se dirigea d'instinct vers la maison de l'espion de Maolmòrdha. Cela faisait partie des pouvoirs que Maolmòrdha lui avait transmis : trouver le Veilleur – c'est ainsi que Maolmòrdha désignait ses espions, et il en avait dans presque toutes les villes des cinq comtés de Gaelia – dans n'importe quelle ville, où qu'il soit.

Sulthor connaissait la règle : entrer en contact avec le Veilleur de la façon la plus discrète possible afin d'éviter qu'il ne soit découvert par les villageois. L'identité des Veilleurs devait bien sûr rester secrète.

Il descendit de son cheval et se dirigea là où la magie de Maolmòrdha le guidait. Il marcha dans les rues sombres, entre les boutiques fermées de Saratea, jusqu'au sud, où se trouvaient les plus belles maisons, à plusieurs étages. Enfin, il arriva à l'endroit que lui indiquait son pouvoir. Au pied d'une demeure ancienne, faite de colombages sombres et de torchis blanc. Il y avait une grande porte à double battant qui donnait sur la rue, mais Sulthor vit un chemin qui contournait la maison et devina qu'il y avait une autre entrée plus discrète.

Sans faire de bruit, il pénétra dans la maison d'Almar par l'arrière puis siffla quatre notes : le signal secret des Veilleurs.

À peine une minute plus tard, le boucher descendit dans la cuisine, où se trouvait la petite porte de sortie. Il paraissait paniqué mais il savait à quoi s'attendre et il se prosterna devant Sulthor, qu'il n'avait jamais vu mais dont il devinait l'importance dans l'organisation du Maître. Almar savait reconnaître un Herilim, et celui-ci portait le heaume d'un prince.

— Que puis-je pour vous, Prince des Herilims ? demanda Almar sans se relever.

— Je veux que tu me dises si tu as entendu parler de cet homme qui est mort près de ton village et qui gît encore aujourd'hui dans la lande, demanda Sulthor d'une voix grave et menaçante.

— Oui, j'en ai entendu parler. Tout ce que je sais, c'est qu'Aléa, une petite traînée du village, a trouvé ce corps il y a quelques jours sous le sable. Elle est venue le raconter en ville, puis elle a passé quelques jours à la taverne *L'Oie et le Gril*. Cet imbécile de Fahrio, le capitaine des soldats, n'est pas parvenu à retrouver le corps. Cela m'étonne un peu et je me demande s'il a vraiment cherché... En tout cas, ici, on a oublié l'affaire. Et hier, la petite a disparu.

— C'est tout ?

— Je crois. Du moins, c'est tout ce que j'ai vu...

— Et tu n'as remarqué personne de suspect ces derniers jours ? insista Sulthor en s'approchant du boucher terrorisé.

Almar tremblait et avait du mal à réfléchir. Il essaya de se souvenir des événements qui avaient suivi cette histoire. Il se remémora la scène sur la place du village avec Aléa et le capitaine Fahrio. Il préféra ne pas raconter le passage où la petite semblait être parvenue à le renverser par la seule force de sa pensée. Puis il se souvint que Phelim était passé avant la fuite d'Aléa. Oui, bien sûr, le druide, comment avait-il pu oublier ?

— Quand la petite s'est enfuie, reprit-il, Phelim était là. Nous ne l'avions pas vu depuis longtemps, mais hier, il était présent.

— Phelim, le druide ?

— Lui-même. Et l'autre jour nous avons aussi vu Faith, la barde, qu'on n'avait pas vue non plus depuis plusieurs années. Voilà, c'est tout ce que je sais.

Sulthor dévisagea le boucher. Puis il posa une main sur son épaule. Almar sentit alors comme un vent glacial qui lui traversait le corps. Il avait si peur et se sentait si mal qu'il crut qu'il allait s'évanouir, quand il fut soudain secoué par les paroles du prince des Herilims :

— Tu me caches quelque chose, Veilleur.

— Mais... non... pas du tout, balbutia-t-il en levant les yeux vers le géant.

— Que s'est-il passé que tu ne veux pas me dire ? insista Sulthor en remontant sa main jusqu'au cou du boucher.

— Je...

La main de Sulthor se mit à serrer un peu plus fort.

— Je pensais que cela ne vous intéresserait pas...

Sulthor ne cessait d'augmenter la pression de ses doigts si bien qu'Almar avait peine à parler.

— La petite... Elle m'a... Elle m'a fait tomber au sol simplement en y pensant...

Le Herilim relâcha le boucher d'un seul coup.

— Simplement en y pensant ? demanda-t-il, mais ce n'était pas une question, c'était de la surprise. Comme c'est intéressant. Très bien. Où est cette auberge où tu dis qu'elle a passé quelques jours ?

— Sur la place centrale du village, à deux rues d'ici, souffla Almar en reprenant sa respiration et en se frottant la gorge pour apaiser la douleur. *L'Oie et le Gril.*

Sulthor n'ajouta pas un mot, il se retourna et sortit de la maison du boucher.

Almar se laissa tomber sur un siège, soulagé. C'était la deuxième fois seulement qu'il avait à remplir sa fonction de Veilleur, et il était glacé d'effroi. Il n'était jamais très agréable de regarder un Herilim en face...

Almar était entré au service de Maolmòrdha quelques mois seulement après la mort de sa femme. Son âme triste et sombre, ses élans suicidaires, ses lamentations nocturnes avaient dû attirer à lui celui des Herilims qui sut le convertir. Un grand cavalier, vêtu de noir, le souffle profond, qui était entré dans le village une nuit de pleine lune. Et Almar n'avait pas résisté. On lui avait promis tellement plus que ce qu'il pouvait attendre du reste de sa vie ! Tellement plus que l'ordinaire sordide d'un petit boucher de village... Mais le temps avait passé et il n'avait pas encore étanché sa soif de pouvoir. Il n'était toujours qu'un simple espion et se demandait s'il pourrait un jour quitter ce rang.

L'occasion venait peut-être de se présenter. Il espérait en tout cas que le Herilim parlerait de lui au Maître. Almar aurait tellement aimé quitter la ville et ses habitants idiots pour rejoindre Maolmòrdha en son palais et occuper à ses côtés une place plus digne. Mais il fallait attendre, être irréprochable, et surtout ne rien réclamer. C'était le lot des Veilleurs. Il connaissait la règle, et il connaissait aussi la punition.

Dehors, le prince des Herilims ne perdit pas une minute. Il partit vers la taverne *L'Oie et le Gril* dont il força la porte d'un seul coup d'épaule. Il monta directement dans la chambre des aubergistes qui se réveillèrent en sursaut.

— Qui... qui êtes-vous ? balbutia Kerry en posant une main sur le bras de son épouse comme si cela pouvait la protéger.

Sulthor ne répondit pas et sortit d'un geste souple son épée qu'il posa sous la gorge de Tara. Puis il s'adressa à Kerry :

— Si tu cries, si tu bouges, ou si tu ne réponds pas à mes questions, j'égorge ta femme, et après je te tue. Est-ce bien clair ?

L'aubergiste ne parvint même pas à parler. Il était pétrifié.

— Où est la petite ?

— Que... quelle petite ? tenta l'aubergiste dans un vain élan de bravoure.

Le prince des Herilims soupira, et en un éclair il leva son épée et l'abattit sur la main de Tara. La pauvre femme n'eut pas même le temps de réagir. Elle hurla de terreur et de douleur mêlées quand elle vit sa propre main tomber au pied du lit dans un flot de sang continu. Le guerrier s'approcha et appuya un oreiller sur la bouche de Tara pour étouffer son cri, le maintenant du pommeau de son épée avant de s'adresser à nouveau à l'aubergiste tétanisé par la peur.

— Je demande pour la dernière fois : où est la petite ?

L'aubergiste éclata en sanglots, sentit sa raison lui échapper, mais trouva juste la force de répondre :

— Vers le sud... Elle s'est enfuie vers le sud.

— Où vers le sud ?

— Je ne sais pas, elle ne nous a rien dit. Vers Providence, sans doute...

Sulthor n'avait plus besoin d'élever la voix. L'aubergiste était tellement terrorisé qu'il répondait sans attendre, presque automatiquement.

— Avait-elle trouvé quelque chose dans la lande ?

— Une bague... sur un cadavre enseveli.

— Et Phelim l'a suivie ? demanda le bourreau immobile.

L'aubergiste acquiesça, et ce fut son dernier geste. Le guerrier acheva aussitôt Tara et son mari en deux puissants coups de lame qui projetèrent leurs têtes par-dessus le lit.

Il essuya son épée ensanglantée sur l'oreiller et sortit de la chambre d'un pas sûr.

*
**

Au Premier Âge vivait en ce pays le peuple des Tuathanns. Ni hommes ni dieux, ils étaient la légende, ils étaient l'origine, et le sang dans leurs veines était la sève de la terre. Ce furent eux qui nommèrent cette île Gaelia et la firent prospérer dans le respect de la Moïra.

Au Deuxième Âge, des armées de soldats venus d'au-delà des mers du Sud envahirent Gaelia par l'est. En quelques années à peine, ils anéantirent les Tuathanns, divisèrent l'île en cinq comtés, Sarre, Harcourt, Bisagne, Terre-Brune et Galatie, et nommèrent un Haut-Roi pour gouverner aux côtés de leurs druides.

Au Troisième Âge – celui où naquit Aléa – arriva par la mer l'évêque Thomas Aeditus pour christianiser l'île.

Telle est l'histoire ancienne de Gaelia, et en son cœur, celle des Tuathanns, peuple mystérieux, dessaisi de sa terre natale, oublié par l'histoire au rythme des guerres d'invasion.

On ne racontait pas souvent cette partie de l'histoire de Gaelia. Certains bardes la présentaient même comme un vieux conte. Et pourtant les Tuathanns avaient bien existé. Et si la légende racontait qu'il avaient tous été massacrés au début du Deuxième Âge, la vérité, elle, disait tout autre chose.

Certains Tuathanns avaient survécu et s'étaient cachés en un pays secret, le Sid, attendant leur revanche pendant plusieurs siècles dans le ventre de la Terre. Attendant patiemment le bon moment. Et ce moment fut celui où Aléa trouva sa bague dans la lande. Car le même jour apparurent au cœur de l'île les descendants de cette race oubliée.

C'était la fin de l'hiver. Sous la chaîne de Gor-Draka, malgré l'arrivée imminente des beaux jours, le froid n'avait pas encore complètement disparu. Certes la neige avait fondu depuis longtemps au pied des montagnes, mais le vent gelé de la mer continuait de souffler jusqu'à l'intérieur des terres. Les gens avaient gardé leurs lourds manteaux de laine, leurs gants chauds et attendaient avec impatience que le soleil revienne et avec lui l'humeur légère de l'été.

Il n'y avait personne sur la plaine. Pas un enfant, pas un marchand, à peine quelques oiseaux patients séchant leurs ailes au gré du vent. Personne n'était là quand les rochers gigantesques se soulevèrent du sol pour laisser apparaître l'entrée de grottes oubliées qui ouvraient sur le Sid, un monde inconnu où, pendant plus de trois cents ans, les Tuathanns avaient attendu le jour de leur vengeance.

Les guerriers tuathanns, comme une armée de fourmis, sortaient du sol les uns derrière les autres, le torse nu et les jambes couvertes de fourrure fauve, se préparant à l'assaut sans mot dire. La vie sous terre avait rendu leurs yeux rouges et sombres, et leur regard perçant. Ils avaient enduit leur peau claire de peinture aux armes de leurs clans, et leur silence, que seul brisait le claquement de leurs fourrures dans les caprices du vent, était terrifiant.

De la plus grande grotte sortaient les guerriers audacieux du clan de Mahat'angor, qui depuis les origines dominait le peuple tuathann au royaume du Sid. La peinture bleue sur leur torse soulignait leurs muscles saillants, et nul autre clan n'avait osé imiter leur coiffure unique : une crête, bleue elle aussi, qui retombait dans leur dos, attachée par des lanières de cuir et d'un caoutchouc noir tiré des arbres souterrains du Sid. Armés de marteaux et de masses d'armes, ils étaient les plus dangereux Tuathanns, passant leur temps à s'entraîner sous terre aux arts de la guerre et du combat depuis leur plus jeune âge ; car leur seule tâche consistait à protéger le chef du clan, Sarkan, dont l'autorité était reconnue par tout le peuple tuathann, alors que les autres clans devaient plutôt assurer les vivres et les constructions. Les Mahat'angor étaient l'élite guerrière des Tuathanns, l'avant-garde, et entraînaient par leurs cris et leur rage meurtrière tous les autres clans derrière eux.

Ils sortirent du ventre de la montagne comme une coulée de lave, déployant leurs colonnes guerrières à travers la vallée, et ils furent près de trois mille à retrouver la lumière du soleil, dressant au-dessus d'eux leurs armes de bois et d'acier. On pouvait lire la haine dans leurs yeux, une soif de sang qui avait attendu pendant plusieurs siècles et que plus rien ne pourrait apaiser que la mort.

Ils traversèrent la plaine puis coururent vers le petit hameau qui se dessinait au-delà. C'était Atarmaja, l'un des villages au pied de la montagne. L'armée de Tuathanns n'était plus qu'à quelques mètres quand la première villageoise les aperçut enfin, comme un troupeau immense de bêtes sauvages qui allait piétiner les maisons et les hommes. Elle lâcha le sac qu'elle portait à bout de bras et se mit à hurler de frayeur, attirant, mais trop tard, l'attention de tous les villageois.

Les Tuathanns entrèrent dans Atarmaja, le clan Mahat'angor en tête, en hurlant dans une langue que les villageois ne comprenaient guère, et avant que ceux-ci ne trouvent le temps de s'armer ou même de fuir, le massacre commença, sans pitié. Les trois mille guerriers souterrains n'épargnèrent personne, ni femmes ni enfants. L'attaque fut fulgurante, irréversible, machinale. Les armes tranchaient, coupaient, fendaient, écrasaient, cassaient, et les Tuathanns mirent le feu aux maisons, faisant fuir les animaux et hurler les enfants. C'était une vague de hargne et de rage que rien ne put arrêter et les guerriers impitoyables continuèrent à détruire le village longtemps après qu'il ne resta plus un seul survivant.

Les premiers guerriers tuathanns se regroupaient maintenant sur la place centrale dans un silence morbide, essuyant leurs lames ensanglantées.

Le village s'était éteint. Tout était mort. Aux fenêtres fleuries des maisons de bois on voyait parfois pendre le corps inerte d'un homme ou d'une femme, la gorge tranchée, le visage figé dans une expression saisissante où se mêlaient la surprise et l'horreur. Les coulées de sang faisaient des taches rouges parmi le jaune, le vert et le blanc des rangées de fleurs. On entendait à peine le claquement régulier des gouttes lourdes qui tombaient sur le sol derrière le grincement inquiétant des volets de bois. La mort est tellement silencieuse.

Atarmaja ne comptait qu'une trentaine d'habitants. Il avait fallu quatre générations de paysans pour construire ce village, ses bâtisses discrètes d'un seul étage, maisons, commerces et ateliers, et la petite route qui partait du port vers Providence. De longues années de labeur sous le vent paisible et le ciel clément d'une région qui semblait sans histoires, jusqu'à ce jour.

Mais les Tuathanns ne voyaient guère tout cela. Ils n'avaient pas entendu les suppliques ni les pleurs des femmes et des enfants. Les guerriers des clans ne voyaient plus qu'une seule chose : la vengeance. Elle était devenue leur compagne de voyage.

Dans un silence total, quand la place centrale du village fut entièrement remplie par les guerriers tuathanns, Sarkan, le chef du clan Mahat'angor, s'adressa à eux debout sur un puits de pierre. Il y avait tant d'hommes dans le village que certains se trouvaient trop loin pour l'entendre parler, mais sur son visage se lisait une détermination que rien ne pouvait altérer. D'un geste lent et sûr il repoussa dans son dos la longue mèche bleue de ses cheveux épais. Il posa ses deux mains sur le pommeau de son épée, exhibant les muscles saillants de ses bras noués de cuir.

— Mes frères ! cria-t-il, reconnaissez-vous cette terre ? C'est celle de notre peuple. On l'a volée à nos pères quand l'eau des cascades de Gor-Draka était encore de la glace. On a enrichi son sol des corps de nos ancêtres et dans ses fleuves coule le sang de nos mères. Sous les maisons de ce village subsistent les ruines d'une ville tuathanne détruite sans pitié par les Galatiens quand ils nous ont chassés. Mes frères, reconnaissez-vous la terre de nos ancêtres ?

La foule répondit par des hurlements enthousiastes.

— Nous la reprendrons tout entière, continua-t-il en posant un regard circulaire sur l'assemblée des guerriers excités par son discours. Nous n'arrêterons pas avant d'avoir rendu ses véritables enfants à cette terre !

— Tuathanns ! hurlèrent enfin les guerriers en guise de réponse, et ils brandirent leurs armes vers le ciel comme pour sceller cette promesse devant la Moïra.

*
**

Imala marcha tout le jour jusqu'à la lisière de la forêt. Tapie dans les herbes hautes qui bordaient les bois alentour, elle découvrit intriguée un campement de verticaux. Ils étaient assemblés autour d'un feu comme Imala n'en avait jamais vu, et les flammes l'impressionnèrent tant qu'elle resta longtemps couchée dans l'herbe sans oser avancer.

Elle resta tout ce temps à regarder les trois verticaux qui parlaient et mangeaient sans la voir. Il y avait un grand mâle chauve, une jeune femelle frêle et vive, et un mâle petit et large couvert de poils roux. Imala les trouva magnifiques. Elle pensa au vertical qu'elle avait vu plus tôt dans la forêt et se dit que les verticaux étaient tous très différents. Il semblait se dégager de leurs gestes et de leur voix une puissance remarquable qui la dépassait, et qui dépassait aussi tous les autres animaux qu'elle avait pu voir dans sa vie. Jamais elle n'aurait osé attaquer ces verticaux, d'abord justement parce qu'ils se tenaient debout, mais surtout parce que leur intelligence semblait tellement supérieure. Elle aurait bien aimé s'en approcher, comprendre, sentir, mais chaque fois qu'elle en trouvait le courage, elle était terrorisée par leur voix l'instant d'après. Elle se coucha de nouveau et les écouta sans bouger pendant un long moment.

Enfin, le soir venu, les trois verticaux se couchèrent à leur tour. Elle les vit chacun s'allonger sur le sol, et très vite ils devinrent immobiles. Elle resta encore quelque temps à les épier, puis elle se décida à s'approcher en rampant. Elle était très excitée et avait oublié depuis longtemps les mauvais souvenirs de sa vie dans le clan. Sa nouvelle vie de louve solitaire était finalement plus heureuse. Elle se sentait libre et s'émerveillait devant toutes les découvertes que son cloisonnement dans le territoire du clan l'avait empêchée de faire depuis qu'elle était née. Le monde était plein de mystères et elle se plaisait à les découvrir par elle-même.

Petit à petit, elle s'approchait du campement. L'odeur du feu était si forte qu'elle lui piquait le museau et les yeux. Elle fit un détour pour contourner le vent par le côté et éviter ainsi la fumée qui se dégageait des flammes. Un instant seulement le feu cacha les trois verticaux et, quand la louve arriva de l'autre côté et qu'à nouveau elle put voir où ils dormaient, elle remarqua qu'ils n'étaient plus que deux. Elle s'approcha encore et vit que le grand mâle avait disparu. Elle chercha inquiète autour d'elle et le vit soudain apparaître, si près qu'elle fit un bond de côté.

— Sar, sar, imala, comth al'espran, chuchota le vertical d'une voix douce et chaude en s'asseyant devant elle.

Elle comprit aussitôt que ce vertical non plus ne lui voulait pas de mal. Tout comme l'autre dans la forêt, il s'était assis devant elle, et c'était certainement le signe d'une intention pacifique. Elle sentit son odeur, fit deux pas en arrière et s'assit à son tour en se balançant un peu pour exprimer sa confusion, sa gêne et sa crainte mêlées. Puis elle vit le vertical se recourber sur lui-même et fermer les yeux. Il respira profondément puis elle l'entendit chuchoter un seul mot : « Wolth ». La silhouette du vertical se mit à trembler puis à s'affaisser et l'instant d'après, il était transformé en loup.

Imala se dressa d'un bond sur ses pattes et partit en galopant vers la lisière de la forêt. Cela dépassait largement son entendement et elle était tout simplement terrorisée. Le vertical s'était fait loup devant elle, et le phénomène la subjuguait. Elle arrêta sa course au bord de la forêt pour se retourner, et elle vit alors le magnifique loup noir qui trottait vers elle. Il était beau et noble, le regard brillant, mais Imala ne pouvait oublier qu'il était un vertical, en vérité. Elle montra les crocs et se mit à grogner en courbant l'échine, mais le loup n'arrêta pas sa course et se mit simplement à gambader autour d'elle, signifiant par des bonds et des arrêts soudains qu'il voulait seulement jouer. La louve grogna encore pendant de longues minutes jusqu'à ce que le loup arrête sa ronde et disparaisse dans la forêt.

Imala n'osa pas bouger, confuse et perdue, et quand enfin elle se décida à partir, le loup apparut de nouveau : il ramenait du gibier, un jeune lièvre qu'il déposa humblement devant la louve avant de reculer de plusieurs pas. Imala hésita un moment, mais le lièvre semblait appétissant. Elle ne se demanda pas comment le loup avait pu chasser si vite, elle était déjà bien trop embrouillée dans ses pensées par tout le reste. Le loup noir se coucha sur le ventre pour inciter la louve à venir prendre le cadeau qu'il lui avait apporté, et Imala finit par céder. Elle attrapa le lièvre, le tira en arrière et commença à le manger sans quitter des yeux ce loup étonnant qui n'avait toujours pas bougé. Quand elle n'eut plus faim elle se leva lentement, et le loup se mit de nouveau à gambader autour d'elle.

Après quelques hésitations, Imala se joignit enfin à lui et ils commencèrent une course effrénée à travers bois. Le loup courait plus vite mais il se retournait souvent pour attendre la louve et s'amusait à sauter près d'elle en l'évitant. Ils jouèrent ainsi sous la lumière de la lune jusqu'à ce qu'Imala n'en puisse plus et s'arrête soudain pour se coucher dans l'herbe.

Le loup s'approcha d'elle et d'un seul geste du museau il lui montra une profonde amitié qui emplit Imala de bonheur. Puis il s'en retourna vers le campement des verticaux et Imala s'endormit, épuisée, mais le cœur paisible.

*
**

Le lendemain matin, quand Mjolln fut réveillé par les premiers rayons du soleil, Phelim n'était plus là. Pris de panique, le nain se mit debout d'un seul bond et réveilla aussitôt Aléa.

— Aléa ! Aléa ! Ahum ! Réveille-toi ! Le druide est parti, oui, oui ! Le druide est parti !

Aléa se retourna brusquement sur le ventre en râlant.

— Laisse-moi dormir, Mjolln !

— Non, non, non. Pas de sommeil sans druide ! Aléa, lève-toi !

Mais le nain fut coupé dans son élan par la voix de Phelim derrière lui.

— Calmez-vous, brave nain, je suis là. Je ne suis pas du genre à partir sans dire au revoir.

Le nain sauta en l'air de joie.

— Ah, voilà, voilà, voilà, mon bon druide, c'était donc une farce, n'est-ce pas ? Ahum. Oui, maintenant je ris. Je vais vous faire un petit déjeuner comme seuls les habitants de Pelpi savent les faire, mes bons amis, oui, ça oui, le meilleur petit déjeuner de Gaelia. Les déjeuners sont le privilège des grands, d'accord, et donc les petits déjeuners sont celui des petits, cela va de soi ! N'est-ce pas ?

La bonne humeur et les cris du nain finirent de réveiller Aléa qui s'assit en bâillant.

Phelim donna à Mjolln une gourde emplie d'eau, quelques herbes pour faire une infusion et quatre gros poissons qui frétillaient encore. Aléa se demanda comment le druide avait bien pu faire pour trouver des poissons dans les environs, mais elle préféra ne pas s'attarder sur la question. Elle se doutait que le vieil homme leur réservait encore bien d'autres surprises.

— Voilà, Mjolln Abbac, vous trouverez là de quoi faire le repas.

Le nain le remercia, sortit de son sac des casseroles et des bols puis il s'affaira près du feu.

— Aléa, je dois partir aujourd'hui à Saî-Mina, reprit Phelim, la tour où se réunit le Conseil des druides, pour porter à mes frères la nouvelle de la mort d'Ilvain. Je serais vraiment très heureux que tu viennes avec moi, je pourrais t'expliquer bien des choses, comme je te l'ai promis.

La petite se frotta les yeux. Ses paupières étaient encore collées par le sommeil. Partir avec ce druide pour voir d'autres druides ? Quelle mauvaise idée ! Elle ne pensait qu'à une chose, revoir Amine. Mais elle savait aussi qu'elle devait sans doute la vie au druide...

Elle ne pouvait pas se permettre de se montrer impolie avec lui.

— Si vous m'expliquez comment m'y rendre, je vous y rejoindrai peut-être, se décida-t-elle à répondre enfin. Je me suis promis d'aller à Providence et c'est là que j'irai avant tout.

— Que feras-tu à Providence ? J'aimerais tant que tu ne vendes pas cette bague. Elle... n'a pas de prix.

— Phelim, c'est promis, je ne vendrai pas cette bague. Je veux aller là-bas pour retrouver une amie que je n'ai pas revue depuis mon enfance... C'est très important pour moi.

Phelim dévisagea longuement la jeune fille. Au fond, il l'admirait. Elle faisait preuve d'une volonté et d'une hardiesse étonnantes. Il se dit que le reste du Conseil n'aurait sûrement pas la même tendresse envers elle et que c'était peut-être mieux qu'elle y vînt le plus tard possible. À présent, il en était sûr, la vie qui attendait Aléa serait loin d'être simple.

— Fais ce que tu dois. Mais accepte au moins cette broche, dit-il en tendant à la petite un bijou en argent gravé. J'aimerais que tu la portes toujours sur toi, elle est la marque de mon amitié pour toi et ceux qui la connaissent te respecteront en conséquence. Elle pourra peut-être t'aider dans ta route. Ne la perds pas, ne l'ôte jamais, et elle te protégera en mon absence. Tu veux bien ?

Aléa leva un regard intrigué vers le vieux druide. Elle avait encore du mal à oublier les histoires étranges qu'on racontait sur les gens de son espèce et gardait au fond d'elle une méfiance indélébile. On disait des druides qu'ils complotaient dans le dos des rois. On disait qu'ils n'avaient aucune estime pour les simples mortels. On disait que leurs intérêts passaient avant tout et qu'ils n'avaient aucun scrupule pour arriver à leurs fins. Mais le vieil homme avait l'air sincère. Alors Aléa tendit la main et prit la broche qu'il lui offrait. C'était un petit dragon d'argent qui ressemblait fort à celui brodé sur le manteau blanc de Phelim. Elle l'accrocha aussitôt à sa chemise en remerciant le vieil homme.

— Et votre premier repas de la journée est prêt, mes amis. Ça oui, il est bien chaud ! s'écria le nain en tapant dans ses mains.

Ils s'approchèrent tous trois du feu et entamèrent le petit déjeuner préparé par Mjolln, qui avait tenu ses promesses : c'était succulent et abondant. L'air était empli par l'odeur délicieuse des poissons grillés et Aléa se régala. Puis elle s'essuya la bouche, but une gorgée d'une infusion savoureuse, et elle demanda au nain sans le regarder :

— Et toi, Mjolln, tu iras avec Phelim à Saî-Mina ?

Le nain parut gêné. Son regard faisait des allers et retours entre la petite fille et le druide, et il fit plusieurs grimaces avant de se décider à répondre.

— Évidemment, la route du druide serait passionnante. Ahum. Que d'histoires, de légendes à raconter. Ou réfuter peut-être ? Que sais-je, ce qu'on dit des druides n'a peut-être rien de vrai. Oui, Phelim, que sais-je ? Taha ! Les belles légendes ! Et comment sont les druides, ça il pourrait me le raconter, n'est-ce pas ? Mais, la, la, la, lanceuse de pierres, j'irai avec toi à Providence ou ailleurs, oui, ça oui. Comme promis je t'accompagne, sinon qui va faire tes petits déjeuners ? Taha.

— Merci, Mjolln, conclut-elle simplement.

Le druide se leva et sortit de son dos – sembla-t-il – une toute petite épée qu'il tendit à Mjolln.

— Alors prenez cette arme, cher nain, si vous devez accompagner Aléa qu'au moins vous puissiez la défendre à votre tour, n'est-ce pas ?

Le nain, qui n'avait jamais tenu épée si belle entre ses mains, parut fier et comblé. C'était une épée d'un métal clair, la lame épaisse était évidée d'une gouttière élégante, le quillon doré se prolongeait en tête d'oiseau de chaque côté jusqu'au pommeau, doré lui aussi, et orné d'une petite pierre bleue.

— Une épée ? balbutia-t-il.

— Elle fut forgée au Premier Âge par Goibniu, le Forgeron. On appelle cette épée Kadhel, car la légende raconte qu'on ne peut la briser. Je suis heureux qu'elle vous revienne, Cornemuseur, car ainsi je sais qu'Aléa aura un bon garde du corps.

— J'ai fait bien des métiers, ça oui, mais garde du corps, jamais de la vie ! Ahum. Mais maintenant que j'ai Kadhel avec moi, gare à celui qui touchera un seul cheveu d'Aléa. Je lui coupe la tête, les bras, les jambes et le reste ! Aha !

Au même moment, Phelim se dressa d'un bond et attrapa brusquement Aléa par les épaules.

— Cache-toi, petite, vite, nous sommes encerclés. Couche-toi sous cette bûche et ne bouge pas tant que je ne viendrai pas te chercher.

Alors qu'Aléa s'apprêtait à protester, elle aperçut de l'autre côté du chemin un groupe de créatures verdâtres fort laides qui ressemblaient beaucoup à la description que Mjolln lui avait faite des gorgûns. Elle n'hésita pas un instant de plus et plongea terrifiée sous la bûche que lui avait indiquée le druide.

— Mjolln, vous allez devoir vous servir de cette épée plus tôt que je ne le pensais, cria Phelim au nain en se préparant au combat.

— Ah... euh... Ça oui, quel bonheur, balbutia-t-il en réponse. Satanés gorgûns, vous allez goûter de cette lame, ahum ! Par Zaïne, je vais tous les percer !

Et il poussa son cri de guerre dans la langue ancienne des guerriers nains :

— Alragan !

Les gorgûns s'approchaient en courant, armés de sabres courts et rouillés, et ils hurlaient de leur voix rauque, la bouche pleine de bave.

Aléa, tapie sous le tronc d'arbre, vit Phelim se transformer soudain en feu. Il ne fut bientôt plus qu'une grande flamme vacillante qui fondit sur ses ennemis avec une célérité surnaturelle. Aléa ferma les yeux, épouvantée.

La première vague de gorgûns fut saisie par le feu de Phelim, et les monstres verts s'écroulèrent au sol, brûlés vifs. Mais il en arrivait toujours et Mjolln fut bientôt assailli par ces immondes créatures. Il n'était certes pas un combattant aguerri, mais il avait plusieurs fois dû s'affronter aux gorgûns par le passé et la mort de sa femme sous leurs coups décuplait sa rage meurtrière. Il continuait de lancer son cri de guerre et frappait partout autour de lui sans réfléchir, dans un désordre peu élégant mais certainement efficace puisque Aléa, saisie par les cris du nain, vit tomber au moins deux têtes de gorgûns. La seconde roula jusqu'à elle et elle poussa un cri d'horreur en se couvrant les yeux de ses deux mains.

Phelim brûla une douzaine de gorgûns avant de reprendre forme humaine et de se laisser tomber sur les genoux, épuisé. Mais il restait encore de nombreux ennemis et le nain n'allait bientôt plus pouvoir faire front. Le druide se redressa en ramassant son long bâton blanc qui, à son contact, se transforma en métal étincelant. Puis il partit aider le nain en se servant de son bâton comme d'une hallebarde. La pointe de métal semblait s'allonger et lancer des éclairs chaque fois qu'elle touchait un ennemi, et les gorgûns mouraient saisis par un choc violent.

De son côté, Mjolln ne perdait rien de sa furie. Il ne voyait même pas Phelim qui se battait à ses côtés tant il tournoyait frénétiquement sur lui-même en hurlant et en lançant des coups d'épée incontrôlés de droite, de gauche, en hauteur et même parfois vers le sol. Il embrocha un gorgûn et en égorgea deux autres avant d'être arrêté enfin par un violent coup de sabre qui lui entailla la hanche. Le nain hurla de douleur et tomba à terre dans un nuage de poussière. Il rampa sur le dos pour chercher l'appui d'un tronc d'arbre tout en continuant à se défendre du bout de l'épée.

Phelim entra aussitôt dans une rage folle et c'est tout son corps qui se mit à lancer des éclairs. Les gorgûns parurent exploser autour de lui, et il n'en resta bientôt plus que deux qui prirent la fuite terrorisés alors que le druide, à bout de forces, s'écroulait sur le sol.

Mjolln, appuyé contre un arbre, sa main gauche plongée dans le sang gluant qui trempait son flanc meurtri, balbutiait péniblement :

— Revenez ici, immondes crapauds, revenez que je vous fasse manger de cette terre et goûter de mon épée !

Avec ses dernières forces il souleva Kadhel audessus de lui et la jeta dans la direction des fuyards, mais ils avaient disparu depuis longtemps.

— Espèces de fillettes ! cria-t-il avant de s'évanouir.

Aléa sortit aussitôt de sa cachette et courut vers le druide.

— Phelim ! Vite, il faut soigner Mjolln, vite !

Le vieil homme se leva péniblement. Il paraissait vidé, près de s'évanouir lui aussi.

*
**

Ce matin-là, William Kelleren fut réveillé par l'agitation inhabituelle des druides dans les couloirs du palais de Saî-Mina.

C'était quelques jours seulement avant la fin de son apprentissage et il se demanda d'abord si tous ces bruits n'avaient pas un rapport avec lui. On préparait peut-être son initiation, la cérémonie qui ferait de lui un druide. Peut-être allait-il enfin pouvoir quitter la robe verte des vates pour enfiler le manteau blanc des druides...

Arrête de ne penser qu'à toi, se corrigea-t-il aussitôt. *Le Conseil a d'autres soucis que ton initiation !*

Il s'agissait sûrement d'un problème plus grave et moins attendu, il pensait même pouvoir deviner quoi, mais William, depuis quelques jours, avait du mal à penser à autre chose qu'à l'aboutissement de ses sept années d'apprentissage à Saî-Mina. Sept années éprouvantes, dont trois à trouver le Saîman, deux – les plus ennuyeuses – à ne pas s'en servir et à garder le silence, et les deux dernières enfin à apprendre par cœur les trois cent trente-trois triades des druides et à essayer de les comprendre par lui-même, car telle était la leçon finale de l'apprentissage : *apprends par toi-même.* Et cela, William y était parvenu. Il avait vu dans les triades la vérité. Les confrontant à son expérience et aux gestes des druides il avait appris, seul, à comprendre. Le monde n'était que signes, des signes qui s'offraient à celui qui avait le courage de les chercher, de les analyser, de les mémoriser. Le savoir était une affaire personnelle. *Apprends par toi-même.*

William regarda par la fenêtre de sa petite chambre d'apprenti et vit au-dehors l'agitation des serviteurs de Saî-Mina. Ils couraient d'un bout à l'autre de la grande cour au milieu des hauts bâtiments de pierre, du moulin au puits, du puits aux étables, des étables aux cuisines... Il espéra que rien de grave n'était survenu et qu'il pourrait recevoir son initiation comme il se devait. C'était sans doute une pensée égoïste, mais William savait que cette cérémonie serait la plus importante de sa vie entière. Il n'y en aurait pas d'autre. Au fond, il était à la fois pressé d'achever son apprentissage et effrayé à l'idée de devenir druide, et pas seulement parce que le secret qui pesait sur la cérémonie de son initiation lui faisait peur. Il avait très vite compris que devenir druide était une énorme responsabilité et surtout un état absolu : une fois qu'on prenait le manteau blanc, on le gardait pour la vie. C'était trop important pour le cours de la Moïra, et le pouvoir dont jouissaient les druides devait absolument être canalisé ; tel était le rôle du Conseil, où les douze Grands-Druides et l'Archidruide devaient assurer la cohérence de leur caste. Il semblait que tous les Grands-Druides avaient un dessein commun et précis, qui ne laissait de place ni au hasard ni à l'oisiveté. En tout cas, telle était l'image que William se faisait du Conseil, dont en réalité on ne savait rien tant qu'on ne l'avait pas rejoint.

Il repartit vers son lit et se laissa tomber sur le matelas, les bras en croix. Il éprouvait une forme de regret à l'idée de quitter son statut d'apprenti. Les anciens disaient souvent que c'étaient les plus belles années de la vie d'un druide, et en effet elles lui avaient paru passionnantes. Il avait appris tant de choses qu'il pouvait aujourd'hui sans peine mesurer ses progrès.

Il avait d'abord étudié auprès d'un druide de Providence pour devenir vate. Alors il aurait pu choisir de garder la robe verte de sa caste pour prodiguer ses soins dans la capitale, mais il avait préféré continuer ses études auprès des druides pour devenir druide lui-même, et on l'avait accueilli à cet effet dans la tour de Saî-Mina. Seuls les vates et les bardes pouvaient prétendre à devenir druides et ils devaient alors suivre ces sept années d'apprentissage.

Comme pour tous les apprentis, le plus dur pour William avait bien sûr été le contrôle du Saîman, le pouvoir des druides. Il avait dû apprendre à trouver au fond de lui cette énergie étrange que les humains ignorent. Il avait dû apprendre à la sentir brûler dans ses veines. Elle lui avait d'abord échappé à chaque fois qu'il tentait de s'en saisir. Ensuite, il n'avait pas réussi à doser le niveau d'énergie dont il avait besoin pour accomplir les exercices simples que lui dictaient les druides. Un jour, il avait bien failli faire brûler le hall d'entraînement en laissant échapper une énorme boule de feu alors qu'on lui avait simplement demandé d'allumer une bougie... Mais William était patient et discipliné et à force de travail il avait fini par comprendre le flot d'énergie qui l'habitait et donc à maîtriser son pouvoir en ne faisant plus qu'un avec lui. Aujourd'hui – même si aucun druide n'aurait eu la mauvaise idée de le lui avouer – il contrôlait son pouvoir mieux encore que la plupart de ses aînés, et certaines de ses manipulations personnelles étonnaient même l'Archidruide. William serait un jour un grand druide, cela ne faisait de doute pour personne.

Ensuite était venue l'épreuve des triades, ces courts poèmes que l'apprenti devait apprendre par cœur et qui enseignaient l'histoire, la philosophie, et surtout la politique. Mais pour cela, William n'avait eu aucune difficulté : c'était un bon élève, qui avait l'habitude d'apprendre.

William se redressa sur le lit, soupira avec un sourire nostalgique, puis partit vers son bureau où se trouvait la médaille qu'il portait enfant, dernier souvenir de cette époque. Tout avait commencé un jour de printemps, l'année de ses neuf ans. William grandissait à l'époque dans les faubourgs de Providence, la capitale resplendissante de Galatie, et passait ses matinées à aider son père qui était boulanger. Alors que les autres enfants du quartier s'amusaient encore à cache-cache dans les ruelles étroites de la ville, lui s'était réfugié tous les après-midi dans l'école du druide. Il n'en avait rien dit à ses parents, mais il avait la ferme intention de devenir druide. Le premier jour il s'était présenté à l'entrée et le druide avait souri en lui expliquant que l'école était réservée aux étudiants. Déçu mais trop timide pour se plaindre, William était reparti sans mot dire en traînant les pieds. Le lendemain il était revenu et s'était contenté cette fois de rester assis devant l'école, dévisageant les gens qui entraient à l'intérieur et essayant d'éviter le regard intrigué du druide. Il était resté ainsi jusqu'au soir, puis il était revenu le surlendemain et les jours suivants jusqu'à ce que le druide n'en puisse plus de le voir tous les après-midi.

— Eh bien ! avait crié le druide. Tu vas te décider à entrer un de ces jours, oui ou non ?

William, bouche bée, avait hésité un long moment avant de se lever du petit banc poussiéreux où il était assis depuis le début de l'après-midi. Il était paralysé par sa timidité ; c'était un enfant maigre et fragile, silencieux, qui avait appris à se faire oublier en passant tête baissée dans les ombres et les recoins obscurs tant il redoutait le contact des adultes. Les grandes personnes le terrorisaient. Chaque fois que l'une d'entre elles lui parlait, ses yeux se remplissaient de larmes comme s'il allait se mettre à pleurer. Alors il baissait le visage pour cacher son émoi et parlait à faible voix en regardant le bout de ses pieds. Cela lui valut souvent le courroux de son père qui le traitait de fillette et les moqueries des jeunes garçons de son âge qui ne lui parlaient guère mieux. Au fond de lui, il s'en voulait tellement ! Il détestait ses yeux dont il ne parvenait pas à retenir les larmes. C'était plus fort que lui et c'était insupportable. Un handicap que lui-même trouvait idiot et ridicule et que pourtant il ne parvenait pas à combattre. Jusqu'au jour où, voyant la fierté, le charisme, la droiture du druide, il s'était dit que seul le savoir pourrait le sauver. Il s'était persuadé que s'il devenait druide il n'aurait plus peur devant les adultes et pourrait leur parler sans avoir à baisser la tête.

— Je... je crois que je n'ai pas assez d'argent.

Le druide avait souri à nouveau. Il trouvait ce petit bonhomme aussi étonnant qu'attendrissant.

— Mais puisque je te dis de venir, tu n'as qu'à venir !

William était alors entré d'un pas hésitant, les bras croisés dans le dos, ne sachant pas trop si le druide se moquait de lui ou s'il voulait réellement le laisser entrer gratuitement. Puis le druide l'avait saisi au passage par l'épaule et s'était approché tout près de lui en le fixant des yeux.

— Tu peux venir ici tous les jours si tu veux, mais si tu ne travailles pas convenablement, tu auras affaire à moi et je serai d'autant plus sévère que je t'ai fait confiance aujourd'hui. Compris ?

William n'avait jamais oublié cet instant, d'abord parce qu'il n'avait jamais été aussi intimidé par un adulte et que pour la première fois ses yeux ne s'étaient pas embués de larmes, mais aussi et surtout parce qu'il avait marqué le début d'une année formidable, sans doute la plus décisive de sa vie.

Chaque jour il vint étudier auprès du druide. En un an, il changea complètement de caractère, et même de physionomie. Plus rien ne lui faisait peur, car il savait qu'il avait une arme redoutable et qui ne cessait de grandir : le savoir. Il cessa de baisser la tête quand les adultes lui parlaient, il cessa de se laisser embêter par les garçons de son âge et même plus âgés, et il se mit à marcher avec plus d'assurance, le regard brillant, l'allure joyeuse.

À quinze ans, William Kelleren était certainement l'un des enfants les plus cultivés de Providence, et le druide lui accorda la robe verte des vates. Mais William ne désirait pas pratiquer la médecine. Il ne voulait pas se contenter d'être vate à Providence. Une seule chose l'intéressait, devenir druide, avoir le même regard que cet homme qui l'avait accueilli, la même force, la même quiétude. Quelques jours plus tard il fit donc ses adieux à ses parents, et ceux-ci le regardèrent partir fièrement vers Saî-Mina.

William se leva et finit de se préparer. Il ajusta sa robe verte devant sa glace, et vérifia que son crâne était convenablement rasé. Puis il recula d'un pas et dévisagea sa propre image dans le miroir. Sept ans s'étaient écoulés, et William n'avait rien perdu de sa soif d'apprendre et de sa curiosité.

Mais aujourd'hui, l'agitation des serviteurs avait quelque chose de particulier. Le bruit ne cessait de s'amplifier et William n'en pouvait plus d'attendre. Quand on vint enfin le chercher pour qu'il se joigne à une réunion d'urgence, il était déjà prêt. Et en effet, en voyant le visage du serviteur qui venait le prévenir, William fut sûr cette fois que cela n'avait rien à voir avec son apprentissage, mais qu'il s'agissait d'une affaire d'une tout autre importance.

— Il y a une invasion en Galatie, expliqua le serviteur la voix tremblante.

— Une invasion ? Qui ?

— Le relais des bardes nous a fait parvenir la nouvelle. Ce sont les Tuathanns. Vous devez tous vous réunir à la Chambre. Êtes-vous prêt, jeune maître ?

William acquiesça et suivit le serviteur en direction de la plus haute pièce de la tour, longeant les couloirs sombres où il rencontra plusieurs druides, la mine grave. La Chambre du Conseil était d'ordinaire réservée aux douze Grands-Druides et à l'Archidruide. Mais en de rares occasions, ce dernier appelait une réunion d'urgence où tous les druides présents à Saî-Mina étaient conviés, y compris les apprentis.

Arrivé devant la Chambre du Conseil, William s'arrêta un court instant avant de pénétrer dans la somptueuse pièce ronde qui dominait Saî-Mina du haut du donjon circulaire. Il ne s'était toujours pas habitué à la splendeur des murs, du plafond et des meubles qui habillaient l'endroit, et continuait de ressentir le même émerveillement que le jour de ses neuf ans où il était entré pour la première fois dans l'école du druide de Providence. Il y avait tant de détails, de sculptures dans les bois, de frises sur les murs, de peintures sur le plafond du dôme, de tableaux, de symboles mystiques et de formules gravées en langue ancienne, de coffres et de vitrines emplis de richesses qu'il se demanda s'il pourrait se lasser un jour d'un spectacle si complet. Le Dragon de la Moïra surgissait partout dans les décors, au coin d'un tableau de maître, au centre du dôme, sur les dossiers des hauts sièges de bois, ou au cœur des six vitraux qui ouvraient la pièce sur la lumière du monde profane. Il se laissa pénétrer par l'atmosphère magique et paisible de la chambre du Conseil et partit s'asseoir à sa place, au-delà du cercle des treize trônes de merisier rouge réservés aux Grands-Druides et à l'Archidruide.

Quatre places étaient vides. Phelim et Aldero étaient absents, en mission pour le Conseil, et depuis plusieurs années deux noms manquaient à l'appel, les deux *dissidents* – comme on les appelait – car on évitait savamment de prononcer leur nom en ces lieux. William lui-même ne savait pas comment se nommaient les deux Grands-Druides disparus, mais leur absence ne cessait de se faire ressentir, ne serait-ce que par les deux sièges vides.

Quand tout le monde fut installé, Ailin, l'Archidruide, tapa trois coups sur l'accoudoir de son trône, le plus haut des treize, orné d'un dragon sculpté dans le bois rouge. Devenu Archidruide à la mort d'Éloi sept ans plus tôt, il dirigeait toujours les débats avec autorité. Il avait fait la preuve de sa force et de son savoir par le passé, ce qui lui valait encore aujourd'hui le respect de tous. Il prit la parole, levant la main droite au-dessus de l'accoudoir dans le geste de vérité des druides :

— Les Tuathanns sont entrés hier matin en Galatie. Les bardes nous rapportent qu'ils étaient fort nombreux, peut-être plus de trois mille, et qu'ils n'ont épargné personne.

L'Archidruide laissa sa phrase résonner dans la hauteur de la pièce ronde. Il s'était contenté de répéter ce que tout le monde savait déjà, mais il signifiait ainsi clairement qu'on ne pourrait débattre aujourd'hui que de cela et de rien d'autre. Les druides exprimaient toujours beaucoup de choses avec peu de mots ; il suffisait de savoir lire entre les lignes, un petit jeu auquel William avait fini par s'habituer. *Ailin est en colère*, songea-t-il. *Cette nouvelle doit le concerner plus directement. Il se fait vieux, c'est peut-être la dernière tâche qu'il veut accomplir avant de mourir et de laisser sa place.*

— Ils sont revenus, enchaîna Ernan, le Grand-Druide archiviste de Saî-Mina. Il fallait s'y attendre.

C'est donc cela, comprit William en regardant à nouveau Ailin, à l'autre bout de la Chambre. *Ailin avait dû prévoir leur retour depuis longtemps et les autres ne l'ont pas cru, à part peut-être Ernan qui note tout dans le journal du Conseil. Tous les autres Grands-Druides pensaient qu'il ne restait pas un seul Tuathann. Voyons si Ailin va tirer parti de la situation.*

— Il va donc falloir prévenir les quatre comtes et le Haut-Roi et tenter de les unir pour trouver une solution au conflit, reprit l'Archidruide. Bien sûr, je doute fort que Harcourt se lie à notre cause.

Voilà. Redonner au Conseil sa splendeur de jadis et dans l'urgence soumettre Thomas Aeditus, notre ennemi juré.

— Que les États soient unis ou non, la victoire des Tuathanns, au moins sur tout le Sud, sera inévitable, précisa Shehan.

Shehan doit faire partie de ceux qui soutenaient Ailin. Il lui ouvre la voie en écartant l'éventualité d'une invasion ratée. Cette réunion a dû être préparée. Tout est écrit d'avance. Shehan, Ernan et Ailin sont en train de resserrer un étau sur le Conseil.

— Il semble en effet, reprit Ailin, que les Tuathanns descendent sur Terre-Brune plutôt que d'attaquer directement le centre de Galatie. Inutile de se mentir, s'ils veulent Terre-Brune, ils l'auront. Ce qui compte, c'est la place qu'occupera ce nouvel État face aux trois comtes qui resteront et au roi. Dois-je rappeler l'histoire aux plus jeunes d'entre nous ?

Il sous-entend qu'on pourrait se faire accepter des Tuathanns une fois qu'ils seront en place, un autre moyen de renforcer notre position face à Harcourt, en conclut William.

— Nous pourrions écraser les Tuathanns par la magie, proposa Aodh.

Évidemment, Aodh va se mettre en travers de leur route. Mais il risque fort de se trouver seul et les arguments d'Ailin sont sûrement prêts d'avance. Qu'importe, Aodh le sait bien, il résiste par principe.

Ailin reprit aussitôt son interlocuteur en faisant un geste dédaigneux de la main :

— Nous ne serions pas sûrs de l'emporter et cela ne ferait qu'ajourner le problème de nouveau. Il est temps de réaliser l'importance des Tuathanns dans le cours de la Moïra. Nos ancêtres les ont chassés de cette terre, nous ne pouvons continuer d'usurper leur destin.

Ailin attend autre chose des Tuathanns, mais quoi ? On dirait qu'il attendait cela depuis longtemps, comme si c'était l'objectif final de toute sa vie. Que veut-il des Tuathanns ? se demanda William.

— Que pourraient-ils contre notre magie ? insista Aodh.

Aodh se pose la même question que moi. Il voit clair dans le jeu de Shehan, Ernan et Ailin. Il veut savoir ce qui motive réellement l'Archidruide.

— Ils pourraient eux aussi user de magie... Nous n'avons pas tous les Man'ith en notre possession, lâcha Ailin.

C'est donc cela...

— Certains qui figuraient jadis dans nos archives ont disparu au moment où les Galatiens ont bouté les Tuathanns hors du pays, enchaîna Ernan.

— La Pierre du Destin, commença l'Archidruide. Le plus précieux de tous.

— La Lance de Lug, continua Ernan sans quitter des yeux son grand livre.

— L'Épée de Nuadu et le Chaudron de Dagda, termina Shehan.

L'Archidruide tourna la tête vers ce dernier. Il ne sourit pas mais soutint son regard un instant.

Il lui signifie qu'il le remercie de le soutenir. Et il le fait d'une manière que tout le monde peut voir.

— Si les Tuathanns ont bien ces Man'ith et qu'ils savent s'en servir, cela risque de changer la donne, conclut l'archiviste.

Les objets magiques fabriqués par les Samildanachs ! Ces quatre-là ont disparu et Ailin aimerait les retrouver, même s'il faut pour cela traiter avec les Tuathanns. J'aurais dû m'en douter. Ailin a toujours été fasciné par les Man'ith : comment le Samildanach peut-il mettre de la magie dans un objet ? Voilà bien le rêve de tout druide ambitieux...

— Méfions-nous de toute façon, l'invasion des Tuathanns est si soudaine qu'ils ont peut-être aussi les deux dissidents avec eux ! suggéra Kiaran.

Kiaran est encore dans les nuages. C'est le seul qui ne voie pas le cœur réel du débat... Ce Kiaran est vraiment étonnant. Il faut absolument que j'apprenne à le connaître.

— Impossible ! s'écria Ailin. Et nos deux traîtres n'y trouveraient pas leur intérêt. Je vous rappelle pour la dernière fois que cette terre appartenait jadis aux Tuathanns et qu'il y a sûrement un moyen de leur en rendre une partie. Nous pourrions leur proposer un pacte et mettre fin à leur invasion. Nous allons donc partir voir le Haut-Roi et les quatre comtes. Il est impératif de trouver une solution commune. Thomas Aeditus refusera certainement, mais qu'importe, on ne pourra pas nous reprocher d'avoir comploté dans son dos...

Et pourtant, que faisons-nous d'autre ? Ailin parle comme s'il avait pouvoir de décision sur le Conseil alors qu'il sait parfaitement que ce type de démarche nécessiterait un vote. Il se sert de son ancienneté mais aussi de l'erreur qu'ont dû faire les autres en écartant jadis l'éventualité de ce qui arrive aujourd'hui. La mémoire est l'arme la plus redoutable de l'intelligence. Et tout était prêt d'avance.

— Comment pourrons-nous convaincre les Tuathanns de se contenter de ce que nous pouvons leur offrir en échange ? demanda Aodh.

En échange de quoi ? De la paix ou des Man'ith qu'Ailin espère récupérer ? La question d'Aodh n'est pas précise. Mais c'est sans doute volontaire. Un druide de son expérience ne laisse rien au hasard. Peut-être veut-il montrer à Ailin qu'il voit très bien ce qui se trame sans vouloir l'accuser directement. D'où cette question à double interprétation...

— Notre Conseil saura faire preuve de sa qualification dans le dénouement de cette affaire, répondit Ailin.

Par la Moïra ! Avec cette formule, il répond habilement à l'une ou l'autre interrogation. Il répond que le Conseil est à la fois bon juge dans la répartition politique et également plus à même d'étudier les Man'ith que n'importe qui d'autre, à part un Samildanach évidemment. Si Aodh cherchait à lui faire avouer que le cœur du problème était la récupération des Man'ith, Ailin s'en est bien tiré. Encore une fois, c'est l'expérience qui fait la différence. J'ai tant de choses à apprendre, se dit William.

— Mes frères, reprit Ailin sur le ton de la conclusion, nous allons voter pour savoir qui partira négocier avec les cinq chefs d'État.

Et voilà, la discussion est close. Si personne ne dit rien, Ailin aura gagné la joute. De toute façon, ceux qui ont compris ce que cherchait réellement notre Archi-

druide ont sans doute autant envie que lui de récupérer les Man'ith...

— Pour Bisagne et Terre-Brune, suggéra Ernan, il nous faut un frère... comment dire... original. Qui saura séduire les Bisagnais par sa poésie et les Brunois par sa fausse naiveté. Je propose Kiaran, s'il est d'accord.

Kiaran parut étonné, mais il acquiesça, et les frères approuvèrent par leurs mains levées.

— Pour Galatie et Sarre, continua l'archiviste, la tâche sera la moins dure mais formatrice tout de même...

Tiens, ça va être pour moi...

— Je propose William.

Par la Moïra, je ne suis même pas druide ! se dit William en souriant.

— William Kelleren est encore apprenti, objecta Aodh.

— Qu'on prépare son initiation pour ce soir, ordonna Ailin qui n'était pas prêt à se laisser contredire.

À nouveau, les frères témoignèrent de leur accord par le vote.

— Mon jeune frère, intervint Ailin en s'adressant à William qui n'en croyait pas ses oreilles, comme chacun sait ici, le roi Eoghan se marie cette semaine. Nous avons été conviés à son mariage, et tu seras donc notre représentant là-bas. Ces noces tombent au bon moment car Eoghan n'est pas disposé à s'occuper de politique extérieure. Tu n'auras aucune peine à lui faire accepter la paix avec les Tuathanns le matin même de son mariage. De plus, voilà une excellente assignation pour ta première journée en tant que druide ! Convaincre le Haut-Roi de suivre nos plans. Tu iras ensuite au comté de Sarre où le comte Albath Ruad n'osera sûrement pas dire le contraire du Haut-Roi.

William acquiesça en silence. *Encore une manipulation habile du hasard.*

— Et enfin, pour Harcourt, il nous faut un frère courageux et expérimenté, conclut Ernan. Je propose Aodh...

Une bien cruelle façon de se débarrasser de leur seul adversaire potentiel. C'est odieux.

— C'est trop d'honneur que vous me faites, répondit Aodh.

Encore une fois, il ne se laisse pas abuser. Mais il ne peut refuser, il passerait pour un couard. Pourtant, s'il part vers Harcourt, il a toutes les chances de se faire tuer par les soldats du comte Feren Al'Roeg ou par les prêtres de Thomas Aeditus. Pourquoi accepte-t-il ? Sans doute parce qu'il n'a pas vraiment le choix. L'étau est bien fermé. Le piège d'Ailin et d'Ernan, notre archiviste, est encore plus pernicieux que je ne l'imaginais.

Mais le Conseil offrit encore une fois la majorité à la suggestion de l'archiviste et Ailin mit fin aux débats en concluant :

— Vous partirez sans vos Magistels. Vous devez être seuls pour mettre en confiance les hommes avec qui vous devrez négocier. Vos Magistels vous attendront ici, à Saî-Mina. Demain matin, avant votre départ, Ernan vous donnera des instructions concernant ces chefs d'État, ce qu'il faut savoir d'eux pour mieux les aborder, et ce qu'il faudra leur dire. Et ce soir, je voudrais que tout le monde soit présent au cercle de pierres pour l'initiation de William.

Les Grands-Druides acquiescèrent et tout le monde se leva en silence. William partit dans ses appartements, bouleversé à l'idée de vivre enfin son initiation, et excité à l'idée du voyage. Cela faisait si longtemps qu'il n'avait pas quitté Saî-Mina !

Il partit s'asseoir sur le rebord de la fenêtre et laissa son regard se perdre dans le ciel empli de nuages. Il entendait encore l'écho de la voix des druides résonner dans sa tête. Tout s'accélérait. Cette réunion lui avait paru passionnante. Au fond de lui il se demanda si un jour il pourrait devenir Archidruide, s'il saurait manipuler le Conseil comme Ailin venait de le faire, puis il se demanda s'il saurait le faire pour le bien de Gaelia et non pour régler des comptes personnels...

Il haussa les épaules et partit s'asseoir sur son lit où il tenta d'apaiser son esprit par quelques exercices de maîtrise du Saîman. Lentement, il fit circuler l'énergie magique en lui-même, puis l'amena jusqu'au bout de ses doigts où des petites flammes dorées apparurent en silence.

*
**

Phelim parvint à arrêter le flot de sang qui jaillissait de la hanche de Mjolln en y apposant ses deux mains rougies par le Saîman, mais il ne put complètement refermer la plaie.

— Il faut attendre et vous reposer, mon ami, je pourrai sans doute faire mieux ce soir, mais vous êtes hors de danger pour le moment.

— Merci, druide, prononça le nain avec effort.

Phelim et Aléa le laissèrent dormir. Ils s'éloignèrent un peu pour parler sans le déranger.

— Il n'a rien de grave, n'est-ce pas ? demanda la jeune fille.

— Non, mais il ne doit pas faire d'effort. Nous allons lui construire une béquille et lui faire un pansement. Mais avant cela, je voudrais comprendre ce qui a bien pu motiver ces gorgûns à nous attaquer ainsi...

Aléa, qui ne s'était pas tout à fait remise de la frayeur provoquée par l'attaque, acquiesça en silence et suivit le druide en jetant de temps en temps un regard inquiet vers le nain endormi.

Phelim inspecta les corps verdâtres des gorgûns qui jonchaient le sol, à l'endroit du campement. Leurs yeux avaient perdu la lueur rouge qui les rendait si terrifiants au milieu de la nuit. Mais parmi les cadavres ensanglantés, il trouva ce qu'il cherchait : un survivant.

Il se baissa vers le corps d'un gorgûn qui avait perdu un bras mais respirait encore, et posa sur lui sa main comme une menace de feu.

— Qui vous a envoyés ? demanda-t-il simplement en hachant ses mots.

Le gorgûn resta silencieux, n'émettant que des petits gémissements de douleur. Phelim appuya plus fort sur le torse de la créature puis répéta, en gorgûn cette fois :

— Ho ar b'nerok vor ?

— Mmm... Maol... Maolmòrdha... répondit la créature avec peine.

Phelim l'acheva d'un seul geste, refermant son poing sur la gorge du gorgûn.

— Va en paix, fils maudit... glissa Phelim avant de se relever.

Aléa, dégoûtée par les flots de sang et tous les cadavres, fit volte-face et courut s'asseoir près du nain. Elle attendit que sa nausée disparaisse, puis, quand le druide revint vers elle, elle lui demanda :

— Pourquoi avez-vous appelé le gorgûn « fils maudit » ?

Phelim parut surpris que la petite ait remarqué ce détail. Il s'assit à côté d'elle en soupirant.

— C'est ainsi que nous autres druides appelons les gorgûns, car nous... connaissons leur père...

— Comment ça ? s'étonna la petite.

— Peu importe, pour le moment. Ce qui compte, c'est que je sais maintenant pourquoi nous avons été attaqués. On nous recherche, Aléa, et en réalité, je pense que c'est plus précisément toi que l'on recherche...

Aléa leva la tête vers le druide, incrédule.

— Moi ? Mais qui ça ? Et pourquoi ?

— Maolmòrdha, un... un homme qui... cherchait Ilvain. Il l'a sans doute trouvé mort au milieu de la lande, comme toi. S'il a appris que tu l'avais vu avant lui, cela expliquerait qu'il te cherche aujourd'hui. Du moins, c'est ce que je crois. En tout cas, cela veut dire que tu es en danger, et nous devons partir au plus vite à Saî-Mina. Je suis désolé, je sais que tu voulais aller à Providence, mais tu dois me suivre, Aléa, je pourrai t'en dire plus là-bas.

Aléa fronça les sourcils. À nouveau le druide l'inquiétait. Elle avait l'impression qu'il lui mentait ou qu'au moins il ne lui disait pas toute la vérité. Pourquoi voulait-il tant l'amener à Saî-Mina ? Y serait-elle vraiment plus en sécurité qu'ailleurs ? Tout cela lui paraissait tellement irréel. Mais les gorgûns, eux, étaient bien réels, tout comme le sang qui maculait le sol autour d'elle, et elle n'avait aucune envie d'en rencontrer de nouveau. Elle ne savait que répondre.

— Mjolln serait mieux soigné, à Saî-Mina, ajouta Phelim en voyant que la petite hésitait.

— D'accord, je vous suivrai dans votre tour ! Mais, Phelim, dites-moi, que m'est-il arrivé lorsque j'ai touché la main d'Ilvain, dans la lande ? Est-ce pour ça que ce Maolmòrdha veut me trouver ?

— Nous verrons ça plus tard, Aléa, nous devons partir dès maintenant, conclut le druide en aidant le nain à se relever.

Au fond d'elle, Aléa commençait à se douter de ce qui lui était arrivé, et cela, vraiment, lui faisait peur.

Chapitre 6

SAÎ-MINA

Le prince des Herilims se laissa tomber à genoux devant le feu qu'il avait allumé. Autour de lui, la nuit appelait les forces obscures. Ses yeux s'allumèrent de rouge devant la danse des flammes.

Comme chaque soir, il savait que le maître viendrait le visiter. Il avait offert son âme et celle des onze autres Herilims à Maolmòrdha en échange d'une place à ses côtés. On ignorait presque tout de ces chevaliers violents et sans patrie. Ils étaient venus du Nord pendant la guerre de Méricourt et avaient commencé à s'imposer comme une force dévastatrice sans pitié. Mais depuis tant d'années, la caste des Herilims n'était jamais parvenue à renverser le Conseil des druides qui dominait le monde avec arrogance.

En se soumettant à Maolmòrdha, Sulthor savait qu'il allait enfin obtenir sa vengeance. Les druides tomberaient les uns après les autres, comme Aldero avant eux, et l'on verrait bientôt l'avènement du règne de Maolmòrdha et, avec lui, de Sulthor et des chevaliers Herilims. Le Jeteur d'ombre savait que sa soumission absolue était le prix à payer.

Il avait trempé sa lame et celle de ses hommes dans le sang que leur avait offert le maître. Maolmòrdha leur avait donné le feu, l'instinct sombre et la vitesse. Ils avaient gagné une puissance nouvelle à ses côtés et les druides eux-mêmes ne pourraient plus les arrêter.

Le règne du Conseil était fini. Sulthor n'attendait plus que de pouvoir les tuer, un à un, à mains nues, plongeant ses griffes dans le cœur battant des Grands-Druides, ses ennemis éternels, volant leur âme pour les détruire enfin. Il les emmènerait dans le néant de Djar, le monde vide et froid où les pensées deviennent mortelles. Maolmòrdha lui avait appris à contrôler cet univers inconnu des druides. Personne ne pourrait lui résister, perdu dans ce néant obscur. Il lui suffirait de les entraîner avec lui dans l'au-delà grâce au Man'ith de Djar, et les tuer serait un jeu d'enfant.

— Maître, commença Sulthor quand apparut enfin l'image vacillante de Maolmòrdha au milieu des hautes flammes. Ils ont repoussé les gorgûns, et ils continuent à présent leur fuite vers le nord.

Les flammes grandirent soudain, comme sous la colère d'un vent puissant, et avec elles l'image de Maolmòrdha.

— Ils vont sans doute à Saî-Mina, gronda le Seigneur des gorgûns. Prenez trois Herilims avec vous, Sulthor, et ramenez-moi le corps de cette enfant dans le linceul que je vous ai confié.

— Oui, maître.

— Ne me décevez pas, Prince des Herilims. Votre échec pourrait nous empêcher d'arriver à nos fins.

— Maître, je vous ramènerai très vite cette vipère au temple de Shankha, j'en fais le serment.

Aussitôt, l'image de Maolmòrdha disparut dans les flammes.

*
**

William attendait depuis près d'une heure qu'on vienne le chercher dans le petit cabinet sombre où les druides l'avaient enfermé afin que débute son initiation. Il n'y avait rien ici qu'une obscurité totale qui forçait à la réflexion. Au fond de lui il savait que c'était le but de ce huis clos. Inciter l'apprenti à réfléchir pour qu'il fasse le deuil de son ancienne vie. Mais William, lui, ne parvenait pas à méditer calmement. Il était plutôt angoissé par les épreuves qui allaient suivre et dont il ne savait pas grand-chose. Il aurait aimé pouvoir garder le calme et la sérénité d'un sage, mais son esprit s'envolait plus avant, à la recherche d'un réconfort qu'il ne trouverait guère. Devait-il chercher le Saîman au fond de lui afin de réchauffer son corps et calmer son esprit ? Ne pouvait-il y parvenir par lui-même ? Mais s'il était si inquiet, cela ne signifiait-il pas qu'il n'était pas encore prêt pour devenir druide ? Ou bien tous les apprentis ressentaient-ils la même angoisse entre les quatre murs de ce cabinet noir ? Se posait-il les questions qu'on voulait qu'il se pose ? Y avait-il une attitude et une seule à suivre pour être un apprenti parfait et devenir un parfait druide ? À toutes ces questions il n'osait répondre. Et quand enfin on vint le chercher, William était sur le point de saisir le Saîman au fond de lui-même.

Quand la porte s'ouvrit, il reconnut Shehan, l'un des douze Grands-Druides, malgré la capuche blanche qui couvrait son visage. Il ne pouvait pas se tromper : les gestes lents, la démarche, ce ne pouvait être que Shehan, le plus mystérieux d'entre tous, le plus mystique.

— Qui es-tu ? demanda Shehan d'un ton solennel.

William avait appris le rituel, il connaissait les mots, rien de plus, et se contenta de les répéter. Mais cette fois-ci, ces mots avaient un sens, un sens profond qui lui parut enfin clair.

— Un vate, répondit-il sans hésiter.

— Que veux-tu ? continua Shehan en posant une main sur l'épaule de l'apprenti.

— La Lumière !

— As-tu fortifié ton âme dans la solitude de ce lieu ?

— ... Oui.

Le rituel m'oblige à mentir. Je n'ai rien fait d'autre qu'angoisser dans ce maudit cabinet. Aurais-je dû dire la vérité et répondre non ? Ou bien toutes les questions que je me suis posées ont-elles en réalité fortifié mon âme ? Je voudrais comprendre. Ce rituel, c'est comme les triades. On l'apprend par cœur, puis on doit le comprendre soi-même par la suite. Dois-je tout comprendre aujourd'hui, ou bien cela se fera-t-il petit à petit ?

— Alors tu peux me suivre, vate.

Shehan se baissa pour aider William à enlever ses sandales. Le jeune apprenti devait marcher pieds nus pour la cérémonie. William remercia humblement Shehan puis suivit le Grand-Druide jusqu'à la sortie du couloir du bâtiment central où se trouvait le cabinet noir. Ils arrivèrent alors dans la cour de Saî-Mina où se trouvait le grand cercle de pierres réservé aux cérémonies. Le spectacle était éblouissant. On avait allumé des torches dont la lumière vacillante dessinait des ombres sur les pierres levées, si bien qu'elles semblaient vivre, et sur les manteaux blancs des druides. Plusieurs druides qui furent sans doute bardes auparavant, les sonneurs, jouaient ensemble de leur harpe sur le mode de la tristesse, une mélodie somptueuse qui soulevait le cœur, portée par l'odeur légère de l'encens qui brûlait alentour. Tous les Grands-Druides et les druides de Saî-Mina étaient là, assemblés à l'intérieur du cercle, tournés vers l'est, vers le chêne centenaire sous lequel siégeait l'Archidruide, là où, le lendemain, comme chaque matin, viendraient briller les rayons du soleil.

William, toujours guidé par Shehan, fut amené au cœur d'une procession qui l'attendait à l'entrée du cercle de pierres. Devant lui, deux druides portaient chacun une partie d'une épée brisée. Autour d'eux, quatre autres druides portaient au bout de hautes perches un drap de lin blanc garni de gui qui couvrait toute la procession comme une tente. William sentit les poils de ses bras se hérisser. Tout son corps était parcouru de frissons glacés. Était-ce la peur ? La joie ? La mélancolie des notes ? Toutes les émotions se mélangeaient au cœur de la nuit et il avait l'impression d'être plongé au milieu d'un rêve. Ses pieds semblaient glisser tout seuls derrière Shehan qui, le guidait maintenant vers l'ouest du cercle, au rythme des accords de harpe.

Quand ils furent à l'opposé du chêne majestueux, ils s'arrêtèrent devant une pierre polie sur laquelle on avait posé du pain et du sel. Shehan lâcha l'épaule de William et s'approcha de la pierre pour prendre les deux éléments. Chacun de ses gestes était lent, précis, respectueux presque. Il mit le sel sur le pain et tendit le tout à William en souriant.

— Vate, ce pain et ce sel sont la Terre par laquelle tu meurs et peux renaître.

William inspira profondément, cherchant jusque dans son souffle le courage qui commençait à lui manquer, puis il mangea le pain que lui tendait le Grand-Druide Shehan. C'était un pain de seigle, épais et croustillant. William le mâcha lentement ; il se laissait pénétrer par les phrases de son guide, se disant finalement qu'il aurait toute sa vie pour les assimiler.

Il reposa la moitié du pain sur la pierre, en signe de reconnaissance, et la procession se remit en route, tournant à nouveau autour du cercle de pierres pour s'arrêter cette fois devant une dalle située au nord. Là, on avait posé une coupe d'eau que Shehan tendit à l'apprenti.

— Vate, voici l'eau qui te purifie.

William prit la coupe et but toute l'eau qu'elle contenait. C'était une eau fraîche et douce, et il eut l'impression délicieuse de la sentir couler tout le long de son corps, comme une douche apaisante.

Shehan posa à nouveau sa main sur l'épaule de William et le guida plus avant, de l'autre côté du cercle de pierres, vers le sud. William était tellement ému qu'il ne sentait même plus le froid de la terre sous ses pieds nus. Il avait l'impression de partager la chaleur de toute l'assemblée. Comme s'ils ne faisaient plus qu'un.

La procession s'arrêta devant la dernière pierre, au sud. Là, on avait fixé une torche allumée. Shehan la prit et la tendit doucement à William.

— Vate, voici le feu qui t'éclaire.

William prit la torche qu'on lui tendait et se remit en route derrière les druides qui le menèrent enfin au milieu du cercle de pierres, à quelques mètres à peine de l'Archidruide.

Les quatre druides qui portaient le drap de lin blanc passèrent devant lui et lentement laissèrent tomber le voile et le gui sur le sol. Puis ils s'écartèrent avec les bardes pour rejoindre les Grands-Druides le long du cercle. William frémit. Il commençait à se sentir seul. Tous les regards étaient tournés vers lui à présent. Il ne restait plus que Shehan à côté de lui, qui le guida alors jusqu'au milieu du drap blanc. Le contact du lin était doux, réconfortant. William posa son regard sur le vieux chêne. Il ne l'avait jamais vu de si près ; le cercle était interdit aux apprentis. C'était un arbre magnifique qui, malgré la saison, était déjà lourd d'élégantes feuilles lobées.

— Archidruide, lança Shehan à l'attention d'Ailin qui siégeait près du vieux chêne, je te présente William, vate, que nous avons jugé digne de devenir druide.

La gorge de William se noua. Ils arrivaient au moment le plus important du rituel.

Il dit « nous », mais c'est Ailin lui-même qui semble m'avoir jugé digne de devenir druide. Et s'il se trompait ? Si je n'étais pas prêt ? Peut-être Ailin est-il allé trop vite ? Peut-être a-t-il voulu accélérer les choses pour se servir de moi en m'envoyant en Galatie et en Sarre ? Non, je ne peux pas douter de l'Archidruide. Ces choses-là sont importantes. S'il m'a jugé digne, c'est qu'il pense vraiment que je le suis. Alors, pourquoi puis-je encore en douter ? Sans doute parce que j'ai peur.

Ailin, se redressant sur son trône de pierre, posa un regard circulaire sur l'assemblée des druides, puis d'une voix forte et grave il demanda :

— Y a-t-il la paix ?

— Il y a la paix ! répondirent d'une seule voix les druides et les Grands-Druides à l'intérieur du cercle.

— Alors, reprit l'Archidruide d'une voix plus basse, puisqu'il y a la paix, nous allons procéder.

Shehan serra une dernière fois l'épaule de l'apprenti puis se retira à son tour, laissant William seul devant l'Archidruide. Le jeune vate sentit son corps trembler et essaya de ne pas perdre le contrôle de lui-même. Toute sa vie lui revenait en souvenir par vagues étouffantes, des images confuses qui se noyaient les unes dans les autres et le ramenaient toutes ici, dans ce cercle de pierres, sous un ciel nocturne, lourd et muet.

Soudain, la voix de l'Archidruide le sortit de sa torpeur.

— C'est au nom de la Moïra, vate William Kelleren, que nous te demandons à présent si, élevé à la fonction sacrée de Druide, tu en exerceras les pouvoirs exclusivement pour ce qui te semblera être le vrai Bien ?

William avala sa salive et leva les yeux vers l'Archidruide. L'interrogatoire commençait. Les paroles apprises par cœur lui venaient comme en rêve, mais il voulait les dire comme il les sentait. Il désirait être sincère et il laissa son âme parler :

— De tout mon cœur je m'efforcerai de le faire.

— Promets-tu de te souvenir, avec l'aide de la Moïra, qu'en cette fonction à laquelle tu es appelé, tu auras le devoir absolu et devras avoir le souci constant de donner l'exemple d'une vie saine à tous ceux qui te seront confiés ?

— Je le promets, répondit William alors que l'image furtive de ses parents revenait le hanter, comme pour sceller sa promesse.

— Promets-tu de garder précieusement, comme un dépôt sacré, le pouvoir qui te sera conféré ?

— Je le promets, répondit-il à nouveau, et ces mots-là étaient sincères.

— Promets-tu de te tenir constamment prêt à servir tous les hommes, autant que tu en es capable ?

— Je le promets.

— Que nos ancêtres te gardent, Frère bien-aimé, et qu'ils te fortifient dans ta dignité.

William, le cœur battant, se mit à genoux.

— Tu pourras maintenant enseigner, en toute responsabilité, ce que tu jugeras bon d'inculquer à ceux que tu estimeras en toute conscience dignes de recevoir cet enseignement. La responsabilité de toute divulgation devient tienne : tu es délié du secret.

Par la Moïra, voilà ce que j'ai toujours attendu. Je deviens druide, le même druide que celui qui, il y a plus de dix ans, me reçut gratuitement dans son école parce qu'il me jugea digne de recevoir son enseignement. Saurai-je avoir sa bonté ? Saurai-je enseigner aussi bien qu'il l'a fait ? Serai-je moi-même à la hauteur de mon rêve ?

L'Archidruide se leva et vint devant William afin d'imposer ses deux mains sur sa tête baissée.

— Moi, Elder Morgaw-le-sanglier, fils de Sundain, dit Govu le barde, dit Ailin le druide, Archidruide au cercle sacré de Saî-Mina, j'élève devant les Gaeliens Sa Sérénité William à la dignité de druide. En honneur de ce degré et parce que ses maîtres disent de lui qu'il est un homme juste, il sera appelé Finghin le druide par ses frères et par tous les hommes. Que la Moira te protège, Finghin !

Tous les druides assemblés applaudirent chaleureusement leur nouveau frère et se rapprochèrent lentement de lui.

William, étourdi, ne comprenait plus trop ce qu'il se passait. Il voyait vaguement ces ombres se rapprocher au-dessus de lui, et la main d'Ailin qui reposait toujours sur son front semblait devenir de plus en plus chaude, comme si le Saîman du vieil homme se concentrait sur sa tête, et soudain, il lui sembla qu'il perdait connaissance.

Il vit une intense lumière blanche, pas seulement devant lui comme s'il avait regardé une source lumineuse, mais tout autour de lui, jusque dans chaque recoin de son esprit. C'était une lumière intérieure, entière. Puis plus rien. Le vide absolu.

Cela ne dura qu'un instant mais quand il reprit connaissance, il sut qu'il n'était plus le même. Ailin avait changé quelque chose en lui. Ouvert une porte.

Brisé une chaîne : il lui semblait qu'il voyait mieux, qu'il entendait mieux, que tous ses sens avaient atteint un degré de conscience supérieur. Et le Saîman, au fond de lui, n'avait plus la fragilité floue de jadis. C'était une énergie brillante, forte, qui ne faiblissait pas. Qui ne faiblirait plus.

William recouvra quelque peu ses esprits et vit Shehan qui le serrait dans ses bras.

— Tu es un druide, Finghin. Allons, ceci est à toi.

Il lui tendit alors le manteau et le bâton blancs des druides. Le jeune homme, essayant de se ressaisir, mit le manteau sur ses épaules et prit le bâton de ses deux mains. Il avait attendu ce moment depuis tellement d'années qu'il avait l'impression que ce bâton lui avait toujours appartenu. Les druides vinrent chacun leur tour embrasser l'initié, et dans leurs yeux brillait un amour sincère.

William, qui allait devoir s'habituer à son nouveau nom de Finghin, laissa enfin couler des larmes qu'il avait retenues trop longtemps. Au loin, il entendit les bardes qui recommençaient à jouer, sur le mode du sourire cette fois.

*
**

— Jusqu'où devrons-nous aller ? demanda le fils de Sarkan à son père.

— Pourquoi poses-tu cette question, mon fils ?

Tagor était l'un des plus jeunes guerriers du clan Mahat'angor, et il avait toutes les chances de devenir un jour, à la suite de son père, le chef des clans. Une responsabilité dont il se serait finalement bien passé. C'était un guerrier courageux et fort. Comme tous les hommes du clan Mahat'angor, il avait le torse couvert de peinture bleue et une longue crête de cheveux sur le crâne. Son corps semblait taillé dans le roc. Il avait un charisme étonnant et de nombreuses filles du clan auraient bien aimé un jour devenir son épouse : depuis son plus jeune âge il avait fait la joie des Aïgabs, ces dîners exclusivement réservés aux femmes où l'on se plaisait à parler de ses yeux peu ordinaires, l'un bleu et l'autre noir. Aujourd'hui, loin de penser à sa future femme, il avait combattu aux côtés des siens, comme chaque jour depuis qu'ils avaient quitté le Sid – mais il n'avait pas la même rage que les Tuathanns de la génération de son père.

Sarkan s'était assis près de la cheminée dans une chaumière ravagée qu'ils allaient occuper pour la nuit. Ce n'était qu'une pause dans l'invasion des Tuathanns, et l'un des rares moments où le jeune Tagor pouvait parler à son père.

Sarkan commença à enlever la peinture bleue sur son torse, ses bras et son visage avec une éponge qu'il trempait dans l'eau bouillante qui frémissait près du feu.

— Il faudra bien s'arrêter un jour, répondit Tagor en passant derrière son père pour détacher les lanières de cuir qui nouaient sa crête bleue.

C'était une marque de respect dans les coutumes du clan, et chaque soir Tagor s'appliquait à refaire la coiffure de son père selon la tradition. En temps de guerre, seuls les hommes avaient le droit de coiffer les crêtes des guerriers. En temps de paix, c'était le travail des femmes, et les cheveux, alors, ne se portaient pas de la même façon. Ils étaient lissés dans le dos, aplatis par une mixture de graisse animale. Tagor déposa respectueusement la tresse de lanières et de plumes devant son père et retourna s'asseoir à ses côtés.

— Crois-tu, reprit Sarkan, que les Galatiens se sont arrêtés quand ils ont massacré nos ancêtres ? Tu ne dois jamais oublier que nous sommes ici chez nous. Regarde le nom des villages. Ne vois-tu pas qu'ils sont la marque de notre présence ? Les villages et même les villes portent presque tous des noms tuathanns. Les Galatiens sont tellement stupides qu'ils ne savent même pas le sens des noms des villes qu'ils occupent. Et pourtant, c'est dans le ventre de la terre que se cache la vérité, mon fils. Dans le nom des lieux. Toi, tu connais notre langue, tu sais lire le nom des montagnes, des villages, des temples oubliés.

— Oui, mais devrons-nous pour cela tuer tous les descendants de ceux qui ont chassé nos ancêtres ? insista le jeune guerrier.

— Tu parles comme un Galatien !

— Pardon, père. Je connais vos raisons, et j'admire votre détermination. Mais j'imagine un avenir où nous n'aurions plus à craindre de nouvelle guerre... Il faudra bien un jour trouver un accord, nous ne pourrons nous battre à jamais.

— Les Galatiens ne veulent pas la paix, mon fils. Ils ont massacré nos ancêtres dans le seul but de posséder toute cette terre. On ne négocie pas avec ces voleurs.

— Je vois, répondit Tagor, déçu. Et pensez-vous qu'un jour les Tuathanns pourront retrouver le calme d'une chaumière comme celle-ci pour y vivre toute une vie ?

— Quand nous aurons repris ce qui nous appartient, oui, mon fils. Ton peuple a attendu plusieurs centaines d'années avant de retrouver la lumière du soleil. Vous, les plus jeunes, qui n'aviez pas connu le monde du dessus vous y êtes habitués, mais notre vraie place est ici. Nous avons juré. Tu sauras sûrement attendre encore un peu avant de poser tes armes.

Le jeune Tagor retourna une bûche dans l'âtre de la cheminée pour raviver la flamme.

— Et si les druides nous attaquent ? On dit qu'ils sont très puissants.

— J'ai ce qu'il faut pour nous assurer la neutralité des druides. Je te montrerai ça en temps voulu. Maintenant, dors, car demain, nous partirons vers le sud, dans ce que les Galatiens appellent le comté de Terre-Brune, où coule le Sinaîn.

Sarkan sourit à son fils, puis il se leva brusquement et partit dehors où l'attendaient les chefs des autres clans.

*
**

Les trois voyageurs avaient quitté la route qui allait à Providence et coupé à travers champs pour rejoindre plus au nord la rive du fleuve Pourpre. Ils marchèrent pendant trois jours, à travers la plaine d'herbe et de sable, dans un chaos de rochers gréseux, se reposant la nuit au milieu de la campagne, et ils ne rencontrèrent personne. Petit à petit, la blessure de Mjolln se faisait moins douloureuse. Il retrouva au soir du deuxième jour son humeur joyeuse et put même se débarrasser de la béquille que lui avait confectionnée le druide.

Au soir du troisième jour, Aléa ne se sentait pas bien. Son cœur semblait ne plus vouloir ralentir le rythme de ses battements, le sang cognait dans ses veines. Elle sentait au fond d'elle comme une urgence. Un sentiment de panique indéfinissable. Elle n'osa pas en parler à ses compagnons et partit vite se coucher dans le campement qu'ils avaient monté en hâte.

C'était une nuit sans lune où seules brillaient quelques étoiles voilées par de hauts nuages. Aléa sombra rapidement dans un sommeil tourmenté.

« *Je suis debout devant la façade immense d'un temple dont les murs de pierre ont la couleur du sang. Non. Ils n'ont pas la couleur du sang, ils sont couverts de sang ! Il n'y a pas d'air, il n'y a pas de vent, il n'y a même pas de temps. Juste moi, le temple, et... (quelque chose) Lui, qui me guette. Je ne sais pas qui Il est, mais Son regard est sur moi et suit chacun de mes gestes. J'essaie d'avancer. C'est d'abord impossible parce que mes jambes ne suivent pas. Elles restent coincées sur le parvis du temple, comme si elles faisaient partie de la roche rouge (de sang). Puis Il me laisse entrer. Non, Il m'attire. Il n y a pas de ciel. Juste moi, le temple qui approche maintenant, lentement, et... (quelque chose) Lui. Je ne contrôle toujours pas mes jambes mais cette fois-ci ce sont elles qui me portent vers le temple. Trop vite maintenant. Quelque part au fond de moi je sens que je ne suis pas prête. Je me laisse gagner par une vague de panique. Non, si je Le rencontre maintenant, je ne saurai pas comment Le battre. Il faut que je reporte mon attention sur autre chose.*

Je regarde à gauche. Il n'y a rien, là, mais si je force avec mon esprit je peux faire apparaître quelque chose, j'en suis sûre. Il suffit de forcer. Là. Voilà. Un arbre immense. Non. Ce n'est pas un arbre, ce sont des milliers de petits arbres, empilés les uns sur les autres et qui, ensemble, reproduisent la forme d'un arbre géant. Cette vision disparaît.

Je regarde à droite. Il n'y a rien pour l'instant, mais là encore je suis sûre que je peux faire apparaître quelque chose si je le veux vraiment. Oui, mais quoi ? Je ferme les yeux. Quand je les ouvre à nouveau, il y a une louve. Elle est belle. Sa fourrure est entièrement blanche. Elle tient un louveteau entre ses crocs. Son petit. Et maintenant je vois qu'il est mort. Pourquoi le garde-t-elle dans sa gueule, s'il est mort ? La louve me regarde, se retourne et disparaît.

Je n'ai pas réussi à distraire mon attention. Le temple est toujours là, et il continue d'approcher. Bientôt, je serai entrée dedans. Pourtant je sais qu'il ne faut pas. Il le veut, parce qu'Il sait que pour l'instant je suis vulnérable. Je suis vulnérable parce que je ne comprends rien. Quel est cet arbre ? Qui est cette louve ? Le temple s'approche, inexorablement. J'ai tous les éléments de l'énigme mais je n'arrive pas à la résoudre. Mon propre corps m'est étranger.

Et quand enfin je crois que je ne pourrai plus reculer, quand l'ombre de la porte gigantesque semble prête à m'avaler, soudain, une main se pose sur mon épaule et m'arrête.

— Ne passe pas là, me dit une voix que je ne connais pas.

C'est la voix d'un garçon, jeune. Je n'ai qu'à me retourner, et je le verrai.

Je me retourne. Le temple disparaît derrière moi, et Lui avec. Le jeune garçon est là, devant moi. J'ai peine à voir son visage. Il est flou. Tout ce que je peux voir c'est qu'il a noué ses longs cheveux blonds derrière sa nuque. Je n'ai jamais vu un garçon avec des cheveux si longs... »

Elle fut réveillée en sursaut par Mjolln qui s'était inquiété de la voir ainsi s'agiter dans son sommeil.

— Mauvais rêve ? demanda un peu plus loin le druide qui semblait ne jamais dormir, assis près du feu, et qui la regardait en penchant la tête.

— Non, non, c'est rien, mentit Aléa qui se retourna en soupirant.

Elle ne put fermer l'œil de la nuit. Mais petit à petit, le rythme de son cœur redevint normal et la sensation étrange qui l'avait saisie depuis le soir la quitta au petit matin.

Pendant la journée, elle préféra ne pas parler de son rêve et évita le regard inquiet du druide et de Mjolln. Au milieu du jour ils arrivèrent enfin en vue de la rivière Pourpre. Le soleil se reflétait dans l'eau du fleuve et semait à la surface des éclats éblouissants. Au sud-ouest, les montagnes de Gor-Draka paraissaient toujours aussi proches que la veille ou l'avant-veille. Mais le sol était de plus en plus vert, émaillé de fleurs. Il n'y avait pas un seul bâtiment à l'horizon, c'était la région la plus déserte de Galatie.

— Nous longerons ce fleuve jusqu'à la côte, expliqua Phelim, et alors nous ne serons plus très loin de Saî-Mina. Nous serons arrivés dans deux jours.

Mjolln frappa gaiement dans ses mains.

— Allons-y, mes amis ! Je suis si curieux de voir Saî-Mina !

Mais Phelim retint le nain par l'épaule.

— Attendez, Mjolln, je vois un nuage de poussière derrière nous, et il y a fort à parier que ce sont des cavaliers qui s'en viennent par ici. Je crois qu'il serait plus sage d'attendre pour voir de qui il s'agit.

Aléa se dressa alors sur la pointe des pieds et un frisson lui parcourut l'échine quand elle aperçut au loin le groupe dont parlait le druide. Une sensation bizarre l'étreignait. Comme une urgence qui lui ordonnait de fuir.

— Je... nous devons nous cacher, Phelim, ils sont... ils sont mauvais. Je le sens. Enfin, je le vois, je ne sais pas, c'est étrange.

Le druide dévisagea la petite. Il eut un léger mouvement de recul. Aléa crut l'entendre murmurer quelques mots dans une langue inconnue puis il acquiesça.

— Tu as sans doute raison, cachons-nous.

Les trois compagnons partirent en retrait du chemin et se cachèrent derrière un taillis en fleur. Ils se tapirent dans l'ombre des feuillages et restèrent silencieux jusqu'à ce que les cavaliers arrivent à leur hauteur. Il y avait quatre hommes, entièrement vêtus de noir, et on ne voyait pas leur visage, caché derrière de grandes capuches, hormis le plus grand des quatre qui, lui, portait un casque. Il était immense, beaucoup plus grand qu'un humain normal, et il fit signe aux trois autres de s'arrêter juste devant la berge.

Il descendit de son haut cheval et s'accroupit sur le sol. De la main gauche il ramassa un peu de terre qu'il porta sous l'ouverture de son casque, pour la sentir sans doute. Puis il jeta la terre derrière lui et se dressa d'un bond.

— Elle est passée ici, lança-t-il aux trois autres cavaliers. Elle n'est pas loin. Je la sens...

Il regarda autour de lui et, derrière le taillis, Aléa eut le sentiment troublant qu'il avait croisé son regard. L'espace d'une seconde, qui lui parut une éternité, elle sentit le monde vaciller autour d'elle et entendit mille voix qui se mélangeaient. Elle vit Tara et Kerry, elle vit Ilvain dans la lande, Phelim, Faith, Almar, tous ces visages à la fois, et elle fut saisie par un frisson de terreur absolue, perdue dans le flot continu d'images qui explosaient dans sa tête. Puis elle sentit la présence d'une force obscure, puissante, pénétrante qui s'approchait, s'amplifiait autour de son esprit comme si elle voulait y entrer. Aléa, terrorisée, essaya de toutes ses forces de repousser cette énergie étrangère et glaciale qui cognait contre sa tête. Elle livrait au fond d'elle un combat qu'elle ne comprenait pas, mais son instinct ou quelque magie la guidait et lui criait de repousser cette force, comme un gouffre de néant et de mort. Dans un ultime effort elle parvint à se débarrasser de la puissance mystérieuse qui tentait d'envahir ses pensées. Au même instant elle vit le cavalier noir remonter sur son cheval.

— C'est étrange. J'aurais juré qu'elle était là. Allons voir plus loin, elle a dû passer par ici.

Et les quatre cavaliers disparurent dans la plaine sur leurs chevaux au galop.

Mjolln, Phelim et Aléa attendirent encore quelques minutes sans bouger puis ils se levèrent et sortirent du taillis.

— C'est moi qu'ils cherchaient, déclara Aléa encore sous le choc.

Phelim passa une main dans la chevelure noire de l'enfant.

— N'aie pas peur, nous serons bientôt en sécurité et le Conseil des druides pourra mettre fin à tout ça, la rassura-t-il. Pour éviter de les croiser à nouveau, nous allons traverser la rivière ici, et la longer plutôt par la rive sud. Nous rejoindrons ensuite Saî-Mina par la mer, ainsi ces quatre cavaliers ne nous trouveront pas.

— Par la Moïra, ils sont pires que des gorgûns, ces monstres-là ! s'écria le nain.

— Qui étaient-ils ? demanda Aléa en marchant jusqu'à l'endroit où s'étaient arrêtés les cavaliers comme pour inspecter les traces de leur passage.

— Des Herilims, expliqua le druide, un ancien ordre de guerriers qui s'est aujourd'hui soumis à Maolmòrdha.

— L'homme qui me recherche ?

— Oui. Nous devons à tout prix les éviter.

Aléa dévisagea le druide et se dit qu'à nouveau il ne révélait qu'une partie de la vérité. Mais elle avait trop peur pour insister.

Partir. Elle n'avait plus que ça en tête.

Ils se mirent en route d'un pas vif, jetant de temps à autre un regard de l'autre côté de la rivière pour s'assurer que les cavaliers noirs n'étaient plus là.

Mais il n'y avait plus rien que leur souvenir terrifiant.

*
**

Imala avait quitté la plaine depuis plusieurs jours et s'était à nouveau enfoncée dans la forêt. Elle s'était enfuie devant une scène effrayante pendant laquelle les trois verticaux du campement dont elle s'était approchée s'étaient battus contre d'autres verticaux, plus petits et à la peau verte. Surprise par les explosions et les flammes qui avaient jailli pendant cet étrange combat, elle avait déguerpi sans réfléchir et s'était arrêtée beaucoup plus tard, quand elle n'avait plus entendu leur vacarme affolant.

Elle n'avait rien mangé depuis le jour où l'étrange loup noir lui avait apporté un lièvre en cadeau, et elle commençait à souffrir de la faim. Elle chassait donc à présent au cœur de la forêt dense, et venait de perdre la trace d'un écureuil trop rapide qui avait disparu dans un arbre.

Il faisait doux à l'ombre de la forêt, et elle attendit de nombreuses minutes tapie au pied de l'arbre, espérant sans doute que l'écureuil serait assez idiot pour redescendre. Elle se laissa bercer par les bruits familiers de la forêt, se roula sur le dos pour se gratter contre le sol, puis elle perdit patience et se décida à trouver une autre proie.

Elle s'enfonça plus avant dans la forêt de hêtres. Quelques rares rayons de soleil passaient entre les feuilles vertes qui emplissaient le ciel au-dessus d'elle. Les herbes et les brindilles s'accrochaient à sa fourrure blanche comme des confettis sur un manteau, et le pollen qui volait encore autour d'elle la faisait éternuer. Elle sentit soudain qu'elle sortait du territoire d'un clan de loups. L'odeur particulière à laquelle elle n'avait pas fait attention jusqu'ici brillait soudain par son absence et elle se rendit compte qu'elle entrait maintenant dans un nouvel espace inconnu, où aucun autre loup, semblait-il, n'était passé depuis longtemps. Au contraire elle remarqua une autre odeur, fort agréable, mais qui n'avait rien à voir avec celle des loups. Elle ralentit son pas et se mit à humer l'air autour d'elle, cherchant l'origine de ce parfum nouveau. Mais il était partout et elle remarqua alors que l'odeur de la forêt n'était pas la seule à avoir changé. Les plantes et le sol n'étaient plus les mêmes, eux non plus. C'était comme si la nature avait été soudain ordonnée. Tout était là, les arbres, les herbes, la terre, les champignons, mais rien ne dépassait. Aucun arbre mort, aucune brindille cassée, aucune pourriture au pied des arbres. La forêt était plus belle que jamais, et la louve se sentit merveilleusement bien dans cette perfection végétale.

Après une longue marche elle tomba soudain nez à nez avec un nouveau vertical. Celui-là ressemblait à celui qui s'était assis devant elle quelques jours plus tôt. La même peau couleur de bois, les mêmes oreilles fines, hautes et pointues, la même chevelure dorée, et surtout la même odeur, une odeur qui se mariait harmonieusement à celle de la forêt. Le vertical était assis au milieu des arbres, et il était tellement immobile qu'on aurait cru qu'il dormait. Pourtant la louve vit qu'il souriait et que ses yeux bougeaient. Elle hésita un instant, tourna un peu vers la droite, puis vers la gauche pour épier l'inconnu, puis elle l'imita et s'assit sur son derrière. Le vertical ne bougeait pas. On aurait dit qu'il appartenait à la forêt, qu'il avait toujours été là.

Quelques instants plus tard, un deuxième vertical, en tout point identique, vint rejoindre le premier et s'asseoir comme lui, puis un troisième, puis un quatrième. La louve recula de quelques pas, méfiante, et se tapit dans l'herbe haute de la forêt.

Les quatre verticaux se mirent à parler, et il lui sembla qu'elle les comprenait. Elle eut l'impression d'entendre dans l'intonation de leur voix l'expression de leur amitié. Ils lui disaient d'être calme, qu'elle n'avait rien à craindre, et qu'ils étaient les habitants de la forêt. Pas de cette forêt, mais de toutes les forêts, comprit-elle.

Ces messages si clairs qu'elle recevait soudain, comme tombés du ciel, l'effrayaient. Jamais on n'avait communiqué avec elle si entièrement. Les autres loups eux-mêmes n'étaient jamais parvenus à exprimer tant de choses. Confusément, elle essaya à son tour d'exprimer ses sentiments par quelques gémissements discrets. Elle disait sa peur, sa surprise. Ils la rassurèrent. Elle exprima alors sa faim, ou son besoin de manger et aussitôt l'un des quatre verticaux disparut derrière les arbres. La louve sursauta, se dressant d'un bond, prête à fuir, mais un vertical chuchota quelques mots dont elle comprit le sens : l'autre était parti lui chercher de quoi manger. La louve grogna, incrédule. Quelques instants plus tard, le vertical revint parmi eux et déposa devant la louve un muscardin qu'il venait de chasser. Imala attendit que le vertical s'éloigne puis elle s'approcha lentement, sans quitter des yeux les quatre étranges créatures. Elle prit le petit mammifère dans sa gueule après l'avoir senti. Elle se recula davantage pour manger tranquillement, puis quand elle eut fini elle se coucha sur le flanc. D'un petit gémissement elle tenta d'exprimer sa gratitude. Elle se dit qu'elle y était parvenue car ils lui parlèrent à nouveau. Ils disaient leur amitié, simplement.

Ils se levèrent plus tard et s'éloignèrent en lui faisant comprendre par quelques phrases chuchotées qu'elle pouvait les accompagner. Elle attendit un peu, puis elle se mit à les suivre de loin, en gardant une distance suffisante pour les voir tout en ayant le sentiment de n'être pas vue. Elle resta ainsi avec eux pendant plusieurs jours, vivant des proies qu'ils lui amenaient, comprenant chaque jour un peu plus les paroles des verticaux sans jamais les approcher au point de les toucher.

*
**

Aléa et ses deux compagnons de route arrivèrent enfin sur la côte, où l'embouchure de la rivière Pourpre se jetait dans un golfe bleu et peu profond. De l'autre côté de la baie, ils aperçurent l'édifice des druides. Le cadre était saisissant.

La haute tour de Saî-Mina, dressée comme un défi au-dessus des flots bleus, était le plus beau et le plus craint de tous les bâtiments de l'île de Gaelia. La masse flamboyante et complexe des contrescarpes de pierre grise se hérissait fièrement sur un éperon rocheux, prolongeant vers les cieux les falaises abruptes qui lui servaient de fondations, se mariant en douceur au roc blanc et droit qui donnait corps à la presqu'île. Quatre petites tours flanquées de contreforts entouraient le donjon majestueux, carré jusqu'à mi-hauteur – là où un couloir en excroissance venait rompre sa rectitude – puis cylindrique jusqu'à sa cime, d'où pointait sur un toit de cuivre la bannière des druides, le Dragon de la Moïra. Les tours, les courtines qui les liaient, et le donjon inaccessible étaient enrobés de mâchicoulis réguliers qui faisaient des colliers de dentelle à l'élégante structure.

C'était l'édifice le plus incroyable jamais construit sur le royaume, et le plus mystérieux. Si seulement il existait encore aujourd'hui, vous auriez sans doute vous aussi été émerveillé par la splendeur du monument. Le Conseil des druides l'avait fait bâtir pour assurer sa place dominante dans le royaume, un siècle plus tôt. L'Archidruide avait choisi ce lieu parce qu'on y avait trouvé, selon la légende, le plus vieux chêne de Gaelia. Les bâtiments avaient été construits autour, et l'on avait élevé un cercle de pierres dans la cour centrale pour faire de ce chêne l'arbre sacré qui surplomberait les plus importantes cérémonies druidiques. Saî-Mina était plus belle que les châteaux des comtes, ce qui en disait long sur la position particulière du Conseil dans la politique et les rapports de force qui régissaient l'île. Il avait fallu l'inspiration érudite de trois artistes bisagnais et l'adresse technique de quatre architectes nains avant que trois cents ouvriers ne commencent les travaux, qui durèrent dix-neuf ans et auraient sans doute duré encore davantage sans l'aide particulière des druides et de leur magie. Il fallut construire des échafaudages au flanc de la falaise et l'on eut toutes les peines du monde à faire venir les matériaux qu'on monta sur les hauteurs de la presqu'île dans des chariots tirés par les bœufs les plus forts de la région. Plusieurs ouvriers trouvèrent la mort dans l'entreprise périlleuse, et il fallut la volonté inébranlable des druides pour que l'œuvre fût achevée comme prévu. Nul ne connaît la somme exacte que le Conseil engouffra dans ce rêve de splendeur, et sans doute personne aujourd'hui ne pourrait réunir autant d'argent, ni obtenir le concours de tant d'artisans, d'artistes, d'architectes et d'ouvriers, que seule l'autorité du Conseil pouvait coordonner de la sorte.

Aléa n'avait jamais rien vu de si beau. Quant à Mjolln, il était tombé sur les fesses et se perdait, entre deux grognements de douleur, dans des exclamations émerveillées.

— C'est beau, n'est-ce pas ? finit par dire Phelim, et Aléa crut distinguer dans sa voix une note de fierté bien inhabituelle.

— C'est incroyable, acquiesça la petite en lui souriant.

Puis ils descendirent au bord de l'eau, sur une petite crique où l'on avait amarré plusieurs barques. Phelim choisit la plus grande et la poussa vers la mer. Aléa n'était jamais montée dans un bateau, elle ne savait pas nager, et l'idée de traverser la baie sur une vieille barque en bois ne l'enchantait guère, mais elle fit confiance au druide et monta à bord sans avouer sa peur.

Elle s'assit tout au fond de la barque, à l'arrière, et ne bougea plus du voyage, laissant les rames à ses deux compagnons. Fatiguée, elle se laissa aller à quelques rêveries nostalgiques où se mêlaient Saratea, son enfance, et Amine, son amie disparue. Elle se dit qu'elle avait définitivement quitté cette époque, que sa vie ne serait plus jamais la même et, bercée par le tangage discret de la barque, elle se surprit à le regretter. C'était l'un de ces moments où la fatigue vous rend triste, où les souvenirs pèsent lourd face à la légèreté du présent, l'un de ces moments où le passé vous échappe, intouchable, comme un tableau magnifique qu'on ne pourrait reproduire. Elle savait que jamais Mjolln ou Phelim ne pourrait partager avec elle la mémoire de son enfance, évoquer simplement ces petits bouts de rien qui, tous ensemble, avaient fait la vie d'une orpheline, avant que la Moïra ne vienne la chercher pour un autre destin. Il ne lui restait que les souvenirs. Pas un objet, pas une trace, rien d'autre que ses souvenirs pour évoquer son passé. Elle ne sut si l'eau qui coulait sur sa joue était une larme ou simplement quelques gouttes projetées par la mer, peut-être un peu des deux, mais ce dont elle était sûre, c'était que cette haute bâtisse qui se rapprochait à chaque coup de rames marquerait dans sa vie un changement irréversible.

— On arrive ! s'écria Mjolln en lâchant les rames un peu tôt.

Il tomba à la renverse et éclata de rire en voyant Aléa sursauter. Phelim fit pivoter la barque pour accoster au pied de la falaise, puis s'accrocha à une corde épaisse qui courait le long de la roche, suspendue à des anneaux à intervalles réguliers. Le druide tira sur la corde et la barque longea la falaise jusqu'à un petit escalier taillé dans le roc. Il amarra l'esquif près des marches et descendit le premier, bientôt suivi par Mjolln et Aléa. Sans rien dire, ils commencèrent à gravir les premières marches de l'escalier, et Mjolln lança un regard inquiet vers le haut de la falaise : il y en avait sûrement pour plus d'une demi-heure !

Quand enfin ils arrivèrent au sommet, à bout de forces, ils furent accueillis par trois serviteurs, vêtus de tenues bleues élégantes. Ils saluèrent d'abord Phelim puis s'inclinèrent devant ses deux compagnons avant de les mener jusqu'à Saî-Mina par un petit chemin de terre qui passait à travers des buissons. Ils entrèrent dans la cour du chêne par une porte dérobée et découvrirent alors la tour dans toute sa splendeur.

Le palais était encore plus impressionnant vu depuis la cour. Les murs étaient si épais et si hauts qu'on voyait à peine le ciel. Tout était propre et soigné, et Aléa se dit que ce n'était pas étonnant en voyant le nombre de serviteurs qui s'affairaient autour d'eux. Ici on cherchait de l'eau au fond d'un puits, là on soignait des chevaux dans de longues écuries pleines de paille, plus loin quelques jeunes soldats en harnois s'entraînaient à l'épée avec un vieil homme, des druides s'affairaient dans leurs manteaux blancs au milieu du cercle de pierres, là où personne d'autre n'était admis. Les habitations des serviteurs et des artisans étaient situées à même la cour, et leurs familles vivaient là, ce qui impliquait la présence de petits commerces, d'ateliers, d'une école... La cour de Saî-Mina était un village tout entier, vif et coloré, empli de voix humaines et de cris de bêtes. Un crieur public annonçait le détail de la foire du jour. Des fermiers venus vendre leurs produits laissaient s'échapper quelques bêtes bruyantes. Régulièrement, des cloches sonnaient au-dessus de la cour, annonçant l'ouverture de la grande porte...

— Voici Saî-Mina, dit Phelim en posant une main sur l'épaule d'Aléa. C'est un lieu que très peu de jeunes filles de ton âge ont eu le privilège de découvrir. Il y a tant de choses à voir, ne perds pas une minute !

Ils avancèrent à travers la cour vers l'aile nord du palais – plus basse que les autres – où Phelim les quitta en leur expliquant qu'ils se verraient au dîner mais qu'en attendant on allait leur montrer leurs chambres. Deux serviteurs menèrent Mjolln et Aléa à l'intérieur d'un bâtiment de trois étages. La petite ne dit pas un mot et se laissa guider tant son attention était captivée par la beauté du site. Elle se demandait si elle ne rêvait pas ; il régnait une ambiance étrange dans cette cour immense, tout était trop soigné, les couleurs, les sons, les mouvements réguliers des serviteurs, le ballet des soldats. Aléa eut l'impression qu'un voile mystérieux entourait les gens et les choses, les protégeait, les ordonnait. Oui, cela avait vraiment la saveur d'un rêve. Et pourtant, c'était bien réel. Elle suivit les deux serviteurs dans le grand escalier, gravissant avec peine les hautes marches de bois et lançant des regards derrière elle au nain qui semblait aussi impressionné, puis on leur donna deux chambres mitoyennes.

Le décor intérieur était lui aussi une œuvre d'art. Tous les meubles et les murs étaient plaqués de bois précieux, aux surfaces nues ou en marqueteries contrastées. Des lames de bronze doré couvertes de stries parallèles ornaient le bois sur les pieds des meubles et en encadrement. Partout on retrouvait la figure allongée du Dragon de la Moïra, sculptée dans le bois, peinte sur la porcelaine ou dessinée sur les fines plaques de marqueterie. Il y avait là des années de travail par les plus subtils artistes, d'inavouables richesses d'or et d'argent. Aléa s'assit sur le grand lit à baldaquin et croisa les mains sur ses genoux. Elle n'osait rien toucher, à peine bouger. Elle resta ainsi à admirer sa chambre jusqu'à ce qu'on vînt la chercher.

On frappa à sa porte et elle se leva pour ouvrir plutôt que de parler. Une servante assez jeune apparut dans l'encadrement de la porte et lui sourit gentiment.

— Mademoiselle ne s'est pas changée ? demanda la servante en se penchant à l'intérieur de la chambre pour montrer les vêtements qu'on avait posés sur une chaise.

— Ah... non. Je ne savais pas que c'était pour moi...

— Je crois qu'il serait préférable que vous enfiliez cette robe, mademoiselle.

— Une robe ? s'étonna Aléa.

C'était une robe de laine gris-bleu, ample, à la découpe simple mais élégante, qui s'évasait légèrement au niveau de la jupe. L'encolure ronde et les poignets étaient garnis d'un étroit galon de fil d'or torsadé. Dans le dos, une fermeture descendait jusqu'à la taille, bordée de petits œillets argentés et lacée d'un liséré noir.

— Je n'ai jamais mis une robe comme celle-ci ! reprit la jeune fille qui sentait le rouge monter à ses joues. Je ne sais pas si je peux...

Cela fit rire la servante qui proposa de l'aider à se changer, et une demi-heure plus tard Aléa se présenta dans l'immense salle à manger du bâtiment principal vêtue comme une princesse et fort mal à son aise. Elle avait gardé sur elle la broche que Phelim lui avait confiée et la portait fièrement en espérant que cela l'aiderait à se sentir mieux parmi tant d'inconnus.

— Bienvenue à Saî-Mina, l'accueillit un vieil homme qui s'avança vers elle.

Il était chauve, comme Phelim, et portait le même symbole sur sa longue toge blanche. Aléa en conclut qu'il était lui aussi un druide, tout comme la demi-douzaine d'hommes qui discutaient derrière lui, devant l'âtre d'une immense cheminée, attendant sans doute la jeune fille pour passer à table.

— Vous avez fait bon voyage ?

— Euh, non, euh, pas tout à fait, bégaya Aléa, visiblement embarrassée dans sa robe au milieu de tous ces adultes.

— Ha ! Voilà un peu de naturel ! Mais vous êtes ici en sécurité, maintenant, certifia le vieil homme en la prenant par l'épaule. Venez vous joindre à nous, nous avons tant de questions à vous poser.

Aléa grimaça ; l'idée de se faire interroger par les druides ne l'enchantait pas réellement. Mais elle aperçut Mjolln assis dans un fauteuil près du feu et cela la soulagea quelque peu. Elle suivit le vieux druide et tous les autres s'écartèrent pour la laisser passer. C'était étrange de marcher parmi tous ces hommes qui ressemblaient tant à Phelim. Chauves, la même robe, le même symbole, et surtout le même regard perçant.

Phelim, assis près de Mjolln, se leva en voyant Aléa arriver et avança vers elle en souriant.

— Aléa, je te présente le Conseil des druides, ou du moins ce qu'il en reste puisque plusieurs de nos frères sont partis en mission... Les gens qui sont ici sont tous membres du Conseil, ce sont donc des Grands-Druides, c'est notre titre, tu comprends ? Et tu viens de rencontrer Ailin, notre Archidruide, et voici Ernan l'archiviste, Shehan, Aengus, Odhran, Henon et Tiernan.

— Bonjour, dit seulement la jeune fille en s'inclinant légèrement.

Elle était un peu perdue dans tous ces titres druidiques. De plus elle n'avait jamais appris à se tenir correctement en de telles circonstances et se sentait ridicule. Elle était sûre qu'il y avait une manière bien particulière de saluer un druide mais ne la connaissait pas, et elle n'osait plus en regarder un seul tant elle se sentait peu à sa place.

— Allons, Aléa, ne sois pas timide, lui dit chaleureusement Phelim en l'entraînant près du feu. Tu seras bien, ici. Regarde Mjolln, il se sent déjà chez lui !

Le nain serra Aléa dans ses bras, puis on les invita à table. Les serviteurs de Saî-Mina avaient tout préparé avec soin comme chaque fois qu'il y avait de nouveaux visiteurs dans la tour. L'interminable table en chêne massif était couverte d'une longue nappe blanche brodée, et les couverts en argent brillaient comme neufs sur le tissu immaculé. Aléa s'émerveilla devant les assiettes de porcelaine où étaient peintes des scènes de chasse tout en couleurs, avec une finesse de trait remarquable. Sur la table on avait disposé quelques chandeliers où brûlaient de hautes bougies blanches dont les flammes rectilignes se reflétaient sur l'argenterie.

À peine les convives s'étaient-ils installés que déjà les serviteurs silencieux et discrets apportaient les plats depuis la cuisine en retrait. Aléa sentit aussitôt l'odeur délicieuse qui s'en dégageait et cela lui rappela *L'Oie et le Gril*. Voilà qu'elle allait à nouveau découvrir des mets extraordinaires, elle qui toute sa vie s'était contentée de grignoter ce que la journée voulait bien lui apporter...

Les serviteurs déposèrent sur la table trois grands plats de roulades de veau au boudin. Aléa admira le travail des cuisiniers. C'était un délicieux boudin noir qu'on avait enroulé dans des tranches fines de jambon de Bisagne puis dans un morceau de veau de Terre-Brune qu'on avait ensuite cousu pour maintenir le rôti. On avait alors tartiné la viande de moutarde et enveloppé le rôti de crépine avant de le faire soigneusement dorer au four. Tara n'aurait pas fait mieux, pensa la petite.

On servit Aléa d'une épaisse tranche de veau et de petits légumes, et elle attendit que Mjolln commence pour s'assurer qu'elle ne commettait pas d'impair en mangeant à son tour. La sauce était particulièrement délicieuse, et la petite s'appliquait discrètement à tremper chaque bout de veau dans le fond de son assiette pour ne pas en perdre une goutte. Les cuisiniers avaient gratté le fond du plat de cuisson pour faire ressortir les sucs caramélisés et les dissoudre dans la sauce, lui donnant ce goût délicieusement sucré.

Aléa se régalait, mais elle était terrifiée à l'idée de mal se tenir. Heureusement, on la laissa tranquille pendant toute la première partie du repas et elle ne dit pas un mot, écoutant les discussions des uns et des autres. Elle ne connaissait pas tout ce dont parlaient les convives, mais elle comprit entre autres qu'il y avait une guerre au sud de Galatie et que cette guerre préoccupait les Grands-Druides au moins autant que la mort d'Ilvain. Quand ce sujet arriva enfin, tous les regards se tournèrent vers elle et Ailin lui posa la première question.

— Comment as-tu retrouvé le corps d'Ilvain ?

Aléa s'essuya la bouche, baissa les yeux et raconta toute son histoire en lançant régulièrement des regards à Mjolln à côté d'elle, comme pour y puiser un peu de courage. Phelim lui demanda de montrer aux druides la bague qu'elle avait trouvée. Aléa était sûre que Phelim, d'une façon ou d'une autre, avait déjà tout expliqué à ses confrères, mais il lui sembla que les druides prenaient seulement maintenant conscience de la réalité des faits, et la vision de la bague les plongea tous dans un mutisme pesant. La fin du repas fut assez silencieuse. Aléa remarqua quelques regards gênés et entendit que les druides chuchotaient entre eux.

Très vite, le sommeil se fit sentir et Aléa demanda à Phelim la permission d'aller se coucher. En réalité, elle était surtout pressée de prendre congé de cette compagnie embarrassante qui ne la regardait plus de la même façon depuis qu'elle avait montré la bague. Phelim sourit à la petite et lui dit qu'elle pouvait bien sûr y aller, qu'ils se verraient le lendemain. Mjolln se leva aussitôt pour accompagner Aléa et ils partirent tous deux vers leurs chambres, escortés par deux serviteurs.

— Mjolln, tu veux bien rester avec moi un petit peu, ce soir ? Je ne suis pas très à l'aise dans cette grande chambre froide et j'ai tant de conseils à te demander.

— Bien sûr. Je n'aime pas trop ma chambre, tahin, moi non plus, lanceuse de cailloux.

Ils remercièrent les deux serviteurs et s'assirent l'un en face de l'autre au milieu du grand lit.

— Je me sens tellement seule parmi tous ces druides, confia Aléa à son ami.

— Oui, je vois cela, et je comprends. Ahum. Ils sont grands et mystérieux, oui. Et nous, si petits. Mais Phelim est un brave homme. Il ne nous aurait pas emmenés ici s'il y avait quelque chose à craindre. Ahum. Rassurée ?

— Je n'aime pas la façon dont ils m'ont regardée après avoir vu ma bague. J'ai l'impression qu'ils me prennent pour... pour un monstre.

— Ha, ha ! Voilà une impression que, ahum, je connais bien ! Combien de fois tes pareils m'ont lancé ce regard, à ma demi-portion, hein ? Hé, hé, on finit par s'y faire, et il faut se dire que nous, au moins, avons quelque chose de spécial ! Ahum. Le gros nain et la petite fille à la bague...

— Mais qu'est-ce que j'ai de spécial, moi, Mjolln ?

— Tu es ma lanceuse de cailloux ! Et à mes yeux,

c'est tout ce qui compte ! Ahum. Voilà. Lanceuse de cailloux et aventurière.

— Oui, mais à leurs yeux ? Tu crois qu'ils me trouvent bizarre ? demanda la petite en baissant les yeux.

— Comment le saurais-je, Aléa ? Tada. Tu n'es rien d'autre qu'une gentille petite fille. Ahum. Allons, petite Aléa, ne te fais pas de souci, il y a moins de danger ici que dehors.

— J'aimerais tellement en être sûre, conclut-elle en se glissant dans le lit.

Le nain lui sourit, passa sa main dans les longs cheveux noirs d'Aléa, se dit qu'elle n'avait plus rien d'une enfant, puis il se leva et partit se coucher dans un fauteuil.

— Je vais dormir ici, sommeil, sommeil, juste à côté, et si jamais je ronfle, viens donc me réveiller. Bonne nuit !

Mais la petite dormait déjà.

*
**

À la même heure, Kiaran, Finghin et Aodh, les trois druides envoyés par le Conseil en mission diplomatique, arrivèrent de l'autre côté de la baie avec la barque qu'Aléa et ses compagnons avaient utilisée pour venir. Ils marchèrent jusqu'au petit village de Matar où ils prirent trois chevaux, puis repartirent aussitôt au galop. Le temps pressait.

Finghin, laissant son cheval galoper sans retenue, regardait ses frères sans rien dire. Il trouva que Kiaran, comme d'habitude, avait l'air d'être distrait, alors qu'Aodh, au contraire, se montrait nerveux et paraissait même en colère.

Il sait qu'Ailin a fait tout cela pour se débarrasser de lui, pensa-t-il alors qu'ils avançaient vers le sud-ouest. *Je comprends qu'il soit en colère. Ce qui m'étonne, c'est qu'Ailin ait pris ce risque. Il n'y a aucune chance qu'Aodh soit bien accueilli à Harcourt. Le comte Feren Al'Roeg, depuis qu'il est sous l'influence de ce Thomas*

Aeditus, déteste les druides. Il le fera tuer sur-le-champ. Il n'a aucune chance de s'en tirer. Et alors, qui prendra sa place au Conseil ? Voilà ce qui m'étonne. Qu'Ailin ait pu prendre ce risque. Non, je ne peux pas y croire.

Quand les chevaux furent trop fatigués pour continuer à galoper, Finghin se décida enfin à interroger Aodh.

— Comment vas-tu t'y prendre pour parler au comte Al'Roeg ? Je veux dire, Thomas Aeditus l'a converti, et il a horreur des druides...

— Veux-tu savoir comment je vais m'y prendre ou ce qu'Ailin a imaginé que je ferais ?

Il a deviné ma pensée. Comme il a dû deviner celle de l'Archidruide. Je dois le prendre à son propre jeu.

— Y a-t-il une différence ?

Aodh tourna brusquement la tête vers le jeune druide. Ce n'était pas la première fois qu'il trouvait le jeune homme étonnant. Aussi brillant qu'outrecuidant.

— Ailin pense que je vais m'enfuir et ne pas remplir ma mission. Il pourrait m'accuser ensuite de n'avoir pas agi selon le vote du Conseil et me bannir. Il se dit que je préférerais sans doute cela à la mort... Puisque c'est bien la mort qui m'attend si je vais à Harcourt. Ailin veut se débarrasser de moi, mais pas me tuer. Il espère que je vais fuir et me cacher jusqu'à la fin de mes jours.

Le pauvre est dans une impasse. Comment le Conseil a-t-il pu accepter cela ? Moi-même, j'ai voté en ce sens. La ruse d'Ailin était trop parfaite. Je dois apprendre à me méfier davantage.

Pendant tout ce temps, Kiaran restait à côté d'eux sur son cheval noir, sans rien dire. Il était difficile de savoir s'il n'écoutait pas, s'il pensait à autre chose ou si tout simplement il n'avait pas conscience de la gravité de cette conversation.

— Alors que comptes-tu faire ? demanda Finghin timidement.

— J'irai mourir à Harcourt, jeune druide, c'est le meilleur moyen de me venger de l'Archidruide...

— Et si...

Finghin s'interrompit en se rendant compte du manque de respect et du cynisme dont il avait failli faire preuve. Mais il était déjà trop tard.

— Si je meurs, qui me remplacera au Conseil ? continua Aodh à sa place. C'est ce que tu veux savoir ? La Moïra décidera pour nous. Mais j'ose espérer que cela donnera à réfléchir à celui qui devra un jour remplacer Ailin.

Je ne sais si Aodh fait preuve de courage ou de folie, mais il m'impressionne.

— Finghin, reprit celui-ci, je sais que tu viens d'être initié, que tu as encore la soif de comprendre et que tu aimerais saisir complètement le jeu de l'Archidruide. Je le sais et t'admire pour cela. Mais c'est un jeu truqué qui est plus compliqué encore qu'il n'y paraît. Si dure que soit la décision de l'Archidruide, elle était peut-être la meilleure. Quant à ma réaction, elle me sera sans doute fatale mais je pense qu'elle pourrait aussi être fort utile. Il arrive un moment, quand on joue le jeu des manipulations humaines, où les intérêts se mélangent tellement que les acteurs mêmes du jeu sont obligés de se sacrifier. Mais je ne veux pas t'infliger tout ça si vite. Tu as le temps d'apprendre, et je ne veux pas être ton professeur. Parlons donc d'autre chose et ne tire pas de conclusions trop hâtives. Nos routes se sépareront à Providence, où ta mission commencera. Jusque-là, laissons la Moïra décider du futur, tu veux bien ?

Le jeune druide acquiesça et c'est seulement à ce moment que Kiaran se décida à parler, le regard perdu dans le ciel étoilé.

— Ce n'est pas la Moïra qui décide, ce sont les hommes.

Les deux autres le regardèrent stupéfaits. Ils se dirent que Kiaran était sans doute devenu fou ou qu'en tout cas il était bien étrange. Il parlait peu, mais chaque fois qu'il le faisait, c'était pour énoncer une opinion contraire à ce que tout le monde semblait penser. Kiaran ne voyait pas le monde de la même façon que les autres druides, et c'était tout autant sa force que sa faiblesse.

— Tu devrais exposer cette idée devant le Conseil, dit finalement Aodh, je ne suis pas sûr que tout le monde apprécie, mais au moins tu auras le temps de t'expliquer...

Une façon courtoise mais sans équivoque de couper court à la conversation. D'ailleurs, Kiaran l'a bien compris. Le voilà à nouveau muet...

Le soleil commença à descendre vers la ligne d'horizon, et les trois druides repartirent au galop sans rien ajouter.

Ils restèrent sans parler deux jours et deux nuits, jusqu'aux portes de Providence.

*
**

Aléa se réveilla en fin de matinée. Elle avait rarement dormi aussi bien et s'étonna que personne ne fût venu la réveiller plus tôt. Elle s'étira, puis elle vit que Mjolln n'était plus là. Elle sauta hors du lit, enfila ses vêtements et se dirigea vers la porte de la chambre où elle s'arrêta soudain. Si personne n'était venu la réveiller, peut-être n'était-elle pas censée sortir de la chambre. Pourtant, Mjolln, lui, était sorti. Elle ne savait que faire, ni où aller si elle sortait seule de sa chambre. Elle songea un instant qu'un serviteur l'attendait peut-être sagement de l'autre côté de la porte et rit à l'idée qu'il aurait dans ce cas attendu bien longtemps... Elle eut alors l'idée d'aller voir à la fenêtre. Elle écarta le rideau qui voilait la lumière du soleil et eut du mal à s'habituer à l'éclat du jour. Dans la cour du palais elle vit encore plus d'agitation que la veille. Elle aperçut rapidement Mjolln qui discutait sur un banc avec un guerrier immense en armure de cuir clouté sur une cotte de mailles et dont les longs cheveux noirs étaient noués dans le dos. À qui Mjolln pouvait-il bien parler ainsi ?

Elle se précipita aussitôt hors de sa chambre, ne trouva personne dans le couloir et descendit les escaliers pour sortir dans la cour. Quand elle arriva en bas, les gens la saluèrent poliment et ne parurent guère étonnés de la voir. Le palais resplendissait sous le soleil.

Elle avança de l'autre côté de la cour. Mjolln était à présent seul sur le banc et il observait le guerrier avec qui il parlait quelques instants plus tôt. L'homme en armure entraînait maintenant un jeune garçon, quelques mètres plus loin. Le bruit des armes qui s'entrechoquaient se mêlait au brouhaha continu de la cour, avec son puits, ses animaux, son forgeron et les conversations, si bien que Mjolln n'entendit pas Aléa venir.

Elle s'assit à côté de lui et il sursauta quand elle lui dit bonjour.

— Tu m'as fait peur, hé. Bonjour, Aléa, oui, un très bon jour, regarde ce soleil ! Et Saî-Mina, sous cet éclairage, c'est si différent d'hier soir, n'est-ce pas ? Comme un nouveau bâtiment. Ahum. Et regarde ces guerriers qui s'entraînent ! Bim, à gauche, bam, à droite ! Ils frappent, ils frappent. C'est de l'art ! N'est-ce pas ?

— Si tu le dis. C'est le guerrier avec qui tu parlais tout à l'heure ?

— Oui, Galiad, mais pas vraiment un guerrier, non, ahum, c'est le Magistel de Phelim. Et là, taha, c'est son fils Erwan à qui il enseigne maintenant le maniement de l'épée. Bim.

Aléa vit le jeune garçon que désignait Mjolln, et elle eut un mouvement de recul. Il lui semblait qu'elle le connaissait, mais elle ne parvenait pas à se rappeler vraiment ce visage et pouvait encore moins y mettre un nom.

— Un Magistel ? C'est quoi ? demanda la petite sans quitter le jeune homme des yeux.

— Ahum. Euh... Une sorte de soldat privé pour les Grands-Druides. Bam. Tu attaques un Grand-Druide, tu as affaire à son Magistel ! Ça, oui. Ça fait mal. Chaque Grand-Druide a son Magistel, et il y en a donc treize puisqu'il y a douze Grands-Druides et un Archidruide. Enfin, onze, plutôt, car, vois-tu, deux Grands-Druides ont disparu du Conseil – mais c'est un secret. Bof, c'est compliqué ! Ahum. Enfin bref, ces Magistels sont choisis pour leur force et leur habileté. Ce sont donc sans doute les treize meilleurs combattants du monde ! Galiad est très gentil, il m'a même remercié d'être venu avec Phelim, comme si j'avais protégé son maître, alors que c'est tout le contraire. Incroyable, non ? J'ai déjà entendu parler de ce Magistel, tu sais. Dans les contes d'un barde.

— Et qu'est-ce qu'on dit de lui ?

— On raconte qu'il tua le dernier dragon, et que son épée, Banthral, il la retira de la queue de ce monstre.

— Voilà une drôle d'histoire ! dit Aléa avec une moue dubitative.

— Et ce n'est pas tout ! On raconte qu'il est capable de donner le nombre exact de ses ennemis en regardant une armée qui avance sur lui, et qu'il est si bon pisteur qu'il ne perdit jamais une seule proie.

— Et tu dis que le jeune homme avec qui il se bat est son fils ? Étrange façon d'élever son fils que de lui taper dessus avec une épée !

— Mais Galiad veut que son fils devienne un jour Magistel à son tour, bim, bam, et il faut donc qu'il lui apprenne tout ce qu'il sait. Ça, oui, ça fait beaucoup. Il m'a dit aussi que si nous restions à Saî-Mina il pourrait nous apprendre à nous battre, toi et moi !

— Nous battre ? s'écria Aléa.

Elle reporta son regard sur les deux hommes qui s'entraînaient. Galiad avait évidemment le dessus, mais Erwan ne se décourageait pas. Il était plein d'énergie et de volonté. Comme son père, il avait de longs cheveux noués derrière la nuque, mais les siens étaient blonds, et Aléa les trouva magnifiques. Elle se surprit à regarder le garçon fixement puis secoua la tête comme si elle voulait chasser quelque idée de son esprit. Et soudain, cela lui revint comme un nom qu'on cherche et qui surgit enfin dans la mémoire. C'était le jeune garçon qu'elle avait vu en rêve quelques jours plus tôt et qui l'avait retenue alors qu'elle était irrésistiblement attirée vers un temple maléfique... Oui, c'était bien lui, elle en était sûre à présent, et cela la terrifia ! Comment avait-elle pu rêver d'un garçon qu'elle n'avait jamais vu avant ? Comment avait-elle pu deviner en rêve qu'elle allait rencontrer ce garçon ? Quelle magie y avait-il là-dedans ?

Aléa se leva lentement, comme si elle voulait fuir, puis elle vit Phelim qui arrivait dans la cour.

— Bonjour, mes amis. Je vois que vous avez fait la connaissance de Galiad et de son fils. C'est parfait, je voulais justement vous les présenter. Aléa, tu n'as encore rien mangé... Viens, je vais te montrer où tu peux te servir.

Il emmena la petite dans le grand bâtiment de Saî-Mina, il lui présenta son petit déjeuner, et quand elle eut fini de manger les petits pains aux raisins qu'on avait préparés pour elle, il entreprit de lui faire visiter le reste du palais. Ils y passèrent la journée, mais Phelim refusa toutefois de montrer à la petite le donjon central.

— C'est la Chambre du Conseil, avait-il expliqué à Aléa, tu n'as pas le droit d'y entrer. Personne n'a le droit d'y entrer à part les druides, et en de rares occasions les bardes et les vates.

Aléa avait acquiescé sans mot dire, puis elle l'avait suivi de cours en escaliers, de chambres en salons, d'écuries en moulin, et elle put constater une nouvelle fois que tout était remarquablement décoré et entretenu. Plus tard ils avaient visité les jardins du palais, et Aléa avait voulu profiter de ce moment de solitude pour poser à Phelim toutes les questions qui la torturaient.

Chaque jour qui passait la plongeait dans une inquiétude plus profonde. Elle sentait le poids d'une responsabilité inconnue peser chaque minute un peu plus sur ses épaules fragiles. Ce soir-là, elle osa enfin interroger le druide.

— Phelim, pourquoi suis-je ici ?

— Pour être hors de danger, répondit le druide.

— Non. Pas seulement. Je veux entendre la vérité, insista la jeune fille. Pourquoi suis-je vraiment ici ?

Phelim continua de marcher sans répondre, puis il invita Aléa à s'asseoir près de lui sur un banc d'où ils pouvaient admirer le donjon de Saî-Mina.

— Tu as à présent une vague idée de ce qu'est un druide...

— Un magicien ?

— Tu peux nous appeler comme ça, si tu veux. Pour simplifier, disons qu'un druide est un homme qui peut capter un pouvoir qui est au fond de chaque homme et qu'on appelle le Saîman. Et ce pouvoir nous permet de contrôler momentanément les éléments qui nous entourent, si nous apprenons à nous en servir.

— Je vous ai vu vous transformer en feu contre les bannis et les gorgûns, glissa Aléa.

— Oui, et c'est un acte très dangereux. Un druide sait qu'il ne faut pas abuser de son pouvoir. Mais ce n'est pas là où je veux en venir. Ilvain, l'homme que tu as trouvé dans la lande, était le Samildanach. C'est-à-dire un homme encore plus... puissant qu'un druide. Le Samildanach contrôle le Saîman de manière... éternelle. Comment t'expliquer cela ? Disons qu'il peut modifier les éléments et les laisser ainsi pour toujours. Tu imagines bien que c'est un pouvoir inquiétant, presque infini et qui nous dépasse complètement.

Aléa acquiesça, fascinée.

— Je ne sais pas si tu saisis bien, mais ce n'est pas grave. Ce qui est important, c'est que le Samildanach, quand il meurt, lègue son pouvoir. C'est la seule façon de maîtriser ce pouvoir. Il n'y a donc jamais plus d'un Samildanach. Fort heureusement, tous les Samildanachs jusqu'à aujourd'hui étaient des hommes bons qui léguaient chaque fois leur pouvoir à d'autres hommes de bonne volonté. Ainsi, aucun Samildanach n'a utilisé son pouvoir à mauvais escient. Mais nous ne savons pas aujourd'hui qui a hérité du pouvoir d'Ilvain, car le vieil homme est mort un peu tôt, et visiblement seul, au milieu de la lande. Et... comment dire ?

Aléa redouta la suite des propos du vieil homme. Elle vit que Phelim joignait ses mains sur ses genoux et courbait le dos comme si cela lui pesait de dire ce qu'il avait à dire.

— Nous avons peur que cela puisse être toi.

— Moi ? souffla la petite en se redressant.

— Peut-être. Tu l'as touché quand il était enterré dans la lande, et tu as depuis lors ressenti plusieurs fois une force étrange qui se saisissait de ton corps. Cette force pourrait bien être celle du Samildanach...

Aléa se sentit défaillir. Pourtant, au plus profond d'elle-même, elle savait que quelque chose d'étrange s'était passé le jour où elle avait touché la main d'Ilvain. Mais elle refusait cette idée. Elle ne voulait, ne pouvait y croire. Ce pouvoir horrible ne l'intéressait pas, il était impossible qu'elle en ait hérité malgré elle. Aléa ferma les yeux et supplia la Moïra. *Je ne suis qu'une petite fille et ce n'est pas ce que j'ai demandé, Moïra. Je vous en supplie, faites que cela ne soit pas moi.*

— Cela pourrait être le Samildanach, reprit Phelim, et pourtant, c'est impossible.

Aléa se redressa aussitôt, avec une lueur d'espoir dans le regard.

— Pourquoi ?

— Tu es une fille.

— Et les filles ne peuvent hériter du Samildanach ?

— Non.

Aléa parut presque soulagée. Évidemment, elle était encore sous le choc des révélations de Phelim, mais elle se disait qu'il y avait sans doute autre chose... Que peut-être elle serait bientôt débarrassée de toute cette histoire.

— Ce que tu as reçu est probablement, comment dire, un résidu de son pouvoir... Peut-être avait-il déjà légué son Samildanach et tu n'as reçu qu'une infime partie qui restait. Je ne sais pas... C'est ce que nous voudrions comprendre.

Ils demeurèrent tous les deux sans parler. Aléa regardait le donjon en mesurant les conséquences de tout ce que Phelim venait de lui expliquer. Elle était terrorisée. Elle qui avait espéré que la vérité saurait dissiper son inquiétude, elle était encore plus inquiète maintenant qu'elle savait. Mais surtout, elle était terrifiée à l'idée que le Conseil l'avait amenée ici pour l'étudier. Qu'allaient-ils lui faire ? Qu'allait-elle devoir subir ? Et surtout, qu'allait-on découvrir ? Elle se dit qu'elle aurait préféré ne pas en être informée, qu'elle aurait voulu oublier tout ça et partir à Providence avec Mjolln en laissant derrière elle ces histoires de sorciers. Pourtant, elle savait qu'une autre menace l'attendait au-dehors, Maolmòrdha, et peut-être qu'en comprenant mieux ce qui s'était passé cela écarterait cet autre danger...

— Comment saurons-nous ce qui m'est arrivé précisément ? demanda-t-elle après quelques minutes de silence.

Phelim la regarda sans répondre, puis il passa une main amicale dans la chevelure brune de la jeune fille et sourit. Il se leva ensuite, fit quelques pas vers la cour et attendit qu'Aléa se décide à le suivre. La conversation était visiblement close...

Aléa soupira, traversa les jardins où s'étendait l'ombre de la haute tour et passa la porte du bâtiment central sans même adresser un regard au druide. Elle prit le grand escalier et monta dans sa chambre où elle s'enferma en silence. Elle ne put penser à autre chose jusqu'au soir. Quand Mjolln vint pour faire une partie de fidchell, elle répondit qu'elle était fatiguée et préférait dormir. Mais elle ne ferma pas l'œil de la nuit. Au petit matin, les paroles du druide résonnaient encore dans sa tête.

Chapitre 7

DERNIERS SECRETS

Aléa descendit seule dans la cour du palais. Mjolln n'y était pas, mais elle s'assit sur le même banc que la veille pour regarder Galiad et son fils Erwan qui s'entraînaient déjà.

Elle n'avait cessé de penser à sa conversation avec Phelim et à tout ce qui en découlait. Alors que son regard se perdait dans le vague et que le bruit des épées s'éloignait petit à petit de son esprit, elle plongea à nouveau dans ses pensées et oublia le monde autour d'elle. Elle voulait voir en elle-même. Elle était décidée à ne plus se mentir et à fouiller dans le tréfonds de son âme pour y trouver quelque réponse. Qu'était-elle devenue, avait-elle changé, Ilvain lui avait-il vraiment transmis quelque chose ? Elle essaya de retrouver cette sensation étrange qui l'avait saisie quand elle avait crié sur Almar et quand le Herilim avait essayé de la repérer. Elle ferma les yeux et chercha au plus profond d'elle-même. Elle essayait de ne plus penser à rien et seulement de sentir. Sentir son âme. Sentir ce qu'il y avait derrière le souffle bruyant de sa respiration. Mais elle ne trouvait rien, elle entendait seulement battre son cœur. Alors elle chercha encore plus loin, au-delà de ce cœur, comme si elle avait voulu l'arrêter, elle fouilla, déchira le voile obscur qui obstruait les yeux de son âme, et là, un instant, une seconde seulement, elle crut voir une flamme. Une petite lumière qui vacillait au loin, dans l'obscurité totale. Elle n'était pas sûre, c'était tellement insaisissable, fuyant, flou. Elle essaya de ne pas perdre le contact, de s'approcher de la lueur, mais elle sentait que chaque geste l'éloignait davantage. Il fallait faire autrement, apprendre à maîtriser son esprit...

— Mademoiselle ?

Aléa sursauta et faillit tomber du banc. Galiad l'attrapa par l'épaule juste à temps.

— Pardon, je vous ai fait peur ? demanda le Magistel, visiblement gêné.

— Euh... non, je rêvassais. J'étais complètement distraite, je suis désolée, je ne vous ai pas vu arriver.

— Phelim m'a demandé de vous enseigner le maniement de l'épée... Je lui ai dit que je trouvais cela un peu étrange de vouloir apprendre à une fille à se battre, mais il a insisté et m'a dit que vous seriez ravie...

— Il a dit ça ? s'étonna Aléa.

— Oui... Il s'est trompé ? demanda le grand guerrier qui avait l'air déçu.

— Euh, non... Mais je ne sais pas si je ferai une bonne élève.

— Votre ami Mjolln se débrouille très bien. Phelim m'a dit qu'il avait même fait preuve de courage et d'initiative lors d'un combat où vous étiez présente. N'est-ce pas ? Il a toutefois encore bien des choses à apprendre, surtout s'il veut maîtriser une épée aussi belle que Kadhel. Il a commencé à s'entraîner hier, et il connaît déjà quelques passes des plus efficaces. Mon fils lui a donné rendez-vous ce matin, vous voudrez sans doute bien vous joindre à eux ?

Aléa accepta et Galiad demanda à des serviteurs d'apporter à la jeune fille des vêtements adéquats. Elle partit s'habiller dans sa chambre et retrouva Erwan dans la cour, où s'entraînaient les Magistels.

— Bonjour, Aléa, l'accueillit le jeune homme en lui tendant une épée.

Il avait attaché ses cheveux sur le haut de son crâne, en toupet, et le bleu de ses yeux éclairait son long visage. Il était beaucoup plus grand qu'Aléa, qui se sentit intimidée. Elle n'arrivait pas à le regarder normalement tant le souvenir de son rêve la hantait. Ce n'était pas lui qu'elle voyait, mais l'image qu'elle avait gardée de son rêve. C'était troublant, et Aléa parvenait à peine à balbutier une réponse quand, heureusement, Mjolln fit son apparition.

Le fils du Magistel les emmena tous les deux dans le cercle d'entraînement et commença sa leçon. Il sembla ne pas remarquer le regard étrange de la jeune fille. Un peu confuse au début, Aléa finit par s'amuser après les premiers combats et tous trois rirent plusieurs fois aux éclats, tantôt parce que Mjolln ou Aléa tombait sur les fesses, tantôt parce qu'ils réussissaient sans le vouloir quelque prouesse remarquable. Aléa trouvait son épée un peu lourde, mais elle n'avait rien perdu de l'agilité qu'elle avait acquise dans les rues de Saratea. Elle savait se battre avec ses mains, avec un lance-pierres, ou même avec un bâton, et cela lui facilitait l'apprentissage de l'épée. Enfin, Erwan n'avait pas encore dix-huit ans, mais il était déjà un excellent professeur.

À l'heure du repas, Mjolln et Aléa se pressèrent de manger tant ils avaient envie de redescendre dans la cour s'entraîner avec le fils du Magistel. C'était une bouffée d'air frais bienvenue dans leur nouvelle vie. Erwan était patient, poli, attentionné, et il ne posait pas sur Aléa le même regard que les druides. Ceux-là semblaient l'analyser en permanence, comme s'ils essayaient de lire dans son esprit. Erwan, lui, la regardait avec respect, discrétion, et peut-être même un soupçon de timidité à son tour. Une timidité qu'il n'avait pourtant à l'égard de personne d'autre...

Ils passèrent ainsi quatre jours entiers à s'entraîner avec assiduité et firent tous deux des progrès considérables. Ils apprirent le coup droit, le coup de pointe, l'estocade, la feinte, le contre, ils apprirent à esquiver, et Erwan accepta même de leur enseigner une botte secrète qu'il tenait de son père et qui permettait de désarmer l'adversaire d'un seul coup de poignet.

Il montra le geste à ses deux élèves, puis leur demanda de s'y essayer, l'un contre l'autre. Mjolln commença. Il tenta de désarmer Aléa mais ne parvint pas à faire passer la pointe de son épée suffisamment près du poignet de la petite.

— Il y a là une injustice évidente, se plaignit le nain, vexé.

— L'âge ? se moqua Aléa.

— Non ! La taille, bien sûr ! Taha ! Essaie donc à ton tour, on verra bien qui rira le dernier...

Aléa se mit en position. Rien ne l'amusait tant que de voir le nain vexé. Il avait alors une moue des plus drôles : sa lèvre inférieure remontait sous son gros nez et ses sourcils descendaient si bas qu'ils cachaient presque ses yeux.

Mjolln passa à l'attaque, mais Aléa parvint de justesse à glisser la pointe de son épée derrière la garde du nain, et d'un coup de poignet elle lui fit perdre prise : l'épée du nain s'envola avec une lenteur élégante pour aller finalement se planter dans le sable quelques mètres derrière lui.

Mjolln passa de la surprise hébétée à la fureur absolue.

— Tu n'as pas le droit ! hurla-t-il en allant chercher son épée.

Erwan intervint avant que la colère du nain ne se transforme en véritable dispute.

— Eh bien, vous avez l'un comme l'autre des leçons à tirer de tout ça. Mjolln : une leçon d'humilité. Allons, cher nain, vous n'allez pas en vouloir à une jeune fille de vous avoir désarmé. Vous êtes bien au-dessus de ça, n'est-ce pas ?

Aléa éclata de rire à nouveau, et Erwan adressa au nain un clin d'œil amical. Mjolln fit la moue un court instant puis il ne put s'empêcher de sourire en voyant Aléa.

— Quant à toi, Aléa, si tu ne plies pas ton poignet quand tu fais ce geste, tu vas finir par le casser. Surtout si tu tombes sur quelqu'un qui s'accroche davantage à son arme que notre ami Mjolln.

— Je n'ai pas eu besoin de le plier, à l'instant. Je crois que j'ai bien compris ta botte secrète.

— Ah oui ? Veux-tu essayer contre moi ? la défia Erwan en posant la pointe de son épée devant les pieds d'Aléa.

La jeune fille regretta aussitôt d'avoir parlé si vite. Mais elle ne pouvait revenir en arrière. Après tout, elle avait ses chances et l'idée de combattre Erwan l'amusait énormément.

— En garde ! ordonna Erwan.

Aléa ne se fit pas prier et se lança sur son adversaire sans réflchir. Elle allait lui montrer de quoi une jeune voleuse était capable. Mais avant même qu'elle ait eu le temps de pointer son épée, Erwan avait glissé d'un pas gracieux sur le côté si bien qu'il se trouva de profil et fit un croche-pied à la jeune fille. À sa grande surprise, pourtant, Aléa retrouva rapidement l'équilibre et se retourna habilement.

— Pas mal, dut reconnaître Erwan. Mais j'ai toujours mon épée, aurais-tu déjà oublié cette botte secrète ?

Aléa reprit son souffle et se lança à nouveau, visant cette fois la garde de son professeur. Erwan n'esquiva pas et attendit que la pointe de l'épée d'Aléa arrive à la hauteur de son poignet. Quand elle se coinça contre sa garde, il donna un coup violent vers le sol. L'épée d'Aléa fut projetée à terre, arrachant à la jeune fille un cri de douleur. Dans un même élan, Erwan fit passer la pointe de son épée dans l'anse de celle d'Aléa et la projeta en l'air afin de l'attraper ensuite de la main gauche. Il se retrouvait maintenant avec une épée dans chaque main, alors qu'Aléa était tombée à genoux, se tenant le poignet droit en grimaçant.

Erwan partit poser les deux épées sur le banc, et en revenant vers Aléa il donna sa leçon :

— C'est le plus souple et le plus fort des deux poignets qui l'emporte, Aléa. Il faut plier, mais rester ferme, tu comprends ?

— Je comprends que tu m'as cassé le poignet, voilà tout.

— Un poignet souple ne casse pas, Aléa. Je suis sûr que cette leçon-là restera gravée dans ta mémoire. J'aurai fini mes leçons le jour où tu sauras me désarmer. Ce jour-là je n'aurai plus rien à t'apprendre.

Il essayait de garder le ton autoritaire du professeur, se souvenant de la façon dont lui parlait son père, mais il commençait en réalité à regretter d'avoir fait mal à la jeune fille. Ce n'était pas une méthode très digne. Finalement, lui aussi pouvait tirer des leçons de ces journées d'entraînement. Les professeurs apprennent toujours autant que leurs élèves, se dit-il.

— Mjolln, voulez-vous bien emmener Aléa à l'infirmerie, je pense qu'un bandage et un peu de repos lui feraient du bien.

Le poignet d'Aléa n'était heureusement pas cassé, mais un jeune vate ne manqua pourtant pas de lui porter des soins. Deux jours plus tard, Aléa était de retour, bien décidée à montrer à Erwan qu'elle n'abandonnait pas facilement. Elle se montra pleine d'énergie et rattrapa bientôt Mjolln qui avait pourtant des années d'expérience. Mais la rage et la volonté d'Aléa valaient dix ans de pratique. Quand Aléa parvenait à l'emporter sur Mjolln lors d'un combat, le nain trouvait une excuse pour mettre cela sur le dos de la malchance. Ils riaient beaucoup, se dépensaient et nouaient les liens profonds d'une amitié insouciante.

Les druides ne vinrent jamais les déranger, sans doute occupés par d'autres affaires. Mjolln et Aléa passaient tout leur temps avec Erwan. Quand ils ne s'entraînaient pas, le jeune garçon leur faisait visiter le jardin, les tours, il leur présentait les serviteurs, les autres apprentis Magistels, et le soir, auprès du feu, il les faisait jouer au fidchell. Il faisait preuve d'une éducation et d'une intelligence hors du commun. Aléa finit par oublier ce qui l'avait tourmentée depuis plusieurs jours et découvrit un sentiment nouveau dont elle refusait d'avouer le nom. Erwan était certainement le plus beau jeune homme qu'elle ait vu de sa vie, et elle éprouvait pour lui tout ce qu'elle avait éprouvé des années plus tôt pour son amie Amine. Mais cette fois-ci, c'était un garçon, et elle ressentait un petit quelque chose en plus qu'elle ne maîtrisait pas encore et qui la faisait rougir quand Mjolln essayait de le lui faire dire.

— Dis-moi, Aléa, tahin taha, tu ne serais pas en train de tomber *amoureuse* ? Belli, bella ? chuchota-t-il un jour d'un air malicieux.

Mais Aléa, essayant de cacher le rouge de ses joues, fit celle qui n'entendait pas et reprit l'entraînement de plus belle.

Le quatrième jour, Erwan expliqua qu'il devait s'absenter pour accompagner son père et promit qu'il serait de retour dans peu de temps. Aléa cacha sa tristesse et lui dit simplement qu'elle allait s'ennuyer sans ses cours d'escrime.

— Tu peux t'entraîner sans moi à présent, et puis, il y a des choses sur lesquelles tu devrais travailler seule...

Aléa leva un sourcil.

— Quelles choses ?

Erwan se mordit les lèvres, visiblement gêné. Il alla ranger les armes d'entraînement et se décida à répondre alors qu'il avait le dos tourné.

— Tu es comme mon ami William.

— Que veux-tu dire ? insista la petite.

— Tu as... ce pouvoir. Cette chose que je n'ai pas et que tu dois apprendre à maîtriser. Avec elle, tu seras plus forte que je ne pourrai jamais le devenir.

Aléa crut qu'elle allait s'effondrer. Ainsi, Erwan savait quelque chose, ou en tout cas la connaissait-il mieux qu'elle ne l'avait pensé. Comment pouvait-il affirmer qu'elle avait quelque pouvoir alors qu'elle-même n'arrivait pas à comprendre ce qui lui arrivait ?

— Tu sais quelque chose que je ne sais pas ? demanda la jeune fille timidement.

Erwan se retourna. On pouvait lire sur son visage un mélange de certitude et de tendresse.

— Je ne sais rien. Mais je le sens en toi. Tu es comme était William avant qu'il ne s'entraîne. Et aujourd'hui il est devenu druide et on l'appelle Finghin. C'est difficile à expliquer, mais je le vois dans tes gestes, tes réflexes, et ta façon de te battre. Tu as ce pouvoir.

— Tu dis n'importe quoi ! se défendit Aléa sans réelle conviction. Je n'ai aucun pouvoir du tout !

— Peut-être ne t'en rends-tu pas encore compte mais je sais qu'il y a ça au fond de toi. Plutôt que de le refuser, tu devrais essayer de le dominer.

Le cœur d'Aléa battait à tout rompre. C'était comme si elle avait été trahie. Comme si on la déshabillait soudain sans qu'elle puisse se défendre. Erwan voyait en elle. Elle était gênée, mais elle décida qu'il ne servait plus à rien de se cacher.

— Et comment pourrais-je maîtriser quelque chose que je ne comprends pas ? demanda-t-elle, si bas qu'Erwan ne fut pas sûr qu'elle voulait vraiment une réponse.

— Quand William a commencé son entraînement, je l'ai aidé, sans le savoir, en lui apprenant des exercices que mon père m'a enseignés depuis mon plus jeune âge. Ces exercices dédiés à la concentration avant le combat se sont avérés efficaces pour William dans la maîtrise de son pouvoir. Peut-être pourrais-je t'aider aussi.

— Mais je n'ai rien à voir avec William, c'est un druide !

— Peut-être, mais rien ne nous empêche d'essayer. Ce que tu as au fond de toi se contrôle peut-être de la même manière.

La jeune fille s'assit sur un banc, abattue. Elle ne savait plus comment réagir. Ces quatre jours passés auprès d'Erwan lui avaient fait oublier cette histoire, et voilà que tout lui revenait d'un seul bloc, et à cause de lui de surcroît.

— Aléa, je dois partir ce soir pour quelques jours, tu auras tout le temps d'y penser, sache seulement que ces exercices ne pourront de toute façon pas te faire de mal. Au pis, ils t'aideront pour le combat.

— Je n'ai pas vraiment l'intention de me battre.

Erwan sourit à la jeune fille et l'invita à le suivre à travers la cour pour se rendre vers le bâtiment central.

— Si tu veux, pendant mon absence, tu peux déjà apprendre le premier exercice.

— Quel exercice ?

Erwan la regarda longuement puis il ferma les yeux en souriant.

— Allumer la chandelle entre tes yeux.

— Quoi ? s'écria Aléa en se demandant si le jeune homme ne se moquait pas d'elle.

— Le premier exercice consiste à fermer les yeux et à faire apparaître dans son esprit une flamme, située dans un point imaginaire en bas de ton front, là, entre tes yeux.

— Qu'est-ce que c'est que cette histoire ?

— Apprendre à contrôler son esprit. Si tu arrives vraiment à voir mentalement cette chandelle et que tu parviens à l'allumer et à l'éteindre par la force de ton esprit, alors tu auras réussi le premier exercice. Plus tu t'entraîneras, plus cela deviendra facile et rapide.

Il se tourna vers elle sans ouvrir les yeux.

— En ce moment, je vois la chandelle, chuchota-t-il.

Il resta un instant silencieux, puis il ouvrit enfin les yeux. Il laissa Aléa devant le bâtiment central et se dirigea vers les appartements de son père en lui adressant un dernier sourire.

— À bientôt, Aléa, entraîne-toi !

Il disparut derrière la grande porte de bois et Aléa rejoignit Mjolln, très troublée. Ils s'installèrent dans la chambre de la petite et se mirent à jouer au fidchell pour faire passer le temps.

Le nain remporta la première partie, Aléa la deuxième, et au beau milieu de la troisième, la jeune fille se décida enfin à parler :

— Mjolln, si vraiment j'étais... Euh, comme tu dis... Enfin...

— Amoureuse ? proposa le nain avec un large sourire tout en avançant un pion à la diagonale d'une tour d'Aléa.

— Oui, enfin, peu importe. Bref, est-ce que tu crois qu'Erwan, enfin, tu crois qu'il m'apprécie ? lâcha-t-elle péniblement en regardant le plateau.

— Mais, par la Moïra, ce gamin est fou amoureux de toi, ahum. Fou sur la tête. Aléa, tu ne le vois pas ?

Le nain avança son pion sur celui d'Aléa et sortit la pièce du plateau.

— Tu dis n'importe quoi. Non, sérieusement, Mjolln, s'il te plaît !

— Mais je suis sérieux ! Regarde : ah, je suis sérieux, assura le nain en croisant les bras sous sa barbe rousse et en fronçant les sourcils. Du moins aussi sérieux que peut l'être un Mjolln ! Ha. Tu ne vois pas comment il te regarde ? Tu ne vois pas comment, quand il essaie de me montrer quelque nouvelle passe, il n'y est pas du tout, tant ses pensées sont occupées par toi ? Pff. Ahum. Ça oui, il est fou sur la tête. Tu n'entends pas combien le ton de sa voix change quand c'est à toi qu'il parle ? Mais enfin, lanceuse de cailloux, tu es sourde et aveugle ?

La jeune fille ne répondit pas. Elle baissa les yeux et fit mine de s'intéresser davantage à la partie de fidchell. Peut-être le nain disait-il vrai. Et cela faisait battre son cœur si fort qu'elle se sentait presque mal. Comme si elle avait peur. Elle se sentait vidée de tout le reste et portée seulement par le bruit de son cœur, qui cognait, cognait si vite que c'en était douloureux. Elle aurait voulu qu'Erwan soit là, pourtant elle n'aurait sans doute rien osé lui dire.

Maintenant elle avait complètement oublié sa ruse sur le plateau. Qu'avait-elle eu l'intention de faire ? Sans trop y croire elle avança à nouveau un pion dans les lignes ennemies. Mjolln progressa alors sur toute la longueur du plateau pour venir se placer sur la dernière ligne de son adversaire. Aléa avait oublié de se protéger.

— Perdu ! s'écria le nain en sautant hors du lit. Ha ! Tu me bats peut-être à l'épée, ça, oui, mais tu ne m'auras pas au fidchell, lanceuse de cailloux ! À présent, je vais me coucher, et toi, fais de beaux rêves... Hé, hé.

Puis il disparut dans sa chambre.

Aléa se coucha. Son esprit n'était pas apaisé. Elle aurait tant aimé que tout soit plus simple. *Vraiment ?* se demanda-t-elle pourtant. N'était-ce pas elle qui avait rêvé d'aventures et de changement ?

Elle soupira et pensa aux dernières paroles d'Erwan. Elle se dit qu'elle devrait essayer son fameux exercice. Après tout, cela l'aiderait peut-être à dormir. Elle ferma les yeux et tenta de faire le vide dans son esprit. Elle réalisa alors qu'elle avait déjà fait cela plusieurs fois par elle-même, d'instinct, quand elle avait voulu comprendre ce qui lui arrivait. Si son instinct ne lui avait pas menti, alors peut-être qu'Erwan non plus.

Elle se concentra pour faire apparaître une petite lumière au milieu de son esprit. Une lampe, ou peut-être simplement une flamme. Mais il y avait trop de choses dans sa tête. Ses pensées s'embrouillaient et chaque fois qu'elle avait le sentiment de pouvoir s'arrêter sur l'image de cette petite flamme, son esprit s'envolait vers d'autres rivages. Elle se perdit finalement dans ses pensées et s'endormit profondément.

*
**

Il avait fallu à peine huit jours aux Tuathanns pour envahir tout le sud de Galatie, sans que le roi Eoghan ne puisse trouver le temps, ou peut-être le courage d'envoyer son armée. De toute façon, il était bien trop occupé par son mariage. Après Atarmaja, les guerriers des clans tuathanns étaient maintenant aux portes de

Terre-Brune, et le roi espérait sans doute que le comte Meriande Mor, son frère, réagirait à sa place.

Dès le lendemain de l'invasion, d'autres Tuathanns étaient arrivés par la gorge sous la montagne, amenant femmes et enfants qui s'installèrent petit à petit dans les villages conquis, et encore d'autres guerriers qui venaient protéger leur nouveau territoire ou renforcer leur armée.

Ils étaient près de trois mille, ce soir-là, autour de Filiden, la première ville après la frontière de Terre-Brune. Les habitants de la région ne se laissaient plus surprendre, ils s'étaient préparés au combat, et l'avancée devenait de plus en plus dure pour les Tuathanns, à mesure que la nouvelle de leur arrivée se répandait dans le royaume.

Le siège de la ville dura toute la nuit. Les soldats de Filiden envoyaient sur les Tuathanns d'énormes rochers grâce aux catapultes qu'ils avaient construites tout autour, et des rangées d'archers décochèrent pendant de nombreuses heures des flèches enflammées, depuis l'enceinte de la ville. De nombreux guerriers tombèrent dans les rangs des Tuathanns. Mais au petit matin, alors que la nuit de combat avait épuisé l'armée de Filiden, le chef Sarkan donna enfin l'ordre de l'assaut. Les Tuathanns fondirent tout droit sur la ville en hurlant, avec cette force et cet acharnement inconscients qui faisaient leur réputation de barbares.

Les combats furent des plus violents et durèrent tout le jour, les Tuathanns acculant petit à petit l'armée brunoise vers le centre de la ville. Sarkan avait demandé qu'on ne brûle aucun bâtiment. Filiden était trop belle et il voulait que les chefs de clan s'y installent. Cela rendait la lutte encore plus difficile pour ses troupes, mais rien ne les arrêtait. Ils laissèrent pour une fois les habitants de la ville s'échapper sans procéder à un massacre systématique et avant le début de l'après-midi, à force d'assauts, de ruses et de contre-attaques, ils vinrent à bout de l'armée de Filiden.

Ce fut sans doute la plus importante victoire des Tuathanns, et en tout cas la plus décisive. Sarkan avait fait prisonniers une dizaine de soldats et ordonna qu'on les lui amène le soir dans la grande salle du château où il avait élu domicile.

Le chef du clan Mahat'angor ne parlait pas le gaelien et un interprète traduisit ses propos aux soldats terrorisés :

— Partez vers le sud. Nous vous laissons la vie sauve pour que vous puissiez porter la nouvelle dans les cinq comtés de Gaelia. Dites-leur que les Tuathanns ont repris un bout de la terre qui leur appartient. Car Gaelia nous appartient. Dites-leur que c'est ce que moi, Sarkan, chef des clans, proclame aujourd'hui, et tous les Tuathanns avec moi. Dites-leur enfin que nous ne nous arrêterons pas là. Et maintenant, fuyez !

Les soldats ne se firent pas prier et s'en furent dès que possible. Certains se cachèrent et on ne les revit jamais, mais d'autres parvinrent jusqu'à Providence où ils répétèrent exactement ce qu'avait dit Sarkan.

*
**

Imala resta encore quelques jours en compagnie des verticaux de la forêt. Sa vie était paisible, elle n'avait presque plus besoin de chasser, et les parties de la forêt où progressaient les verticaux étaient plus belles et douces les unes que les autres. Mais alors qu'ils continuaient d'avancer au cœur des arbres, elle finit par se lasser. Elle ressentait au plus profond de son instinct de louve l'appel de la nature, de l'aventure, et peut-être aussi le besoin d'une certaine solitude.

Elle essaya de faire comprendre aux verticaux qu'elle les abandonnait mais qu'elle était reconnaissante, et il lui sembla qu'ils comprenaient. Un soir donc, elle fit demi-tour et s'éloigna. Elle galopa vivement dans la forêt, comme si elle retrouvait une nouvelle liberté, elle s'arrêta enfin, après plusieurs heures, à l'orée d'une clairière. Elle s'assit et se mit à hurler aussi fort qu'elle put, espérant seulement que les verticaux au loin entendraient ce dernier adieu amical, puis elle se coucha sous un arbre.

Elle passa les jours suivants à réapprendre à chasser, et trouva quelques proies délicieuses dont la piste la menait petit à petit vers le sud. Un soir enfin, elle arriva à la lisière de la forêt et retrouva le sol gréseux de la lande. Elle était à l'extrême sud de la forêt, et elle vit, loin vers l'est, les lumières d'une ville.

Quelques jours plus tôt, elle n'aurait jamais osé s'en approcher. Effrayée par les verticaux et leurs pouvoirs étranges, elle aurait plutôt choisi de retourner dans la forêt. Mais ces derniers jours l'avaient complètement transformée et elle se décida à partir en direction de l'est.

*
**

Finghin arriva à Providence le matin du mariage royal. Partout flottait le blason du roi sur des drapeaux brodés : la couronne de diamants.

La ville était en fête et resplendissait plus que jamais. On avait décoré les maisons, les échoppes et les rues même, et tous les habitants de la capitale avaient mis leurs habits les plus élégants.

Finghin fut accueilli par six serviteurs du roi qui le menèrent en calèche à travers la ville jusqu'au palais de Galatie. En chemin il put admirer la beauté de Providence.

La ville montrait ses plus beaux attraits. Ses façades penchées, les murs en colombage, où l'on avait couvert d'une nouvelle chaux blanche le torchis régulier, les balcons en encorbellement et leurs rangées de fleurs, les lucarnes en saillie au milieu des mansardes, les perrons de pierre blanche au pied des portes en bois, les clochers, les jardins, les marchés, les petites places ; la ville fourmillait.

Ici, certains riches citadins avaient fait appel aux artistes bisagnais pour décorer leurs façades en l'honneur du roi ; plus loin, on avait couvert une maison de fleurs, là, on avait coloré l'eau d'une fontaine. Les soldats avaient revêtu leur costume d'apparat. Il n'y avait pas un espace de la ville où l'on ne célébrât le mariage du roi par la grâce des couleurs et des formes.

Enfin, la calèche arriva au palais. Finghin ne l'avait jamais vu que de l'extérieur et resta bouche bée pendant toute la traversée du parc qui s'étendait jusqu'à l'immense édifice. Il se rappela l'impression qu'il avait eue quelques années plus tôt en entrant à Saî-Mina, et se demanda s'il n'était pas aussi ému aujourd'hui. Alors que Saî-Mina s'élevait vers les cieux comme un défi aux lois de l'équilibre, le palais de Providence, lui, était tout en longueur. Les jardins s'enchaînaient à perte de vue : les parterres de gazon succédaient aux parterres de fleurs, ici des terrasses où se dressaient encore d'autres plantes aux couleurs variées, et plus loin des bassins circulaires au milieu desquels se croisaient des jets d'eau en aiguilles et en éventails.

Les hautes roues de la calèche crépitaient sur les cailloux blancs des allées effilées comme on avançait vers le palais royal.

— Maître druide, nous sommes arrivés, déclara un serviteur en ouvrant la petite portière de bois à gauche de la voiture.

Finghin descendit lentement, les yeux rivés sur la façade du palais. Il suivit le serviteur tandis que son regard se perdait dans les hauteurs de l'édifice. Quand il se fut rassasié de la splendeur des lieux, il parla enfin :

— Je dois voir le roi au plus vite, c'est une affaire de la plus haute importance.

— Nous avons été prévenus, druide, et malgré son mariage le roi a accepté de vous réserver une demi-heure d'entretien avant midi. Quelqu'un viendra vous chercher. Mais je dois d'abord vous montrer votre chambre.

Ils traversèrent ainsi l'aile gauche du palais, où tout brillait, les lustres, les marbres, les bois. Mais Finghin ne devait pas se laisser troubler par la beauté des lieux, ni perdre son assurance. Une seule chose comptait :

être convaincant. Il avait une demi-heure pour obtenir l'adhésion du roi, il fallait qu'il soit parfait. Il décida donc de passer le temps qui lui restait à se concentrer dans sa chambre.

Il se laissa pénétrer par le pouvoir réconfortant du Saîman. Il s'appliqua à le faire courir tout au long de son corps, à s'y immerger complètement, puis à l'amener jusqu'au bout de ses doigts où il fit danser de petites flammes. Il se laissa hypnotiser par sa propre lumière et accorda son âme aux vacillements du feu.

Il resta ainsi à se préparer jusqu'à ce qu'on frappe à sa porte. Il suivit alors les serviteurs jusque dans le bureau du roi.

— C'est la première fois que je vous vois, druide, déclara le roi sans se lever.

Eoghan avait revêtu un costume noir et or de confection bisagnaise, et il portait déjà la célèbre couronne de Galatie, bien que la cérémonie du mariage ne fût pas encore commencée. Sur son costume était simplement brodé le blason de son royaume, la couronne de diamants.

Il a besoin que je le mette en confiance.

— Je viens de recevoir mon titre, Votre Altesse, mais je suis là au nom de tous les miens, et je vous prie de recevoir les salutations respectueuses de mes frères et de moi-même.

— Vous tombez ici le jour de mon mariage, c'est horriblement mal choisi.

Il me teste. Il faut que je l'impressionne. Je pourrais user du Saîman pour changer mon apparence et la rendre plus inquiétante, mais ce ne serait ni juste ni prudent. Non, je dois l'impressionner autrement. Sincèrement. Je lui ai offert le respect dû à son rang, il faut maintenant lui montrer que je suis druide et qu'à son tour il me doit le respect. Il espère profiter de mon jeune age, mais je peux lui rappeler ce qu'il doit aux druides.

— Croyez-vous que je me serais permis de vous déranger aujourd'hui si ce que j'ai à vous dire n'était plus important qu'un mariage ? Il en va de l'avenir des habitants de votre royaume, Eoghan, et si vous ne m'écoutez pas aujourd'hui, que ferez-vous de cette union quand les Tuathanns auront pris votre place et votre fortune ? Depuis quand les druides ne savent-ils plus mesurer les priorités politiques ?

Le roi parut étonné. Il connaissait l'arrogance des druides, mais il ne s'attendait pas à une attaque si brutale de la part d'un garçon si jeune.

— Je vous écoute, Finghin...

— Ce n'est pas Finghin qui vous parle, Eoghan, c'est Saî-Mina tout entière.

Voilà qui devrait le remettre à sa place une bonne fois pour toutes.

— Très bien... je vous écoute.

— Les Tuathanns ont envahi le sud de Galatie et massacrent encore à l'heure qu'il est les habitants du royaume. De votre royaume. Ils avancent à présent sur Terre-Brune, le comté de votre frère.

— Par la Moïra, je sais cela, et je prépare mon armée en ce moment même.

— Pourtant, je suis venu vous proposer autre chose.

— Vous avez un autre moyen ?

— Oui : la paix.

— Comment cela ?

— L'attaque des Tuathanns est légitime. Ils reviennent sur leurs terres.

— Pas du tout ! Ils nous envahissent !

— Eoghan ! gronda Finghin en cédant cette fois à la tentation d'user du Saîman pour rendre sa voix plus menaçante. Vous pouvez mentir à votre peuple, vous pouvez vous mentir à vous-même, si vous le voulez, mais pour l'amour de la Moïra ne mentez pas au druide qui vous parle. Si vous ne connaissez pas l'histoire, que faites-vous sur un trône ?

Le roi resta muet. La colère brûlait au fond de ses yeux. Finghin attendit un moment avant de reprendre la parole.

Il est en colère. Très bien, je dois m'en servir à présent. Il faut que je laisse retomber un peu sa rage, que je lui fasse entendre la raison, et je retournerai ensuite cette colère frustrée à l'endroit où elle doit se porter.

— Cette attaque est légitime et nous avons deux choix. Soit nous les attaquons, soit nous trouvons un accord pour que leur invasion s'arrête là. Si nous les attaquons, nous avons certes une chance de les battre, mais à quel prix ? Combien de morts, combien de pertes ? Cette guerre serait ardue et nous affaiblirait...

Maintenant, je dois envoyer l'hameçon :

— ... et qui en profiterait, Majesté ? Ce serait évidemment Harcourt ! Se battre contre un nouvel ennemi, ce serait ouvrir la porte à Thomas Aeditus, au comte Al'Roeg et ses Soldats de la Flamme qui ne trouveraient ici plus aucune résistance.

Le roi fronça les sourcils.

— La véritable question, c'est : quel ennemi choisir ? Harcourt n'acceptera jamais de combattre les Tuathanns à votre côté et en profitera au contraire pour vous prendre à revers.

Et maintenant, le point d'orgue.

— En revanche, offrez aux Tuathanns la légitimité, disons, au nord de Terre-Brune, et ils pourront devenir de précieux alliés contre Thomas Aeditus et le comte Al'Roeg de Harcourt. Je vous demande de réfléchir, Majesté, mais à long terme.

Le roi se recula sur son siège sans quitter le jeune druide des yeux.

— Vous voudriez que je prive mon frère de la moitié de son comté ? Vous n'êtes pas sérieux !

— Il l'a presque déjà perdue ! Si vous ne faites rien, d'ici quelques jours c'est tout le comté qui sera aux mains des Tuathanns. Vous saurez le faire comprendre à votre frère.

— Et comment être sûrs, si nous offrons le nord de Terre-Brune à ces barbares, qu'ils arrêteront leurs massacres ? Combien de terres leur faudra-t-il pour qu'ils soient satisfaits ?

Ça y est. Je le tiens.

— Ceci, Majesté, est notre affaire. Si vous acceptez notre résolution, alors nous nous chargerons de sa réalisation diplomatique : les Tuathanns nous écouteront. Et s'il le faut... nous leur donnerons Harcourt ! Ils écraseront pour nous le comte et ses chrétiens !

— Et comment expliquer aux Brunois du Nord que leur terre devient la propriété des Tuathanns ?

— Si j'ai réussi à vous convaincre, vous devriez réussir avec vos sujets.

C'est une réponse osée, mais il apprécie le jeu.

— Et qui plus est, ajouta le druide, vous pourriez offrir aux éventuels réfugiés de nouvelles terres dans le sud de Galatie. Il y a encore beaucoup de place en votre royaume.

— Qu'en pense le comte de Bisagne ? Les bardes ne m'ont rien dit.

— Le comte Alvaro Bisagni n'attend que votre accord pour donner le sien.

Mentir c'est parfois prendre de l'avance sur la vérité... Pourvu que Kiaran parvienne à convaincre Bisagni, sinon, ce mensonge n'aura servi à rien...

Eoghan lâcha un long soupir et demeura un moment sans rien dire en se grattant le menton.

— Vous restez pour la cérémonie ? demanda enfin le roi en se levant.

— C'est un honneur, Majesté.

— Alors je vous donnerai ma réponse demain matin.

Le roi quitta la pièce sans se retourner.

Il est d'accord, se dit simplement Finghin en se levant à son tour.

*
**

Mjolln et Aléa passèrent une semaine entière dans le luxe de Saî-Mina. Le nain continuait de s'entraîner aux côtés des Magistels et de leurs apprentis, et la jeune fille se contentait de faire le vide dans sa tête et de réfléchir. C'était la première fois qu'elle prenait vraiment le temps de penser et de s'analyser elle-même.

Elle n'avait de cesse de s'entraîner à l'exercice que lui avait conseillé Erwan et parvenait chaque soir un peu plus à en comprendre le sens et l'intérêt. Elle apprenait à contrôler une force beaucoup plus importante que celle de ses muscles. Mais elle ne trouvait pas la réponse à la question qui la hantait le plus : que lui voulaient les druides et que préparaient-ils dans le secret de leur tour ? Phelim avait réussi à la convaincre de le suivre, mais elle ne savait toujours pas quelle était l'intention des druides. Et elle ne supportait plus le silence, l'immobilisme auxquels Saî-Mina l'obligeait. Elle ne supportait plus l'interdit qui mettait une distance si grande entre elle et les druides. S'ils parlaient d'elle, pourquoi ne pourrait-elle pas écouter ?

Alors un soir Aléa décida d'aller voir la Chambre du Conseil en cachette. Elle savait que c'était formellement interdit, mais elle était trop curieuse et se dit qu'après tout c'était son droit. On la gardait de force à Saî-Mina, il lui semblait qu'en échange elle pourrait en voir un peu plus que ce que Phelim voulait bien lui montrer.

Elle attendit qu'il n'y ait plus personne dans la cour et se faufila au pied du grand donjon. La porte était verrouillée, mais elle n'en était pas à son premier crochetage et ouvrit rapidement la serrure sans faire de bruit, à l'aide d'une petite épingle qu'elle avait pris soin d'emporter. Elle n'avait pas oublié sa vraie nature. Après tout, n'était-elle pas d'abord une voleuse ? Elle retrouva cette sensation savoureuse de peur et d'excitation qui la gagnait jadis chaque fois qu'elle volait de quoi manger dans la petite ville de Saratea. Elle sourit à ce doux souvenir, prit sa respiration et franchit le seuil.

Elle se retrouva au pied d'un escalier étroit qu'elle entreprit de monter en silence. Il y avait une issue à chaque étage, mais elle savait que la pièce qu'elle voulait voir se trouvait au sommet et ne perdit pas de temps.

À mi-chemin, elle entendit soudain quelqu'un qui descendait les marches. Une personne, ou peut-être deux. Prise de panique elle chercha à se cacher. Ne trouvant rien elle descendit quelques marches vers l'étage inférieur pour se dissimuler derrière une porte. Celle-là aussi était fermée et elle sortit l'épingle de sa poche pour crocheter la serrure. Les bruits de pas s'approchaient dangereusement et ses mains se mirent à trembler tant elle avait peur de se faire surprendre. Elle sentait son cœur battre de plus en plus fort et se mordit les lèvres en forçant sur l'épingle. Au moment où des pieds apparurent au coin de l'escalier, la serrure céda enfin. Aléa passa de l'autre côté de la porte et la referma vivement, mais sans bruit, derrière elle. Elle était dans une pièce obscure et pria la Moïra pour qu'il n'y ait personne de ce côté-là.

L'air de la pièce était glacé et elle se persuada que c'était donc le froid qui la faisait trembler. Elle entendit deux personnes qui passaient dans l'escalier. Elle comprit vaguement quelques mots mais le sens de leur conversation lui échappa. Elle attendit un moment le dos collé au mur, puis sortit sans chercher à savoir ce qu'il y avait dans la pièce où elle s'était cachée.

Sans perdre de temps elle se remit à monter les marches, plus vite cette fois, poussée par l'excitation. Elle arriva enfin au dernier étage et fut étonnée par la taille de la porte, qui était beaucoup plus petite que celle de l'étage inférieur. Elle essaya de regarder par le trou de la serrure mais ne vit rien.

Elle hésita un instant puis trouva enfin le courage d'ouvrir la porte. Elle n'était pas fermée. Elle jeta un regard à l'intérieur. Cela donnait sur une sorte de balcon, une mezzanine sans doute. Une source de lumière brillait en contrebas et Aléa entendit les voix de plusieurs hommes. Elle hésita encore une seconde puis se mit à ramper de l'autre côté. Elle traversa la mezzanine et vint regarder la pièce plus bas à travers les barreaux. Elle était au-dessus de la Chambre du Conseil et pouvait voir les Grands-Druides assemblés dans de hauts fauteuils de bois. Il y avait Phelim, Ailin et les autres.

Aléa se dit qu'elle était en train de commettre une faute très grave, mais la curiosité était plus forte que tout et elle essaya d'écouter ce qui se disait plus bas.

— Elle n'a pas l'air de ressentir quoi que ce soit, et n'a jusqu'à présent fait la preuve d'aucun pouvoir ou d'aucune force étrange, disait Ailin.

Ils parlent de moi, comprit Aléa, et cela l'inquiéta encore davantage.

— Archidruide, vous mettez en doute ma parole ? s'offusqua Phelim. Mes yeux ne m'ont pas trompé. Je l'ai vue par deux fois user d'un pouvoir qu'elle ne maîtrisait pas.

— Si elle était le Samildanach, ce qui est une aberration en soi, elle ne serait pas ici à jouer avec cet idiot de nain dans la cour ! Elle serait trop occupée par son pouvoir et son destin. Nous le verrions tout de suite. Et de toute façon, chacun sait ici que le Samildanach ne peut être une fille ! s'exclama Ailin visiblement énervé.

— Pourtant, dans l'Encyclopédie d'Anali... murmura Ernan sans conviction.

— Il suffit ! Ce qui est écrit n'a aucune valeur, Ernan ! Ce qui m'intéresse, ce sont les faits uniquement. Dès demain nous allons voir une bonne fois pour toutes si cette petite a quelque chose de spécial en la soumettant au Man'ith de Gabha.

— C'est hors de question ! s'écria Phelim en se levant. Vous savez très bien qu'elle n'y survivra pas, si elle n'est pas le Samildanach !

— C'est le seul moyen de savoir. Et nous ne pouvons la laisser partir sans être sûrs. De toute façon, vous êtes persuadé qu'elle est le Samildanach, alors que craignez-vous ?

Aléa n'en croyait pas ses oreilles. Ailin, qui lui souriait chaque fois qu'elle le croisait, était prêt à la tuer juste pour savoir si elle avait ou non reçu le pouvoir d'Ilvain. En d'autres termes, il ne valait pas mieux que le terrible Maolmòrdha. Elle aurait voulu fuir tout de suite pour ne pas entendre le reste de la conversation, mais elle était tétanisée par la peur.

— Nous allons donc voter, ajouta l'Archidruide.

— Impossible, protesta Phelim, nous ne sommes que sept, Aldero n'est pas encore rentré de sa mission, et nos trois ambassadeurs dans l'affaire des Tuathanns, Aodh, Finghin et Kiaran, ne sont pas près de revenir. Un vote aussi grave nécessite que tous les frères soient là.

— Plus de la moitié du Conseil est présente, et cela suffit amplement, Phelim. J'ai peur que votre amitié pour cette jeune fille ne fausse votre jugement. Agissez en Grand-Druide, pas comme un jeune apprenti !

— Il s'agit avant tout d'agir en homme, quand la vie d'un enfant est en jeu, Ailin !

— Taisez-vous, Phelim. Vous dépassez les limites de ma patience. Mes frères, il va falloir maintenant voter pour savoir ce que nous devons faire. Soumettre l'enfant au Man'ith de Gabha afin de savoir si elle est le Samildanach, ou bien la laisser en paix et rester dans l'ignorance quant à l'héritage du pouvoir d'Ilvain. Levez la main, mes frères, si vous êtes pour la première solution, ordonna Ailin.

Ils levèrent tous la main, sauf Phelim et Aengus, qui en l'absence de Finghin était le plus jeune druide.

Phelim se leva violemment pour quitter la salle, mais Ailin se dressa à son tour et le rappela à l'ordre :

— Phelim ! Le Conseil n'est pas terminé, et si vous quittez cette pièce, vous vous bannissez vous-même. Quels que soient vos sentiments, ne vous mettez pas en travers de nos lois.

Le druide s'arrêta aussitôt devant le seuil. Aléa crut d'abord que c'était l'ordre de l'Archidruide qui l'avait retenu. Mais comme il avait levé les yeux, elle vit que Phelim l'avait découverte et que c'était pour cette raison qu'il s'était arrêté si soudainement. Phelim fit semblant de ne pas l'avoir vue, puis il se retourna vers le Conseil, et lança à l'Archidruide un regard empli de fureur. Il hésita un instant, puis il retourna à sa place et s'assit parmi ses frères.

Aléa tremblait.

— Combien je regrette d'avoir amené cette enfant ici. Je ne souhaite qu'une chose, c'est qu'elle s'enfuie avant que vous ne mettiez la main sur elle. Mais puisque vous avez voté, je me plie à votre décision.

Aléa comprit le message que lui avait glissé le druide. Sans plus attendre elle se faufila dans l'escalier qu'elle descendit aussi vite qu'elle put en essayant toutefois de ne pas se faire remarquer. Son cœur battait si fort qu'elle pouvait l'entendre.

Arrivée dans la cour, elle se précipita dans l'aile nord du palais et courut vers sa chambre. Au coin du couloir elle tomba nez à nez avec Erwan. Elle sursauta en criant, et le jeune garçon eut un geste de surprise.

— Erwan ? Que fais-tu là ?

— Je... J'étais venu te dire que mon père et moi étions revenus... Et toi ? Tu as l'air terrorisé, comme si un démon courait à ta poursuite...

Aléa ne savait que répondre, elle aurait voulu tout raconter à Erwan, mais c'était impossible, il serait obligé de tout répéter aux druides. Elle n'osait lui mentir, pourtant.

— Je dois m'enfuir, Erwan, je ne peux t'expliquer pourquoi et je sais que tu devras le raconter aux druides. Mais par pitié, attends le matin avant de me dénoncer, que je puisse fuir en paix.

Erwan ne sut que répondre. Il aurait voulu la retenir mais il lisait tant de détresse dans les yeux de la jeune fille qu'il était complètement désemparé.

Aléa s'approcha lentement du jeune homme, et, soudain, en coup de vent, lui déposa un baiser sur la joue avant de courir vers la chambre de Mjolln. Elle referma la porte derrière elle sans se retourner, espérant seulement qu'Erwan la laisserait s'enfuir.

À l'intérieur, le nain fit un bond sur son lit avant de reconnaître la jeune fille.

— Tu m'as fait peur, Aléa ! Tu es folle de rentrer comme ça sans prévenir ! Taha ! Je suis armé !

— Nous devons fuir tout de suite, Mjolln. Si tu es mon ami, fais-moi confiance et ne pose pas de questions, je t'expliquerai plus tard. Partons !

Le nain fit une grimace d'incompréhension, mais finit par suivre la jeune fille qui s'élançait déjà dans le couloir, où Erwan avait disparu. Le nain ramassa son épée et sa cornemuse et, les bras chargés, rattrapa Aléa. Ils arrivèrent dans la cour. Aléa s'assura qu'il n'y avait personne puis ils coururent de l'autre côté du puits où se trouvait l'escalier qui descendait vers la mer. Aléa passa la première dans l'obscurité de la nuit, et dévala les marches aussi vite qu'elle put.

Quand ils parvinrent en bas sur la digue de pierre qui longeait la façade, essoufflés, ils découvrirent avec horreur qu'il n'y avait pas de barque. Au même moment ils entendirent des cris en haut du roc, dans la cour du palais.

— Quelqu'un a découvert notre fuite ! s'écria le nain affolé. Et moi qui ne sais pas nager ! Ça non, pas nager !

— Moi non plus, Mjolln, mais nous allons trouver un autre moyen.

Les cris des soldats et des Magistels se rapprochaient en haut, et ils arriveraient bientôt à l'escalier, à n'en pas douter.

Aléa tomba à genoux et ferma les yeux le plus fort possible pour retrouver son calme. Soudain, cela lui vint à l'esprit. Comme une obligation, une évidence. Elle allait enfin voir si l'exercice suggéré par Erwan pouvait réellement l'aider. Elle se concentra et tenta de faire apparaître la lumière au milieu de son front. La flamme vacilla, puis elle grandit, lentement.

Alors que les cris de Mjolln semblaient disparaître derrière elle, elle sentit la lueur qui gonflait au tréfonds de son âme, comme si la petite chandelle qu'Erwan lui avait appris à trouver avait allumé un feu dans sa tête. Cette même sensation de puissance, de peur, de folie motivée par l'urgence et qui l'avait saisie dans la lande ; cette fois elle se promit de ne pas l'abandonner. Elle chercha au plus profond d'elle-même l'incendie naissant, essaya de l'attraper par la pensée, de s'y plonger tout entière pour ne faire qu'une avec lui. Quelque chose la poussait vers les flammes, quelque chose d'instinctif, d'animal, quelque chose qui la dépassait et qu'elle ne comprenait pas. Soudain elle se leva, d'un seul bond, portée par une force étrange qui lui brûlait le corps. Tous ses muscles semblaient contenir cette énergie inexplicable qui grandissait en elle, s'enflammait dans ses veines et au fond de son esprit. Quand elle ne put plus contenir cette vague puissante, elle tendit les mains vers la mer en hurlant de douleur.

Mjolln fut projeté en arrière et tomba à la renverse. Quand il releva son buste, il n'en crut pas ses yeux. Il secoua la tête, incrédule, et avança à quatre pattes à côté d'Aléa pour être sûr qu'il ne rêvait pas. Et pourtant, c'était bien réel.

La barque, qu'on avait laissée de l'autre côté du rivage, avançait vers eux, toute seule, mue par quelque magie. L'avant de l'embarcation se soulevait vague après vague, comme si un vent puissant soufflait dans des voiles invisibles.

Aléa avait toujours les mains tendues au-dessus des eaux. Le vent soulevait ses cheveux noirs derrière sa nuque, comme se soulevaient les vagues sur la mer. Ses grands yeux bleus ne bougeaient plus, fixés droit devant elle. Elle paraissait plus grande que d'habitude, comme portée par magie au-dessus du sol. Elle était belle, majestueuse, et sur ses lèvres se lisait presque un sourire d'adulte.

Puis lentement elle baissa les bras le long de son corps et tourna la tête vers Mjolln.

— Que... que... qu'est-ce que c'est que ce prodige ? bégaya le nain, terrorisé.

Mais Aléa ne prit pas le temps de répondre ; elle n'était pas sûre de pouvoir, de toute façon, et elle attrapa le nain par le bras pour l'entraîner derrière elle.

La barque avançait droit sur eux, et ne ralentit que lorsqu'elle ne fut plus qu'à quelques mètres du bord. Aléa sauta à l'intérieur, suivie de près par le nain. Les voix se rapprochaient au-dessus d'eux.

Aléa partit à l'avant de l'embarcation et se concentra à nouveau. Le nain n'attendit pas une seconde de plus.

Il se saisit des deux rames et pagaya aussi vite que ses petits bras le lui permettaient. Après une courte distance, il sentit la mer filer sous la coque et le bruit du vent qui grandissait sur son front. Ils avançaient anormalement vite. Mjolln avait beau mettre toute son énergie dans les rames, il savait pertinemment qu'une force beaucoup plus importante poussait la barque. La même force qui l'avait amenée jusqu'à eux, depuis l'autre rive. Une force magique dont il devinait l'origine mais qu'il aurait préféré ne pas connaître.

Ils traversèrent l'estuaire comme une flèche au-dessus de l'eau, sans se retourner, sous l'obscurité menaçante des nuages nocturnes. Les cris des gardes de Saî-Mina, qui hurlaient, impuissants, au pied du gigantesque édifice, s'effaçaient petit à petit derrière le bruit de la mer et du vent.

Quand enfin la barque s'échoua sur la rive opposée, la coque raclant le sable et les galets, ils sortirent en courant et s'effondrèrent sur la côte, à bout de forces.

Lorsqu'elle eut retrouvé son souffle, Aléa se dressa sur ses coudes pour vérifier qu'on ne les avait pas suivis. Elle ne vit que la mer et la silhouette imposante de Saî-Mina. Elle ferma les yeux, puis elle se laissa tomber sur le dos.

— Mjolln, souffla-t-elle, il faut fuir. Ils vont venir nous chercher jusqu'ici.

— Je n'en peux plus.

— Moi non plus, mais il faut fuir, un point c'est tout.

Ils se levèrent péniblement et partirent d'un pas vif vers le sud. Ils marchèrent ainsi sans parler pendant de nombreuses heures. Leurs jambes, leur dos leur faisaient mal, mais ils n'osaient s'arrêter. Aléa essayait de se calmer et d'éteindre le feu qui lui brûlait le ventre. Mais à présent elle ne pouvait plus se mentir, et ce sentiment, lui, ne pourrait plus s'éteindre.

Elle était le Samildanach, et cette évidence cachée dans son cœur depuis le premier instant éclatait à présent au grand jour. Elle sentait le futur, tous les futurs du monde peser sur ses épaules et elle se dit qu'elle n'était pas prête.

lourde, enfilée par-dessus un grand haubert de mailles. C'était un assemblage de plaques de métal articulées qui épousaient toutes les parties de son corps, une pièce somptueuse qui cependant semblait faite davantage pour la guerre que pour une fuite à travers bois. À sa taille était accrochée Banthral, son épée légendaire, dont on ne voyait que la garde, argent incrusté d'or, et le pommeau, large pièce dorée où l'on distinguait la gravure d'un dragon rouge. C'était une épée longue et large, épaisse mais probablement aiguisée à la perfection.

Tout ce poids ne semblait pourtant pas le gêner. Il était fort et résistant. Aléa devinait qu'il était le type d'homme qui ne se plaint jamais, et elle se souvint des mots de Mjolln quand il lui avait présenté le Magistel : c'était un guerrier de légende.

Puis elle dévisagea Phelim. Le druide avait toujours son sourire discret, son regard profond. Rien ne semblait pouvoir perturber sa quiétude. La veille, pourtant, Aléa l'avait bien vu s'emporter dans la Chambre du Conseil.

— Je n'ai pas l'intention de revenir à Saî-Mina, Phelim. Vous êtes venu pour rien.

— Je ne suis pas venu pour te ramener ni te convaincre de quoi que ce soit. Nous sommes venus pour t'aider et te protéger.

— Je n'ai pas besoin qu'on me protège, se défendit Aléa.

— Si nous t'avons trouvée, les autres druides te trouveront aussi. Nous avons apporté ces chevaux pour que tu puisses fuir avec nous.

— Vous voulez fuir vous aussi ? s'étonna la jeune fille. Vous avez... quitté le Conseil ?

— Disons que je me suis éclipsé discrètement après ton départ. Ailin a envoyé trois Magistels à ta poursuite et nous devons prendre de l'avance si nous ne voulons pas qu'ils nous rattrapent.

— Pourquoi vous ferais-je confiance ? Vous êtes un druide, vous aussi.

— Si j'avais voulu te livrer à mes frères, je l'aurais fait hier soir quand tu te cachais dans la mezzanine de la Chambre du Conseil, riposta Phelim. Il est grand temps que nous nous fassions mutuellement confiance, Aléa, ne crois-tu pas ? Je suis parjure à mon serment au Conseil en venant ici, et c'est un sacrifice qui mérite au moins ton respect. Tu nous l'as suffisamment prouvé : tu n'es plus une enfant.

Aléa se tourna vers l'intérieur de la grotte et fit signe à Mjolln de sortir. Il sauta de joie en voyant le druide.

— Phelim ! Mon bon druide ! Oui, c'est un vrai plaisir. Quelle aventure ! Je n'y comprends plus rien ! Il est temps que nous mettions de l'ordre dans tout ça, parole de Mjolln... Et bonjour à vous, Galiad. Ahum.

Mais Aléa reprit la parole, coupant le nain dans sa bonne humeur :

— En ce qui me concerne, j'irai à Providence. C'est là que je voulais aller au départ, et c'est là que je serais aujourd'hui si je n'avais pas suivi vos mauvais conseils. Peut-être même aurais-je déjà retrouvé Amine.

— À Providence tu ne seras pas protégée. Le Conseil te retrouvera sans peine. Sans parler des Herilims envoyés par Maolmòrdha.

— Phelim, vous m'avez déjà détournée une fois de ma route et cela ne m'a pas porté chance. Cette fois-ci j'irai à Providence, rien ne pourra m'en empêcher.

Phelim soupira et Galiad prit la parole à son tour, de sa voix grave et autoritaire :

— Alors laissez-nous au moins vous accompagner. Ainsi vous aurez un cheval et notre protection.

Aléa jeta un coup d'œil au nain. Évidemment, Mjolln la suppliait du regard. Il aurait fait n'importe quoi pour voyager avec un druide et un Magistel à ses côtés.

— C'est d'accord, céda finalement la jeune fille. Vous pouvez nous accompagner. Mais je le répète : vous ne m'empêcherez plus d'aller où j'en ai envie. Je ne vous fais plus confiance, Phelim. Pas plus à vous qu'à votre Conseil. Vous voulez rester avec nous ? Soit. Mais n'attendez plus rien de moi.

— Nous devons partir sans plus attendre, expliqua Phelim pendant que Galiad sellait les chevaux. Mais ne crois pas nous faire une faveur, Aléa. Je t'ai sauvé la vie plusieurs fois, petite fille. Une fois contre des brigands et une autre contre des gorgûns. Je t'ai aussi évité le Man'ith de Gabha, qui t'aurait sans doute coûté la vie. Que tu t'entêtes à vouloir aller à Providence, soit, mais n'oublie pas que tu t'adresses à un druide et que ma patience a des limites. Maintenant préparez tous deux vos affaires et mettons-nous en route.

Aléa ne sut que répondre. Le druide était suffisamment impressionnant pour qu'elle décide qu'il valait mieux se taire pour le moment. Elle se retourna, et rejoignit Mjolln pour rassembler leurs affaires.

Elle soupira. Le druide, elle s'en doutait, n'avait pas fini de l'importuner. De plus, la nuit avait été courte et elle était fourbue de courbatures. Il était loin, le confort de Saî-Mina.

Aléa monta sur le poney que Galiad avait mené vers elle. Le guerrier aida la jeune fille, vit qu'elle n'était sans doute jamais montée sur un cheval et la rassura en lui donnant les rênes.

— C'est une femelle, elle s'appelle Dulia, et c'est la plus douce de tout le royaume, tu verras. Tu as appris à te battre plus vite que la plupart de mes élèves, tu sauras donc très vite diriger ce poney, j'en suis sûr.

— Merci, Galiad, répondit Aléa, pas tout à fait rassurée.

Quant à Mjolln, il avait déjà sauté sur le dos de son poney. C'était un fameux cavalier, et il parlait maintenant à l'oreille de sa monture.

— Quel que soit le nom que vous donniez à ce poney, dorénavant, pour moi, il s'appellera Alragan. Voilà.

Galiad parut surpris. Il regarda le nain de haut en bas et vit qu'il n'avait besoin d'aucune aide.

Ils se mirent tous en route sans plus attendre, laissant le Magistel ouvrir la voie, le poing posé sur le large pommeau de son épée.

*
**

Imala avança toute la soirée vers le village qu'elle apercevait au loin, alternant galop énergique et petit trot reposant. Elle était pleine de force, les jours passés avec les verticaux de la forêt lui avaient donné une forme exceptionnelle et elle continua ainsi jusqu'à la ville sans s'arrêter.

Elle arriva à quelques foulées de la grande porte avant l'aube et se coucha au milieu de la lande pour dormir jusqu'au lever du soleil.

Elle fut réveillée en sursaut par les rires d'une enfant. Elle se dressa d'un bond et aperçut plus loin une jeune verticale qui jouait devant le village avec un cercle de bois qu'elle faisait rouler sur la lande à l'aide d'un bâton. C'était une petite fille brune et la louve se sentit aussitôt en confiance. Puisque les grands verticaux de la forêt ne lui avaient fait aucun mal, il n'y avait aucune raison qu'une jeune femelle soit dangereuse, pensa-t-elle.

Imala s'approcha toutefois avec prudence, puis se tapit à quelques mètres de l'enfant qui ne l'avait toujours pas vue. Après que la petite fille eut fait plusieurs tours avec son cerceau, Imala trouva le jeu amusant et eut envie de courir avec la jeune verticale. Elle se dressa à nouveau sur ses pattes et se mit à galoper vers l'enfant en remuant la queue et en faisant des bonds comme les jeunes louveteaux qui cherchent à s'amuser.

La petite fille aperçut soudain la louve et poussa un cri d'horreur strident : « Au loup ! » Imala ne comprit pas le sens de cette phrase-là, et bien qu'elle sentît la peur de la petite fille, elle crut qu'elle pourrait tout de même jouer et continua de galoper autour de l'enfant.

La petite fille lâcha aussitôt son cerceau et s'enfuit vers le village. Imala n'y vit là qu'un geste ludique et galopa derrière elle, la langue pendante.

Elles coururent ainsi l'une derrière l'autre jusqu'à l'entrée du village, la première hurlant de frayeur et la seconde faisant des bonds joyeux.

Quand elles franchirent la porte du village, Imala hésita un instant. Elle comprit qu'elle entrait dans le domaine des verticaux et sa confiance envers eux n'allait sans doute pas aussi loin. Mais elle n'eut pas le temps de choisir.

Deux verticaux jaillirent de derrière la porte, armés d'une fourche et d'un bâton, et la louve évita de justesse un violent coup sur le crâne. Elle eut un instant de confusion où elle se demanda si ceux-là aussi voulaient jouer, puis elle reçut un coup de bâton sur l'échine.

Imala émit des jappements de douleur en tombant sur le sol. Elle ne comprenait pas la violence soudaine des verticaux qui s'étaient tous montrés si amicaux jusqu'à présent. Terrorisée, elle se coucha sur le dos les quatre pattes en l'air en signe de soumission. Mais au lieu de savourer simplement leur victoire, les deux verticaux la frappèrent de plus belle et Imala reçut un coup de fourche dans le flanc.

La louve hurla de douleur. Cette fois elle décida de s'enfuir et déguerpit en boitant, blessée dans son corps et dans son âme. Les deux verticaux la poursuivirent encore jusqu'au milieu de la lande, puis ils abandonnèrent et Imala partit se réfugier dans un bosquet où elle essaya de soigner sa plaie.

*
**

Les quatre compagnons galopèrent jusqu'au soir en direction du sud-ouest. Le sable blanc de la garrigue se soulevait derrière les sabots de leurs chevaux. Galiad avait choisi de s'éloigner de la rivière Pourpre pour passer à travers champs, là où il y avait moins de chances de croiser des voyageurs, si bien qu'à la mi-journée ils purent apercevoir d'un côté la silhouette pointue des montagnes de Gor-Draka et de l'autre la mer qui reflétait à l'est le cercle brillant du soleil. Aléa demanda au Magistel de s'arrêter un instant afin qu'ils puissent admirer le phénomène. L'astre allumait mille chandelles sur les flots bleutés.

— On dirait une île sur la mer. L'île du Mont-Tombe doit ressembler à cela. Quand j'aurai vu Providence, c'est là que j'irai, déclara Aléa avec une note de défi dans la voix.

— Ah oui ? demanda Phelim. Et pourquoi ?

— Pour apprendre. Je veux aller à l'Université.

Le druide faillit répondre, mais il se retint. Il aurait voulu lui dire que ce qu'elle pourrait apprendre auprès des moines chrétiens du Mont-Tombe ne valait certainement pas ce qu'on aurait pu lui enseigner à Saî-Mina, mais il sut d'avance que la jeune fille aurait mal réagi. Après tout, il se demandait à présent lui-même s'il pouvait y croire. Le Conseil ne semblait pas avoir à l'égard d'Aléa des intentions réellement pédagogiques, pensa-t-il avec ironie.

— Vous n'aimez pas les chrétiens et leur Université, n'est-ce pas ? glissa malicieusement Aléa à l'intention du druide.

Phelim se demanda si la jeune fille n'avait pas lu dans ses pensées.

— Ils se montrent très agressifs. Et puis, disons que nous sommes en désaccord avec leur... philosophie.

— Pourquoi ? insista Aléa.

— Parce qu'elle nie l'existence de la Moïra. C'est une aberration prétendument moderne. Les professeurs du Mont-Tombe sont persuadés que la Moïra empêche le monde d'avancer. Ils croient que seul leur Dieu peut faire progresser les choses. De plus leur enseignement se fait par l'écrit, or nous, druides, pensons que l'écrit est la mort du savoir. Que ce qui est couché sur le papier est fixé, et donc mort, alors que la vraie connaissance ne doit pas être fixe, elle doit évoluer. Notre enseignement est oral. Il se transmet dans l'intimité du maître et de l'apprenti. Tu comprends ?

— Et s'ils avaient raison ? Si la Moïra n'existait pas ?

— Le simple fait que tu aies le pouvoir qui t'a permis

de sortir de Saî-Mina réfute la philosophie du Mont-Tombe. Ce qui est embêtant, c'est leur prosélytisme. Combien de jeunes gens ressortent chaque année de cette île le crâne empli d'idées fausses ?

Aléa acquiesça sans conviction. Elle se demandait si la méthode du Mont-Tombe n'était pas malgré tout meilleure que celle des druides. Au fond d'elle-même, elle ne changea pas d'avis : elle avait beau sentir la présence bien réelle de la Moïra, elle irait un jour au Mont-Tombe, parce que depuis qu'elle avait rencontré ces étudiants le jour de son départ, elle voulait apprendre à lire et que seuls les chrétiens pouvaient le lui permettre.

— Allons, intervint Galiad en remontant à cheval, ce n'est pas le moment de traîner. Si nous voulons arriver à Providence sains et saufs, il faut repartir tout de suite. Je ne sais si les Magistels sont derrière nous, mais je suis presque sûr qu'on nous surveille.

— Oui. J'ai moi aussi cette impression, confessa Phelim en promenant un regard circulaire sur la plaine. Aléa, tu ne sens rien ?

— Non, avoua Aléa qui était surprise que le druide lui ait posé la question.

Lui faisait-il donc confiance ?

— Ne perdons pas de temps, conclut Phelim.

Ils remontèrent à cheval et partirent au galop vers le sud. Aléa avait encore de la peine à s'habituer aux secousses de son poney, mais cela ne l'empêchait pas d'admirer le paysage étonnant de l'est galatien. Il y avait plus de végétation ici que dans la plaine qui entourait Saratea, et la mer était proche. La jeune fille découvrait pour la première fois le plaisir de traverser un paysage au galop. C'était comme une contrée imaginaire qu'on survolait en rêve. Tout défilait autour d'elle, insaisissable, presque flou. La vitesse et le vent étaient enivrants.

Elle se laissait gagner par des bouffées d'émotion chaque fois que les chevaux les portaient dans un nouveau décor. Les regrets, d'abord, lui revenaient, vacillants, comme les flammes d'un feu de camp. Saratea, Amine, la vie réconfortante dans l'auberge de Kerry et Tara... Mais surtout, pourquoi n'avait-elle pas essayé de convaincre Erwan de partir avec elle ? Elle se dit qu'elle n'aurait jamais dû le laisser derrière elle. Sans doute ne le reverrait-elle jamais. Lui en voulait-il ? Avait-il promis au Conseil qu'il leur ramènerait la jeune insolente ?

Si seulement elle avait pu lui parler plus longuement et savoir ce qu'il pensait d'elle, en vérité. Mjolln disait qu'il l'aimait, mais l'aimait-il suffisamment pour quitter Saî-Mina et prendre la route avec elle ? Devrait-elle un jour choisir entre l'amour d'Erwan et la vie de fuite éternelle à laquelle elle semblait être vouée ? Chaque nouveau regret lui brisait le cœur un peu plus. Elle lâcha un long soupir et s'obligea plutôt à considérer l'avenir.

Providence. Le nom de la ville lui-même était porteur d'espoir. Elle allait sans doute y retrouver enfin Amine, son amie d'enfance. Avec elle, elle oublierait sans doute le Samildanach et les mille difficultés qu'elle devinait proches. Avec l'aide de Phelim et de Galiad, elle parviendrait peut-être même à se débarrasser des Magistels et des Herilims qui étaient encore à sa poursuite. Ensuite, elle partirait pour le Mont-Tombe afin d'y apprendre à lire. L'avenir pouvait être simple, si seulement la Moïra voulait bien lui donner ce choix...

En fin d'après-midi, Galiad décida de faire marcher les chevaux au pas afin qu'ils puissent se reposer d'un galop si long. Ils en profitèrent tous pour discuter, alors que le soleil disparaissait à l'ouest derrière les montagnes de Gor-Draka.

Ce fut d'abord Galiad qui vint placer son cheval à côté du poney de Mjolln.

— Vous n'êtes pas trop fatigué ? demanda-t-il poliment en regardant le nain, couvert de sable et de poussière.

— Moi, ça va. Mais le poney, lui, m'a l'air à bout de forces. Il a beau être solide, une journée de galop, ce n'est jamais très bon. Ahum. Il faut dire que je pèse un peu. Ahum. Voyez-vous ?

Le Magistel haussa les épaules.

— Vous l'avez appelé Alragan, n'est-ce pas ?

— Ahum, acquiesça le nain.

— J'ai déjà entendu ce nom quelque part, déclara le Magistel. Je crois me souvenir que c'est le cri de guerre des anciens guerriers nains... Je me trompe ?

Mjolln s'étonna.

— Non, vous avez raison. C'est d'ailleurs le cri que nous poussions dans mon village quand les gorgûns nous attaquaient. Mais comment le savez-vous ?

Le Magistel parut ravi que le nain lui pose la question. C'était comme s'il avait attendu de pouvoir parler de cela depuis des années. Comme si on lui permettait enfin de se débarrasser d'un secret, ou plutôt d'un souvenir douloureux.

— J'ai longtemps combattu au côté d'un nain, pendant la guerre de Harcourt, avant d'être choisi comme Magistel par Phelim. Adnal. Il s'appelait Adnal. Il devait avoir votre âge, ou peut-être était-il un peu plus âgé. À moins que ce ne soient les armes et la guerre qui lui aient donné quelques rides prématurées. Il était si courageux ! Les hommes de Harcourt ne lui faisaient pas peur, quelle que soit leur taille, vous pouvez me croire. Et quand il lançait son cri de guerre, il nous entraînait tous dans sa folie guerrière. Si tous les soldats de Galatie avaient été comme celui-là, Harcourt n'aurait jamais remporté cette guerre, c'est certain. J'aurais donné ma vie pour ce nain. Je lui vouais autant de respect que j'en voue aujourd'hui à Phelim. Il faut croire que je suis né pour ça. Offrir ma lame à un homme valeureux. Car il était valeureux...

— Vous parlez au passé... Il est mort ?

— Non, je ne crois pas. Je suppose qu'il vit maintenant paisiblement, quelque part dans le sud.

— Paisiblement ? s'étonna Mjolln. Bah, cela m'étonnerait : quand un nain a goûté à l'aventure, il ne peut plus s'en passer. Ahum, nous avons ça dans le sang.

Certains ne se l'avouent pas et restent cachés dans leurs collines, mais ce n'est pas le cas de tout le monde. Je me renseignerai sur votre Adnal, et je vous dirai ce qu'il fait aujourd'hui. Après tout, vous le retrouverez peut-être.

— J'ai déjà l'impression de l'avoir retrouvé. Vous me faites penser à lui !

Mjolln éclata de rire.

— Tous les nains se ressemblent, c'est ça ?

Galiad se mit à rire à son tour. Plus loin, Aléa se décida à parler de nouveau avec le druide. Elle regrettait de lui avoir répondu si sèchement le matin même, et des milliers de questions continuaient de la hanter.

— Quand vous débattiez de mon sort dans la Chambre du Conseil, commença-t-elle...

— J'ai fait ce que j'ai pu, la coupa Phelim, qui semblait soulagé de voir la jeune fille lui adresser enfin la parole. L'Archidruide avait sans doute ses raisons, que nous ne pouvons comprendre, et...

— Phelim, ce n'est pas de cela que je veux vous parler. À un moment de votre conversation, l'un de vous, je crois que c'était Ernan, a fait référence à l'Encyclopédie d'Anali quand l'Archidruide a dit que le Samildanach ne pouvait pas être une femme.

Phelim eut un geste de recul. La jeune fille continuait de le surprendre. Encore une fois elle avait relevé le point le plus important de toute cette conversation. L'intervention d'Ernan, l'archiviste.

— L'Encyclopédie d'Anali est un livre un peu spécial, commença Phelim en détournant les yeux. Anali était un Samildanach. Il rédigea une encyclopédie que le Conseil a interdit des années plus tard parce qu'elle est contraire à la tradition orale.

— Elle révélait trop de secrets ?

— Je ne sais pas si on peut le dire ainsi, bredouilla Phelim.

— Qu'y a-t-il donc dans ce livre qui concerne le fait que le Samildanach peut ou ne peut pas être une fille ?

— Je n'ai pas lu ce livre, puisqu'il est interdit. Est-ce pour cela que tu veux aller au Mont-Tombe ?

— Ne détournez pas ma question, Phelim, j'en ai assez de vos méthodes de druide ! Je vous ai posé une question simple et vous me répondez par une autre question ! Je ne suis plus la petite fille idiote que vous êtes venu chercher à Saratea. Alors répondez à ma question, qu'y a-t-il dans ce livre qui a retenu l'attention d'Ernan ? Vous devez bien le savoir, même si vous ne l'avez pas lu ?

Le druide la dévisagea longuement. Il se dit qu'il n'arriverait jamais à s'habituer. La jeune fille progressait rapidement et comprenait davantage de choses qu'elle ne le laissait croire.

— Vraiment, Aléa, je doute que quiconque le sache réellement au sein du Conseil, et c'est pour cela qu'Ernan l'a mentionné discrètement, sachant pertinemment que l'Archidruide allait le couper. Ernan a dû apercevoir quelque chose qu'il aimerait que nous regardions de plus près. Aucun druide ne connaît l'Encyclopédie d'Anali, officiellement. De plus, des paragraphes entiers sont écrits en langage codé. Il faudrait des années avant de pouvoir tout décrypter.

— Vous n'avez pas la moindre idée de ce à quoi il faisait référence ?

À nouveau, Phelim eut l'impression que la jeune fille avait deviné exactement ce qu'il tentait de passer sous silence. Elle avait peut-être ressenti le doute qui habitait le druide : il se souvenait vaguement d'une légende qui concernait une jeune fille et la Moïra. Une légende parmi tant d'autres. Une légende importante mais que le Conseil s'efforçait d'oublier...

— Il y a plusieurs légendes concernant des jeunes filles choisies par la Moïra, Aléa, et Ernan y faisait peut-être allusion. Je n'en sais vraiment pas plus.

— Vous n'en savez pas plus, mais vous avez sûrement des hypothèses...

— Je croyais que tout ce qui t'intéressait, c'était d'aller à Providence... Serais-tu finalement plus attirée par les légendes ?

— Non, je suis agacée par les mystères qui m'entourent et auxquels vous êtes incapable de répondre. Les druides n'en savent finalement pas plus que le commun des mortels. Quel est le sens du symbole sur ma bague ? À quelle légende Ernan faisait-il allusion ? Comment puis-je être le Samildanach si je suis une fille ?

— Tu n'es pas le Samildanach ! protesta Phelim en se dressant sur son cheval. On ne peut se proclamer Samildanach sans s'être soumis au Man'ith de Gabha ! Et tu es une fille !

Aléa ne répondit pas. Elle se contenta de regarder au loin la ligne d'horizon. Si seulement il avait raison ! Si seulement tout cela n'était qu'un rêve. Pourtant elle ne pouvait plus refuser l'évidence.

— Il y a un lien entre tout cela, j'en suis sûre, reprit-elle finalement. Rien n'arrive par hasard, c'est votre conception des choses, n'est-ce pas ? Rien n'arrive par hasard.

Le bruit des sabots sur le sable étouffait sa voix.

— Pas pour le moment, en tout cas, ajouta-t-elle tout bas.

Phelim tourna la tête vers la jeune fille. Il se demanda s'il avait bien entendu. Aléa semblait n'avoir pas parlé. Son visage était triste et immobile. Son regard perdu au loin. Avait-il rêvé ces dernières paroles, ou bien les avait-elle réellement prononcées ? Et dans ce cas, qu'avait-elle voulu dire ? Phelim aurait tant voulu parler ouvertement à Aléa. Que l'un et l'autre se disent tout ce qu'ils savaient, pensaient, espéraient. Mais chaque jour la jeune fille se durcissait davantage, et Phelim lui-même avait du mal à affronter une réalité qu'il craignait.

— Arrêtons-nous ici, déclara soudain Galiad. Il y a tout ce qu'il faut alentour pour faire un campement. Les chevaux ont bien mérité de se reposer.

Ils descendirent tous de leur monture et s'installèrent dans une prairie à l'écart du chemin.

— Galiad, on nous surveille toujours, n'est-ce pas ? demanda Phelim alors qu'il s'était agenouillé pour poser une main au sol.

— Je pense. Une personne seule. Elle nous a suivis toute la journée, de loin. Je n'arrive pas à la voir mais je sens sa présence. Un soldat peut-être. Un bon pisteur en tout cas. Ce n'est sûrement pas l'un des Magistels de Saî-Mina : il nous aurait interpellés depuis longtemps.

— Peut-être, acquiesça le druide sans conviction. Ce ne pourrait pas être votre fils ?

— Vous ne l'auriez pas repéré. Je l'ai mieux entraîné que ça, rétorqua fièrement le Magistel. La personne qui nous poursuit fait plus de bruit.

— Espérons simplement que ce n'est pas un Herilim.

— Ce n'est pas leur méthode. Mais c'est peut-être un espion envoyé par Maolmòrdha.

Le nain frissonna.

— Ce nom me fait froid dans le dos, avoua-t-il.

Aléa s'approcha de lui avec un sourire gêné.

— Je suis désolée de t'avoir attiré dans toute cette histoire.

— Ahum ! Sottises ! Je suis heureux d'être avec toi, Aléa, ce n'est pas parce que ce nom me glace les sangs que cela gâche mon plaisir d'être avec ma lanceuse de cailloux. Taha ! Ne te fais pas de souci, va, je suis plus inquiet pour toi que pour moi : tu as l'air si triste depuis hier ! Ah, je vois. Quelqu'un te manque, n'est-ce pas ?

Si seulement il n'y avait que cela. Oui, bien sûr, Erwan lui manquait. Elle avait en tout cas le sentiment d'être partie au moment où elle aurait pu lui parler davantage. Peut-être même lui dire qu'elle l'aimait. Mais ce n'était pas là son souci principal.

Ce qui l'attristait vraiment, c'était de devoir mettre ainsi la vie de Mjolln, Galiad et Phelim en péril. Après tout, maintenant qu'elle avait quitté Kerry et Tara, ils étaient tout ce qu'elle avait comme famille. Même Phelim, malgré les mille reproches qu'elle voulait lui faire.

Elle avait beau être la plus jeune personne de cette compagnie, elle se sentait responsable. Parce qu'elle était au centre de tous les problèmes qui se posaient aujourd'hui. Et à cause d'elle les gens qu'elle aimait le plus se trouvaient eux aussi dans ce traquenard.

Aléa aurait voulu penser à autre chose pour offrir à ses amis un visage souriant, mais elle ne parvenait pas à oublier les fantômes qui la pourchassaient depuis Saratea. Elle espérait seulement que Providence pourrait leur apporter un peu de liberté.

Elle demeura préoccupée pendant tout le dîner et partit se coucher avant tout le monde. Avant de s'allonger, elle salua Galiad qui avait décidé de monter la garde toute la nuit, espérant surprendre enfin la personne qui semblait les surveiller.

Elle s'endormit très vite et plongea aussitôt dans un rêve étrange. Aussi vif et intense que celui où elle avait vu Erwan avant même de le rencontrer.

Un rêve qui n'en était pas tout à fait un.

« *Je suis assise dans l'herbe devant la forêt de Borcelia.*

Je n'ai jamais vu la forêt de Borcelia de ma vie, je ne sais même pas à quoi elle ressemble, mais je sais que c'est bien elle. J'en suis convaincue. Borcelia. Ce nom (les silves) s'impose simplement à mon esprit.

Le soleil peine à passer à travers un ciel de plomb. Le vent souffle dans mon dos, je le sens (la Moïra) comme une présence derrière moi. Il souffle si fort que si je marche il m'aidera à avancer. Oui. C'est le sens de ce vent (la Moïra). Il souffle mais ne dicte pas.

Sur ma gauche il y a une petite fille (moi) qui joue toute seule, dans un pré qui s'étend si loin que je n'en vois pas les limites. Elle court en faisant rouler un cerceau à l'aide d'un bâton de bois. Je vois bien à son visage qu'elle rit aux éclats mais je n'entends aucun son de ce côté-là. Elle (moi) me ressemble. Mais elle est jeune et (heureuse) insouciante.

Le ciel s'assombrit encore.

Une louve (Imala) apparaît à quelques mètres de moi. Je la reconnais. Cette fourrure blanche. Je l'ai déjà vue. Ici. Dans le monde (Djar) des rêves.

Elle s'avance lentement. Cette fois-ci, elle m'a vue. Et c'est vers moi qu'elle avance. Et quand elle est si près que je pourrais la toucher, elle se retourne lentement (m'invite à la suivre). Je me lève. Ou peut-être est-ce le vent (la Moïra) qui me pousse.

Je vais si vite. Aussi vite que la louve. Nous plongeons dans le cœur de la forêt. Les branches des arbres me fouettent le visage. Je ne vois plus rien autour de moi. Tout va trop vite. Je sais seulement que je suis derrière la louve.

Il y a des cris, des rires autour de moi. Des chants. Le craquement des branches qui se plient contre mon corps. Les feuilles qui se frottent à mon visage. Je ne sais plus où je suis.

Puis soudain la louve s'arrête. Je relève la tête. Nous sommes au milieu d'une clairière envahie par les rayons du soleil. La voûte obscure des nuages a disparu. Le vent s'est éteint.

Il n'y a plus que moi, et un (silve) homme devant moi.

Il caresse la louve. Il me sourit.

— Aléa, il n'y a plus de temps à perdre.

Il connaît mon nom. Je sais qu'il parle une autre langue et pourtant je comprends ce qu'il dit. La louve aussi.

— Tu dois venir ici, Kailiana. C'est ici que tout est né.

Pourquoi m'appelle-t-il Kailiana à présent ? Je voudrais lui parler mais mes lèvres refusent d'obéir.

— C'est ici que tout est né, au cœur de l'Arbre de Vie. Nous t'attendons, Kailiana.

Et comment le trouverai-je ? Mais je ne peux toujours pas parler. Pourtant, je crois qu'il a compris. Il sourit à nouveau.

— Je suis Obéron. Il n'y a plus de temps à perdre.

Et cette dernière phrase se répète, comme un écho dans la montagne. Il n'y a plus de temps à perdre. »

*
**

Ayn' Sulthor et les trois autres cavaliers attendaient depuis deux jours dans leur campement, près de la presqu'île de Saî-Mina.

Un temple de lierre et de bois s'était levé devant le prince des Herilims. La Terre était encore avec lui. Une partie au moins lui obéissait toujours. Les serpents, les vers et les insectes de la forêt grouillaient autour de l'édifice feuillu, tournaient lentement comme des douves vivantes et ne s'écartaient que pour laisser entrer ou sortir les Herilims. La forêt s'emplissait petit à petit d'une puanteur humide qui faisait fuir les derniers mammifères. Le monde pourrissait autour d'eux.

Le soir de leur arrivée, le prince des Herilims s'était accroupi et avait plongé les mains dans la terre. Le sol avait tremblé autour de lui et soudain des rats avaient jailli par dizaines à ses pieds. Il les avait caressés en silence, puis il avait chuchoté quelques courtes paroles. Il s'était ensuite relevé, alors que les rongeurs disparaissaient vers Saî-Mina, messagers nocturnes du prince des Herilims.

— Un Veilleur se cache dans l'antre des impurs, avait-il expliqué à ses hommes.

C'était ainsi que les Herilims désignaient les druides : les impurs. Jadis, les Herilims étaient eux-mêmes druides. Mais quand un jour un druide découvrit qu'il pouvait voler l'âme des humains en détournant le Saîman, il fut envahi par une ambition dévastatrice et quitta la Chambre du Conseil pour former un nouvel ordre : celui des Herilims. Ses disciples ne se nourrissaient plus que d'âmes humaines et traitaient d'impurs leurs cousins druides qui continuaient de manger le fruit de la terre. Pendant des générations entières, les deux ordres avaient appris à se détester, et Sulthor espérait bien aujourd'hui qu'il pourrait renverser la Chambre avec l'aide de Maolmòrdha.

Mais chaque chose en son temps. Il fallait d'abord trouver la petite peste.

Les quatre hommes commençaient à s'impatienter quand enfin ils aperçurent au soir du deuxième jour la silhouette d'un homme qui avançait vers leur temple vivant.

Par prudence, Sulthor mit la main sur le pommeau de son épée.

— Qui va là ? lança-t-il.

— Mon nom vous importe peu. Je suis le Veilleur de Saî-Mina. C'est mon message qui vous intéresse, pas mon identité.

Puis il siffla le signal des Veilleurs afin de rassurer Sulthor. Mieux valait ne pas énerver ce molosse, songea-t-il sans doute.

— Tu as mis du temps à venir, Veilleur, gronda Sulthor.

— C'est-à-dire que vous tombez au mauvais moment. La vie à Saî-Mina n'est pas de tout repos, ces temps-ci. Et pour ce qui est de l'information que vous êtes venus chercher, voici ce que je puis vous dire : la jeune fille s'est enfuie juste avant votre arrivée. Elle était avec ce nain qui l'accompagne partout. Phelim et son Magistel Galiad ont disparu le lendemain et il y a fort à parier qu'ils sont partis les rejoindre. Dans quelle direction ? Je l'ignore. La Chambre pense qu'ils sont partis vers le sud. Je suppose qu'ils ont raison. C'est tout ce que je puis dire.

Il n'ajouta pas un seul mot et repartit aussitôt dans la nuit noire vers le palais des druides, sous le regard perplexe des quatre Herilims.

Sulthor partit détacher son cheval et ordonna aux autres :

— Allons-y, nous devons la trouver au plus vite.

Le temple de buissons et d'insectes s'affaissa derrière eux, comme un château de cartes.

*
**

Aléa et ses trois compagnons galopèrent encore tout le jour suivant. Petit à petit ils voyaient se dessiner devant eux le profil majestueux de la capitale. Le paysage devenait de plus en plus vallonné à mesure qu'ils avançaient vers le sud-ouest, et des fermes aux murs de pierre s'érigeaient ici et là, parmi les vignes et les cultures. Les quatre voyageurs croisaient à présent de nombreux Galatiens. Plus on approchait de Providence, plus les habitations se densifiaient.

La jeune fille ne savait si elle devait se réjouir à l'idée de voir enfin la ville tant espérée ou céder plutôt au sentiment de panique que lui avait inspiré le rêve de la nuit précédente. Elle entendait encore les paroles du silve.

Il n'y a plus de temps à perdre.

Aléa ne put s'empêcher de penser à Erwan. C'étaient encore l'urgence et la panique qui l'avaient éloignée de lui. En somme, c'était l'urgence qui dictait sa vie. Comme elle aurait voulu revoir la longue chevelure blonde du jeune homme ! Chaque fois qu'elle voyait Galiad, dont les cheveux noirs étaient coiffés de la même manière, elle ne pouvait repousser le souvenir d'Erwan. Elle regarda Galiad et se demanda s'il savait combien elle aimait son fils. Elle aurait voulu lui en parler. Peut-être aurait-il su la rassurer. Mais le Magistel semblait trop préoccupé par leur poursuivant. Il avait fouillé toute la nuit les environs du camp, sans succès. Depuis leur départ, il ne cessait de se retourner, de lancer des regards à droite ou à gauche, de s'éclipser soudain dans les bosquets. Mais chaque fois, il revenait la mine encore plus grave. Chaque jour il ressemblait de plus en plus à un guerrier sans visage. Comme si le voyage, à chaque nouveau pas, le transformait en une machine de guerre. Aléa n'osait plus lui parler.

Elle passa donc la journée à côté de Mjolln, essayant d'oublier ses sombres pensées en écoutant les histoires interminables du nain que le voyage suffisait à rendre jovial.

La nuit tomba plus tôt que Galiad ne l'avait prévu et ils décidèrent d'attendre le lendemain pour entrer dans la ville. Au loin on voyait quelques lumières dans les maisons hautes de la capitale. La silhouette de Providence n'avait rien à voir avec celle d'un petit village comme Saratea. C'était un ensemble large et profond, qu'on ne pouvait embrasser d'un seul coup d'œil, et le ciel lui-même semblait former un halo plus clair tout autour de la ville. Aléa resta un long moment à admirer le profil glorieux des riches demeures endormies.

Comme la veille, ils installèrent leur camp autour d'un feu, en retrait du sentier.

— Cette fois-ci, je ne vais pas laisser notre espion se cacher toute la nuit, déclara Galiad d'une voix grave et profonde. Phelim, si vous me le permettez, je ne serai pas des vôtres cette nuit.

Le druide parut amusé par l'impatience de son Magistel.

— Galiad, je préfère vous savoir près de nous qu'en vadrouille à la recherche d'un fantôme...

— Ce n'est pas un fantôme. Vous l'avez senti tout comme moi. Quelqu'un nous suit depuis deux jours.

— Il n'a pas l'air de nous vouloir de mal, pour l'instant. Laissons-le commettre une faute, nous l'attraperons à ce moment-là. Si vous partez en chasse cette nuit, quelqu'un pourrait profiter de votre absence pour nous tomber dessus. Allons, Galiad, vous finirez bien par avoir notre chasseur.

Le Magistel acquiesça sans se plaindre. Pour rien au monde il n'aurait désobéi à Phelim. Il n'aurait même pas osé discuter davantage. Il savait que le druide était sage et il lui faisait confiance. Mais il ne pouvait plus supporter de sentir cette présence invisible, insaisissable, qui les narguait depuis trop longtemps. Il s'assit toutefois près d'Aléa et l'aida à préparer leur modeste dîner. Lapin, cèpes et marrons, comme la veille.

— L'Arbre de Vie existe-t-il vraiment ? demanda la jeune fille au druide comme celui-ci s'asseyait à son tour.

— Que nous vaut cette étrange question ? s'étonna le vieil homme en attrapant le gobelet de vin que le nain lui tendait.

— J'ai fait un rêve très... réel. Je ne sais pas comment vous expliquer. C'est la deuxième fois que je fais un rêve comme celui-là. La première fois, certaines des choses que j'avais vues dans mon rêve se sont réalisées. Et je crois bien que Maolmòrdha en faisait partie.

Galiad adressa un regard inquiet au druide.

— Cette nuit, j'ai rêvé qu'un silve, Obéron, me demandait de venir à Borcelia. Mais ce n'était pas vraiment un rêve. Je crois que... Comment dire ? Que les silves m'appellent vraiment là-bas.

Le druide semblait embarrassé.

— Pourtant, je dois aller à Providence... Est-ce que cela a un rapport avec la légende dont parlait Ernan ? insista Aléa.

— Aléa, ce n'était peut-être qu'un simple rêve. Tu as entendu tant d'histoires, tant de choses ces derniers jours que ton imagination te joue des tours. Le jour où tu as trouvé Ilvain, il t'est arrivé quelque chose, je veux bien le croire, et je voudrais même le comprendre. Mais ne va pas trop vite, ne te laisse pas emporter. Ce sont les faits que nous devons d'abord analyser, pas les rêves.

— D'accord. Mais vous n'avez pas répondu à ma nouvelle question. L'Arbre de Vie existe-t-il réellement ?

— Ces choses-là, tu devras les découvrir par toi-même, s'il le faut. Ces choses-là, les légendes auxquelles tu fais référence, sont le fruit d'un enseignement, un enseignement qui a un sens symbolique profond. On ne peut pas parler ainsi de l'Arbre de Vie... Tu veux savoir s'il existe ? Cherche-le !

— Vous parlez encore par énigmes, ce n'est pas la réponse à la question que je vous ai posée.

— Les énigmes sont les meilleurs moteurs de la réflexion. Je n'ai pas de réponses à t'offrir. Je n'ai qu'une méthode à te proposer.

— Pourtant vous en savez plus que vous ne voulez bien l'avouer.

— Je ne suis sûr que d'une chose, Aléa, tu es en danger. Et plutôt que de chercher de nouveaux problèmes tu ferais mieux de nous aider à te protéger.

— C'est vous qui vouliez savoir pourquoi j'ai trouvé la bague d'Ilvain. C'est vous qui m'avez fait fuir de Saratea pour connaître la vérité. La vérité ne vous intéresse plus aujourd'hui ? Ou bien vous fait-elle peur ?

— J'ai peur pour ta vie, et cela me suffit, rétorqua Phelim sur un ton sévère qui signifiait clairement que la conversation était close.

Aléa pesta. Elle ne pouvait plus supporter l'entêtement du druide. Elle se leva brusquement pour aller donner à manger aux chevaux. Elle voulait s'éloigner un moment du vieil homme. Elle attrapa des grains d'orge dans le sac de Galiad et les tendit maladroitement à son poney.

Le Magistel apparut derrière elle et lui prit délicatement la main.

— Tendez bien les doigts et laissez les grains sur votre paume aplatie, ainsi le poney ne risque pas de vous mordre, lui conseilla-t-il à voix basse.

La jeune fille fit comme il disait. La jument ne fit qu'une bouchée des grains qu'elle lui offrait, puis donna des petits coups de museau contre le flanc d'Aléa.

— Non, dit-elle en riant, ça suffit, Dulia, tu en as eu assez.

— Les poneys, chuchota Galiad, sont aussi têtus que les druides, vous savez...

Aléa sourit au Magistel. Il avait les mêmes gestes, la même attention que son fils. Elle était étonnée par le contraste entre leur statut sévère de guerrier et la générosité de leur cœur.

Elle haussa les épaules et prit d'autres grains dans le grand sac pour nourrir le poney de Mjolln. Le Magistel était toujours là, derrière elle. Visiblement, il était quelque peu gêné par l'attitude de Phelim et voulait rester auprès de la jeune fille pour lui apporter le réconfort dont elle avait besoin. Aléa se sentait bien auprès de lui, rassurée. Si bien qu'elle en venait presque à oublier ce qui d'ordinaire la rongeait et pensait plutôt à un souvenir qu'elle avait peine à partager.

— Votre fils... commença-t-elle d'une voix timide.

Aléa regretta aussitôt d'avoir osé aborder le sujet et ne sut comment continuer. Elle sentit le rouge monter à ses joues.

— Il vous manque ?

La jeune fille releva le visage. La lune se reflétait dans le bleu de ses yeux.

— Oui.

Galiad parut soulagé. Visiblement, il n'était pas très à l'aise lui non plus. C'était sans doute la première fois qu'il parlait ainsi de son fils à une jeune fille.

— À moi aussi, il me manque. C'est idiot, n'est-ce pas ? Si vous me laissez vous protéger, alors je vous jure que nous retournerons le voir ensemble. Vous voulez bien ?

Aléa acquiesça.

Soudain, une branche craqua à quelques mètres du camp.

Galiad se dressa d'un bond et dégaina son épée.

La silhouette d'un cavalier se profila à côté d'un arbre, à l'orée du petit bois qui jouxtait le camp. On ne pouvait voir son visage, caché par l'ombre des branches. La lame effilée d'une épée se dessinait le long de l'inconnu, de sa taille jusqu'à sa cheville. Il n'avait pas sorti son arme. Mais son silence et sa stature avaient quelque chose de menaçant.

Phelim se leva, bientôt rejoint par le nain.

— Qui va là ? lança Galiad en essayant de distinguer le visage enfoui dans l'obscurité.

Un silence s'ensuivit qui parut une éternité. On n'entendait que le chant monotone des grillons dans le froid de la nuit.

— Vous ne pouvez pas aller à Providence, déclara finalement la silhouette en guise de réponse.

C'était la voix d'une femme, mais cela ne rassura pas Galiad pour autant. Il s'avança lentement, l'épée dressée devant lui. Il allait peut-être enfin attraper la personne qui les espionnait depuis deux jours. Il n'y avait pas de doute, c'était bien elle, il avait reconnu le bruit de ses pas. Pas étonnant, toutefois, qu'il ait eu tant de peine à la retrouver, pensa-t-il, il n'y a rien de plus discret qu'une femme.

— Déposez votre arme à vos pieds, lui intima-t-il, et quand vous vous serez présentée nous verrons si vous avez votre mot à dire concernant notre destination.

— Quel accueil charmant, messire Galiad Al'Daman ! railla la femme. On raconte pourtant que vous êtes né de noble famille. Qu'avez-vous fait de vos manières ?

La discussion semblait amuser Phelim qui se rassit près du feu sans rien dire.

— Je ne suis jamais courtois avec les espions de votre acabit, reprit Galiad d'un ton méprisant. Vous connaissez mon nom ? Vous ne m'avez même pas donné le vôtre et vous osez parler de bonnes manières ? Je ne vous le répéterai pas deux fois, posez votre arme à terre, madame.

Mais Aléa s'avança et vint retenir le bras du Magistel.

— Galiad, vous pouvez ranger votre épée. Je connais cette voix. Elle ne peut appartenir qu'à une seule personne.

Elle s'avança vers le petit bois et ajouta :

— Bonsoir, Faith...

— Bonsoir, Aléa, répondit la jeune femme en sortant de l'ombre, découvrant alors les traits délicats de son long visage et la cascade soyeuse de sa chevelure rousse.

Elle était entièrement vêtue de noir, un tissu léger qui lui collait à la peau. C'était une femme gracieuse et élégante ; la Moïra avait mis autant de finesse dans sa silhouette que de beauté à son visage.

— Pourquoi ne portez-vous pas le costume des bardes, si Aléa dit vrai ? demanda Galiad, toujours méfiant.

— Parce que j'ai quitté mon métier, monsieur.

Mais Galiad, qui n'avait d'autre choix que la méfiance pour protéger son maître et la jeune fille, continua son interrogatoire :

— Et puis-je savoir pourquoi vous n'êtes plus barde ? C'est un métier qu'on quitte rarement...

— Les Magistels ne savent-ils plus faire la différence entre la méfiance et l'outrecuidance ? demanda Faith. Ou bien n'êtes-vous encore qu'un apprenti maladroit ?

Galiad ne se laissa pas démonter et durcit le ton.

— Je vous ai posé une question. Si vous ne voulez pas y répondre, vous pouvez passer votre chemin. Je répète : pourquoi n'êtes-vous plus barde ?

Aléa tira sur son bras.

— Galiad, calmez-vous, je vous dis que je la connais !

Mais Faith répondit sans plus attendre :

— Je ne suis plus barde parce que je me suis fixé un autre but.

— Est-ce pour ce but que vous nous suivez depuis deux jours ?

— En partie, oui. Je dois parler à Aléa, et je voulais savoir d'abord avec qui elle voyageait.

— Et pourquoi... allait continuer le Magistel quand Aléa lui coupa la parole en s'énervant :

— Ça suffit, Galiad ! Vous avez posé assez de questions. Je veux inviter Faith parmi nous.

Le Magister parut fort surpris.

— Venez, Faith, reprit la jeune fille. Nous pourrons parler de tout cela autour du feu quand je vous aurai présenté mes amis.

Phelim se décida enfin à parler :

— Bienvenue parmi nous, ma sœur, déclara-t-il tout sourire, en s'avançant vers la barde.

Les bardes, les druides et les vates s'appelaient toujours ainsi, en vertu de leur rang.

— Bienvenue ? Ce n'est apparemment pas l'avis de tout le monde, glissa Faith sournoisement.

— Mon Magistel ne fait que remplir son devoir, veuillez l'en excuser. Il nous reste un peu de lapin, voudrez-vous bien vous joindre à notre repas ?

— Avec plaisir ! Je vous avoue que je n'ai pas mangé grand-chose depuis deux jours. J'étais trop occupée à ne pas me faire repérer par votre chien de garde...

Mjolln ne put retenir un éclat de rire. La barde lui plaisait d'emblée. Galiad en revanche trouva la réplique beaucoup moins à son goût. Il s'assura que personne d'autre ne se cachait dans les bois et rangea son épée à contrecœur.

— Vous connaissez donc Galiad et Phelim, commença Aléa alors qu'ils s'étaient remis à manger.

— De réputation, surtout, répondit la barde. Toutefois, je vous voyais beaucoup plus grand, ajouta-t-elle avec un sourire ironique en s'adressant au Magistel.

— Je te présente M. Mjolln Abbac, le Cornemuseur. C'est mon nouvel ami, il m'accompagne depuis mon départ. Je pense que vous devriez vous entendre, il rêve de devenir barde.

— Espérons qu'un jour je pourrai vous enseigner cela, dit Faith poliment.

Le nain frappa dans ses mains de bonheur.

Dès que le repas fut fini, Phelim demanda à Faith de leur expliquer ce qu'elle voulait à Aléa.

— Je vous expliquerai tout cela, répondit la barde. Mais ce n'est pas le plus urgent. Je dois d'abord vous convaincre de ne pas aller à Providence.

— Et pourquoi ? s'étonna Aléa que l'idée n'enchantait guère.

— Parce que vos quatre têtes ont été mises à prix par le roi et que votre portrait est affiché sur tous les murs de la capitale.

La nouvelle étonna tout le monde. Phelim lui-même parut surpris.

— Par le roi ? s'écria Mjolln. Ma tête à moi aussi ?

Faith acquiesça, embarrassée.

— Qui a bien pu ordonner cela ? reprit le nain. Ahum. Nous n'avons rien fait au roi, que je sache ?

— Je ne vois que deux explications, déclara Phelim l'air soucieux. La première, c'est que la Chambre du Conseil a demandé au roi Eoghan de nous retrouver...

— Et la seconde ? demanda Aléa qui craignait malheureusement de connaître déjà la réponse.

— Si Maolmòrdha est parvenu à s'infiltrer auprès du roi, il aura très bien pu être à l'origine de cette histoire. En tout cas, vous avez raison, il est hors de question que nous allions à Providence.

Aléa soupira. C'était la deuxième fois que les événements l'empêchaient de se rendre à Providence, et la deuxième fois qu'elle devait s'y résoudre malgré elle. C'était comme si la Moïra ne voulait pas que la jeune fille découvre la capitale. Elle vit dans le regard de Mjolln qu'il la comprenait et qu'il était désolé. Pourtant, elle était moins déçue qu'elle aurait dû l'être.

Quelque part, au fond d'elle, la dernière phrase de son rêve continuait de résonner. *Il n'y a plus de temps à perdre.* Elle avait peine à l'admettre, mais elle savait que c'était la vérité. Qu'elle n'avait pas le choix. Elle devait se rendre à Borcelia sans attendre. Cette évidence s'imposait à elle comme une fatalité. Sans doute n'avait-elle pas le droit de refuser son sort, parce qu'elle l'avait compris maintenant : elle bouleversait la vie de tant de gens autour d'elle. Et pas seulement la vie de ses amis proches. Ce constat n'était pas un excès d'orgueil. Bien au contraire, elle aurait préféré rester en dehors de tout cela.

Chaque jour, elle apprenait que devenir adulte, ce n'était pas devenir libre, contrairement à ce qu'elle avait espéré. Il s'agissait plutôt de céder aux obligations qu'imposait le destin. Des obligations de plus en plus nombreuses, et qui englobaient de plus en plus de gens autour de soi.

Devenir adulte. Elle le devait à ses amis.

Non, il n'y avait plus de temps à perdre.

— Soit, dit-elle en se levant. Nous n'irons pas à Providence.

Phelim adressa un sourire à la jeune fille. Il y avait une tendresse et une sincérité dans son regard qu'Aléa n'avait vues qu'une seule fois. Le jour où il lui avait offert la broche qu'elle portait toujours à la poitrine. Elle devina qu'il était heureux de la voir grandir, tout simplement. Pourtant, aujourd'hui, elle aurait tout donné pour redevenir une enfant.

— Faith, reprit-elle, vous vouliez me parler tout à l'heure ?

La barde parut gênée.

— Je ne sais pas si c'est le moment.

— C'est si important que ça ? demanda Aléa.

Faith leva un sourcil, visiblement froissée.

— Je ne sais si c'est important à tes yeux, mais c'est douloureux pour moi, Aléa. Une barde ne quitte pas son métier pour un oui ou pour un non. Je n'ai pas l'habitude de parcourir le royaume entier à la recherche d'une jeune fille pour une question sans importance.

— Je comprends. Désolée... Vous préférez que nous en parlions demain ? proposa la jeune fille.

— Non. Après tout, je garde tout cela au fond de moi depuis trop longtemps. Cela me ferait du bien d'en parler avec vous. Aléa... Comment te dire cela ? J'aimerais tellement que tout soit plus simple. L'événement qui m'a poussée à quitter ma caste est fort... triste. Il m'a brisé le cœur, et je n'arrive plus à penser à autre chose. Malheureusement, je pense qu'il te fera de la peine à toi aussi.

Tara et Kerry, pensa Aléa. Il ne pouvait s'agir que d'eux. Elle pria pour que Faith lui annonce autre chose, mais elle savait pourtant que c'était bien cela. Elle sourit à la barde espérant qu'elle pourrait lui donner ainsi le courage de continuer. *Je suis prête*, disait son regard, *vous pouvez parler.*

Faith se leva et se mit à marcher près du feu. Elle pensait sans doute que cela l'aiderait à parler.

— Tara et Kerry, les deux aubergistes de *L'Oie et le Gril*, ont été assassinés le soir de ton départ...

Aléa dut se mordre les lèvres pour retenir ses sanglots. Elle avait beau avoir deviné ce que la barde allait lui annoncer, l'entendre dire n'était pas moins épouvantable.

— Je suis navrée, reprit Faith. J'aurais préféré être porteuse d'une meilleure nouvelle, mais ils sont morts et aujourd'hui il n'y a que ça qui compte pour moi. Je suis hantée par leur souvenir. J'ai juré de venger leur mort, et ton départ précipité était ma seule piste... C'est pour ça que je t'ai cherchée, Aléa. Peut-être pourras-tu m'aider à trouver leur assassin... Je...

Elle se laissa tomber sur le tronc d'arbre où Aléa était assise et posa sa main sur l'épaule de la jeune fille.

— Kerry et Tara étaient mes amis depuis toujours. Ils étaient là le jour où j'ai passé pour la première fois l'habit bleu des bardes. Ils étaient là à chacun de mes doutes, pour chacune de mes peines. Tant que je n'aurai pas vengé leur mort, je ne reprendrai pas mon métier, c'est la promesse que j'ai faite en trouvant leurs corps.

La voix de Faith se faisait de plus en plus triste et désemparée.

— Aléa, tu es ma seule chance de comprendre ce qui leur est arrivé. Il fallait absolument que je te retrouve. La présence de Phelim, l'histoire de cette bague que tu avais trouvée dans la lande, c'étaient les seuls événements étranges qui soient arrivés à Saratea autour de leur mort. Alors j'en ai conclu que tout cela avait un rapport. Oh, Aléa, dis-moi seulement si je me trompe ?

La jeune fille saisit la main de Faith sur son épaule et pleura sans retenue.

— Je ne sais pas, sanglota-t-elle. Sans doute.

Aléa avait prononcé ces derniers mots avec difficulté. C'était une responsabilité de plus, et la plus lourde à porter : sans doute. Et à présent elle allait entraîner quelqu'un d'autre dans ce cauchemar éveillé. La barde. Elle aurait voulu lui dire de fuir et de tout oublier, mais elle savait que Faith n'abandonnerait pas, et encore une fois la Moïra semblait avoir déjà choisi à sa place.

Faith devait les accompagner. Elle avait son rôle dans la quête d'Aléa, vouloir le nier serait peut-être plus dangereux encore que de s'y résoudre.

Aléa devait l'en convaincre mais rien ne la dégoûtait plus que d'infliger son propre sort à une nouvelle personne.

— Il y a encore trop de choses que je ne comprends pas moi-même, reprit Aléa à contrecœur, quand ses pleurs se furent éteints. Mais, Faith, si seulement tu voulais bien nous accompagner, nous pourrions chercher ensemble. Je m'en veux de te demander cela. Mais je ne souhaite pas te mentir : si tu acceptes, nous t'emmenons dans une histoire aussi compliquée que dangereuse, mais je suis presque sûre que nous avons le même ennemi.

— Qui est-il ? demanda Faith, impatiente.

— C'est une longue histoire.

— Ce sont celles que je préfère, insista la barde.

Je lui dois au moins la vérité, pensa Aléa.

— Alors asseyons-nous ensemble près du feu, l'invita-t-elle en esquissant un sourire.

Aléa fit signe à ses trois amis de s'approcher et laissa passer un moment de silence avant de commencer son histoire. Elle ne voulait pas se tromper dans l'ordre des choses, et la présence de la barde l'intimidait grandement car elle n'avait pas oublié les talents de conteuse de Faith. Mais l'heure était trop grave pour céder à une timidité enfantine, et Aléa prit enfin la parole :

— Tout a commencé le matin où j'ai découvert le corps d'Ilvain Iburan, enfoui dans le sable de la lande... Ilvain était le Samildanach, et il était vieux. Au lieu de léguer en mourant son pouvoir à un apprenti, comme le veut la tradition, il est mort seul, au milieu de nulle part. Et cela, déjà, est un mystère.

Elle jeta un regard à Phelim, essayant de deviner dans ses yeux s'il approuvait ses paroles.

— Continue, l'encouragea-t-il.

— Quand j'ai trouvé le corps d'Ilvain... j'ai... Je crois que j'ai hérité de son pouvoir.

La barde enleva lentement sa main de l'épaule d'Aléa.

— Faith, reprit la jeune fille après avoir inspiré profondément, je suis le Samildanach.

Cela jeta un froid dans l'assemblée. Mjolln, se complaisant depuis leur départ de Saî-Mina dans une incertitude confortable qui lui permettait de ne pas trop se poser de questions sur le prodige auquel il avait assisté, manqua de s'étrangler tant il fut surpris par les propos de la jeune fille. Phelim, toutefois, garda son calme, résigné.

Quant à Faith elle regarda la jeune fille, les yeux écarquillés.

— Par la Moïra, si tu n'étais pas si bien entourée je dirais que tu te moques de moi, Aléa ! Tu te rends compte de ce que tu me dis ? Tu... Tu prétends être le Samildanach ?

— Je ne prétends pas, Faith, malheureusement, je le suis et crois-moi, s'il fallait que je mente ce serait plutôt pour dire l'inverse.

— Mais c'est purement impossible, Aléa, reprit la barde médusée, le Samildanach ne peut être... une fille.

— C'est ce que semble croire le Conseil des druides. Pourtant, il se trompe, et je dois avouer que c'est bien la seule satisfaction que j'en retire...

Phelim se leva brusquement. Il voulut intervenir mais Aléa lui jeta un regard si intense qu'il préféra se taire.

— Ayant reçu ce pouvoir qui ne m'était pas destiné, continua la jeune fille à l'intention de Faith, je suis devenue sans le vouloir la cible de bien des convoitises... meurtrières. D'un côté, il y a Maolmòrdha qui a envoyé des gorgûns et des Herilims à ma poursuite. C'est sans doute l'un d'eux qui a tué Kerry et Tara pour apprendre où j'étais. De l'autre côté, il y a le Conseil des druides...

Elle marqua une pause et jeta à nouveau un regard froid à Phelim.

— Ces charmantes personnes voulant s'assurer que je suis bien le Samildanach ont décidé de me faire passer une sorte de test... lequel s'avère être mortel. Je fuis tous ces gens depuis lors.

Aléa lâcha un long soupir et sourit à la barde.

— Voilà, conclut-elle, tu sais tout.

Faith resta silencieuse pendant de longues minutes. Elle essayait de trouver des réponses dans le regard des autres mais n'y voyait que des émotions. Peur, doute, compassion. Elle était venue chercher le coupable d'un meurtre et on lui révélait un drame beaucoup plus vaste. Elle ne savait que dire. Pourtant, elle ne pouvait rester insensible à la détresse qui se cachait derrière la maturité forcée d'Aléa.

— Je t'accompagne, déclara-t-elle finalement. Où que tu ailles, je t'accompagne.

La décision de Faith détendit rapidement l'atmosphère. Tout le monde accueillit la nouvelle avec un sourire, à part Galiad qui en voulait encore à la barde de l'avoir quelque peu ridiculisé.

— Ça oui, une barde comme compagne de voyage, ahum, c'est le rêve, n'est-ce pas ?

— Je n'ai plus tellement le cœur à chanter, avoua Faith, mais je crois qu'il faut savoir parfois oublier ses peines pour goûter un peu de bonheur. Si vous le voulez, je chanterai ce soir pour célébrer notre rencontre.

— Avec plaisir ! s'exclama Mjolln, trop heureux de pouvoir terminer la soirée sur une note plus joyeuse.

— J'aimerais me réjouir aussi vite, mais nous ne savons pas où nous irons demain, l'interrompit Aléa. Providence semble donc impossible...

— Tu voulais aller à Borcelia... risqua Phelim.

Aléa s'étonna de la suggestion du druide. Bien sûr, elle n'avait d'autre idée en tête que de rejoindre Borcelia au plus vite, mais elle pensait que Phelim s'y opposerait violemment. Il n'avait pas semblé très enthousiaste quand elle lui avait parlé de son rêve. Et pourtant, il proposait lui-même de s'y rendre à présent.

Qu'y avait-il de différent ce soir ? La présence de la barde ? Phelim était si imprévisible...

— Ce pourrait être en tout cas un bon moyen de se cacher quelque temps, ajouta le Magistel.

— Vous disiez cet après-midi que nul ne savait comment se rendre à l'Arbre de Vie, glissa Aléa.

— Qui parle de l'Arbre de Vie ? Contentons-nous d'aller à Borcelia et nous verrons bien. Faith connaît cette forêt mieux que quiconque, j'en suis sûr.

— C'est le privilège de ma caste, confirma la barde.

Aléa les regarda tous, les uns après les autres. Ils semblaient décidés. Même Mjolln paraissait enchanté. Elle ne pouvait pas résister. Elle n'avait pas oublié son rêve. Il avait eu l'air si réel. Pourtant, l'idée de se fier aveuglément à un rêve lui faisait peur. Ce n'était pas le meilleur moyen de se libérer des mystères qui la poursuivaient sans relâche. Mais où pouvait-elle aller, de toute façon ? L'avis de recherche lancé par le roi ne se limitait sans doute pas à Providence. Après tout, une forêt était peut-être le meilleur abri que le royaume puisse lui offrir.

— D'accord. Nous partirons dès demain pour Borcelia, déclara Aléa.

Tout le monde parut se détendre et Faith commença à chanter près du feu. Elle avait une voix sublime, et ses chansons étaient plus belles les unes que les autres. Aléa oublia un moment son chagrin et les autres tombèrent sous le charme. Seul Galiad sembla ne pas s'émouvoir. Il faisait mine de ne pas écouter les chants et de s'occuper davantage du feu. Après la deuxième chanson, il partit même faire une ronde alentour.

La barde chanta tout le soir, puis elle raconta quelques-uns de ses voyages. Aléa et Mjolln s'endormirent en l'écoutant, le cœur apaisé.

Galiad avait préparé en silence une couche pour la jeune femme et la lui présenta avec courtoisie.

— Vous pouvez dormir ici, si vous le voulez bien.

— Après la guerre, vous voulez me faire la cour, à présent ? se moqua la barde.

— Est-ce l'espoir qui vous fait vivre ? rétorqua le Magistel avec aplomb.

Faith soupira en haussant les épaules et partit se coucher sans adresser un seul regard à Galiad qui s'éloignait en riant.

Chapitre 9

NÉGOCIATIONS

Kiaran n'était pas un Grand-Druide ordinaire. Physiquement, rien ne le distinguait réellement des autres. Vieil homme chauve vêtu d'un manteau blanc, il semblait avoir tout du Grand-Druide traditionnel. Mais la moitié de ses frères le prenaient pour un rêveur excentrique, et l'autre moitié pour un lunatique incompréhensible... Il avait reçu le grade de Grand-Druide longtemps avant qu'Ailin ne soit Archidruide, et plus personne ne se souvenait vraiment de ce qui avait poussé l'Archidruide de l'époque à lui faire cet honneur. Pourtant, il y avait une raison. Kiaran était loin d'être excentrique. Non, le Grand-Druide jouissait d'un pouvoir unique et inexpliqué depuis son enfance, il entrait chaque nuit dans le monde de Djar. Un monde qu'on visitait en rêve et où l'on pouvait voyager dans un océan de symboles divinatoires. Là, il voyait des scènes où se mêlaient le passé et le futur, et à son réveil il paraissait si souvent égaré qu'il passait effectivement pour un fou... Mais il ne s'en souciait guère. Sa véritable vie se situait ailleurs, dans le monde de Djar. Il n'avait que faire de ce qu'on pensait de lui ici-bas. Il préférait réfléchir en son for intérieur pour comprendre et déchiffrer tous les symboles de cet autre monde.

Ce soir-là, Kiaran fut accueilli comme un prince dans le château du comte de Bisagne, sur les hauteurs de la vieille ville de Farfanaro.

C'était une cité tout en bois, où rien ne semblait avoir été laissé au hasard. Il n'y avait aucun espace, aucune rue, aucune venelle, aucune maison, aucun magasin qui ne fût décoré comme on façonne un meuble. Les poutres étaient taillées en bustes féminins, les toits étaient brodés de sculptures flamboyantes, dans les saillies des charpentes se nichaient des bas-reliefs tantôt peints, tantôt dans leurs couleurs naturelles, et jusque dans le pavement des rues on avait laissé agir le charme des artistes bisagnais.

Trois générations après leur installation au sud du royaume, les Bisagnais – et bien que leurs ancêtres ne fussent rien d'autre que des mercenaires à la solde des Galatiens – avaient su se distinguer par leur goût raffiné, leur artisanat méticuleux et leur architecture originale. Dans le Nord, on trouvait souvent vulgaire cette abondance de décor, on disait qu'il y avait trop de couleurs, trop de dorures, trop de détails, de formes hérissées, mais c'était la fierté des habitants du comté, et l'on se réjouissait ici-bas de la surenchère des peintres, des sculpteurs, des architectes et des décorateurs qui se livraient une bataille artistique à chaque coup de pinceau, de gouge, de truelle ou de ciseaux. Il n'y avait aucune pause pour le plaisir des yeux, et même les habits des Bisagnais étaient des œuvres d'art. Partout on retrouvait le blason du comte de Bisagne, comme le sceau de sa bienveillance : un escargot d'or sur fond rouge.

C'était le pays de l'apparence, il fallait se montrer, montrer sa demeure et ses biens. Il fallait se faire entendre par ses flatteries et se faire remarquer par son éducation, son respect absolu d'un code de conduite et de bienséance compliqué qui échappait complètement aux étrangers. Le savoir-vivre bisagnais. La *decenza*.

Pour l'heure, Kiaran ne pouvait profiter pleinement de la ville et de ses nombreuses surprises : il devait absolument convaincre Alvaro d'accepter la proposition des druides et décida donc d'aborder le sujet dès le premier dîner où le comte l'invita. Comme l'avait prévu l'Archidruide du Conseil, Kiaran enchanta les Bisagnais par son caractére distrait, ses idées un peu loufoques et son sourire rêveur.

Alvaro Bisagni n'était pas une figure ordinaire. Plus riche sans doute que tous les autres comtes réunis, plus sensible à l'art, au gai savoir et aux bonnes manières, Bisagni était en outre célèbre pour aimer les hommes tout autant que les femmes et les plaisirs de la chair étaient sa religion. Les soirées qu'il donnait très régulièrement dans son palais luxueux faisaient la joie des commères et nourrissaient les sermons des chrétiens ascètes.

Mais ce soir-là aucun costume ne tomba, en présence d'un druide la decenza dictait une certaine chasteté. Il n'y avait donc que quelques notables de la ville, la fille du comte et le capitaine de la garde. Des gens fort respectables, en conclut Kiaran. De toute façon, le druide était trop indolent pour se soucier vraiment des mœurs de son hôte.

— Vous savez sans doute que les Tuathanns ont envahi le sud de Galatie, commença-t-il alors qu'on ne cessait d'apporter des plats depuis la cuisine.

— Quelle affreuse histoire, en effet, lança le comte en levant les yeux au ciel. Oui, on ne parle que de ça, mon cher druide...

— Il faut qu'Eoghan les arrête au plus vite, poursuivit un médecin à la table.

— Bien sûr, reprit un autre, le roi ne peut les laisser massacrer ainsi ces villages !

— En réalité, nous pensons tout le contraire, expliqua le druide avec un sourire qui ne cachait pas sa certitude quant à l'effet qu'allait produire son intervention.

Les convives regardèrent Kiaran avec des yeux ronds. Nul n'aurait osé contrarier un druide, mais celui-là leur semblait fort étrange.

— Vous voulez négocier ? s'étonna le comte Alvaro.

— Par les ancêtres de la famille Giametta ! Pas avec ces barbares ! surenchérit le capitaine, qui semblait choqué.

— Ah, non... Il ne s'agit plus de négocier, corrigea Kiaran. Les Tuathanns ont déjà envahi tout le territoire au sud des montagnes de Gor-Draka. Il s'agit maintenant de trouver une solution et un moyen d'empêcher qu'ils ne descendent plus bas... ou plus à l'est.

Les protestations jaillirent de chaque côté de la table, mais le comte réclama le silence.

— Et quelle est la solution que vous proposez ? demanda-t-il en fronçant les sourcils.

Kiaran posa ses couverts sur la table et s'essuya la bouche du bout de sa serviette. C'était le moment ou jamais de convaincre son auditoire, il fallait utiliser les bons mots : la moindre erreur pourrait faire basculer le comte du mauvais côté. Il tenta de se souvenir des conseils d'Ailin, puis il se lança :

— Quelle solution ? Celle qu'Eoghan de Galatie a validée quand nous la lui avons proposée. Il faut céder un territoire aux Tuathanns, les faire entrer dans nos pactes de commerce et nos accords politiques et leur apporter une... éducation qui petit à petit leur fera oublier la guerre et les rangera à nos côtés.

— Quelle étrange idée ! s'écria le capitaine de la garde. Offrir une terre à ces barbares alors qu'ils nous attaquent !

— Ils ne pourraient jamais respecter la decenza ! ajouta le comte.

Rien ne comptait autant dans la vie des Bisagnais que leur code de conduite compliqué. À Farfanaro, on apprenait la decenza dans les écoles, et le comte lui-même participait à la commission de notables qui débattait chaque mois pour décider de ce qu'il convenait ou ne convenait pas de faire pour respecter cette bienséance d'apparat.

Kiaran hésita, puis se dit qu'un argument de choc ferait peut-être suffisamment peur au comte pour qu'il préfère rester discret – pour une fois – et qu'il accepte de se plier à la décision du Conseil.

— Dois-je vous rappeler que vous tenez cette terre, Bisagne, du roi de Galatie qui vous l'offrit pour vous remercier de votre aide dans l'invasion qui a chassé jadis les Tuathanns ? Il ne s'agit pas de céder tout le royaume aux Tuathanns, mais probablement une partie de Terre-Brune. Ils seront ensuite de précieux alliés contre Harcourt, et trouveront sans doute là de quoi... s'épanouir. Pour vous, aucune perte, le territoire cédé n'est pas sur Bisagne. En revanche, vous gagnez un allié important et renforcez la partie du roi de Galatie.

— Intéressant, admit le comte.

— Et enfin, vous gagnerez l'estime du Conseil des druides que je représente, acheva Kiaran avec un sourire malicieux.

Tous les convives se regardèrent, puis ils sourirent au comte, lui signifiant ainsi leur intérêt.

Alvaro but une gorgée de vin rouge. Une vendange tardive qu'on venait de lui apporter de l'est du comté. Les vignes qui surplombaient l'Anse d'Ebone n'avaient pas leur égal dans tout le pays.

Il fit claquer sa langue contre son palais à la manière des taste-vin bisagnais et dodelina de la tête avec un sourire satisfait.

— Si nous devons signer cet accord à notre tour, faites-moi penser à commander une autre caisse de ce vin.

C'était sa façon de dire au druide qu'il était favorable. Il ne restait plus à Kiaran qu'à s'occuper des formalités. Il avait rempli sa mission. Il devait maintenant faire le plus difficile : se rendre à Terre-Brune et convaincre le frère du roi en personne de céder une partie de son territoire. Kiaran avait peut-être la réputation d'un rêveur, mais il se faisait peu d'illusions sur ses chances d'y parvenir.

*
**

— Par où devrons-nous passer ? demanda Aléa au reste de la compagnie alors qu'ils terminaient leur petit déjeuner.

— Si la barde galope aussi vite qu'elle se décide à parler à des inconnus, nous ne sommes pas près d'arriver, railla Galiad qui ne manquait plus une occasion.

— Je serai à Borcelia avant que vous n'ayez fini de rire de vos propres plaisanteries, rétorqua la barde.

Aléa leva les yeux au ciel. Les querelles entre le Magistel et la barde devenaient agaçantes. Heureusement, ils ne semblaient pas prendre cela trop au sérieux mais Aléa comprit que c'était une joute à laquelle elle allait devoir s'habituer.

— Nous serions moins exposés en rejoignant la côte, jusqu'à la forêt de Velian, suggéra Phelim. Puis nous pourrions contourner ou traverser celle-ci pour aller jusqu'à la forêt de Borcelia.

— Ahum. Il me semble que c'est en effet le meilleur chemin, intervint Mjolln qui donnait rarement son avis sur les décisions à prendre mais qui connaissait bien cette région de Galatie.

Ils finirent leur repas, puis Galiad éteignit le feu et essaya d'effacer les traces de leur passage. Ils montèrent ensuite à cheval et repartirent vers le sud, en direction de la côte.

Ils passèrent la première moitié de la matinée au galop, sans se parler. C'était comme un nouveau départ, et aucun d'entre eux n'aurait pu dire s'il fallait ou non s'en réjouir.

Aléa regrettait de devoir laisser Providence derrière elle. Tout semblait être fait pour l'écarter des lieux où elle rêvait de se rendre. La capitale, Mont-Tombe... Elle ferma les yeux un instant et laissa son cheval galoper derrière les autres. Elle connaissait l'odeur qui montait maintenant jusqu'à son visage. C'était celle qui flottait dans la plaine de Saratea. L'odeur piquante de la lande où se mêlaient les parfums de la bruyère et des genêts.

Depuis l'avant-veille, Aléa avait découvert qu'il n'y avait rien de tel qu'un long galop pour se perdre dans des pensées nostalgiques. Le rythme presque hypnotique du pas des chevaux. Le vent étourdissant... Aujourd'hui elle pensait à Ilvain, enfoui dans le sable à quelques foulées de la ville. Elle n'avait pas passé l'anneau à son doigt depuis longtemps et le gardait caché au fond de son petit sac. Elle se souvint du symbole gravé à l'intérieur. Comment pourrait-elle le comprendre ? Elle n'allait pas trouver le sens de ce symbole du jour au lendemain, comme par magie ! Elle devait chercher. Mais le voulait-elle vraiment ? Quelle importance cette bague pouvait-elle avoir ? Elle aurait aimé ne pas s'en soucier, mais c'était plus fort qu'elle. La bague lui appartenait, maintenant, et c'était comme si elle l'appelait, à la manière des silves dans son rêve. Elle avait besoin de savoir. Mais elle devinait aussi que les réponses seraient longues à venir, qu'il lui faudrait du temps. Pourtant, cette fois, elle était décidée. Elle voulait comprendre. Elle espérait que le silve qu'elle avait vu en songe n'était pas qu'une illusion. Elle espérait qu'à Borcelia il serait là pour lui donner quelques réponses. Plus le temps passait, plus elle était convaincue que c'était sa dernière chance. Si elle attendait trop longtemps, Maolmòrdha finirait par la trouver. Lui ou les autres.

Voyant qu'Alragan, le poney de Mjolln, fatiguait, Galiad demanda à ses compagnons de ralentir un peu. La mer apparaissait au loin, et ils seraient bientôt sur le sable de la plage qui longeait cette partie de la côte est de Galatie. Comme chaque fois qu'ils faisaient passer leurs chevaux au pas, ils en profitèrent pour discuter tout en continuant leur route.

Aléa parla la première.

— Faith, toi qui as vu des silves, raconte-nous qui ils sont...

La barde vint placer son cheval à côté du poney d'Aléa, et adressa à la petite un sourire amical.

— Les silves ? Ce sont les créatures les plus belles et sûrement les plus douces de tout le pays. Un peu le contraire de Galiad... s'exclama-t-elle en riant, alors que le Magistel faisait mine de ne pas entendre. On raconte beaucoup de choses à leur sujet, certaines sont sûrement fausses, mais d'autres peut-être vraies. Je les ai rencontrés un jour que je chantais seule à la lisière de Borcelia.

— Ils vous ont jeté des tomates ? railla Galiad.

— Non, au contraire, mes chants ont dû leur plaire car ils sont venus s'asseoir à côté de moi. C'est-à-dire qu'eux, au moins, ont l'oreille musicale...

— Ils ont surtout les oreilles en pointe ! intervint Mjolln tout sourire.

— Depuis, reprit Faith en s'adressant à Aléa, chaque fois que je passe dans cette région, il me suffit de chanter pour retrouver les silves. Ils se ressemblent tous et je ne sais jamais si ce sont les mêmes, mais on dirait qu'ils me reconnaissent.

— Comment sont-ils ? insista Aléa.

— Ils nous ressemblent en bien des points, mais ils sont plus grands, plus fins, et, comme l'a dit Mjolln, leurs oreilles sont plus hautes et légèrement pointues.

C'était la description exacte de l'individu qu'Aléa avait vu dans son rêve. Pourtant, elle n'avait jamais vu de silve de sa vie, et les rares fois qu'on lui en avait parlé on n'avait jamais été si précis concernant leur apparence.

— De quelle couleur est leur peau ? demanda Aléa, impatiente.

— Leur chair a la couleur et les stries du bois.

— Faith, dans l'histoire que vous nous aviez racontée à la taverne *L'Oie et le Gril*, le roi des silves s'appelait Obéron. C'était il y a fort longtemps. Est-il possible qu'il soit encore en vie ?

— Plus ou moins. La vie et la mort des silves sont étranges. Il est difficile pour nous humains de comprendre cela. Comme les feuilles d'un arbre, ils vivent au rythme des saisons. Mais quand les silves réapparaissent, ils reprennent les mêmes noms que la génération précédente. C'est comme s'ils ne mouraient jamais. Ainsi, le roi des silves porte toujours le nom d'Obéron.

— Quand nous arriverons à Borcelia, reprit la jeune fille, accepteront-ils de venir nous voir ?

— Si je chante dans les bois, peut-être.

— Et nous parleront-ils ?

— Les silves ne parlent pas notre langue, Aléa, mais je suis sûre que Phelim, lui, parle la leur...

Tous les regards se tournèrent vers le druide qui était resté silencieux depuis le début de la conversation.

— Nous verrons, nous verrons, déclara-t-il simplement.

Et avant qu'Aléa ait pu protester, Galiad, qui s'était éclipsé au milieu de la conversation, déboucha par le nord au galop.

— Quatre Herilims sont sur nos traces. Ils arrivent dans notre direction !

Phelim pesta, adressa quelques mots à Galiad dans une langue que les autres ne comprenaient pas, puis sortit de son sac quelques brins d'herbe qu'il tendit au poney de Mjolln.

— Alragan va avoir besoin de forces. Nous devons nous enfuir, expliqua-t-il.

Galiad poussa un cri pour lancer les chevaux au galop et personne n'osa prononcer un seul mot. La menace n'avait jamais été aussi soudaine. L'abri de la forêt était encore loin.

Les chevaux atteignirent rapidement une vitesse vertigineuse. Aléa resta en retrait. Elle ne voulait pas laisser Mjolln seul derrière. Elle retenait Dulia qui, ayant sans doute compris la panique de sa cavalière, voulait galoper plus vite. Le nain, à côté d'elle, encourageait régulièrement son poney mais la pauvre bête donnait déjà tout ce qu'elle pouvait.

Aléa devinait la présence des Herilims derrière eux. Ces assassins ne devaient pas être loin. Elle pouvait presque sentir la cruauté de leurs intentions. C'était comme un flot de haine qui parvenait jusqu'à elle. Et c'était effrayant. Ce n'était plus cette angoisse longue et lente qui la hantait depuis deux jours. Non, c'était une peur panique, subite, urgente où la menace avait à présent le parfum de la mort.

Ils arrivèrent bientôt sur la plage et Galiad dirigea les chevaux au bord de l'eau, espérant ainsi brouiller les pistes si l'odeur voulait bien se dissiper dans la mer. De plus, les dunes étaient assez hautes sur la plage pour les dissimuler quelque peu.

Aléa n'avait jamais vu de plage de sa vie. Elle aurait aimé pouvoir s'arrêter et marcher sur le sable mouillé. Mais elle savait que les Herilims ne lui laisseraient pas cette chance.

Ils galopèrent ainsi pendant des heures, sans échanger une seule parole, l'air grave, avant que ne se profilent enfin devant eux les toits d'un petit village.

— Voici Galaban, expliqua Galiad.

— Pourrons-nous nous arrêter dans ce village cette nuit ? demanda le nain au Magistel comme celui-ci ralentissait pour scruter l'horizon derrière eux, à la recherche de leurs poursuivants.

— Non, Mjolln, les Herilims ne sont pas loin, et ils iront sûrement nous chercher dans ce village... Ce serait de la folie.

— Mais les poneys doivent se reposer, et nous aussi... Et il nous faut acheter des vivres, et...

— Vous allez perdre votre souffle, mon ami. Pour l'instant, continuons notre galop, je vais voir avec Phelim ce que nous devons faire.

Le nain grimaça. Il n'en pouvait plus de fuir. Mais il n'osait se plaindre. Aléa, elle, ne disait rien et elle n'avait pourtant pas même le dixième de son âge ! Il aurait aimé comprendre tout ce qui passait dans la tête de la jeune fille. Ce devait être un mélange confus d'émotions lourdes et torturées. Mjolln se dit que les heures légères passées dans les jardins de Saî-Mina étaient bien loin à présent. Seule l'inquiétude subsistait.

Quand ils arrivèrent à la porte du village, Galiad leur fit enfin signe de s'arrêter.

— Phelim, commença-t-il, avons-nous le temps d'entrer dans ce village ?

Faith, Mjolln et Aléa regardèrent le druide avec détresse. Ils auraient aimé se reposer et, surtout, soigner leurs chevaux. La journée avait été pénible, et le lendemain ne serait sans doute pas meilleur.

— La nuit ne va pas tarder, répondit le Grand-Druide en descendant de cheval. En ce qui nous concerne, nous pourrons bien trouver refuge et repos hors du village.

— Ne risquons-nous pas de nous faire repérer ? demanda Mjolln, inquiet.

— Pas si nous nous retirons quelque peu à l'intérieur des terres pour établir un campement. Avec la protection de Galiad, nous pourrons nous reposer et partir avant le lever du soleil. Si nous trouvons un endroit suffisamment bien caché, nous devrions être tranquilles au moins jusqu'à l'aube.

— Nous n'avons plus assez de vivres, intervint Galiad, et les chevaux ont besoin de soins sérieux. Il faudrait changer leurs fers.

Le druide acquiesça puis il se tourna vers la barde.

— Faith, vous n'êtes pas recherchée, vous. Accepteriez-vous de vous rendre dans le village pour vous charger de tout cela ?

— Bien sûr. Je vous retrouverai ensuite.

Le Magistel enchaîna :

— Je vous accompagne. Il est hors de question que je vous laisse seule. Pour bien des raisons.

— Je vous manquerai ? railla la barde.

— Non, mais peut-être aurez-vous besoin de moi pour retrouver votre chemin !

— Vous êtes ridicule, Al'Daman. J'irai seule.

Aléa s'interposa :

— Faith, je préférerais que Galiad t'accompagne. Non pas pour t'aider à retrouver ton chemin, tu t'en doutes, mais pour te prêter main-forte. S'il te plaît.

— Je ne me sentirai pas plus en sécurité avec cet énergumène. Et je préfère qu'il te protège toi.

— Je serai avec Phelim, Faith, je n'ai rien à craindre. Allons, fais-moi plaisir, prends Galiad avec toi, tu ne pourras de toute façon pas emmener les cinq chevaux toute seule.

La barde soupira et, haussant les sourcils, fit signe au Magistel de la suivre.

*
**

— Père, reverrons-nous jamais le Sid ?

Comme chaque soir, Tagor vint parler avec son père. C'était une tradition dans les clans tuathanns. Le fils du chef devait interroger son père après le coucher du soleil pour apprendre auprès de lui tout ce qu'il devait savoir pour devenir chef à son tour, le moment venu.

Mais Tagor, lui, ne venait pas apprendre l'art de diriger. Il voulait comprendre les raisons de la haine qui habitait son père et les autres guerriers du clan. Il voulait comprendre le sens de tous ces morts qui hantaient ses rêves depuis qu'ils avaient quitté le Sid.

Sarkan était fatigué. Les combats, les ordres, les commandements se succédaient. Il avait peine à répondre à Tagor chaque soir, mais s'y obligeait avec rigueur et, sans doute, beaucoup d'amour.

— La véritable question, Tagor, serait plutôt : aurions-nous dû y vivre comme nous l'avons fait pendant toutes ces années ?

— Je ne comprends pas, père.

— Si tu as vécu dans le Sid, c'est parce que tes ancêtres ont été chassés de Gaelia. Nous n'aurions jamais dû y aller. Mais si tu veux savoir, mon fils, oui, nous reverrons le Sid.

Le visage de Tagor sembla s'éclairer d'un seul coup.

— Quand donc ?

— Le jour de notre mort, Tagor. C'est là que nous irons après le dernier souffle. Nous rejoindrons l'autre monde. Mais de notre vivant, nous devons habiter l'île de Gaelia, tel est l'ordre des choses.

— Mais pourquoi ? Le Sid est bien plus beau que cette île ! Père, je n'ai jamais vécu que dans le Sid. J'y étais heureux ! Je ne veux pas attendre le jour de ma mort pour y retourner.

Sarkan soupira. Cette conversation durait depuis trop longtemps, pratiquement depuis le premier jour de la vengeance des Tuathanns. Et chaque soir, son fils refusait de comprendre.

— Certes, Tagor, le Sid est magnifique et il fait bon y vivre. Mais ce n'est rien à côté de ce que tu pourras connaître ici.

— Qu'y a-t-il de plus ici, que le Sid ne puisse offrir ?

— Le temps, mon fils. Le temps.

— Mais c'est lui qui nous fait mourir, le temps ! Je ne veux pas qu'il passe, le temps ! s'exclama Tagor.

— Pourtant, quand il aura passé, tu retourneras dans le Sid !

— Alors quel est l'intérêt de venir ici pour le voir passer, le temps ?

Le ton de Tagor ne cessait de monter. Il n'arrivait vraiment pas à comprendre les motivations de son père, et cela le blessait presque.

— Voudrais-tu que nous restions ainsi éternellement cachés dans le Sid, à ne vivre que cette vie-là alors qu'une autre, ici, nous est due ? Nous étions faits pour vivre sur cette île, mon fils. Ici, tu pourras vivre ce que le Sid ne peut t'offrir, et quand enfin les dieux auront décidé que ton existence ici a été assez longue, ils te rappelleront parmi eux. C'est ainsi. C'est pour cela que nous sommes faits. Nous ne sommes pas des dieux, mon fils, et seuls les dieux restent dans le Sid. Nous autres avons la chance de connaître la vie des mortels. Voir le soleil qui tourne, puis la lune qui le remplace, voir les visages qui changent, les plantes qui bourgeonnent, la vie qui va et vient, tout ce cycle merveilleux qui n'existe pas dans le Sid !

— Il n'y a aucune merveille dans la mort, père ! je ne veux pas mourir !

— La merveille de la mort, mon fils, c'est qu'elle est inséparable de la vie, et qu'il n'y a d'autre vie que dans ce qui précède la mort. Oui, Tagor, le Sid est merveilleux. Mais là-bas, il n'y a pas de temps, pas de mort, pas de vie. Seule Gaelia peut t'apprendre cela. T'apprendre ce que c'est qu'être vivant.

— Je me sentais assez vivant quand nous y étions ! rétorqua Tagor.

— Parce que tu ne savais pas ce que peut être la vie ici, sur Gaelia. Maintenant tais-toi, mon fils, et ouvre tes yeux, tes oreilles, nourris-toi de ce monde que tu ne comprends pas, et bientôt la vie saura te convaincre, tu verras.

Sarkan se leva sans plus regarder son fils. Il marcha vers la grande fenêtre. Dehors, quelques gouttes de pluie venaient troubler la couleur de la nuit.

*
**

Après une demi-heure de route, la barde et le Magistel entrèrent dans le village de Galaban en tirant derrière eux les deux poneys et les trois chevaux exténués. Ils ne s'étaient pas adressé la parole depuis qu'ils avaient quitté leurs trois compagnons et ne se jetaient que de furtifs regards emplis de gêne.

Comme il avançait dans l'air froid du soir, Galiad se dit qu'il s'en voulait et qu'il aurait aimé renverser la situation. Cela devenait ridicule. Leur différend stupide ne faisait que gâcher l'humeur générale. De plus, ce n'était pas dans son habitude d'être si peu courtois à l'égard d'une femme et il se sentait coupable. Mais il n'arrivait pas à se comporter normalement avec la barde. D'abord, admit-il, elle l'avait vexé quand il n'était pas parvenu à la démasquer pendant les premiers jours où elle les avait suivis. Ensuite, elle avait une repartie sans vergogne et ne manquait jamais une occasion de le railler. Pourtant, la barde était fort belle, et tout le monde semblait parvenir à s'entendre avec elle. Il se dit alors qu'il devait faire un effort. Surtout que Phelim lui-même finirait par se lasser. Il se composa donc un sourire et décida d'entamer une conversation amicale avec la harpiste.

— Où avez-vous reçu l'enseignement de barde ? demanda-t-il sans regarder Faith directement alors qu'ils avançaient dans la rue principale de Galaban.

— Dans une fosse publique ! répondit la barde en grimaçant.

Au temps pour mes bonnes intentions, pensa le Magistel, dépité. Il n'était pas près d'établir quelque relation amicale que ce soit avec pareille insolente.

— Cela explique sans doute votre odeur ! rétorqua-t-il avec un sourire moqueur, puis il tourna vers la droite où il avait repéré un maréchal-ferrant.

C'était un petit établissement de bois semi-ouvert qui donnait directement sur la rue commerçante du village. La plupart des échoppes étaient déjà fermées et le maréchal-ferrant était en train de ranger ses outils quand Galiad lui tapota sur l'épaule.

— Excusez-moi, je vois que vous vous apprêtiez à fermer, mais ces quatre chevaux ont besoin qu'on change leurs fers et, malheureusement, nous sommes fort pressés. Nous devons partir dès ce soir... Pourriez-vous les soigner ?

Le maréchal-ferrant pansu lança un regard méfiant au guerrier en armure et soupira.

— Par la Moïra, pourquoi faut-il toujours que les gens de votre espèce arrivent quand je ferme boutique ?

Faith apparut derrière la silhouette imposante du Magistel. Elle offrit à l'artisan le plus charmant de ses sourires.

— Je pourrais vous chanter quelque chose pour vous mettre le cœur à l'ouvrage, si vous le voulez, dit-elle en riant.

Le maréchal-ferrant marmonna dans sa barbe quelque reproche inaudible et, essuyant d'abord ses mains sur son tablier de cuir, leur fit signe d'amener leurs chevaux dans l'écurie. Son petit atelier respirait l'amour du vrai travail. Chaque outil avait sa place sur un crochet de bois, et certains avaient sûrement été confectionnés par le maréchal-ferrant lui-même. Juste à côté de l'entrée, à la lumière jaune et mouvante d'une lanterne, Galiad remarqua des objets en bois qui symbolisaient sans doute la corporation du maréchal-ferrant et, plus bas, dans une vitrine, le chef-d'œuvre qui attestait de sa maîtrise, une sculpture de fer représentant un magnifique cheval ailé.

Le maréchal-ferrant fit signe aux deux étrangers de s'asseoir sur un banc de bois.

— Ne pourrions-nous revenir quand vous aurez fini ? Combien de temps vous faut-il ? demanda Galiad.

— Ce sera vite fait, mais, sauf votre respect, avec votre tête, je crois qu'il serait plus sage que vous restiez ici, Magistel.

Galiad fronça les sourcils.

— Que voulez-vous dire ?

— Votre visage est sur tous les murs de la ville, Magistel, le roi vous recherche.

La barde lança un regard inquiet à Galiad. Ils venaient sans doute de commettre une erreur stupide. Phelim avait pourtant prévu qu'ils puissent être reconnus, et malgré la demande d'Aléa, Galiad n'aurait pas dû venir.

— Allons, ne vous faites pas de souci, les rassura l'artisan, vous ne craignez rien chez moi. Je tiens le roi pour un imbécile et je n'ai aucune intention de vous livrer aux soldats. Asseyez-vous, je vous en prie, je vais faire aussi vite que possible.

Galiad hésita un instant. Avait-il vraiment le choix ? Ainsi, Eoghan avait envoyé l'avis de recherche à travers tout le royaume, jusque dans le plus petit village. Le Magistel ne put s'empêcher de penser qu'ils étaient la proie de plusieurs chasses et que les rabatteurs se rapprochaient.

— Monsieur, reprit la barde en se raclant la gorge, nous vous sommes très reconnaissants. Nous partirons dès que vous aurez ferré ces chevaux. Nous ne voudrions pas vous causer de problème. Toutefois, nous avons besoin de nous procurer des vivres. Savez-vous où nous pourrions en trouver sans risquer de croiser... des soldats ?

Le maréchal-ferrant, assis sur un tabouret bas, coinça entre ses genoux le sabot d'un cheval, puis il leva la tête vers la jeune femme.

— Mademoiselle, votre visage à vous n'est pas sur ces affiches. À ma connaissance les soldats ne vous cherchent pas. Vous devriez pouvoir circuler dans le village tranquillement.

Faith interrogea Galiad du regard.

Celui-ci acquiesça. Il se souvenait des paroles de la petite. « *Il n'y a plus de temps à perdre.* »

*
**

Alors qu'au comté de Sarre le jeune druide Finghin était parvenu sans peine à convaincre Albath Ruad de se plier à la stratégie du Conseil concernant les Tuathanns, Kiaran trouva en Terre-Brune plus de difficultés encore qu'il ne l'avait craint.

Meriande Mor, le Bel, comte de Terre-Brune et frère du roi, tarda à le recevoir au château de Méricourt. On fit patienter le Grand-Druide pendant plusieurs heures dans une pièce vide et froide, sans lui rendre les hommages dus à son rang. Terre-Brune était en guerre et Meriande n'avait ni le temps ni l'envie de s'occuper d'un druide qu'il devinait rangé du côté du roi. Eoghan Mor de Galatie n'était pas intervenu et n'offrait toujours aucune aide à son frère. Les Tuathanns avaient déjà envahi le nord du comté et Meriande devait se défendre seul, avec une armée qui n'était pas vraiment prête.

La haine qui opposait les deux frères Mor durait depuis le couronnement de l'aîné, au lendemain même de la mort de leur père. Meriande avait espéré qu'en devenant roi son frère lui aurait réservé une place particulière au sein du royaume, et pas seulement un comté parmi quatre autres. La jalousie dévastait le cœur du comte qui ne vivait plus que dans un seul espoir : prendre la place de son frère sur le trône de Galatie. Et voilà que l'attaque des Tuathanns venait faire empirer les choses.

Avant la nuit, toutefois, le comte Meriande accorda au Grand-Druide son entretien. Assis derrière son immense bureau de bois, il fit entrer Kiaran et le pria de s'asseoir dans un large fauteuil couvert de velours gris. Le frère du roi était un homme élégant et séduisant, ce qui lui avait valu son surnom de Meriande le Bel. Il portait un costume de soie et de dentelle bleu, et sur son torse était brodé son blason, une chimère argentée.

— Parlez, druide, j'ai très peu de temps à vous accorder, annonça-t-il avant même que Kiaran ait eu le temps de s'asseoir.

Encore une fois, le comte semblait délibérément faillir à la bienséance qui aurait voulu qu'il montrât bien plus de considération à l'égard du Grand-Druide. On était loin de la decenza de Bisagne.

— Méricourt a bien changé depuis ma dernière visite, commença le druide avec un large sourire.

— Est-ce pour me dire cela que vous avez traversé Gaelia ? s'impatienta le comte qui n'avait pas l'air de vouloir jouer à ce jeu de langage qui faisait la réputation des druides.

— Il est vrai que Saî-Mina et Méricourt sont presque à l'autre bout du pays. Et pourtant, Terre-Brune est présente dans le cœur du Conseil. Je n'aurais pas fait tout ce chemin si vous n'aviez pas compté pour nous autant que toute autre région de l'île.

— Oui, notre éloignement joue peut-être même en notre faveur. Nous avons un dicton, en Terre-Brune : « *Tous les mariages sont heureux ; c'est de prendre le petit déjeuner ensemble qui crée les ennuis...* »

— Ravissant. Enfin, je ne suis venu vous proposer ni un mariage ni un petit déjeuner, cher comte.

— Tant mieux. Alors que voulez-vous ?

Le Grand-Druide marqua volontairement une pause. Il voulait montrer au comte de Terre-Brune qu'il ne l'impressionnait guère. À Gaelia, c'étaient les druides qui faisaient les rois, pas le contraire.

— Eoghan ne viendra pas vous aider à combattre les Tuathanns.

Le comte parut choqué.

— C'est lui qui vous a demandé de m'en informer ?

— Non, c'est l'évidence même, rétorqua Kiaran. Je ne vous en informe pas, je le déduis à votre place. Eoghan ne viendra pas vous aider, et si personne ne fait rien, les Tuathanns auront avancé jusqu'ici avant la fin du mois prochain. Ils prendront sans doute votre trône, et votre tête avec.

— Mon armée suffira à les repousser, le contredit Meriande.

— Il faudrait quatre armées comme la vôtre pour arrêter les Tuathanns. Si vous ne l'avez pas encore compris, croyez que j'en suis fort désolé, car vous vous préparez à une très mauvaise surprise. À en croire ce que l'on nous a rapporté, les Tuathanns sont des guerriers mieux entraînés que l'élite militaire de Galatie et leur haine envers nous décuple leur force. Vous ne pourrez rien contre eux.

Le comte fronça les sourcils. Il s'impatientait.

— Si vous êtes venu me décourager, sachez que j'ai bien mieux à faire et que ce n'est pas un druide illuminé qui va dicter mes actes.

Kiaran, immobile, l'air grave, continua d'un ton monotone :

— Dans un mois, vous serez mort.

Le comte ouvrit la bouche mais ne parvint à formuler aucune phrase. Cette fois-ci les paroles du druide l'avaient vraiment atteint. Il était paralysé.

— Le Conseil a mieux à vous proposer, reprit Kiaran sur le même ton.

Meriande se renfonça dans son fauteuil, se laissant tomber sur le haut dossier de velours bleu, et poussa un long soupir.

— Cédez aux Tuathanns une partie de votre comté afin qu'ils puissent s'installer, puis ensemble nous les convaincrons de prendre Harcourt et de s'en contenter. Ainsi ils arrêteront leur invasion, et par la même occasion ils nous débarrasseront de Harcourt.

— Qui « nous » ? s'inquiéta le comte.

— Vous, Galatie, Bisagne, Sarre et le Conseil, bien sûr ! Si nous unissons nos forces et notre pouvoir de conviction, les Tuathanns n'oseront pas refuser.

— Il est hors de question que je cède quelque infime partie de mon comté, s'offusqua Meriande en tapant sur le bord de son bureau. Mon frère est roi, Galatie est plus riche, il n'a qu'à leur offrir une partie de son royaume ! Alors nous verrons s'il est question de s'unir.

— Les Tuathanns sont déjà sur vos terres.

— Si Eoghan leur livre une partie de Galatie, ils partiront.

— Votre frère ne s'y résoudra jamais.

— Alors nous ne serons jamais alliés.

Kiaran sentit que la partie était déjà perdue. Le comte était plus têtu qu'un Sarrois, mais il tenta à nouveau sa chance.

— Vous préférez mourir ?

— Je préfère défendre le peuple de mon comté.

— Meriande, vous faites une terrible erreur. Les Tuathanns vont vous massacrer, vous et vos sujets, et alors votre frère cédera tout votre comté. Nous pouvons enrayer l'épidémie plus tôt, si vous acceptez notre idée.

— Je n'abandonnerai pas une seule parcelle de cette terre, répéta le comte d'une voix pleine de colère, puis il se leva brusquement. Retournez au Conseil et dites à vos frères que Meriande Mor ne vous servira pas de bouclier, ni à vous ni au roi. Puisque vous avez décidé de traiter avec Eoghan contre moi, je déclare dorénavant les druides indésirables sur tout le comté. Faites savoir à ceux de vos frères qui officient sur mes terres qu'ils ont neuf jours pour quitter Terre-Brune. Passé ce délai ils seront arrêtés pour trahison. Au revoir, conclut-il, avant de quitter la pièce d'un pas décidé.

*
**

Galiad et Faith retrouvèrent leurs compagnons sans peine malgré l'obscurité. Ils avaient installé leur campement en retrait du village, là où les arbres commençaient à s'étoffer dans le creux des collines.

Les chevaux étaient ferrés et avaient mangé à leur faim. Le maréchal-ferrant s'était montré fort généreux. Galiad sourit en pensant qu'il restait en Galatie des hommes de bonne volonté. Puis il inspecta les environs. Il posa des pièges autour du campement et demanda à Mjolln de ne pas allumer de feu.

Ils restèrent tous les cinq silencieux pendant de longues heures, épuisés et inquiets, au milieu des ombres que la lune peignait parmi eux. L'air lui-même était oppressant. La menace des Herilims et l'avis de recherche d'Eoghan occupaient leurs esprits et aucun n'avait le cœur à parler.

Phelim resta à genoux toute la soirée. Aléa comprit qu'il réunissait toute l'énergie qu'il pouvait. Il semblait se concentrer, et chercher au fond de lui une force particulière, et elle devinait laquelle. Sans doute se préparait-il au combat.

Puis, soudain, elle vit le Saîman autour de lui. Elle n'aurait pu l'expliquer, mais elle voyait comme des flots de chaleur qui s'enroulaient autour du druide, et elle sut qu'elle seule pouvait les voir. Elle faillit tomber à la renverse, mais elle se ressaisit et observa bouche bée ce spectacle coloré. Elle sentait à présent le regard étonné de Mjolln qui ne comprenait pas ce qui pouvait la captiver ainsi, mais elle ne parvenait pas à détacher son regard des volutes gracieuses qui entouraient le corps du druide.

Phelim dut s'en rendre compte et aussitôt le Saîman disparut autour de lui. Il dévisagea Aléa un long moment, puis il s'allongea sans rien dire.

Aléa soupira, se coucha à son tour pour écouter Faith qui s'était enfin décidée à jouer de la harpe.

C'était une musique triste et lente qui disait leur peur et leur angoisse. Faith savait saisir les émotions dans le cœur de ses compagnons et les rejouer, dans des cascades de notes justes et lourdes de sens. Il y avait dans ses accords leurs obsessions partagées, mais aussi la colère d'Aléa, la peur de Mjolln, la tension de Galiad, la contrariété de Phelim et enfin ses propres regrets. Puis, dans la longue plainte d'une dernière note, à la fin de chaque phrase, comme une touche d'espoir, comme une question infantile posée à la nuit.

Aléa se laissa bercer par la musique de la barde et s'endormit bientôt malgré le froid. Elle reconnut aussitôt le pays féerique de ses rêves.

« Douce et chaude. C'est une douce prairie autour de moi. Comme un lit infini où je dors les yeux grands ouverts. Les sons me parviennent comme des vagues dans les émois du vent, portés par une musique simple, délicieuse, où les notes font des phrases qui se répondent et qui nouent ma gorge et qui mouillent mes yeux. J'ai l'impression que le monde vibre autour de moi à la mesure de ces mélodies croisées. Qu'elles amènent jusqu'à moi des messages oubliés qui attendaient là, flottants, dans l'air du sommeil. C'est comme si ces notes avaient été là avant. Longtemps avant. Elles ont toujours été là. Il suffisait de les jouer, n'est-ce pas ?

Et maintenant, je voudrais tant que ce soit Erwan, ces pas qui viennent vers moi. Pouvoir lui dire comme il me manque. Comme il compte, à chaque geste, comme il m'envahit, comme il pèse dans chacun de mes souffles, chaque battement de mes veines. Comme je regrette de n'avoir su dire combien je l'aimais. Je voudrais tant que ce soit lui, que nos mains puissent se toucher au-dessus de l'herbe jaune dans un instant unique et éternel. Que le monde se replie sous nos mains pour que le temps nous rapproche, et que nous ne fassions plus qu'un, d'un bout à l'autre de nos vies. Oui, je voudrais tant que ce soit lui, celui que le vent et les notes poussent jusqu'à moi. Qu'il vienne. Que vienne avec lui la fin de nos tourments. Que nous vivions ensemble dans un chemin perdu, sur une route oubliée, là où les yeux des hommes ne se posent jamais. Que ma vie ait un sens. Que je n'aie point vécu pour mourir sottement, sans avoir tenu dans mes mains la main d'un autre, et que nos mains s'unissent pour effacer le reste.

Je me souviens de sa voix, de ses mots, son regard, comme si je l'avais toujours connu, comme s'il avait été là avant même que je ne le rencontre, comme si je ne suivais qu'une histoire écrite pour lui et moi. Comme étaient là ces notes évidentes. Il suffisait de les jouer.

Comme je voudrais que ce soit lui.

— Il n'y a pas de temps, ici. Pas de temps qui presse. Pas ici.

Je lève les yeux, et c'est un autre garçon que je vois. Pas Erwan. J'ai cru un instant que c'était sa voix. Je l'ai cru, ou bien je l'ai voulu. Mais non, ce n'est pas lui. C'est une autre voix, d'un autre garçon, et pourtant du même âge.

Je n'ai jamais vu ce visage, je ne sais pas qui il est, et pourtant il est là, comme le fut Erwan. Il est torse nu. Des symboles de peinture bleue couvrent son corps. Bleue comme la longue crête de cheveux qui traversent son crâne. Mais tout ceci n'est rien. Ce n'est pas ce que je vois. Ce que je vois ce sont ses yeux, comme ils me fixent. Ses yeux. L'un bleu, et l'autre noir. Bleu et noir. La mer, et le ciel de la nuit.

— Qui es-tu ?

Maintenant c'est ma voix. Hors de moi, oui, mais je la reconnais. Je me suis levée du parterre d'herbe d'or. Et, comme lui, je suis nue. Et sur mon corps, cette peinture, bleue aussi.

— Je suis Tagor.

Je ne sais même plus si je rêve. Le monde autour de moi ne me semble pas réel et pourtant je n'ai plus l'impression de rêver. Je commence à avoir peur. Ce n'est pas un rêve normal. Il m'arrive quelque chose.

— Que fais-tu ici, Aléa ?

Il me tourne le dos à présent. Comment connaît-il mon nom ?

— Je ne sais pas. Comment connais-tu mon nom ?
Son image vacille, s'éloigne, et la prairie avec lui.
— Il n'y a pas de temps ici, Aléa. Ce monde nous appartient. »

*
**

Quand il franchit la frontière du comté de Harcourt, au bout de la chaîne de Gor-Draka, Aodh se demanda s'il avait fait le bon choix. Il était pris dans un piège dont il ne pouvait sortir et avait choisi de mourir plutôt que de s'avouer vaincu. Il avait espéré que cela servirait de leçon au Conseil et surtout à Ailin, mais se demandait maintenant si cette leçon valait réellement le prix de sa propre vie.

Les paroles du jeune Finghin l'avaient troublé plus que tout. Le plus jeune des druides de Saî-Mina semblait avoir saisi le piège tendu par l'Archidruide. Si ce jeune homme avait pu être si clairvoyant, il ne faisait aucun doute que la plupart des Grands-Druides avaient compris le jeu de l'Archidruide et protégeraient Aodh s'il revenait sans avoir rempli sa mission. Cela était fort probable. Il serait alors pardonné par le Conseil, certes, mais pourrait-il supporter l'humiliation ? Non. Maintenant qu'il avait accepté l'ordre de l'Archidruide, il devait trouver un autre moyen de s'en tirer.

Il était arrivé sur les terres de Harcourt, et chaque pas de son cheval le rapprochait d'une mort certaine. L'évêque Thomas Aeditus haïssait les druides, sans doute parce que leur existence tendait à prouver le contraire de ce qu'il prêchait. Les druides avaient plusieurs dieux et au-dessus d'eux la Moïra, à laquelle l'île tout entière vouait un culte. Pour Thomas, il n'y avait qu'un Dieu, et c'était le père du Christ. Mais ce qui dérangeait surtout l'évêque, c'était le pouvoir politique des druides. Le Conseil était une arme puissante pour le royaume de Galatie et donc un ennemi de taille pour le meilleur ami de l'évêque, le comte de Harcourt.

Sur la route, Aodh croisa quelques habitants du comté qui le regardèrent avec méfiance : ici, on n'aimait pas le symbole de la Moïra que portait le druide sur sa poitrine. La plupart des Harcourtois s'étaient convertis et vénéraient à présent un dieu unique dont le symbole était une grande croix, celle sur laquelle, comme l'enseignaient Thomas Aeditus et ses prêtres, mourut le Christ, Dieu fait homme. Pour les habitants de Harcourt, mais surtout pour le comte et l'évêque, il ne devait y avoir d'autre croyance divine ou mystique.

Mais Aodh ne tenait pas compte du regard de ces gens. Perdu dans ses pensées il galopait vers Ria, la capitale du comté, posant parfois quelques regards admiratifs sur les sommets effilés de Gor-Draka où brillaient sous le soleil de printemps les cristaux d'une neige éternelle.

Il était déjà trop tard quand il aperçut devant lui une patrouille de Soldats de la Flamme. Ils portaient tous par-dessus leur cotte de mailles une longue cape blanche fermée par le devant où l'on voyait nettement brodée la Flamme rouge, blason du comte Al'Roeg.

Aodh arrêta son cheval, se demanda s'il devait faire demi-tour ou fuir par-delà le fossé, mais il n'avait plus le temps, les soldats étaient déjà presque sur lui.

— Qui êtes-vous ? l'interrogea celui dont le heaume décoré indiquait sans doute qu'il était de grade supérieur.

— Je suis Heliod Taim, mes frères m'appellent Aodh, je suis Grand-Druide au Conseil de Saî-Mina.

Le soldat le dévisagea un long moment, les deux mains posées sur le pommeau de sa selle.

— Vous êtes en terre de Harcourt, monsieur, pourquoi portez-vous le symbole de la Moïra ?

— Parce qu'un druide ne quitte pas plus son manteau blanc qu'un soldat ne quitte son épée, et je suis venu voir le comte Al'Roeg.

Les six soldats éclatèrent de rire.

— Il est venu voir le comte ! Vous entendez ça ? se moqua le capitaine en se retournant vers ses hommes.

Eh bien, druide, tu ne manques pas de toupet. Allez, retourne d'où tu viens et je te laisse la vie sauve...

— Vous n'avez pas compris. Je suis venu voir Feren Al'Roeg, comte de Harcourt, et je ne repartirai que quand je l'aurai vu.

— Et moi je ne plaisante pas, druide, fais demi-tour tout de suite ou nous te pendrons ici même.

— De quelle autorité ?

— Celle du comte, pauvre imbécile.

— Le comte Al'Roeg vous laisserait pendre l'ambassadeur d'un Conseil venu lui proposer un accord ?

— Le comte Al'Roeg payerait cher pour ta tête, et je me demande ce que je fais encore à te parler alors que j'aurais dû te pendre dès que je t'ai vu. Soldats, emparez-vous de cet homme.

Aodh vit les hommes du capitaine descendre de leurs chevaux et s'avancer vers lui en levant leurs masses d'armes et leurs épées. Il ne perdit pas un instant, se laissa pénétrer par le Saîman et sauta à terre.

Il fit vibrer l'énergie ardente dans chaque partie de son corps et au dernier instant la laissa exploser hors de lui. L'instant d'après, tout son corps s'était métamorphosé en acier massif et brillant, ses bras et ses jambes étaient des lames effilées qu'il fit tourner autour de lui dans un ballet martial impressionnant. Il se servait de son propre corps comme d'une armée d'épées, et s'approchait en bondissant vers les soldats médusés.

— Laissez vos épées ! hurla le capitaine, attaquez avec vos masses d'armes, et cassez-le en morceaux !

Mais Aodh fut le plus rapide et d'un seul bond il abattit le tranchant de sa jambe droite sur l'épaule du soldat le plus proche, lequel fut littéralement coupé en deux jusqu'à la taille. Puis Aodh continua sa danse meurtrière.

Se ressaisissant, les soldats chargèrent le druide en faisant tournoyer leurs masses dans leur élan. Aodh envoya un coup de pied circulaire et trancha la gorge d'un second soldat alors qu'à droite il recevait le premier coup de masse. Le choc violent fit vaciller la flamme du Saîman dans son esprit, mais il reprit vite le contrôle et d'un seul coup il se retourna en se baissant, fauchant son assaillant et lui coupant les deux jambes. Il se redressa dans le même élan et empala le quatrième d'un violent coup de poing.

Le capitaine, voyant que le druide avait tué quatre de ses hommes en si peu de temps, chargea à son tour, campé sur son cheval.

— Par la croix du Christ ! hurla-t-il en arrivant au-dessus d'Aodh.

Le druide se baissa juste à temps pour éviter le fléau qui s'abattait sur lui. Le dernier soldat en profita pour frapper de toutes ses forces et atteignit la hanche de métal d'Aodh. Le choc fut terrible, acier contre acier, et projeta alentour un bouquet d'étincelles. Le druide perdit l'équilibre et tomba sur le sol. D'un coup de reins, il roula jusque sous le cheval du capitaine et enfonça la lame de son bras dans les entrailles de la bête qui s'écroula quelques mètres plus loin, entraînant son cavalier dans sa chute.

Aodh se redressa d'un bond et fonça sur le dernier soldat pendant que le capitaine se relevait derrière lui. Le soldat leva son bouclier vers son assaillant, mais Aodh lui assena une attaque terrible : d'un seul saut en hauteur il trouva assez de force pour donner deux coups de pied, par la droite puis par la gauche. Le premier fit perdre son bouclier au soldat, le deuxième lui trancha la tête d'un seul coup.

Aodh tomba au sol, emporté par son élan. Il se retourna et vit le capitaine monter sur un autre cheval et s'enfuir dans la direction opposée. Il y avait cinq cadavres démembrés à terre et quand Aodh retrouva sa forme humaine, ses pieds trempaient dans une mare de sang.

Il reprit son souffle et partit chercher sa monture qui s'était échappée plus loin. Il hésita un instant, posant un regard dégoûté sur les dépouilles déchiquetées aux pieds de son cheval, puis se remit au galop vers Ria sans plus réfléchir.

Au sud, la montagne avait fait place à la mer. Le décor occidental de Gaelia défilait sous ses yeux comme en rêve. À la tombée du jour, il ne sut combien de temps il était resté ainsi, courbé sur sa selle, secoué par le galop de son cheval dans le vent maritime. Son dos lui faisait mal et ses yeux pleuraient sans cesse. Il trouva un endroit abrité pour camper et alluma un feu.

Il était épuisé, confus, et surtout il se sentait incroyablement seul. Comme il aurait aimé qu'Adrian, son Magistel, fût là ! Il chassa cette idée et entreprit de se restaurer.

Cette bataille avait été éreintante et l'avait profondément déstabilisé. Il ne savait plus que faire. Les paroles du jeune Finghin, l'attaque des Soldats de la Flamme, la fatigue, tout le poussait à abandonner. Pourtant, il était un druide, et il ne pouvait admettre quelque lâcheté que ce fût.

Aodh plongea son visage entre ses mains et essaya de se ressaisir. Le feu brûlait ses doigts. Il se sentait démuni. Comme aux premiers jours de son apprentissage.

Soudain, il entendit un bruit sur le côté, derrière un imposant rocher gris. Il se leva brusquement pour voir ce qui venait par là. Il découvrit alors la haute silhouette d'un homme qui marchait en s'aidant d'un bâton.

— N'ayez crainte ! Je ne suis qu'un vieil homme.

L'homme s'approchait en boitant. Il était richement vêtu et pourtant il semblait perdu au milieu de nulle part. Son allure n'inspirait guère confiance.

— J'ai vu votre feu et je viens en ami.

Aodh attendit de voir le visage de l'inconnu, puis, sans quitter son air méfiant, lui fit signe de s'asseoir.

— Bonsoir. Qui êtes-vous ? demanda-t-il au vieil homme en s'asseyant à son tour.

— Allons, je suis sûr que vous me reconnaissez, Grand-Druide...

Aodh eut un mouvement de recul.

C'est pourtant vrai, pensa-t-il. *Son visage me dit quelque chose. Mais c'est un visage que je n'ai pas vu depuis longtemps car je n'arrive pas à m'en souvenir. C'est étrange. Si je le connais, cela m'étonnerait que cette rencontre soit fortuite. Suis-je tombé dans un nouveau piège ?*

— Je devrais ? demanda-t-il simplement.

— Vous étiez bien jeune, mon frère, quand j'ai quitté le Conseil.

Aodh fronça les sourcils. Puis il se souvint.

Impossible. Comment ai-je pu tomber sur lui ! Que fait-il ici ? Je n'arrive pas à y croire !

— Vous êtes... Samael ?

Le vieil homme parut soulagé et offrit un large sourire.

— Ah ! Cela faisait bien longtemps qu'on ne m'avait donné mon nom de druide, mais c'est agréable de voir qu'on ne m'a pas complètement oublié... Et vous êtes Heliod Taim, n'est-ce pas ?

— Mes frères m'appellent Aodh à présent. Vous avez déserté le Conseil le jour même de mon initiation.

Le vieil homme éclata de rire.

— Déserté ? C'est ainsi que vous qualifiez mon départ ?

— C'est ainsi que l'on parle d'un druide quand il quitte volontairement le Conseil, en effet.

— Entre *quitter volontairement* et être *obligé de partir*, il y a une différence, cher druide. Mais parlons plutôt de vous... Que faites-vous ici, si loin de Saî-Mina, et sans votre Magistel ?

— Je viens voir Feren Al'Roeg, comte de Harcourt, pour m'entretenir avec lui.

— Ah. Dommage qu'ils n'aient pas envoyé Kiaran, nous étions proches jadis et j'aurais aimé le revoir, pour parler du monde des rêves... Et vous, de quoi voulez-vous parler avec le comte ?

Aodh prit soudain conscience de l'incongruité de ce dialogue.

— Samael, vous réapparaissez comme ça, au milieu de Harcourt, après plusieurs années d'absence, alors que vous êtes recherché par le Conseil qui veut votre mort, et vous vous asseyez près de moi pour tenir une simple conversation comme si rien ne s'était passé ? Je pourrais vous forcer à revenir au Conseil pour vous faire juger...

— Il faudrait d'abord que vous puissiez me forcer à faire quoi que ce soit... Je ne suis plus au Conseil, mais j'ai toujours le Saîman, jeune homme, et je n'ai pas perdu l'habitude de m'en servir. De toute façon, quelque chose me dit que vous ne feriez pas ça... On vous a forcé à partir, vous aussi, n'est-ce pas ?

Aodh ne répondit pas. Il avait remarqué l'air moqueur du vieil homme et trouvait cela agaçant.

— Que faites-vous de votre vie, Samael, depuis que vous avez quitté le Conseil ?

Le vieil homme eut un large sourire.

— J'ai d'abord passé quelques années à essayer d'oublier ma haine pour Éloi, l'Archidruide qui a causé mon départ.

— Éloi est mort, Samael, Ailin l'a remplacé.

— Oui, j'ai entendu dire cela. Ailin est un homme intelligent, je suis sûr qu'il remplit très bien son rôle d'Archidruide, n'est-ce pas ?

Il me provoque, pensa Aodh. *Il sait que je suis là à cause d'Ailin et il veut me le faire dire. Mais pourquoi ? Veut-il trouver du réconfort en me faisant avouer que je suis comme lui ? Cela le conforterait-il dans l'idée que c'est le Conseil qui s'est débarrassé de lui ? Ou bien veut-il se servir de ma colère contre Ailin à d'autres fins ? Je dois le faire parler et ne rien dire de moi.*

— Et après ces années, qu'avez-vous fait ?

— Je peux vous raconter ma vie, si vous insistez, mais il faudrait que vous cessiez de fuir mes questions de votre côté. N'insultez pas mon intelligence, Aodh, je suis ici parce que je le veux et pourrais partir sans plus rien vous dire. Je crois que je mérite un peu de votre confiance, ou en tout cas un peu de respect.

Il a vu que j'avais compris son jeu. Je dois le rassurer. Je veux mieux le connaître avant de lui parler sincèrement. Après tout, sa vérité m'intéresse.

— Vous avez tout mon respect, Samael, mais comprenez que je sois surpris et sur mes gardes. Vous vous êtes retourné contre l'ordre auquel j'appartiens.

— Je ne me suis retourné contre personne, Aodh. Mais je ne suis pas là pour me justifier. Éloi est mort et avec lui mon désir de vengeance. Que les autres Grands-Druides n'aient pas su à l'époque l'empêcher de commettre l'injustice qui m'a obligé à fuir, c'est regrettable, mais c'est du passé. La plupart d'entre eux aussi sont morts de toute façon. Aodh, je n'ai envie ni de vous faire pitié ni de vous convaincre.

— Alors parlez-moi juste de ce que fait un Grand-Druide quand il quitte le Conseil.

Voilà, cette phrase va peut-être lui donner l'espoir que je suis en train de vouloir quitter moi aussi le Conseil. Je suis sûr que c'est ce qu'il cherche.

— J'ai essayé de voir le monde avec un regard neuf, pur, et non pas perverti par la culture du Conseil. Au milieu des druides on finit par voir le monde comme il n'est pas. On finit par faire confiance uniquement au Conseil et à tout interpréter avec les yeux du Conseil. On oublie que c'est avec le cœur qu'il faut voir le monde et les choses. J'ai découvert au bout de quelques années que je me trompais complètement dans ma vision du monde, et donc que le Conseil était dans l'erreur.

— C'est-à-dire ? demanda Aodh qui commençait à être vraiment intéressé.

— La Moïra, répondit simplement le vieil homme.

— Eh bien ?

— C'est un gigantesque mensonge, Aodh.

Aodh écarquilla les yeux. Il ne s'était pas attendu à cela.

Le vieux est devenu complètement fou. Je ne dois pas l'offenser, il le prendrait mal. Mais je ne peux pas non plus l'ignorer. Il va vouloir argumenter.

— La Moïra n'existe pas, Aodh, c'est une interprétation stupide de ce qui régit vraiment le monde. Où est la volonté, où est la logique, où est la fin dans le déroulement de la Moïra ? Et comment pourrait-elle expliquer quoi que ce soit ?

— Qu'y a-t-il à expliquer ?

— La présence de l'homme, la vie. Tout. Pourquoi sommes-nous là ? Ne me répondez pas : « Parce que la Moïra l'a voulu », par pitié. Ce n'est pas une réponse, c'est une calamité ! C'est trop facile.

— Alors quelle est votre réponse, à vous ?

— Je cherche. Pour l'instant, je m'intéresse au dieu des chrétiens. Ils me prennent d'ailleurs pour l'un des leurs, et figurez-vous qu'ils m'ont nommé évêque ! N'est-ce pas désopilant ? Évêque Natalien, m'appellent-ils. Si seulement ils savaient que j'ai un jour été druide !

— Et quelle est la véritable différence entre leur prétendu dieu et la Moïra ? insista Aodh.

— Oh, il n'y a pas grande différence, vous avez raison. Mais au moins les chrétiens acceptent l'écrit, et c'est là toute la distinction. Vous ne devinez pas, Aodh, tout ce qu'on peut trouver dans les livres ! Là est mon vrai bonheur.

Aodh resta perplexe.

— Difficile d'admettre ça de la part d'un ancien Grand-Druide, n'est-ce pas ? Pourtant, c'est vrai, Aodh. Mais pour le comprendre il faut savoir regarder le monde en oubliant l'enseignement stupide prodigué par le Conseil depuis tant de générations. Tout le monde a fini par l'admettre aveuglément.

— Vous... Vous êtes avec Thomas Aeditus ? balbutia Aodh qui n'arrivait toujours pas à s'habituer à la folie des propos de son interlocuteur.

— Je me moque d'Aeditus. Ce qui m'intéresse, c'est le savoir que cachent les livres, car le savoir... c'est le pouvoir. Et Harcourt me semble être le comté idéal pour mes ambitions. Mont-Tombe est ici, Aodh, tous les livres du Mont-Tombe me sont offerts ! Et chacun d'eux m'ouvre une nouvelle porte. Bientôt, je serai assis sur le trône qui me revient.

Il veut prendre la place d'Al'Roeg ! Par la Moïra, il faut que je prévienne le Conseil. Ce fou veut prendre le pouvoir en se servant du Saîman, et le Conseil ne sait même pas qu'il est là ! Je dois rentrer tout de suite à Saî-Mina ! Je dois oublier ma rancœur, pardonner à Ailin et prévenir cette catastrophe.

— Samael, je ne sais que vous dire...

— Dites-moi simplement la vérité : le Conseil vous a envoyé ici en mission suicide parce qu'il voulait se débarrasser de vous, n'est-ce pas ? Et cela ne vous ouvre pas les yeux ? Cela ne vous fait-il pas comprendre enfin qu'ils vous mentent ?

Il est fou, je dois partir...

— Qu'allez-vous faire ? reprit le vieil homme. Retourner là-bas et attendre qu'ils trouvent un autre moyen de se débarrasser de vous ? Vous êtes-vous demandé au moins pourquoi ils cherchaient ainsi à vous chasser ?

Aodh ne répondit pas.

— Peut-être ont-ils eu peur que vous ne découvriez la vérité ! Comme en moi, ils ont vu en vous la lucidité qui vous permettra peut-être un jour de comprendre que la Moïra est un gigantesque mensonge ! Aodh, réfléchissez !

— C'est tout réfléchi, Samael, je dois vous laisser maintenant. Bonsoir.

Aodh se leva brusquement et partit vers son cheval.

— C'est dommage, Heliod Taim, vous faites la pire erreur de votre vie, vous auriez pu être enfin libre !

— Mon nom est Aodh. Bonsoir ! répéta le druide en montant en selle.

Après quelques pas, alors que sa monture s'apprêtait à partir au galop, Aodh ressentit une atroce douleur au milieu du dos. Il baissa les yeux et découvrit alors avec horreur la pointe d'une flèche qui avait jailli de sa poitrine. Elle lui avait traversé le cœur. Sur le métal de la pointe, quelques traînées vertes trahissaient encore la présence du poison.

Il n'eut que le temps de se retourner et de voir l'arc et le bras tendu du vieil homme derrière lui, puis la mort l'emporta.

*
**

Quand les trois Magistels revinrent à Saî-Mina pour annoncer au Conseil qu'ils avaient perdu la trace d'Aléa, Ailin entra dans une colère noire et ordonna qu'on réunisse les Grands-Druides à la Chambre, ainsi que le jeune Finghin qui avait joué son rôle d'ambassadeur et pourrait donc assister au Conseil bien qu'il ne fût pas encore Grand-Druide. Finghin et Kiaran étaient revenus de leur mission ce même jour, ils furent donc dix à s'asseoir dans la haute Chambre du Conseil.

Tout le monde se rendit très vite compte qu'Ailin était furieux et une atmosphère lourde pesa sur toute la réunion.

Le jeune Finghin n'avait jamais assisté à un Conseil de Grands-Druides et il fut surpris par la tension, mais cela ne l'empêcha pas de tirer des leçons de toutes les réactions de l'assemblée. Il accomplissait son apprentissage avec une assiduité remarquable et profitait de chaque instant pour s'instruire par la conversation des autres.

— Commençons par les bonnes nouvelles, demanda l'Archidruide, elles sont trop rares pour les reléguer à la fin de notre réunion. Finghin, comment le roi Eoghan a-t-il réagi ?

Il était déjà très exceptionnel qu'on accepte un simple druide au sein du Conseil, mais encore davantage qu'on lui donne la parole. Finghin se sentait la cible de tous les regards. Mais il fit son rapport avec précision.

— Eoghan a accepté notre proposition. Mais il demande en échange que nous réglions nous-mêmes les questions diplomatiques, et il faudra sans doute l'aider aussi à calmer son peuple qui risque de voir cette cession d'un mauvais œil. Mais, au moins, le roi est convaincu que faire la paix avec les Tuathanns renforcera sa position face à Harcourt dont la menace est de plus en plus présente. Quant à Albath Ruad, comte de Sarre, il s'est bien sûr rangé derrière la décision du roi.

— Merci, Finghin, répondit simplement l'Archidruide avec un léger sourire. Et toi, Kiaran, comment cela s'est-il passé en Bisagne et en Terre-Brune ?

— Bisagne se pliera aux volontés conjuguées du Conseil et de Galatie. Alvaro est un opportuniste, il fera tout ce que nous lui dirons. Mais Meriande, lui, est fier et sa jalousie envers le roi son frère fausse son jugement. Il a refusé notre offre et, comme vous le savez, a ordonné le bannissement des druides sur Terre-Brune.

— Qu'importe. Nos frères peuvent se rendre à Galatie et attendre que ce sot soit détrôné, puisqu'il en est ainsi. Cela n'est qu'une affaire de temps. Mais la véritable mauvaise nouvelle nous est parvenue ce matin par les bardes : Aodh, notre frère, a été tué à Harcourt.

Un murmure traversa l'assemblée.

Ernan ou Tiernan vont sûrement faire une remarque, pensa Finghin, mais l'Archidruide ne leur en laissa pas le loisir.

— Nous savions que nous prenions un risque, reprit Ailin, et nous savons maintenant que, si pacte il y a avec les Tuathanns, ce sera contre Harcourt. Dans un sens, nous ne changeons pas d'ennemi.

Il faut être l'Archidruide pour avoir le culot de dire une chose pareille en de pareilles circonstances, je suppose...

— Qui remplacera Aodh parmi nous ? demanda Ernan en ouvrant le grand journal du Conseil sur ses genoux.

— Il est peut-être encore trop tôt pour Finghin, bien qu'il se soit montré digne. De toute façon, Aodh m'avait fait part de son intention de prendre Otelian pour filleul. Le druide Otelian sera donc élevé au grade de Grand-Druide dès que nous aurons le temps de préparer la cérémonie. Mais en attendant, je dois vous faire part d'une deuxième mauvaise nouvelle, continua l'Archidruide : nous venons également d'apprendre la mort d'Aldero.

À nouveau, l'assemblée eut un murmure bouleversé.

L'Archidruide regarda Finghin. Il semblait hésiter à parler devant le jeune druide. Puis il reprit d'un air grave :

— Il a été tué par Maolmòrdha qu'il recherchait depuis presque un an. C'était sans doute l'un des druides les plus braves que j'aie connus et sa mort est une grande perte pour le Conseil...

On dirait qu'il dit cela en comparaison de celle d'Aodh. Ils devaient se détester encore plus profondément que je ne le pensais.

— Son filleul, Kalan, sera élevé au grade de Grand-Druide en même temps qu'Otelian. Mes frères, je partage votre peine, mais sachez que cette mort nous aura cependant appris une chose : le lieu où s'est réfugié Maolmòrdha.

À nouveau, Ernan se mit à griffonner sur le journal du Conseil.

— Il est au palais de Shankha. Oui, ce palais de légende. Je croyais moi-même qu'il n'existait pas puisque personne n'était parvenu à le trouver, selon nos archives.

Ernan acquiesça à côté de l'Archidruide.

— Maolmòrdha semble avoir décidé de renverser le Conseil, ce qui est sans doute l'événement le plus grave de toute l'histoire de notre ordre, car les pouvoirs de ce renégat ne cessent de croître. Nous vivons des moments terribles qui pourraient bien coûter sa survie à notre société. D'un côté, Maolmòrdha semble sortir de l'ombre, et de l'autre, cette jeune fille, Aléa.

Voilà le sujet qui le trouble le plus en vérité, il attire l'attention sur Maolmòrdha, mais c'est Aléa qui le préoccupe. C'est peut-être même cela qui l'a mis dans cet état de colère que je ne lui connaissais pas. C'est incroyable qu'une fille aussi jeune puisse énerver à ce point un druide de son âge, de son expérience et de sa sagesse. C'est à croire qu'elle possède vraiment un pouvoir, si ce n'est celui du Samildanach.

— Vous savez tous qu'elle s'est enfuie le soir où nous avons décidé de la soumettre au Man'ith de

Gabha. À croire que quelqu'un l'a prévenue. Sachant que Phelim et son Magistel ont disparu eux aussi le lendemain, il ne fait plus aucun doute que c'est Phelim qui a aidé l'enfant à s'enfuir dans des circonstances étranges... sur lesquelles je préfère ne pas revenir.

Ce serait pourtant bien intéressant. Car je ne vois pas comment une jeune fille aurait pu faire ce qu'on m'a raconté qu'il s'était passé ce soir-là...

— Je voudrais donc, de toute évidence, proposer à votre vote le bannissement de Phelim qui a bafoué les lois du Conseil en de multiples façons et agi contre ce que nous avions voté ce jour-là. Mes frères, et toi aussi, jeune Finghin, levez la main si vous êtes pour le bannissement de Phelim.

Les mains se levèrent lentement, les unes après les autres, timidement. Pour la plupart des frères, c'était la première fois qu'un tel vote leur était proposé et tout le monde était évidemment mal à l'aise.

Bientôt, il ne resta plus que Kiaran et Finghin qui n'avaient pas levé la main. Pour Kiaran, les druides ne parurent pas étonnés. Mais tous les regards se posèrent sur Finghin qui se mit aussitôt à rougir.

Cette méthode de vote est insupportable. C'est sûrement voulu. Comment faire pour ne pas se plier à cette majorité écrasante ? Si je ne lève pas la main, je vais me faire des ennemis. Mais maintenant que j'ai attendu, si je la lève, je vais passer pour un couard qui n'a pas le courage de ses opinions, lesquelles, de toute façon, étaient contraires au vote... C'est une impasse. La seule solution pour m'en tirer, c'est de prendre la parole. Mais je n'y suis pas invité et avec mon grade, ce serait malvenu. Par la Moïra, ils me regardent tous, le supplice ne va-t-il pas cesser ? Il faut que je parle, je n'ai plus le choix.

— Mes frères, si Phelim avait été un traître, il n'aurait pas commencé par nous amener cette jeune fille. Ce qu'il contestait, ce n'était pas votre décision, mais la méthode, et...

— Il suffit ! le coupa Ailin. Un druide ne parle pas au Conseil sans y être invité ! Et encore moins pendant un vote, cela risque d'influencer les votants.

Mais je suis le seul avec Kiaran à ne pas avoir voté ! Je ne peux plus influencer personne, je ne fais que me justifier ! Encore une fois, Ailin est prêt à tout pour arriver à ses fins. Tant pis. Au moins, j'aurai eu le courage de mon opinion.

— Le bannissement de Phelim a été voté à la majorité sauf deux voix, que cela soit consigné dans le journal, déclara Ailin solennellement tout en jetant un regard glacial au jeune druide. Comme le prévoit notre loi, cela signifie qu'il devra être jugé par le Conseil et qu'il risque la peine de mort ou au mieux l'anéantissement de son pouvoir dans le Man'ith de Saaran. Nous devons donc le retrouver. Et comme il est fort probable que le traître est avec la jeune fille que nous cherchons, je propose que l'on envoie trois druides et trois Magistels pour être sûrs, cette fois, de les retrouver et de pouvoir ensuite les ramener ici. Je propose Shehan, Tiernan et Aengus. Mes frères, levez la main...

La décision fut acceptée à l'unanimité sauf par Finghin, évidemment.

— Bien, pour ce qui est des Tuathanns, maintenant que Bisagne, Sarre et Galatie se sont ralliés à notre décision, je me rendrai bientôt à Filiden pour négocier avec Sarkan, le chef des tribus tuathannes. La réunion est close, que nos trois frères partent dès ce soir avec leurs trois Magistels.

Tous les druides se levèrent et quittèrent la salle la mine grave. Ils avaient l'impression que, pour la première fois, le Conseil ne parvenait pas à rester maître de l'histoire. Il y avait comme une énergie maligne qui agissait sur tous les fronts et endommageait chaque jour davantage la force du Conseil. L'accélération soudaine des événements était aussi extraordinaire que terrifiante ; elle avait le parfum du changement, avec tout ce qu'il avait de surprenant et de destructeur.

Ailin fut le dernier à quitter la pièce. Le regard baissé, il était perdu dans ses pensées et ne vit même pas ses frères qui lui souhaitaient le bonsoir. Il marcha ainsi la tête enfoncée dans les épaules jusqu'à son office, où il retrouva l'archiviste qui l'attendait comme chaque soir.

— Ernan, ce jeune Finghin a quelque chose de magistral, vous ne trouvez pas ? Il est tout simplement brillant.

L'archiviste ne répondit pas, il regardait sans rien dire l'Archidruide déambuler d'un bout à l'autre de l'office, obsédé par ses pensées. C'était devenu une habitude. Les deux hommes se retrouvaient là chaque soir, l'Archidruide parlait, ne cessait de parler, posant parfois quelques questions rhétoriques à l'archiviste, mais celui-ci ne répondait pas. Il attendait patiemment que l'Archidruide fasse le point de ses pensées et surtout pondère son humeur, et enfin il finissait par lui dire, juste avant de partir, une petite phrase assassine que le vieil Archidruide pouvait méditer jusqu'au lendemain. C'était devenu un rituel amical, et très certainement une forme de thérapie pour le vieil homme accablé par ses charges.

— Je trouve, voyez-vous, qu'il ressemble fort au jeune homme que j'étais quand j'avais son âge. Aussi têtu, mais aussi courageux. À cet âge, bien sûr, on pense avec le cœur, si brillant que l'on soit. Et brillant, il l'est, ça, c'est indéniable. Avez-vous remarqué avec quelle attention il étudie chacun de nos propos ? Après seulement sept ans passés parmi nous il maîtrise déjà mieux que tous ces idiots le véritable art du druide. Celui de la vérité et de tous ses éclairages. Car ce qui compte pour convaincre son auditoire, ce n'est pas la vérité, elle est de toute façon obligatoire pour l'argumentation, non, ce qui compte, c'est la façon dont on la dit ! Or, voyez-vous, on ne le trompe pas, ce jeune homme. Quel que soit l'éclairage, lui, il voit tout de suite la nature de la vérité. Il fera un Archidruide exceptionnel, croyez-moi. Malheureusement, le plus triste quand on est Archidruide, c'est qu'on ne voit pas les autres le devenir. J'aurais bien aimé être là le jour où ce Finghin deviendra Archidruide... Avec quel courage il a expliqué son vote négatif. J'ai bien cru qu'il allait me faire perdre la face, ce gredin ! Cela ne m'était pas arrivé depuis bien longtemps, mon cher Ernan, et je dois vous avouer que j'y trouve un certain plaisir. Oui, ce Finghin est un excellent druide. Maintenant que Phelim est parti et qu'Aodh est mort, il est le dernier druide de ce Conseil qui mérite mon respect, avec vous bien sûr. Oui, je sais ce que vous pensez. Qu'Aodh est mort par ma faute et que je viens de mettre Phelim dans la pire des positions. Mais vous ne connaissez pas la vérité dans tout cela, mon bon ami. Encore une fois, c'est une question d'éclairage.

Pour la première fois, l'archiviste parut réellement intrigué par le monologue de l'Archidruide. Il leva un peu la tête.

— Aodh est mort parce qu'il était trop prétentieux et qu'il voulait me tenir en échec, Ernan. Et je dois avouer qu'en effet j'ai échoué. Je ne pensais pas qu'il irait si loin. Comme je regrette sa mort, moi qui voulais le pousser à la faute pour le protéger. Ah, il était trop fier ! Je m'en veux, je m'en veux tellement, et j'espère seulement que je ne refais pas la même erreur avec Phelim. Lui aussi est un druide exceptionnel. Peut-être le meilleur de nous tous.

L'archiviste ne put se contenir. Alors que depuis de nombreuses années il avait toujours attendu la dernière minute pour parler, il céda ce jour-là à la tentation et interrompit le monologue de l'Archidruide :

— Pourquoi l'avoir banni et poussé à la faute, alors ?

Ailin arrêta aussitôt sa marche. Il parut choqué. Il resta silencieux un moment, dévisageant l'archiviste, puis il s'écria :

— Vous ne voyez donc pas ? Ernan ! Depuis tout ce temps vous me prenez donc pour un bourreau, c'est cela ? s'offusqua-t-il.

— Archidruide, je... je ne sais pas. Je ne comprends pas pourquoi vous nous avez fait bannir un homme que vous admirez tant...

— Mais pensez le futur, Ernan, pensez le futur ! La différence entre un Grand-Druide et un homme simple, c'est que l'homme réagit alors que le druide projette ! C'est ce que je vous ai toujours enseigné, par la Moïra ! Il ne s'agit pas de punir Phelim pour ce qu'il a fait, mais de trouver la meilleure solution pour l'aider dans le futur !

— Avouez qu'avec la mort d'Aodh, on peut douter de votre méthode...

L'archiviste regretta cette pique au moment même où il la prononça, mais l'Archidruide ne parut pas se formaliser. Il était trop pris par son propos.

— C'est une leçon dont je tire un enseignement, cher archiviste, car même à mon âge on apprend !

— Et en quoi le bannissement pourrait-il aider Phelim ?

— Ce n'est pas son bannissement, mais le fait que je l'aie mis dans une situation où il était obligé de fuir avec cette jeune fille, Ernan. Le bannissement n'est qu'une formalité pour officialiser tout ça.

— Alors pourquoi l'avoir obligé à fuir avec la jeune fille ?

— Mais, Ernan, parce qu'elle est le Samildanach ! s'écria l'Archidruide en s'asseyant à son bureau.

Et l'archiviste ne put retenir un cri de surprise.

— Comment ?

— Vous n'avez donc rien compris, mon ami. Et depuis tout ce temps je vous parle chaque soir en croyant que vous aviez deviné les raisons de mes choix... Aléa est le Samildanach, cela ne fait aucun doute, et c'est bien évidemment la pire nouvelle de l'histoire du Conseil. Car cela signifie notre fin. Après elle, il n'y aura plus de druides, Ernan. Plus de druides, plus de Conseil, et plus de Samildanach non plus, d'ailleurs.

— Je pensais qu'une femme ne pouvait pas être Samildanach !

— Et pourtant, si. *Et sa venue marquera la fin du Saîman*, dit la légende.

— Je... je ne vois toujours pas pourquoi vous avez mis Phelim dans cette position, Archidruide, même si la petite est le Samildanach.

— Pour qu'il soit libre, Ernan. Libre, débarrassé du Conseil et des autres druides, débarrassé de vous et moi. Il fallait qu'il puisse accompagner cette enfant dans l'accomplissement de son destin. Cela me paraissait pourtant si évident...

— Alors vous ne voulez pas la mort de Phelim ?

— Bien au contraire, mon ami, bien au contraire. Phelim est l'un de mes amis les plus chers.

— Je ne suis pas sûr de tout comprendre, Archidruide, je...

— Laissez-moi, maintenant, Ernan, laissez-moi, toute cette agitation m'a épuisé. Je dois me reposer, cher archiviste. Nous en reparlerons demain.

Ernan se retira poliment, bouleversé, et partit vers sa chambre. Il s'en voulait tellement de n'avoir pas compris plus tôt les motifs de l'Archidruide. Il avait admiré cet homme si longtemps qu'il aurait dû réaliser dès le début qu'il agissait pour le bien. Au lieu de ça, il s'était mis à douter de lui et à le croire sénile. L'archiviste était profondément troublé et il eut beaucoup de peine à trouver le sommeil.

Le lendemain, Ailin était mort.

Nul ne sut si une maladie cachée l'avait finalement emporté ou s'il s'était délibérément laissé mourir, mais on retrouva près de son corps un mot où il expliquait seulement qu'il voulait qu'Ernan prenne sa place d'Archidruide, et que Finghin soit élevé au grade de Grand-Druide pour occuper la place d'Ernan. Les dernières volontés du défunt choquèrent la plupart des Grands-Druides. Finghin venait à peine d'être initié, et jamais de toute l'histoire du Conseil on n'avait admis druide si jeune. Mais on n'avait jamais non plus désobéi aux volontés d'un Archidruide.

Ainsi, il fut fait selon les souhaits du défunt, on célébra le soir même l'élévation de Finghin, d'Otelian et de Kalan, et l'on nomma Ernan au poste d'Archidruide.

Ernan pleura pendant toute la cérémonie des obsèques, mais au fond de lui, il remerciait la Moïra d'avoir fait dire à l'Archidruide tout ce qu'il avait révélé la veille avant de mourir. Il se jura qu'il essaierait de perpétuer la bravoure et la bonté discrète du vieil homme. Au plus profond de lui, pourtant, il se demanda s'il en était seulement capable.

*
**

Comme chaque jour, Erwan s'entraînait dans la cour de Saî-Mina avec les autres apprentis Magistels, donnant toute son énergie dans l'exercice, comme s'il avait envie d'oublier. Oublier Aléa et la fraîcheur qu'elle avait apportée dans sa vie. La jeune fille lui manquait. Son regard, ses cheveux sombres, la simplicité de ses rires. Chaque fois qu'il portait un coup à son adversaire, il s'imaginait que cela repousserait d'autant le souvenir d'Aléa. Et pourtant, inlassablement, le visage de la jeune fille revenait à la charge dans son esprit, indélébile.

Il se disait qu'il aurait dû l'accompagner, ou l'empêcher de fuir. Il se demandait à chaque instant où elle était. Si Phelim et Galiad, son père, l'avaient retrouvée et s'ils allaient la faire revenir, ou bien s'ils la protégeraient. Puis il s'en voulait de ne pouvoir se discipliner pour penser à autre chose. Lui qui avait toujours si bien su se concentrer, se préparer au combat ou porter à ses professeurs la plus entière attention, voilà qu'il n'était plus capable de penser à autre chose qu'à cette fille.

Son esprit était tellement plein de la douleur des amoureux esseulés qu'il reçut même plusieurs coups d'épée qu'il aurait jadis esquivés sans difficulté. Ses partenaires s'étonnèrent de le voir si peu attentif.

Au beau milieu de l'entraînement, alors qu'Erwan s'apprêtait à abandonner l'exercice pour aller se réfugier dans le silence de sa chambre, Finghin vint le chercher. Le jeune homme, qui venait d'être élevé prématurément au grade de Grand-Druide, était sans aucun doute le meilleur ami d'Erwan. Pendant que l'un s'était préparé à devenir druide, l'autre s'entraînait pour devenir Magistel. Ils avaient appris ensemble, grandi ensemble, souffert ensemble et partagé plus d'une fois les joies et les douleurs de leur âge.

Erwan était ravi de revoir Finghin. Ses visites avaient été de moins en moins fréquentes à mesure qu'avançait son apprentissage, et la veille, Erwan n'avait bien sûr pas eu le droit de venir assister à la cérémonie qui avait fait de son ami un Grand-Druide, pas plus qu'il n'avait pu assister, quelques jours plus tôt, à son initiation.

Erwan se dit que Finghin saurait sans doute le comprendre. Depuis le départ de son père, il n'avait pu se confier à personne et rien n'aurait pu lui faire plus plaisir que cette visite surprise.

— Erwan, je suis venu te demander d'être mon Magistel, déclara Finghin d'un seul souffle.

Le fils de Galiad resta bouche bée. Il ne s'était pas attendu à cela. Il était tellement préoccupé qu'il n'avait même pas songé la veille que si Finghin devenait Grand-Druide, cela signifiait aussi qu'il devait prendre un Magistel.

Erwan laissa tomber son arme à terre. Il était empli de joie. Jamais il n'aurait cru que l'occasion se présenterait si vite, et que ce soit un ami qui lui offre son statut de Magistel était encore plus inespéré. C'était la récompense de tant d'années de travail, et c'était aussi tout simplement le seul et unique objectif qu'il s'était fixé depuis son plus jeune âge. Devenir Magistel, voilà l'ambition qui emplissait son cœur, son corps et son âme depuis toujours. C'était un rêve quotidien, un espoir renouvelé chaque soir, une vocation entière. Mais devenir le Magistel de son meilleur ami, c'était inespéré ! Il n'y avait pas de perspective plus excitante.

— Mon ami, je... je ne sais que dire, balbutia Erwan en prenant la main de Finghin entre ses larges paumes. C'est un honneur si grand...

— Dis simplement oui, imbécile ! se moqua Finghin en prenant l'apprenti Magistel par les épaules. Et allons boire un verre pour célébrer cet instant.

Ils rirent tous deux, mais Finghin se rendit vite compte que son ami était embarrassé.

— Qu'est-ce qui te gêne ?

— J'aurais tellement voulu que mon père soit là. Je ne peux pas devenir Magistel en son absence, répondit Erwan.

Finghin s'arrêta lentement.

— Ton père ? Tu n'es donc pas au courant ?

— Qu'y a-t-il ? s'inquiéta Erwan.

— Par la Moïra, si tu n'es pas au courant, c'est sans doute que tu ne dois pas l'être. J'ai dû trahir la parole du Conseil ! Mince ! Voilà ma première erreur de jeune druide : j'aurais dû me taire. Mais je suis bien obligé de t'en parler, Erwan, tu es mon ami... J'espérais en venant que ma proposition te consolerait du sort de ton père, mais je n'ai pas pensé un instant que tu puisses ne pas être au courant...

— Au courant de quoi ? s'impatienta Erwan dont le regard devenait de plus en plus inquiet. Qu'est-il arrivé à mon père ?

— Rien, il ne lui est rien arrivé. Mais il n'est plus Magistel, mon bon Erwan, car son maître, Phelim, a été banni.

— Banni ? C'est une plaisanterie ! Phelim est irréprochable !

— Chut ! Par pitié, parle moins fort, je ne suis pas censé te l'avoir dit, enfin ! Tu veux que je sois banni à mon tour ?

— Mais c'est impossible ! s'offusqua Erwan qui se sentait tressaillir. Que vont-ils devenir ?

— Phelim sera jugé et ton père devra trouver un autre destin. Je suppose qu'aucun druide ne voudra plus le prendre comme Magistel, après cette histoire. Shehan, Tiernan et Aengus sont partis avec leurs Magistels pour arrêter Phelim. Ils doivent aussi ramener la jeune fille qui s'est enfuie avec lui pour la soumettre au Man'ith de Gabha. Le Conseil aimerait prouver qu'elle n'est pas le Samildanach... Mais encore une fois, je t'en dis trop, Erwan. Cette histoire n'est pas des plus simples et moi-même j'en suis bouleversé. J'ai tout fait pour empêcher que Phelim soit banni, mais ma voix n'a pas suffi au sein du Conseil. Par la Moïra, oublie tout cela, je suis sûr que ton père saura très bien se débrouiller. Il était l'un des meilleurs Magistels.

— Il l'est toujours, protesta Erwan.

— Allons, mon ami. Accepte mon offre, rien ne pourrait faire plus plaisir à ton père. Et ensemble, si Phelim n'est pas coupable de ce qu'on lui reproche, nous ferons tout pour empêcher cette injustice.

— Impossible, Finghin, ton offre me touche profondément, et je ne l'oublierai jamais, mais je dois partir prévenir... mon père, acheva-t-il, mais c'était plutôt le nom d'Aléa qu'il avait à l'esprit.

— Le prévenir ? Mais tu es fou ! Tu ne vas pas te mettre le Conseil à dos à ton tour !

— Finghin, je ne peux laisser Phelim et mon père se faire arrêter par les trois druides sans avoir eu la chance de prouver leur innocence. Je dois les prévenir pour qu'ils puissent se préparer. Si tu es mon ami, accepte mon départ, ne me trahis pas, et si pendant mon absence tu prends un autre Magistel, je ne saurai t'en tenir rigueur. Je comprendrais parfaitement que tu ne puisses attendre. Finghin, au revoir.

Il salua son ami et s'enfuit vers ses appartements sans attendre. Il aurait aimé consacrer plus de temps à Finghin, mais il ne pouvait supporter l'idée qu'Aléa et son père fussent en danger.

Il prit à peine le temps de préparer ses affaires, se garda bien de prévenir le maître d'armes qui l'aurait sûrement empêché de partir et dès que le soir fut tombé il descendit le long escalier qui menait à la mer.

Arrivé en bas, il se baissa pour détacher la barque. Au même instant, une main se posa sur son épaule. Erwan sursauta et faillit tomber à l'eau. Il se retourna et, malgré l'obscurité, reconnut Finghin qui avait revêtu le manteau blanc des druides.

— Avant que tu partes, Erwan, je voudrais que tu acceptes de devenir mon Magistel.

Erwan poussa un soupir exaspéré.

— Pourquoi insistes-tu ?

— Parce que si tu es mon Magistel et qu'il t'arrive quelque chose, si loin sois-tu, je le saurai. C'est l'un des privilèges du lien qui nous unira.

— Je n'ai plus le temps, Finghin. Je comprends ton inquiétude et te suis reconnaissant. Mais je n'ai plus le temps.

Mais le jeune druide n'était pas près d'abandonner.

— Il suffit que tu acceptes et que tu me laisses te lier à moi. Oublions la cérémonie. Le Conseil m'en voudra certainement, mais mon amitié pour toi vaut bien un blâme ! Je t'en supplie, accepte !

— Nous ne pouvons faire ça ici. Sans l'accord du Conseil. Mon père me tuerait.

— Il n'y a pas de meilleur moment. S'il t'arrive quelque chose, je ne pourrai jamais me pardonner de n'avoir pas su te convaincre. Et c'est moi qui me tuerai. Donne-moi ta main, Erwan.

Lentement, le fils du Magistel tendit sa main vers son ami.

— Pourquoi fais-tu cela pour moi ? murmura-t-il.

— Tu es mon seul ami, et la vie que j'ai choisie ne me permettra pas d'en trouver d'autre. Je n'ai pas vu ma famille depuis plus de dix ans. Tu es tout ce qui me reste, Erwan, et je ne veux pas te perdre. Je comprends que tu veuilles partir, et je l'accepte, mais ta destination est dangereuse et je veux pouvoir t'aider si tu en as besoin. Et puis, de toute façon, j'ai toujours su que tu serais mon Magistel. Ce n'était qu'une question de date...

Le druide prit la main de son ami entre ses deux paumes. On n'apprenait pas aux apprentis ce qu'il devait faire en cet instant. C'était un geste instinctif. Finghin se laissa guider par son pouvoir. Il ferma les yeux et s'ouvrit au Saîman. Le flot d'énergie entra en lui et quand il en eut pris le contrôle, il le dirigea mentalement vers la main d'Erwan. Il devait établir le contact. Ouvrir le verrou de l'âme du récipiendaire. Il devait entrer dans son esprit. Le comprendre et y laisser un peu de lui-même. L'expérience était troublante. Jamais il ne s'était senti autant en communion avec un être. Le fait que ce soit son meilleur ami était d'autant plus extraordinaire. Pendant une seconde qui sembla une éternité, ils ne firent plus qu'un. Finghin inscrivit dans l'âme d'Erwan la marque de son passage. Celle qui allait faire du jeune homme son Magistel à jamais.

Quand soudain tout s'arrêta, Erwan vit qu'il était tombé à genoux devant son ami, dans la position de l'adoubement. Il pouvait sentir au fond de lui la force nouvelle que lui offrait son statut. Il était Magistel.

Ce dont il avait toujours rêvé.

— Finghin, je te promets que je ferai au plus vite. Dès que j'aurai retrouvé mon père je reviendrai à tes côtés pour remplir mon rôle. Ma vie t'appartient.

Finghin aida son ami à se relever.

— Retrouve Aléa, chuchota-t-il en lui adressant un clin d'œil. Retrouve-la et fais ce que tu dois. Elle compte pour toi plus que tout au monde. Je l'ai vu dans ton esprit. Retrouve-la, Erwan.

*
**

— Nous pourrions atteindre Borcelia en deux ou trois jours, dit Phelim à la compagnie alors qu'ils mangeaient ensemble autour d'un petit feu, à la lisière de la forêt de Velian. Mais les cavaliers qui nous poursuivent sont plus rapides que nous et nous devons trouver un moyen de leur échapper autre que la vitesse.

— Nous pourrions nous battre, suggéra Mjolln.

— Mon cher nain, je sais combien vous êtes valeureux et que le combat ne vous fait pas peur, répliqua Phelim. je vous ai vu vous battre et si à l'époque il vous manquait encore un peu de technique, je suis sûr qu'avec tout ce que vous ont appris Galiad et son fils vous n'auriez pas de peine à vaincre deux fois plus de gorgûns aujourd'hui. Mais ces ennemis-là, les Herilims, sont beaucoup plus dangereux. Galiad lui-même se garderait bien de les provoquer, n'est-ce pas, Magistel ?

— Certes. Je ne vis que pour défendre Phelim, expliqua Galiad au nain, alors que ces hommes-là ne vivent que pour tuer. Ils sont haineux et meurtriers. La mort est dans chacun de leurs gestes. Leurs épées elles aussi sont envoûtées par la mort. On raconte qu'un seul coup de leur lame fait vieillir leur victime de plusieurs années. Non, le combat n'est vraiment pas la bonne solution.

— Nous pourrions effacer nos traces et les laisser nous dépasser, proposa Faith.

— On ne les sème pas si facilement, répondit Phelim. S'ils ont pu nous suivre jusqu'ici, ils nous trouveront n'importe où ailleurs.

— Alors, que faire ? demanda Mjolln, impatient.

— Il faut arriver dans la forêt de Borcelia par un autre moyen, par un chemin où ils ne pourront pas nous suivre, dit Aléa alors qu'elle s'était tue toute la soirée.

Tout le monde resta muet. Les interventions d'Aléa devenaient de plus en plus étonnantes. Elle était devenue à la fois pertinente et grave, bien trop pour son âge en tout cas. Son nouveau destin pesait chaque jour sur son âme et semblait la vieillir prématurément. On avait l'impression qu'elle apprenait à une vitesse incroyable et que soudain elle s'était mise à comprendre le monde, à hériter d'un savoir étrange qu'elle ne maîtrisait pas encore mais qui l'aidait à avancer. Cela se lisait sur son visage. Cela s'entendait dans ses silences. Elle comprenait petit à petit une chose trop importante pour qu'elle ose en parler même à ses plus proches amis.

— Quel chemin ? demanda le nain. On ne va pas y aller en volant, tout de même ! Cui-cui ! Ahum. Remarque, avec toi, je m'attends à tout maintenant.

— Phelim, reprit la jeune fille, n'existe-t-il pas un moyen d'y arriver que les hommes ignorent ? Comment les silves se déplacent-ils de forêt en forêt sans que jamais on ne les voie ? Ils doivent bien connaître un passage ?

Phelim parut étonné.

— Je ne sais pas...

— Il y a de nombreuses légendes, intervint la barde. Je ne les connais sûrement pas toutes, mais l'une raconte en effet que les silves peuvent passer d'une forêt à l'autre par un moyen magique, sans être vus. On raconte qu'ils entrent dans le tronc d'un arbre et qu'ils ressortent d'un autre, beaucoup plus loin.

— Le meilleur moyen serait de demander aux silves, suggéra Aléa.

La barde parut gênée.

— Il faudrait pour cela que je les appelle de mes chants, et je ne suis pas sûre qu'ils accepteraient de venir, avec tout ce monde.

— Cela ne coûte rien d'essayer, proposa Aléa.

— Maintenant ? s'étonna la barde.

— Qu'avons-nous de mieux à faire ?

Faith posa un regard circulaire sur ses quatre compagnons. Puis elle prit sa harpe, se leva, partit quelques mètres plus loin à l'intérieur de la forêt, s'assit sur un tronc mort et se mit à chanter.

Sa voix était magnifique et comme à chaque fois, Aléa fut saisie par la beauté de ses chants. L'impression que lui avait faite la barde au premier jour restait vivante dans son souvenir et continuait de l'émouvoir.

Mais après le troisième chant, la barde se leva et revint vers la compagnie.

— Ils auraient déjà dû venir. Mais votre présence doit les effrayer. Je suis désolée, Aléa.

— Ou alors ils n'apprécient pas votre voix... D'ailleurs, estimez-vous heureuse : je vous avais prédit des tomates ! se moqua Galiad.

— À moins que ce ne soit votre odeur qui les ait fait fuir, rétorqua Faith. Après tout, je ne vois pas pourquoi on s'inquiète, avec votre parfum, même les Herilims n'oseraient pas s'approcher...

— Allons, allons, intervint Phelim. Un peu de sérieux. Il se fait tard, et nous avons encore un peu d'avance. Nous essaierons à nouveau demain matin, et trouverons un autre moyen de fuir si cela ne marche pas. La proximité des Herilims mérite votre attention et exige la fin de ces enfantillages. Dormons maintenant, nous avons tous besoin de repos.

Ils se souhaitèrent une bonne nuit et, en silence, partirent se coucher sous leurs couvertures. Aucun d'entre eux ne put s'empêcher toutefois de penser à l'imminence du danger, aux quatre Herilims de Maolmòrdha, ombres noires sur des chevaux de guerre, ombres ciselées, hautes, qui se détachaient sur le fond bleu d'une nuit d'été. Ils eurent tous du mal à s'endormir.

Au milieu de la nuit, Aléa, exaspérée par ce sommeil qui ne voulait pas venir, après s'être retournée mille fois sous sa couverture, se leva brusquement et partit se calmer sous le vent de la nuit.

Elle se perdit à nouveau dans ses pensées, celles qui l'occupaient à chaque instant depuis plusieurs jours.

Je suis un danger pour mes amis. C'est moi que les cavaliers cherchent, il n'y a aucune raison que Mjolln, Faith, Phelim ou Galiad soient sacrifiés à cause de moi. Par la Moïra, j'ai si honte de les avoir entraînés là-dedans. Moi qui voulais de l'aventure, moi qui voulais un destin extraordinaire, j'en regrette presque la vie à Saratea. Au moins là-bas je n'étais un danger pour personne.

Je dois trouver un moyen de les sortir de là. Ce n'est pas à Faith de nous sauver, c'est à moi. Si seulement je comprenais ce pouvoir qui est en moi, si seulement je savais m'en servir. Peut-être au contraire ne faut-il pas s'en servir et ne faire qu'un avec lui. Mais comment ? Les rares fois où je l'ai senti en moi, c'était quand ma colère était si forte ou le danger si imminent que je n'étais plus tout à fait moi-même. Comment retrouver ces instants-là ? La rage contre Almar, la peur du regard du cavalier, la fuite de Saî-Mina ? J'avais l'impression de tout voir, de tout connaître, de tout comprendre en ces moments précis, comme si le monde s'était ouvert devant moi. Si seulement je retrouvais cette vision, je pourrais peut-être sauver mes amis.

Peut-être, oui, mais à quel prix ? Celui de ne jamais retrouver les plaisirs simples de la vie ? Ne plus jamais voir les hommes et les femmes tels qu'il paraissent mais chaque fois être plongée dans leurs entrailles, leur passé, et vivre dans un monde trop plein de sens. À chaque instant me poser la question du devoir. Que dois-je faire de mon pouvoir ? Qui aider, et comment ? Pourquoi la Moïra m'a-t-elle choisie moi ? Et surtout, je ne serai jamais tranquille. Il y aura toujours un Maolmòrdha.

Cette pensée la fit frémir et elle se laissa tomber sur les genoux au milieu de la forêt. Elle avait marché près d'une heure sans s'en rendre compte.

Je dois sauver mes amis. Et ces maudits silves qui ne viennent pas à notre aide ! Je dois trouver seule ce passage mystérieux dont parle la légende. Je suis sûre qu'il existe. Je sais qu'il existe.

Il faut que je devienne la forêt.

Elle plongea ses mains dans la terre humide couverte de feuilles. *Il faut que je m'emplisse de l'esprit de la forêt. Que je devienne les arbres, et chaque branche et chaque feuille.*

Et enfin, elle sentit la lumière au milieu de son front. Le Saîman, si léger, insaisissable, glissant. Elle savait qu'elle pouvait le perdre, qu'il fallait le dompter, mais il était là, prêt à s'ouvrir. Elle essaya de s'approcher de la lumière dans son esprit. Comme au pied du roc de Saî-Mina. Elle se souvenait vaguement du chemin mental qu'elle avait parcouru. Il ne fallait pas relâcher la lumière.

Mais soudain, un cri derrière elle lui fit perdre le contact du Saîman.

— Ho ! Elle va réveiller tout le monde !

Aléa se retourna brusquement pour voir qui lui parlait et se laissa tomber sur les fesses. Elle ne voyait personne.

— Qui est là ?

Elle entendit des petits bruits dans les feuilles, crut voir bouger une ombre mais ne vit personne. Puis elle entendit des rires, plusieurs petits rires qui se répondaient en écho.

— Pourquoi riez-vous ? demanda-t-elle d'un ton sévère.

— Chut ! Je lui dis qu'elle va réveiller tout le monde ! Elle ne peut pas dormir comme une personne civilisée, non ? Elle voit bien que c'est la nuit !

Et à nouveau elle entendit de nombreux rires aigus autour d'elle.

— C'est agaçant de parler avec quelqu'un qui ne veut pas se montrer ! Sortez de l'ombre, enfin !

— Le mérite-t-elle ? demanda l'une des voix d'un ton moqueur.

— C'est une petite humaine, répondit une autre voix.

— Elle risque de ne pas nous voir quand bien même on serait sous son nez !

Une nouvelle salve de rires traversa la forêt. On eût dit qu'ils étaient de plus en plus nombreux.

— Vous êtes des silves ? demanda Aléa timidement.

— Des silves ! Ha, ha, ha, ha ! Elle est bien bonne, celle-là !

— C'est bien ce que je disais ! Elle ne nous verrait pas. Elle nous prend pour des silves, non mais c'est extraordinaire, ça !

— Et pourquoi pas des trolls pendant qu'elle y est, hein ? Ha !

Aléa se leva brusquement, ces petites voix commençaient à l'énerver. Et pourquoi lui parlaient-elles à la troisième personne ? Elle avait l'impression de devenir folle.

— Ça suffit ! Sortez de l'ombre maintenant ou je... ou je... je détruis la forêt !

Cette fois-ci, il n'y eut aucun rire en réponse. Un silence total. Aléa tendit l'oreille. Plus un bruit. Pas une feuille qui bougeait.

— Alors ?

— Elle ne peut pas nous voir, reprit soudain une petite voix mais sans ironie cette fois, c'est impossible. Il va falloir qu'elle s'y habitue. C'est comme cela.

— Pourquoi ? insista la jeune fille.

— Parce que c'est comme ça, enfin ! Pourquoi est-elle si grande ? Parce que c'est comme ça. Pourquoi les arbres ont des feuilles ? Parce que c'est comme ça. Pourquoi on ne voit pas les lutins de la forêt ? Parce que c'est comme ça !

— Vous êtes des lutins ?

— Elle comprend vite... se moqua une nouvelle voix.

Et il y eut à nouveau des rires, mais cette fois-ci Aléa n'était plus agacée, à vrai dire, elle était presque amusée.

— Pourquoi a-t-elle remué l'intérieur de la forêt, comme ça, la demoiselle ?

— Remué l'intérieur de la forêt ? s'étonna la jeune fille.

— Oui, elle est entrée partout, dans les arbres, dans la terre... Elle nous a réveillés !

Le Saîman. Ils avaient senti le Saîman.

— Je cherche quelque chose dans cette forêt.

— Dans *notre* forêt !

— Dans *votre* forêt...

— Et que cherche-t-elle ?

Aléa hésita un instant. Elle se sentait idiote, debout au milieu de la forêt à parler avec des lutins invisibles. Elle se demanda si ce n'était pas un rêve.

Elle se rassit afin de se sentir moins sotte.

— Je cherche un passage pour aller à Borcelia sans passer par la plaine.

Les lutins restèrent silencieux à leur tour.

— Vous connaissez ce passage ? insista Aléa.

— C'est aux silves qu'elle devrait demander. Nous n'allons pas dans l'Arbre.

— Mais les silves... Je n'arrive pas à les trouver.

Les lutins rirent à nouveau.

— Elle n'arrive pas à les trouver ? C'est qu'ils ne veulent pas la voir, sans doute ! Avec tout le boucan qu'elle fait, les silves l'ont repérée depuis longtemps.

— Pourquoi ne voudraient-ils pas me voir, je ne viens pourtant pas leur faire de mal. Je suis venue demander leur aide...

— Elle est venue...

Soudain, la voix du lutin s'interrompit. Il y eut un bref moment de silence, puis Aléa entendit les lutins qui s'enfuyaient. L'instant d'après il n'y avait plus un bruit. Ils avaient tous disparu d'un seul coup.

Aléa n'en fut pas rassurée. Elle se releva rapidement. Quelque chose les avait fait fuir.

— Que se passe-t-il ? demanda-t-elle en cherchant dans l'obscurité. Il y a quelqu'un ?

Mais il n'y avait aucun bruit. La jeune fille commença à avoir peur. Il faisait noir et elle était loin du camp, à présent. Elle avait l'impression que la forêt se refermait sur elle. Elle sentait une présence, mais ne parvenait pas à deviner ce que c'était, exactement.

Soudain, elle entendit le craquement d'une branche derrière elle. Elle se retourna aussitôt et vit Galiad, debout, l'arme au poing, à quelques mètres de là.

— C'est vous qui les avez fait fuir ? demanda Aléa, tout de même rassurée.

— Non, je ne pense pas. J'étais là depuis un moment et je n'ai pas bougé. Ils ont dû voir ou entendre autre chose.

— Vous étiez là ? s'étonna Aléa.

— Je vous ai suivie, jeune fille. Je n'ai pas l'habitude de laisser une de mes élèves seule dans une forêt obscure.

— Je n'arrivais pas à trouver le sommeil, et...

— Je comprends. Maintenant, rentrons au camp. Cette fois, vous pourrez dormir, j'en suis sûr.

Aléa acquiesça et ils repartirent ensemble.

— Vous aviez déjà entendu des lutins ? demanda la jeune fille au Magistel.

— Je les ai déjà entendus rire, oui.

— Comment ?

— Au cours des différentes campagnes que j'ai menées jadis et qui m'ont obligé parfois à me cacher seul dans une forêt. On finit toujours par les entendre, vous savez, mais on ne les voit presque jamais.

— Pourtant vous êtes le meilleur pisteur au monde, à en croire Phelim !

Le Magistel sourit.

— Il exagère, bien sûr, et de toute façon je n'ai aucune raison de chasser les lutins. Ne croyez-vous pas qu'ils ont leur place dans cette forêt ?

— Bah, ils n'ont pas l'air bien méchants, en effet, avoua la jeune fille en souriant à son tour.

— En tout cas, je n'avais jamais assisté à une conversation comme celle-ci. Vous les avez étonnés, d'une façon ou d'une autre. Il n'empêche que ce n'était vraiment pas prudent.

— Ne pourriez-vous pas me tutoyer, à présent, Galiad ?

Le Magistel posa une main sur l'épaule de la jeune fille.

— Vous êtes devenue si grave et si sérieuse ces derniers temps, que je ne sais pas si j'oserai...

Aléa fit une grimace.

— D'accord, Aléa, je te tutoie, mais plus de promenade nocturne surprise, entendu ?

La jeune fille acquiesça, satisfaite.

Ils arrivèrent au campement et Aléa se coucha sans rien dire. Elle trouva le sommeil facilement, l'esprit enfin apaisé.

Chapitre 10

L'ARBRE DE VIE

Quelques jours à peine après la mort d'Ailin, Ernan, malgré son nouveau statut d'Archidruide, quitta Saî-Mina avec le jeune Finghin. Conformément aux souhaits de l'ancien Archidruide, ils devaient aller faire une proposition de paix à Sarkan, le chef des tribus tuathannes qui siégeait à présent à Filiden.

Il ne leur fallut que trois jours de voyage grâce à la vitesse de leurs chevaux. En chemin Ernan se montra fort aimable avec le jeune Finghin.

— Ailin t'aimait bien, tu sais.

— Il ne me l'a jamais montré, répliqua le jeune druide avec franchise.

— C'est vrai. Il était ainsi. Tout en mystères. Plusieurs fois je me suis fait avoir à son jeu : on n'était jamais trop sûr du sens réel de ses plans. Parfois, son attitude laissait croire tout le contraire de ce qu'il pensait réellement. Ainsi, il t'admirait beaucoup.

— Plusieurs de ses décisions m'ont laissé perplexe, confia Finghin.

— Il disait que tu ferais un bon Archidruide. Je crois qu'il aurait aimé que tu l'accompagnes voir les Tuathanns. C'est pour ça que je t'ai demandé de venir avec moi.

— Merci, Archidruide.

Ernan n'avait pas encore pris l'habitude qu'on l'appelle Archidruide, et le jeune Finghin avait sans doute fait exprès d'insister sur le titre. Une marque de respect mais une prise de distance en même temps. Comme si le jeune druide ne voulait pas trop entrer dans la confidence d'Ernan.

Le soir du deuxième jour, l'Archidruide resta silencieux pendant tout le repas, dévisageant le jeune druide comme s'il essayait de lire à travers lui. Après le dîner, il prit enfin la parole :

— Je vois que tu as pris un Magistel...

Finghin resta bouche bée.

— Que... Comment le savez-vous ?

L'Archidruide éclata de rire.

— Tu croyais pouvoir le cacher ?

— Non, balbutia le jeune homme. Je pensais vous l'avouer à notre retour.

— Et pourquoi as-tu pris un Magistel sans notre accord ?

— La situation l'imposait.

— S'agirait-il du jeune Erwan ?

— En effet.

L'Archidruide dévisagea à nouveau le jeune druide tout en se grattant le menton.

— On ne peut pas dire que tu commences bien ta carrière... Tu as fait cela pour le protéger ?

— J'ai toujours voulu qu'il devienne mon Magistel. Erwan est mon plus cher ami. Quand il m'a avoué qu'il partait à la recherche de son père, j'ai voulu m'assurer que je pourrais le retrouver s'il lui arrivait quoi que ce soit.

— C'est généreux. Idiot, mais généreux.

— Pourquoi idiot ? s'offusqua Finghin.

— Parce qu'il est amoureux et qu'il n'y a rien de plus idiot que de prendre un Magistel amoureux.

Finghin ne put retenir un sourire.

— Archidruide, vous avez raison. Et j'étais conscient de cela quand je l'ai lié à moi. Je n'ai pas pensé un seul instant à notre futur statut. Je n'ai pensé qu'à une chose : le danger qui l'attendait.

— C'est bien ce que je dis. Idiot mais généreux. En cela tu ressembles davantage à Phelim qu'à Ailin ! Mais honnêtement, je crois que tu as bien fait. Il n'empêche que tu seras puni. Non pas pour te corriger, mais pour te libérer des reproches que te feraient certains anciens si l'on se contentait de te pardonner.

— Je comprends.

— Tant mieux. Mais quand Erwan aura retrouvé celle qu'il aime, il te faudra trouver un nouveau Magistel.

— L'avenir ne sera peut-être pas aussi simple, Archidruide.

Ernan tapa sur l'épaule du jeune homme. Ils venaient de franchir une nouvelle étape, et après trois jours, ils conçurent même l'un pour l'autre un respect sincère qui les rapprocha fortement.

Quand ils arrivèrent quelques jours plus tard devant les portes de Filiden, ils furent accueillis par les lances des gardes tuathanns. Ceux-ci se mirent à leur poser des questions en langue tuathanne et Finghin se retourna vers le vieux druide en haussant les épaules. À sa grande surprise, Ernan répondit dans leur langue.

On leur ouvrit la porte et on les mena jusqu'à la demeure de Sarkan comme des prisonniers.

Sarkan, juché sur un trône de pierre recouvert de draperies rouge et or, les reçut aussitôt dans le hall de l'édifice avec son interprète. Il avait sans doute été prévenu de leur arrivée beaucoup plus tôt par des éclaireurs ou des espions. C'était une logique de guerre.

Le chef tuathann était dans la tenue guerrière de son peuple. Le torse nu, couvert de peinture bleue, les cheveux en crête sur son crâne rasé de part et d'autre. Il était impressionnant, assis sur le trône au milieu des plus grands guerriers de son clan.

Ernan parla le premier, mais cette fois-ci en gaelien car il ne maîtrisait pas assez la langue des Tuathanns pour dire ce qu'il voulait de manière efficace.

— Je suis Math Malduin, dit Ernan, Archidruide du Conseil de Saî-Mina ; je suis venu pour trouver un accord de paix.

L'interprète traduisait au fur et à mesure les paroles de l'Archidruide au chef des clans qui siégeait dans un large trône.

— Sarkan vous écoute, répondit l'interprète.

— Nous voulons offrir nos services aux Tuathanns pour trouver une solution pacifique avec les habitants de Gaelia.

Sarkan répondit d'un ton sévère à la traduction que lui fit son interprète.

— Les Tuathanns ne cherchent pas de solution pacifique.

— Êtes-vous prêts à fournir l'effort de guerre suffisant pour battre à la fois Galatie, Terre-Brune, Sarre, Harcourt et Bisagne ? J'en doute fort. Nous nous dirigeons vers une impasse. Si vous ne trouvez pas un accord dans les prochains jours, vous ne résisterez pas aux armées des nations que vous attaquez et qui s'uniront contre vous. Sans l'aide du Conseil, demain, vous perdrez la guerre. Avec notre aide, vous pourrez peut-être retrouver une terre qui vous appartienne. Il n'y a pas d'autre alternative.

Sarkan frappa du poing sur l'accoudoir de son trône.

— Nous n'avons pas besoin de vos conseils ! traduisit l'interprète. En revanche... c'est vous qui avez besoin des Man'ith qui sont en notre possession et c'est l'unique raison de votre présence. Sarkan est prêt à vous les offrir si vous l'aidez à reprendre toute l'île.

— C'est inacceptable, répondit Ernan en essayant de cacher la colère qui montait en lui.

— Alors retournez d'où vous êtes venus.

Finghin hésita un instant avant de prendre la parole à son tour, il regarda l'Archidruide, vit que celui-ci réfléchissait, et décida qu'il devait dissimuler l'hésitation d'Ernan en poursuivant à sa place.

— Vous ne pourrez composer sans le Conseil. Nous sommes les enfants de la Moïra, et si vous refusez notre proposition, vous allez contre sa volonté. Nous ne voulons pas vous imposer notre choix, nous voulons vous aider à suivre la route de la Moïra. Et cette route ne vous permettra pas de retrouver Gaelia telle qu'elle était avant l'invasion des Galatiens.

Sarkan levait un sourcil intéressé à mesure que son interprète chuchotait à son oreille.

— En revanche, continua Finghin, nous pouvons ensemble remodeler le pays à votre avantage. Votre ennemi le plus redoutable ne serait pas Galatie si vous continuiez votre attaque, ce serait Harcourt. En trouvant un accord de paix avec Galatie et Bisagne, vous pourriez vous débarrasser de Harcourt et vous contenter de ce territoire-là...

— Si Harcourt est un ennemi plus dangereux, pourquoi ne pactiserions-nous pas avec lui plutôt qu'avec les larves de Galatie ?

— Parce que les druides sont en Galatie, et que si vous vous liez à Harcourt, vous déclarerez la guerre aux druides, et donc à la Moïra.

Sarkan resta silencieux un long moment. Il avait sans doute prévu cet instant, mais pas si vite.

— Comment pourrions-nous être sûrs que vous nous aiderez à battre Harcourt ? demanda l'interprète.

— Galatie, Sarre et Bisagne ne demandent que ça, reprit Ernan avant Finghin, Terre-Brune reste neutre, et Harcourt a refusé la proposition de paix que nous voulions lui offrir. Et si vous confiez les Man'ith dont vous disposez au Conseil des druides, alors nous pouvons vous garantir la victoire. Les Man'ith sont des armes puissantes dont vous ne pouvez vous servir sans nous. Acceptez cet accord et nous mettrons les Man'ith à votre service.

Sarkan discuta alors longuement avec son interprète et deux autres chefs de clan qui étaient à ses côtés. Finghin et Ernan se lancèrent un regard complice et l'Archidruide adressa même un sourire au jeune druide.

— Sarkan réfléchira à votre offre quand vous lui aurez apporté la reconnaissance du territoire que nous avons déjà conquis, signée par le roi de Galatie et le Conseil des druides. Revenez alors à Filiden et nous négocierons.

Ernan salua le chef des clans. Il savait qu'il ne devait pas laisser filer sa chance.

— Vous faites le bon choix, Sarkan, et nous serons de retour dès que possible.

Une heure plus tard, les deux druides galopaient vers Saî-Mina.

*
**

Aléa fut la dernière réveillée. Elle trouva ses quatre amis assis devant le feu, les uns à côté des autres, et songea qu'ils avaient l'air étrange. Ils regardaient tous dans la même direction, vers l'intérieur de la forêt. Ils ne lui dirent même pas bonjour. Elle se retourna pour voir ce qui accaparait ainsi leur attention.

Quelques mètres plus loin, assis sur le sol, se trouvait un être magnifique, qui ressemblait à l'être mystérieux qu'elle avait vu en songe. Il était mince, grand, musclé, il avait les cheveux longs, des oreilles hautes et pointues, et surtout sa peau semblait faite de bois. Il lui ressemblait, mais Aléa savait que ce n'était pas Obéron.

— C'est...

— Un silve, oui, confirma Phelim. Il est assis là à nous observer depuis près d'une heure, mais chaque fois que l'un de nous se lève pour tenter de l'approcher, il s'enfuit et ne revient que lorsque nous sommes à nouveau tous assis près du feu.

— Il est magnifique, ajouta simplement Aléa.

— Oui, mais il est agaçant, rétorqua Mjolln.

Cela fit rire Galiad, mais Aléa ne quittait pas le silve des yeux. Elle hésita un instant, puis déclara :

— Je vais aller le voir.

Elle se mit à marcher vers le silve, d'un pas lent mais sûr, sans se retourner. L'habitant de la forêt se leva aussitôt. Mais au lieu de fuir, il attendit. Il avait l'air nerveux, prêt à partir au moindre faux pas de la jeune fille, mais Aléa le regardait droit dans les yeux. Elle savait intimement qu'il était venu la voir, elle. Il était venu la chercher, et il ne fuirait pas. Elle savait. Il était comme celui qu'elle avait vu en rêve. Celui qu'elle devait aller voir à Borcelia. Et cela ne faisait pas de doute : il était venu les guider.

Quand elle ne fut plus qu'à quelques mètres, le silve fit le geste de s'asseoir. Il exagérait ses mouvements et Aléa comprit qu'il lui demandait de l'imiter. Elle s'assit donc en face de lui, et la distance qui les séparait était tout juste la longueur d'une grande épée. C'était sans doute pour le silve une distance de sécurité. Elle sourit.

— Vous nous avez appelés cette nuit, prononça le silve avec difficulté.

Sa voix était douce et claire, mais on sentait qu'il n'avait pas l'habitude de parler le gaelien.

— Disons que je vous ai cherchés, expliqua Aléa. Vous parlez notre langue ?

— Maintenant, oui. Certains d'entre nous. Que cherchez-vous ?

— Nous voulons aller à Borcelia... sans passer par la plaine.

— Pourquoi ? demanda simplement le silve qui ne paraissait pas étonné.

Aléa eut le sentiment qu'il connaissait déjà la réponse.

— Parce que je suis recherchée et que je dois m'enfuir en secret, sans être vue.

— Pourquoi ? insista le silve.

— Parce que je possède quelque chose qu'on veut me voler.

— Pourquoi ? demanda encore le silve, d'un ton monocorde, avec l'entêtement d'un enfant.

Aléa ne savait comment s'y prendre. Elle voulait mettre fin à ces questions. Elle se demandait ce que le silve attendait en réalité. Il cherchait quelque chose.

— Parce que les hommes sont méchants, essaya-t-elle.

Cela fit rire le silve et Aléa vit alors combien il était beau. Elle rit avec lui, en haussant les épaules.

— Mais pourquoi Borcelia ? reprit le silve.

— Je... L'un des vôtres m'attend là-bas. Obéron.

Le silve resta muet. Aléa se dit qu'il avait enfin sa réponse et qu'il ne poserait plus aucune autre question. Il se leva et dit simplement :

— Vous et vos amis, suivez-moi.

Aléa n'eut à faire qu'un geste et ses quatre compagnons arrivèrent jusqu'à eux.

— Vous devez laisser vos chevaux, expliqua le silve.

Galiad détacha les montures, et sous le regard triste du nain, qui s'était attaché à Alragan, les fit fuir d'un seul coup de paume sur la croupe. Les cinq bêtes partirent au galop vers la plaine.

— Et maintenant, vous devez me suivre, toujours.

Le silve n'ajouta plus un seul mot. Il marcha droit devant, vers le cœur de la forêt, et les cinq compagnons le suivirent les uns derrière les autres, sans rien dire.

*
**

Imala n'avait pas bougé depuis la veille. Son flanc lui faisait encore mal et elle avait de la peine à se remettre de sa peur et de sa surprise. Pourquoi les verticaux s'étaient-ils soudain mis à l'attaquer ? Il y avait quelque chose d'étrange dans leur comportement. Il lui semblait qu'ils l'avaient attaquée sans vouloir la manger, et ce ne pouvait être pour se défendre, se dit-elle, puisqu'elle ne s'était pas montrée agressive. Alors pourquoi l'avaient-ils ainsi assaillie ? C'était une fureur meurtrière qu'Imala n'avait jamais vue dans la nature. Les animaux tuaient pour manger, mais les verticaux, eux... Elle ne comprenait pas.

Au milieu de la journée, elle commença à avoir faim, et elle se décida à se lever pour retourner vers la forêt.

C'est alors qu'elle aperçut au loin l'équipe étrange qui approchait.

Il y avait une dizaine de verticaux montés sur des chevaux. Ils étaient armés de bâtons, de fourches et d'arcs, et semblaient balayer la lande du regard à la recherche de quelque chose.

Imala comprit d'instinct que c'était elle. Les verticaux venaient la tuer.

Elle se mit aussitôt à galoper vers la forêt, aussi vite qu'elle put, mais elle entendit l'instant d'après les cris des verticaux et le bruit des sabots de leurs chevaux qui s'étaient mis au galop et semblaient s'approcher à une vitesse étonnante. Elle était repérée. La chasse commençait.

Les cavaliers se déployèrent de droite comme de gauche pour prendre la louve à revers quand elle ne pourrait plus soutenir un tel rythme de course. Ils hurlaient des paroles hystériques, criaient leur envie de tuer.

Imala était terrorisée.

Elle se dit qu'elle ne pourrait tenir longtemps à galoper ainsi et se demanda si elle pourrait au moins trouver refuge au milieu des arbres de la forêt. Mais la lisière était encore loin, et les chevaux continuaient de gagner du terrain.

Soudain, une flèche la frôla et se planta à côté d'elle. Imala fit un bond de côté et changea brusquement de direction. Une autre flèche la manqua de peu. La louve essaya d'aller encore plus vite, mais elle était déjà à bout de forces et son flanc lui faisait mal chaque fois que ses pattes heurtaient le sol.

Elle vit alors les chevaux qui remontaient de chaque côté de sa course. Ils seraient bientôt partout autour d'elle, et elle ne pourrait plus s'échapper.

Lentement, la lisière de la forêt s'approchait.

Bientôt, les flèches recommencèrent à tomber, mais le galop des chevaux empêchait les chasseurs de viser correctement, et Imala parvint à les esquiver. Elle continua sa course, sous la pluie de projectiles. Les chevaux se rapprochaient dangereusement à droite, à gauche et derrière elle.

Quand enfin elle arriva devant les premiers arbres de la forêt, les chasseurs n'étaient plus qu'à quelques mètres. À peine avait-elle franchi le premier taillis qu'elle reçut une flèche dans le dos. Le projectile s'enfonça sous sa chair et ricocha contre sa colonne vertébrale. Elle s'en débarrassa d'un seul coup de reins mais la blessure était profonde et la douleur ralentit sa course.

Heureusement, la forêt devenait de plus en plus dense et gênait les chevaux. La louve savait que si elle voulait leur échapper, il fallait se faufiler dans des bosquets épais où ils perdraient sa trace. Mais elle avait du mal à supporter la douleur. Elle changea habilement de direction plusieurs fois, en essayant de semer ses poursuivants, mais elle se trouva soudain face à l'un d'eux.

Il s'était arrêté devant elle, s'était dressé sur ses étriers et pointait vers elle la flèche de son arc tendu. La louve tenta de faire demi-tour mais elle perdit l'équilibre et roula à terre. Lentement, le cheval s'approchait et, bientôt, Imala vit le chasseur juste au-dessus d'elle. Elle voyait la pointe de la flèche prête à la transpercer, l'arc tendu à l'extrême et, au-delà, elle vit les yeux du chasseur où elle lut simplement le plaisir de donner la mort. Le chasseur souriait. Il allait la tuer.

D'un nouveau coup de reins, avec les dernières forces qui lui restaient, la louve se projeta sur le côté au moment où le chasseur lâchait la corde de son arc. La flèche se planta violemment dans le sol, à l'endroit même où une seconde plus tôt se trouvait la gorge de la louve. Mais celle-ci s'était jetée sur les pattes du cheval qu'elle mordit avec rage. L'animal se cabra, le chasseur perdit l'équilibre et tomba à la renverse.

Alors que le cheval s'enfuyait en boitant, la louve vit le vertical allongé sur le sol. Elle ne prit pas même le temps de réfléchir. Jamais elle n'aurait osé attaquer un vertical debout, mais au sol il perdait toute sa superbe, et toute menace pour elle. Elle sauta vers sa gorge qu'elle saisit à pleine gueule.

Le chasseur se débattit violemment, mais il s'était déjà brisé la colonne vertébrale dans sa chute et ne résista pas longtemps à la louve en furie.

Il mourut entre les crocs de l'animal qu'il chassait.

Imala lâcha enfin sa prise et vit alors les autres chasseurs qui approchaient. Ils avaient entendu les cris de leur compagnon et le virent étendu à terre, immobile, la gorge ensanglantée. Certains descendirent de leur monture en hurlant et d'autres se mirent à tirer leurs flèches sur la louve qui partit à nouveau au galop. Le goût du sang sur ses babines l'avait excitée et elle avait retrouvé en tuant ce chasseur une énergie nouvelle. Elle passa entre deux chevaux qui arrivaient en restant le plus près possible du sol sans perdre de vitesse. Elle reçut au passage un coup de bâton qui lui fit perdre l'équilibre, mais elle se releva aussitôt et s'enfonça dans les herbes hautes d'un taillis.

Elle courut ainsi jusqu'à ce que ses pattes ne puissent plus la porter. Elle entendait les voix des chasseurs dans le lointain et se dit qu'elle était parvenue à les semer. Elle se laissa tomber à terre, à bout de forces. Après avoir retrouvé sa respiration, elle rampa jusqu'à un tronc mort et creux au fond duquel elle se tapit.

*
**

Aléa n'aurait pu dire combien de temps ils avaient marché dans la forêt quand elle remarqua soudain la splendeur du décor où ils se trouvaient.

Les arbres étaient devenus beaucoup plus larges. Ils étaient anormalement massifs, et leur écorce épaisse semblait gonflée de sève, prête à exploser. Des lianes vertes et brunes pendaient autour des troncs. Le sol était couvert d'une tourbe mousseuse qui s'enfonçait légèrement à chaque pas. Et de partout surgissaient des plantes gorgées d'eau.

Il n'y avait plus un bruit, pas même le chant des oiseaux. C'était une clairière à part, comme un autre monde au milieu de la forêt.

La compagnie continuait de suivre le silve en silence, émerveillée par ce brusque changement de décor. Ils se dirigeaient vers un arbre dont la base était tout à fait gigantesque. Si large même qu'on aurait dit une maison. Les creux sombres sous les racines étaient si hauts que des hommes pouvaient sans doute y entrer. Justement, le silve les y mena.

Ils arrivèrent au pied de l'arbre, devant un tunnel obscur qui plongeait sous la terre.

— Voici l'une des entrées vers Borcelia, expliqua le silve.

— Ici ? Tout simplement ? s'étonna Aléa. Mais n'importe qui pourrait la trouver en cherchant dans cette forêt !

— Non, s'amusa le silve. Pas n'importe qui. Nous ne sommes plus dans la forêt.

Aléa eut un geste de surprise. Que voulait-il dire ? Cette partie étrange de la forêt était-elle donc inaccessible aux hommes sans l'aide d'un silve ? Pourtant, il lui avait semblé qu'ils avaient marché tout droit.

— Tahin, taha ! Nous allons descendre là-dedans ? demanda Mjolln en désignant le gouffre sous les racines de l'arbre.

— Vous, pas moi, précisa le silve. Moi, je reste ici.

— Et combien de temps faudra-t-il pour rejoindre Borcelia ? Êtes-vous sûr que nous n'allons pas nous perdre ?

— Vous vouliez un chemin secret ? C'est le meilleur. Si vous avez le cœur sincère et courageux, vous trouverez la sortie. Les silves s'en sortent toujours vivants. Presque toujours.

— Attendez ! cria Mjolln, mais c'était déjà trop tard, le silve avait disparu en riant.

Galiad fit quelques pas à l'intérieur du gouffre sous les racines, l'épée au poing.

— On ne va quand même pas entrer dans ce trou ! s'écria Mjolln, inquiet. On ne sait pas ce qu'il y a là-dedans. Ça, non. Pas de trou, pas fou !

— Nous devons faire confiance aux silves, Mjolln, et les Herilims sont sûrement déjà sur nos traces.

Le druide qui avait inspecté l'entrée en silence prit enfin la parole :

— Aléa a raison, cher nain, c'est la meilleure solution qui s'offre à nous. Et de quoi avez-vous peur ? Vous êtes accompagné de l'un des plus grands guerriers du pays, d'un druide, et d'une jeune fille fort courageuse, n'est-ce pas ?

Le Magistel posa son lourd sac à dos sur le sol.

— Avant d'entrer là-dedans, vérifions que nous avons assez de vivres.

Il sortit de son sac un peu de nourriture qu'il redistribua équitablement, et prit plusieurs torches.

— Voici des torches. Il vaudrait mieux les protéger de l'humidité sous vos couvertures.

Il aida ensuite Aléa et Mjolln à préparer leur sac en mettant sur le dessus les choses qui lui semblaient les plus utiles dans un souterrain, puis il vérifia les armes de tout le monde.

Quand le Magistel parut enfin satisfait, Aléa tendit la main au nain et s'engouffra sous les racines en le tirant derrière lui. Le nain parut stupéfait et n'osa pas résister. Les trois autres, un à un, suivirent Aléa dans les ténèbres du tunnel.

— Satané silve, grommela le nain dans sa barbe. Qu'est-ce que c'est que cette grotte ! Ah, ma lanceuse de cailloux, il faut bien qu'un nain soit fou pour te suivre là-dedans. Ahum. Complètement fou.

Après quelques mètres, Galiad passa devant et alluma une torche quand la lumière du jour eut totalement disparu derrière eux.

En marchant, Aléa essayait de trouver le contact du Saîman. Elle avait beau avoir entraîné le nain derrière elle, elle n'était pas plus rassurée que lui.

Le tunnel continuait de s'enfoncer dans le cœur de la terre, et l'air devenait de plus en plus humide. Mjolln, tout au bout de la file, poussa un cri en apercevant des rats qui couraient le long du couloir.

— Sales bêtes ! Bah ! Allez-vous-en !

Après une heure de marche, le tunnel cessa de descendre et devint enfin horizontal. Personne n'osait parler. L'atmosphère était si pesante que tout le monde, y compris Phelim et Galiad, semblait tendu. Faith alluma une torche à son tour et se mit à chanter, devinant que ses compagnons avaient besoin d'être encouragés.

Devant, Aléa continuait de marcher, imperturbable, et elle trouva enfin la lumière à l'intérieur de son front, une petite flamme réconfortante sur laquelle elle se concentra. Elle n'entendit plus les pas des autres, mais seulement le battement de son propre cœur. Elle ne sentait pas non plus le froid qui glaçait ses compagnons.

Ils arrivèrent soudain devant un mur où le tunnel s'arrêtait face à trois lourdes portes de pierre.

— Les ennuis commencent, grogna le nain.

Galiad essaya de pousser la porte centrale, sans succès.

— Il n'y a pas de serrures ni de poignées ? demanda Faith.

— Rien du tout, répondit Galiad tout en poussant une autre porte de toutes ses forces.

— Pas de levier ou de mécanisme quelconque ? demanda Mjolln.

— Non.

— N'y a-t-il aucune inscription sur les murs qui puisse nous aider ? demanda Phelim. Une carte, ou quelque symbole ?

Faith et Galiad promenèrent leurs torches près des parois.

— Je ne vois rien, soupira le Magistel.

— Attendez ! s'écria Faith. Attendez. Regardez, là, sous la couche de terre...

Elle frotta délicatement la terre qui couvrait la paroi, là où tremblait la lumière de sa torche. Une pierre polie encastrée dans le mur apparut progressivement. Quelque chose était gravé dessus.

— Je n'arrive pas à lire... Ce n'est pas du gaelien.

Phelim s'approcha derrière elle.

— Ce n'est pas du silve non plus, s'étonna-t-il. C'est du tuathann. Voilà qui est intéressant !

— Qu'est-ce que cela signifie ? le pressa la jeune Aléa.

— Cela signifie peut-être que ce tunnel a été construit par les Tuathanns il y a très longtemps.

— Les Tuathanns ? s'étonna Aléa. C'est étrange !

— Pas tant que ça, rétorqua la barde.

— Pourquoi ?

— Parce que, selon la légende, les Tuathanns vivent sous la terre.

— Et que veulent dire les inscriptions ? s'impatienta le nain. Vous savez lire le tuathann, Phelim, n'est-ce pas ?

— Oui, mais les lettres sont abîmées. J'ai besoin de plus de lumière.

Galiad et Faith approchèrent leurs torches. Au même instant Mjolln poussa un cri derrière eux.

— Là ! s'exclama-t-il en faisant sursauter tout le monde.

— Quoi ?

— Des inscriptions ! À côté de chaque porte, regardez, il y a quelque chose de gravé !

Le druide déchiffra les inscriptions. C'étaient des chiffres.

— *0* devant la première, *4* devant la deuxième, et *8* devant la troisième.

— Bizarre, murmura Aléa.

— C'est une énigme, déclara Phelim.

— Oh ! Non, mais je rêve ! Ahum. Qu'est-ce que c'est que cette idée de mettre des énigmes devant les portes ? Taha. Ces Tuathanns ne pouvaient pas mettre des serrures, comme tout le monde ?

— *048*, énonça le druide. Cela rappelle quelque chose à quelqu'un ?

— Oui, c'est l'âge de mon petit frère ! s'exclama Mjolln en riant.

— Phelim, avez-vous déchiffré l'inscription sur la pierre ? demanda le Magistel.

— Attendez. Je ne suis pas sûr. C'est une forme ancienne du tuathann. Je n'ai pas l'habitude d'en lire. Cela fait si longtemps... Vous savez, un druide doit savoir lire, mais ne se sert que très rarement de l'écrit ; alors du tuathann, vous imaginez bien que j'ai du mal... *Kar...* Ah, je ne vois rien ! *Kar ando ja...* et ensuite, là, je crois que c'est *min to ram'atab.* Oui, c'est bien cela. *Kar ando ja min to ram'atab.* Ça doit vouloir dire *La clef est là où se divisent les deux autres*, ou quelque chose comme ça.

— C'est bien une énigme, confirma Faith.

— Vous ne devriez pas avoir de mal à trouver, Phelim, vous qui aimez tant parler par énigmes, se moqua Aléa.

Phelim partit en retrait en se grattant le menton. Galiad inspectait toujours les portes. Derrière lui, le nain s'impatientait.

— Ça ne veut rien dire ! C'est une farce des Tuathanns ! Moi, je dis que nous devrions enfoncer la porte du milieu et ne pas perdre notre temps avec des devinettes idiotes.

— *Là où les deux autres se divisent*, répéta Aléa pensivement. Les portes ne sont-elles pas fendues à un endroit ? Ce pourrait être l'explication ?

— Non, répliqua Faith. Puisqu'il faut trouver une clef, il faut trouver une serrure, vous ne croyez pas ?

— Je ne vois rien qui ressemble à une serrure, l'assura Galiad.

— Vous ne savez peut-être pas chercher...

Soudain Phelim frappa dans ses mains derrière eux. Il revint vers les trois portes d'un pas décidé.

— Il ne s'agit pas d'une clef à proprement parler, mais plutôt de la solution. Puisque dans l'énigme il y a une *clef* et *deux autres*, il y a donc trois éléments pour résoudre le problème. Je suppose que ce sont les trois portes, ou les trois chiffres qui les ornent. *Là où les deux autres se divisent*, il s'agit donc peut-être de diviser deux de ces chiffres l'un par l'autre, et si l'on obtient le troisième, la porte qui lui correspond doit être la bonne... C'est un jeu d'enfant ! s'exclama le vieil homme fièrement.

— Je n'ai rien compris, pouffa le nain.

— Ce serait une bonne explication, reprit la barde, mais je ne vois pas de solution : quatre divisé par huit ne fait pas zéro, huit divisé par quatre ne fait pas zéro, zéro divisé par huit ne fait pas quatre, et ainsi de suite. Il n'y a aucune combinaison qui fonctionne...

— En effet, mais...

Phelim s'approcha lentement de la porte qui portait le chiffre *8*. Il regarda le symbole de plus près, puis délicatement il le fit pivoter de la main gauche. La petite pierre se retourna jusqu'à être à l'horizontale.

— ... quatre divisé par zéro est égal à l'infini. Et le symbole de l'infini dans l'algèbre tuathanne est un huit couché !

La lourde porte de pierre se souleva lentement avec bruit. Le sol tremblait. Ils firent tous un pas en arrière.

— Phelim, vous êtes un génie ! s'exclama la barde.

— Et ces Tuathanns étaient de sacrés constructeurs ! ajouta Mjolln avec admiration.

— De fins mathématiciens, termina Phelim.

Le courant d'air qui s'échappa sous la porte fit vaciller la flamme des deux torches. Il faisait encore plus froid de l'autre côté. Quand la grande dalle de pierre eut complètement disparu dans le plafond, Galiad dégaina à nouveau son épée.

— Allons, il me tarde de sortir de ce tunnel.

Dirigeant sa torche aussi loin qu'il le pouvait devant lui, il ouvrit la marche sans plus attendre. Les autres le suivirent sans se poser de questions. Il fallait avancer.

Ils marchaient ainsi depuis une heure quand le tunnel se transforma progressivement en rivière souterraine. Plus ils avançaient, plus ils s'enfonçaient dans une eau gluante et noire qui s'infiltrait dans leurs vêtements et leurs bottes. Les bruits de succion de leurs pas sous l'eau se réverbéraient contre les parois humides du couloir.

— Dis, lanceuse de cailloux, on devrait peut-être faire demi-tour ? suggéra le nain qui, lui, avait de l'eau jusqu'à la taille.

L'écho du tunnel donnait à sa voix un étrange timbre métallique. Galiad s'arrêta et laissa passer Aléa et Faith devant lui. Il voulait prendre le nain sur ses épaules.

Mais au moment où le Magistel tendait les bras pour porter le nain, celui-ci fut violemment aspiré sous l'eau.

Aléa poussa un hurlement de terreur. Une créature longiligne aux écailles verdâtres venait d'attraper le nain par les jambes et l'entraînait sous la surface. Galiad n'hésita pas un instant et courut à la poursuite du monstre.

Au même instant, une seconde créature surgit, dressant la tête hors de l'eau et s'immobilisant juste devant Aléa. Sa gueule ressemblait à celle d'un énorme serpent, des filets de bave coulaient entre ses crocs acérés et ses yeux jaunes reflétaient la flamme de la torche de Faith.

Aléa eut à peine le temps de saisir l'épée à sa taille, le reptile s'élançait déjà sur elle dans un sifflement strident. La jeune fille fit un bond en arrière, évitant de justesse la gueule du monstre qui se referma tout près de son visage, et elle tomba dans l'eau aux pieds de Faith. D'une main, la barde rattrapa Aléa, et de l'autre elle donna un grand coup de poignard circulaire. Le monstre battit en retraite, puis se dressa à nouveau, gueule ouverte. Un sifflement strident jaillit du fond de sa gorge.

De l'autre côté, Galiad avait du mal à rattraper le monstre. Le nain luttait pour sortir la tête hors de l'eau, et hurlait quand il y parvenait. Les crocs de la créature s'enfonçaient dans la chair de ses jambes et serraient de plus en plus fort, déchirant les muscles un à un.

Quand il jugea qu'il était assez près, Galiad plongea vers le monstre en abattant son épée aussi loin qu'il put pour éviter les jambes de Mjolln, et en gardant sa main gauche hors de l'eau pour ne pas éteindre la torche. Sa lame s'enfonça à peine dans les écailles du monstre qui se dégagea facilement et recula vivement, sans lâcher prise.

Galiad se releva, ruisselant. L'eau boueuse ralentissait ses mouvements. Il voulut reprendre sa course mais brusquement le monstre s'enfonça sous l'eau et disparut tout à fait avec Mjolln.

Le Magistel s'approcha lentement. Une grosse bulle d'air remonta à la surface. Galiad fit un pas en arrière. Il attendit, promenant la flamme de sa torche au-dessus de l'eau. Mais il n'y avait plus un bruit de ce côté-ci.

Plus rien.

— Mjolln ! appela-t-il en vain.

Le nain et le monstre n'étaient plus là.

Galiad fit volte-face pour voir comment s'en sortaient ses compagnons. Au même moment, l'épée de Phelim s'enflamma de lueurs bleutées, mais Galiad n'arriva pas à distinguer Aléa et Faith. Il se remit à courir dans l'autre sens pour leur porter secours.

Quand le Magistel arriva auprès d'eux, Phelim levait les mains au-dessus de sa tête. Le druide poussa un cri qu'on aurait dit de douleur et, soudain, une boule bleue très brillante s'échappa de ses mains et partit comme une flèche vers le monstre. La boule incandescente explosa contre la tête du monstre dans un vacarme assourdissant. Le Magistel tourna la tête pour se protéger. Quand il regarda à nouveau en direction du tunnel, le corps de la bête flottait mollement à la surface. Aléa et Faith étaient adossées au mur. La jeune fille tremblait.

— Qu'est-ce que c'était que ces horreurs ? demanda la barde.

— Des hydres, il me semble, répondit Phelim.

— Où est Mjolln ? s'écria Aléa, réalisant que le Magistel était revenu seul.

Galiad était essoufflé.

— Il... Il a disparu sous l'eau avec la première hydre. Je les suivais et soudain, plus rien. Ce monstre a dû l'emmener dans sa tanière. Il doit y avoir un passage sous l'eau.

— Il faut aller le rechercher ! lança la jeune fille, paniquée.

— Retournons à l'endroit où il a disparu, suggéra Phelim en posant une main sur l'épaule d'Aléa.

Galiad alluma une nouvelle torche et la tendit à Phelim. Ils remontèrent le tunnel les uns derrière les autres. Aléa était terrorisée. Elle ne pouvait plus supporter le bruit de l'eau sous leurs pieds. Elle aurait voulu sortir, voir le soleil, sentir le souffle du vent. Mais il fallait absolument sauver Mjolln. Elle espérait seulement que le monstre ne l'avait pas tué. Non, c'était impossible. Pas ici. Pas comme ça. Elle prit la main de Faith à côté d'elle et ne put retenir ses sanglots. Elle ne voulait pas que Phelim l'entende.

— Ils ont disparu ici, expliqua Galiad en désignant un point dans l'eau.

— Il doit y avoir un petit tunnel sous la surface, supposa Phelim. Il faudrait sonder ces murs.

Galiad ne se fit pas prier. Il donna sa torche à Aléa qui essuya d'abord ses larmes du revers de sa manche, puis il se baissa et passa la main le long du mur gauche. À tâtons, il fit glisser sa paume sur la surface rocheuse. Presque tout son corps était sous l'eau froide du tunnel, mais le Magistel ne tremblait pas. Lentement, il sondait le sol et les parois. Il ne trouva rien. Il se leva et recommença sur l'autre mur. Soudain, sa main s'arrêta tout près du sol.

— Ici ! Il y a un passage !

— Oh ! Je ne pourrai jamais entrer là-dedans, s'écria Aléa, terrifiée.

— Je vais y aller, proposa Galiad. Il n'y a pas d'autre moyen.

— Je vous accompagne, rétorqua Phelim.

— Non, restez ici avec Aléa et Faith. Elles ont davantage besoin de vous. De toute façon je ne sais pas si je vais pouvoir aller très loin.

Le druide acquiesça.

— Faith, reprit le Magistel, voulez-vous bien me prêter votre poignard ? Si je dois me battre sous l'eau, je ne crois pas que mon épée sera très efficace.

— Bien sûr, répondit la barde en tendant son arme. Faites bien attention.

— Ne vous inquiétez pas, je n'abîmerai pas la lame...

— Je parlais de vous, imbécile !

Le Magistel sourit.

Il enleva son harnois et les plaques de métal qui protégeaient ses jambes, prit sa respiration et plongea sous l'eau.

*
**

Imala s'était endormie dans le tronc d'arbre. Elle fut réveillée en sursaut par le bruit des chevaux.

Les chasseurs étaient à nouveau sur sa trace.

Elle entendit leurs voix et le souffle des chevaux qui se rapprochaient. Les verticaux remuaient les bosquets et fouillaient la forêt à l'aide de leurs bâtons. Imala se blottit au fond du tronc d'arbre. Elle ne pouvait plus fuir. Elle était trop épuisée, et ses deux blessures la faisaient souffrir.

Soudain, elle entendit la voix d'un des chasseurs juste au-dessus d'elle. Du pied, il fit bouger le tronc. La louve planta ses griffes dans le bois pour ne pas perdre l'équilibre.

L'arbre arrêta de bouger. Elle vit alors la tête du vertical apparaître par l'ouverture à l'entrée de sa cachette.

— On n'y voit rien là-dedans !

Imala ne sut si son prédateur l'avait vue. Elle se blottit encore davantage contre la paroi de l'arbre mort. Le chasseur disparut, puis revint avec un long bout de bois qu'il enfila lentement dans le tronc.

— On va bien voir si le loup se cache là-dedans, par la Moïra !

Imala vit le bâton qui s'approchait peu à peu, agité d'une paroi à l'autre par le vertical qui fouillait le tronc. Bientôt, la branche allait la toucher et le chasseur saurait qu'elle était là.

— Tu l'as trouvé, ce loup ? criait une voix au-dehors.

— Pas encore...

Le bâton continua de s'avancer vers elle, puis, arrivé en bout de course, le chasseur entra son bras à l'intérieur afin d'aller encore plus loin. La branche s'arrêta à quelques centimètres à peine du museau de la louve. Elle recula la gueule autant que possible. Et quand enfin la louve se crut perdue, le vertical laissa tomber le bâton, abandonnant sa recherche.

— Le loup n'est pas là, continuons plus loin.

Imala entendit les pas des chevaux qui s'éloignaient, mais elle attendit jusqu'au lendemain matin avant d'oser sortir.

*
**

Galiad se demanda combien de temps il pourrait tenir. Il n'y avait pas le moindre rayon de lumière. Il avait l'impression de flotter dans un rêve. Il n'osait nager trop vite car il ne voulait pas rater une éventuelle sortie. Mais il était toujours enfermé sous l'eau, dans le tunnel étroit. Il pouvait sentir les parois glissantes partout autour de lui. L'obscurité devenait oppressante et l'air commençait à lui manquer. Au bout de combien de temps devrait-il se résoudre à faire demi-tour avant qu'il ne soit trop tard ?

Il ne fallait pas céder à la panique. Il essaya de se concentrer sur la présence discrète du Saïman dans sa tête. Son lien avec Phelim. Une petite flamme rassurante. Toujours présente.

Le tunnel était interminable. Il fallait qu'il s'arrête, cela devenait trop dangereux. Mais il ne pouvait abandonner Mjolln. Il n'avait pas le droit. Il se concentra sur la flamme du Saîman qui flottait dans sa tête et continua de nager.

Ses tempes lui faisaient mal à présent. Son attention se relâchait quand soudain sa tête heurta la paroi. La douleur le saisit aussitôt. Il aurait voulu hurler. La panique montait en lui. Il fallait qu'il respire. Il avait besoin d'air. Il ne pouvait plus tenir. Il sentait son esprit vaciller.

Il crut qu'il allait s'évanouir quand enfin il aperçut un rayon de lumière un peu plus loin. Un dernier effort. Il poussa de toutes ses forces sur ses jambes et sur ses bras. Enfin, son élan le porta jusqu'à la surface.

Il jaillit hors de l'eau, aspirant bruyamment pour emplir ses poumons de tout l'air qui lui manquait. Il inspira si fort qu'il faillit s'étouffer. Il se retourna et se laissa flotter sur le dos en attendant de reprendre son souffle. Il vit alors que le lac souterrain dans lequel il avait abouti était au milieu d'une caverne gigantesque dont les murs brillaient d'un éclat singulier.

Quand il eut repris ses esprits, il nagea jusqu'au bord du lac. Il découvrit alors un spectacle étonnant.

On avait amassé là un tas colossal d'objets brillants, des pièces d'or de tailles diverses, des épées aux lames entaillées ornées de pierres rouges et bleues et vertes, bijoux, gemmes, armures anciennes gravées, heaumes, argenterie, coupes dorées, un tas énorme et précieux, presque éblouissant. Galiad se demanda s'il rêvait.

Il se leva péniblement sur la berge, dégoulinant. Du sang coulait du haut de son crâne, là où il avait heurté la paroi. Il était encore essoufflé mais trop stupéfait pour s'en soucier.

Soudain, il entendit un râle fébrile de l'autre côté de la colline dorée. Il s'avança lentement et aperçut à terre le corps immobile de Mjolln. Il se précipita à ses côtés et secoua le nain.

— Mjolln ! s'écria-t-il. Réveillez-vous !

La jambe droite du nain était en lambeaux. Du sang s'écoulait sur le parterre de roche. Le Magistel lui donna une légère claque, et Mjolln revint lentement à lui.

— Ahum ! balbutia-t-il en recrachant une pleine gorgée d'eau noirâtre.

— Mjolln ! souffla le Magistel, soulagé. Vous êtes vivant !

— Mmm, grommela le nain. Où sommes-nous ?

Galiad souleva la nuque de son compagnon et lui posa une main sur l'épaule. Il regarda autour d'eux. Il y avait des ossements éparpillés sur le sol.

— Je n'en suis pas sûr, mais il va falloir partir très vite. Je pense que cette créature vous a laissé ici en espérant venir vous reprendre plus tard.

— Je ne peux plus marcher. Mes jambes me font mal. Je ne sens plus ma cuisse droite. Elle est dans un sale état, regardez...

— Je vous porterai. De toute façon, j'ai bien peur qu'il ne nous faille retourner sous l'eau. Je vais avoir du mal à retrouver le tunnel. Il doit y en avoir plusieurs. À moins que...

De l'autre côté du lac, il lui semblait apercevoir une ouverture. Il se leva et prit le nain sur ses épaules.

— Alragan ! s'exclama le Magistel en serrant la main du nain sur son dos.

Il n'avait pas encore retrouvé toutes ses forces, mais il savait qu'il n'y avait pas de temps à perdre. Une hydre allait sûrement revenir d'une minute à l'autre. Il assura la position de Mjolln derrière sa nuque et partit en courant vers l'autre rive.

— Toutes ces richesses ! se plaignit le nain. On ne va pas les laisser ici ! Ahum. C'est trop idiot, il y a de quoi racheter tout le pays ! Galiad, il faut emmener tout ce que nous pouvons !

— Pas le temps, répondit simplement le Magistel.

— C'est un cauchemar ! Han ! Tous les nains du monde ont rêvé de trouver un jour un trésor comme celui-là et je ne peux même pas emporter une pièce ?

Galiad ne répondit pas. Il ne voulait pas s'essouffler. Le nain pesait lourdement sur ses épaules. Il contourna le lac par le bord, où il avait pied. Arrivé devant l'ouverture de la caverne, il vit que c'était un nouveau tunnel, étroit, qui montait dans la roche. Au même instant il entendit des bruits au milieu du lac. L'hydre revenait dans sa tanière.

Galiad se baissa de peur que le nain ne se cogne et marcha aussi vite qu'il put dans le couloir. L'eau ne venait pas jusque-là et il y avait peu de chances, espérait-il, pour que l'hydre s'aventure aussi loin. Mais ce n'était pas une raison pour ralentir. Il n'avait plus qu'une idée en tête : sortir de ce cauchemar.

Il marcha ainsi pendant de longues minutes. À chaque pas, le nain pesait un peu plus lourd sur ses épaules. Mais Galiad était tellement heureux d'avoir retrouvé son ami vivant qu'il ne perdit pas courage. Ce n'était pas le moment.

Progressivement, la lumière qui venait de la caverne diminuait et bientôt ils furent à nouveau dans l'obscurité totale.

— Il vous reste des torches ? demanda le nain.

— Oui, mais cela m'étonnerait qu'on réussisse à les allumer après le bain qu'elles ont pris.

Le Magistel ralentit le pas mais ne s'arrêta pas. Il se dirigeait en longeant les murs. Il commençait à ne plus pouvoir supporter cette obscurité. Il se surprit à perdre patience.

Soudain, Galiad entendit des murmures au loin. Il s'arrêta et fit descendre le nain de ses épaules. Mjolln avait du mal à tenir sur ses jambes. La douleur le faisait respirer bruyamment.

— Vous entendez ? lui demanda-t-il en chuchotant, le souffle coupé.

Le nain essaya de retenir sa respiration. L'écho lointain de plusieurs voix se mélangeait en un bourdonnement incompréhensible.

— Oui. J'entends. Ahum. Vous croyez que ce sont eux ?

Galiad reprit sa respiration et cria :

— Aléa ?

Les voix s'arrêtèrent aussitôt. Il y eut un bref instant de silence, puis une voix aiguë répondit en écho :

— Galiad ?

Le nain cria de joie.

— On est là ! hurlait-il. On est là ! Eho ! Lanceuse de cailloux, tu m'entends ?

— Par ici !

Galiad reprit Mjolln sur ses épaules et se remit en route. Après quelques pas il aperçut en contrebas la lueur de deux torches. Il avança prudemment, et s'arrêta enfin là où le couloir débouchait au milieu de la paroi contre laquelle ses trois compagnons étaient adossés, plus bas. Il se mit à genoux et se pencha pour leur faire signe.

— Nous sommes en haut !

Phelim, Aléa et Faith levèrent la tête en même temps et poussèrent un grand cri de soulagement.

— Par la Moïra ! Je n'avais même pas vu qu'il y avait un tunnel ici ! s'exclama Phelim. Vous êtes si haut !

— Comment va Mjolln ? lança Aléa d'une voix étranglée.

— Ça pourrait aller mieux... avoua le nain. Mais je suis en vie ! Je suis blessé à la jambe, mais je suis sûr que Phelim pourra me soigner !

Galiad sortit une corde du fond de son sac, une pointe épaisse et un marteau. Il enfonça solidement le bout de métal dans la roche et y accrocha la corde. Il lança l'autre extrémité dans le vide.

— Mjolln, avez-vous encore assez de force dans les bras pour descendre tout seul ?

— Bien sûr, mon ami.

Le nain laissa glisser ses jambes dans le vide et saisit fermement la corde. Puis avant de descendre il adressa un sourire au Magistel.

— Merci, Galiad. J'ai une dette envers vous.

— Allons, Mjolln, descendez, votre lanceuse de cailloux vous attend !

Le nain se laissa glisser lentement jusqu'au sol, et à peine avait-il posé un pied par terre que, déjà, Aléa lui sautait dans les bras.

— Il y a un trésor incroyable là-haut, s'empressa de raconter le nain. Je n'ai jamais rien vu de si beau !

Ahum. Ça oui, un sacré trésor. Il faut que nous y retournions, Aléa, dès que nous pourrons !

Galiad descendit à son tour. Il tendit à Faith le poignard qu'il lui avait emprunté.

— Pas une seule marque, assura-t-il.

*
**

Ayn' Sulthor et ses trois cavaliers s'approchèrent des restes du feu laissés par Aléa et ses compagnons au nord de la forêt de Velian.

Le prince des Herilims descendit de son cheval. Sa longue cape noire claquait à chacun de ses gestes. Il alla planter son épée au milieu des braises. La lame fut parcourue d'étincelles.

— Que sont-ils venus chercher dans cette forêt ? gronda-t-il de sa voix ténébreuse.

Les trois Herilims restaient immobiles sur leur cheval. Ils attendaient les ordres de leur maître en silence. Les animaux de la forêt s'étaient tus dès que le prince des Herilims avait posé le pied par terre.

Il n'y avait d'autre bruit que le grincement léger des branches qui se balançaient au gré du vent.

Le soleil lui-même semblait vouloir se cacher derrière une avancée de nuages épais. La lumière du jour diminuait rapidement.

— Hassim ! s'écria le prince en se retournant vers l'un des trois Herilims. Trouve-moi un de ces maudits lutins ! Les lutins voient tout, entendent tout, ils sauront où ils sont partis. Trouves-en un et amène-le-moi !

Le cavalier tira sur ses rênes et fit faire demi-tour à son haut cheval noir avant de s'enfoncer dans l'obscurité de la forêt. Il revint quelques instants plus tard en traînant un lutin par les pieds.

La petite créature hurlait et se débattait. C'était un petit être frêle, plus petit même qu'un enfant, vêtu de tissu coloré, vert et rouge, avec des cheveux blancs frisés et une barbe discrète. Le cavalier descendit de sa monture et jeta le lutin à terre, aux pieds de Sulthor.

Le prince des Herilims pointa son épée sous la gorge du lutin. Ses yeux brillaient comme des silex noirs.

— La jeune fille et ses compagnons, où sont-ils allés ?

Le lutin n'osa même pas répondre. Il tremblait de tout son corps. Sulthor releva son épée et cette fois la planta violemment dans le sol, juste à côté de la tête de la petite créature sylvestre.

— Réponds ou je te coupe en morceaux !

— À Borcelia ! balbutia le lutin. Ils sont allés à Borcelia !

Un sourire de satisfaction se dessina sous la capuche du prince des Herilims.

— Sais-tu ce qu'ils allaient y faire ? reprit-il en soulevant lentement sa lame au-dessus du lutin.

— Ils cherchent l'Arbre de Vie ! cria sans attendre la créature terrifiée.

Aussitôt, l'épée s'abattit vers le sol dans un large mouvement circulaire, emportant au passage la tête du lutin qui partit rouler quelques mètres plus loin dans un jet de sang clair.

Le prince des Herilims souleva doucement son épée dans les airs et tourna sur lui-même. Narquois, il montra sa lame aux dizaines de lutins qui – soupçonnait-il – avaient observé la scène dans les arbres. Puis il éclata de rire et regagna sa monture.

D'un seul geste, il ordonna aux trois autres de se mettre au galop et, en partant, son cheval écrasa la tête du lutin qui gisait au sol dans une mare écarlate.

*
**

Phelim offrit à ses compagnons quelques fruits secs qu'il avait gardés dans son sac.

— Cela vous aidera à reprendre des forces.

Il avait soigné Mjolln qui, même s'il avait encore du mal à marcher, ne semblait plus trop souffrir. Quant à Galiad, il avait lui-même pansé sa blessure au front.

Aléa vint voir le nain pour le serrer dans ses bras à nouveau. Elle avait eu si peur qu'elle n'arrivait pas à maîtriser sa voix. Mais juste avant de l'embrasser, elle s'immobilisa brusquement.

— Mjolln ! s'écria-t-elle. Tes cheveux ! Ta barbe !

— Eh bien ? demanda le nain, paniqué.

— Ils sont blancs ! Tout blancs !

Les trois autres s'approchèrent du nain et essayèrent de voir ce dont parlait Aléa, malgré la pénombre du couloir. Faith écarquilla les yeux, bouche bée. Tous les poils et les cheveux du nain étaient devenus blancs.

— Alors ? insista Mjolln.

— Euh... hésita la barde. En effet, par la Moïra, Aléa dit vrai.

Le nain baissa la tête et tira sur le bout de sa barbe.

— Par la famille Abbac ! s'écria-t-il, terrorisé. Comment est-ce possible ?

Le druide s'approcha en souriant.

— Je ne pense pas que ce soit très grave, le rassura-t-il. C'est sans doute l'effet du traumatisme que vous venez de vivre.

— Comment ça ce n'est pas grave ? Vous voulez dire que je vais retrouver ma couleur rousse ?

Le druide grimaça.

— Euh... Non, je ne pense pas. Je crois que c'est définitif ! Mais ce n'est pas grave, juste un changement de couleur, en quelque sorte !

La barde ne put retenir un ricanement.

— Ce n'est pas drôle ! s'offusqua le nain.

— Excusez-moi. Je suis désolée, vraiment. Mais après tout, cette nouvelle couleur vous va fort bien.

— C'est vrai, intervint Aléa qui commençait à rire elle aussi. Elle te donne plus de charme. Le charme de la sagesse...

— Le charme d'un vieillard, oui ! se plaignit Mjolln.

— Non, vraiment, ça vous va très bien, l'assura Galiad à son tour.

— Vous trouvez ? grogna le nain. Bon, alors arrêtez de me regarder comme ça ! Et maintenant, que fait-on ?

Faith et Aléa pouffèrent. Elles étaient certes embêtées pour le nain, mais cela faisait du bien de souffler un peu après l'épreuve qui les avait terrifiées...

— On ne va pas abandonner après tout ce chemin, suggéra le Magistel. Nous devons traverser cette rivière. Restons simplement sur nos gardes cette fois-ci.

Personne n'était très enthousiaste mais tous savaient qu'il avait raison. Il fallait aller jusqu'au bout.

— Phelim, vous devez m'apprendre à maîtriser mon pouvoir, déclara soudain Aléa.

Cela surprit tout le monde. Aléa était restée silencieuse depuis plusieurs minutes, et son intervention semblait pour le moins incongrue.

— Comment le pourrais-je ? répliqua Phelim, pris de court. Je ne suis pas... Samildanach.

— Non, mais je pense que si vous m'appreniez au moins comment vous maîtrisez votre propre pouvoir, peut-être pourrais-je comprendre le mien.

— C'est-à-dire, peut-être, mais tu es... une fille, je ne saurais pas comment faire...

— C'est ridicule, Phelim. La Moïra vous a prouvé qu'une fille pouvait recevoir le Samildanach, doutez-vous maintenant qu'une fille puisse recevoir votre enseignement ? Ou plutôt, le redoutez-vous ?

— Nous verrons. Je ferai ce que je pourrai pour t'aider, Aléa, je te le promets. Mais sortons d'abord de cet horrible endroit.

Aléa acquiesça en silence, mais elle ne paraissait pas satisfaite. Elle aurait voulu que le druide lui fasse davantage confiance. Ce n'était pourtant pas le moment de commencer une dispute.

— Je vais ouvrir la marche, cette fois-ci, annonça le druide. Galiad, vous resterez derrière. Et faites bien attention, la première hydre nous a attaqués par l'arrière.

Faith tapa sur l'épaule du nain.

— Allons-y, Barbe Blanche ! s'écria-t-elle tout sourire.

Ils se mirent rapidement en route. Aléa marchait juste après Phelim. Elle le regardait avec attention. Le druide semblait préoccupé. Soudain elle vit les flots d'énergie qui pénétraient le corps du vieil homme. C'étaient des nappes rougeâtres si légères qu'elles étaient presque invisibles, mais Aléa, elle, les discernait sans peine. C'était le Saîman. Il flottait autour de Phelim puis s'engouffrait dans l'eau quelques mètres plus loin.

Aléa essaya de comprendre. Phelim projetait le Saîman devant lui. Comme s'il avait voulu balayer le sol à ses pieds, ou peut-être inspecter les environs. Cela n'avait pas l'air très compliqué. Elle était déjà parvenue à contrôler son énergie avec la barque de Saî-Mina, elle pouvait sûrement recommencer aujourd'hui. Il suffisait d'essayer.

Tout en continuant de marcher, elle chercha la lumière au milieu de son front. Elle la trouva presque aussitôt. C'était devenu plus facile. Elle savait comment l'allumer en un instant. Ou plutôt la raviver, car la flamme était toujours là, prête à grossir.

Aléa fit grandir la lueur dans son esprit et se laissa pénétrer par le Saîman. Elle essaya en même temps de percevoir sur son propre corps les mêmes flots d'énergie qui entouraient Phelim. Elle eut du mal à fixer son attention autour d'elle. Elle était trop occupée par le Saîman. Elle faillit le perdre, mais elle renforça sa concentration et la flamme reprit toute sa vigueur. Elle tenta une nouvelle fois de détacher lentement son regard. Petit à petit elle parvint à maintenir le Saîman dans son esprit et à voir clairement autour d'elle. Elle remarqua alors que l'énergie qui la pénétrait n'avait pas la même couleur que celle de Phelim. Cela signifiait-il que l'énergie masculine était rouge et que l'énergie féminine était bleue ? Était-ce si simple et cela avait-il la moindre importance ?

Elle devait imiter Phelim. Contrôler son pouvoir et le projeter devant elle, à ras de terre. Elle inspira profondément et réunit toute son énergie. Elle ne savait pas vraiment comment elle faisait, mais elle y arrivait à peu près. Le Saîman était là, blotti contre sa poitrine. Et d'un seul coup elle le poussa devant elle. Par la force de sa pensée elle lui ordonna de partir en avant. Elle retrouvait les sensations qu'elle avait eues au pied de Saî-Mina quand – d'instinct – elle avait envoyé le Saîman chercher la barque.

Soudain, Phelim poussa un cri. Aléa sursauta et perdit aussitôt le contrôle du Saîman. La flamme s'éteignit d'un seul coup dans son esprit.

— C'est toi qui as fait ça ? s'écria Phelim en attrapant la jeune fille par les épaules.

Aléa ne sut que répondre. Phelim avait l'air furieux.

— Que se passe-t-il ? demanda Galiad, inquiet.

Phelim regarda Aléa dans les yeux, la dévisagea silencieusement avant de la relâcher en soupirant.

— Tu m'as fait peur, Aléa. J'ai cru que... Enfin... Tu pourrais prévenir quand tu essaies de...

— Mais de quoi parlez-vous ? s'impatienta Faith.

— Rien, excusez-moi, répondit Phelim. C'est ma faute... Allons-y, nous sommes presque arrivés, je crois voir la fin du tunnel.

Il se remit en route, suivi de près par Aléa. Les trois autres se regardèrent d'un air stupéfait, mais Mjolln haussa les épaules et leur fit signe de continuer.

— Des histoires de magiciens, oubliez ça, chuchota-t-il avant de repartir en boitant.

Devant, Aléa fit quelques pas à côté de Phelim, hésitante, puis elle se décida à parler :

— Vous avez senti mon Saîman ? demanda-t-elle tout bas.

— Rien du tout, j'ai rêvé, voilà tout, répondit Phelim sans la regarder.

— Non ! Vous avez senti mon Saîman. J'ai voulu vous imiter. J'ai voulu faire exactement la même chose que vous. J'ai essayé de projeter le Saîman devant moi.

Phelim tourna la tête en levant un sourcil.

— Comment sais-tu ce que je faisais ?

— Je vois le Saîman. Je le vois autour de vous quand vous vous en servez...

— Tu joues avec des forces que tu ne maîtrises pas !

Aléa soupira.

— Vous êtes le pire professeur au monde, Phelim !

— Tu n'es pas mon élève ! Tu devrais oublier tout ça...

— Tout à l'heure vous avez dit...

— C'était tout à l'heure. Maintenant, sortons d'ici, un point c'est tout.

Aléa ralentit et passa derrière le druide. Elle n'arrivait pas à le comprendre. Parfois il semblait disposé à l'aider, et soudain il la rejetait. Il devait avoir peur mais elle aurait aimé qu'il essaie de la comprendre. Elle était sûrement encore plus terrifiée que lui par ce pouvoir dont elle ignorait tout.

Ils marchèrent encore un bon moment avant d'apercevoir enfin le bout du couloir, en hauteur. La lumière blafarde de la lune s'engouffrait légèrement dans le tunnel. Ils accélérèrent tous le pas, soulagés à l'idée de pouvoir enfin respirer l'air du dehors.

Ils se précipitèrent vers la sortie tous ensemble et retrouvèrent avec émotion la couleur du ciel au-dessus d'eux. Ils étaient au milieu d'une clairière identique à celle par laquelle ils étaient entrés, et quand leurs yeux s'habituèrent enfin à la lumière de la lune, ils découvrirent qu'ils étaient cernés par des silves.

Ils se regardèrent, stupéfaits.

— Je... J'espère qu'on ne les dérange pas, murmura Mjolln.

Les silves ne bougeaient pas. Leur peau se confondait d'autant plus avec les arbres. On pouvait en distinguer une cinquantaine, mais ils étaient sûrement plus nombreux, camouflés parmi les branches.

— Faith, est-ce bien la forêt de Borcelia ?

— À n'en pas douter, répondit la barde tout en adressant aux silves un large sourire.

Aléa fit quelques pas et s'écria, de la voix la plus assurée qu'elle put :

— Nous sommes venus voir Obéron.

Un silve s'approcha pour parler à la jeune fille. Les autres restaient immobiles derrière lui.

— Vous avez trouvé le passage. Mmm. Étrange.

— L'un des vôtres nous a montré le chemin, expliqua Aléa.

— Et vous avez trouvé la sortie. Mmm. Vous êtes courageux.

Soudain, un silve apparut au milieu des arbres. Les autres s'écartèrent sur son passage. Aléa reconnut tout de suite Obéron. Tous les silves étaient beaux et gracieux, mais lui l'était encore davantage. Il y avait quelque chose de majestueux dans sa démarche. Il s'avança vers Aléa tout en adressant quelques mots en silve à ses compagnons.

— *Eth a yan eln Alea. Shan wal emmana an bor alian.*

Il s'arrêta devant la jeune fille et la salua. Aussitôt, tous les silves de la forêt posèrent un genou à terre et chuchotèrent un mot qu'Aléa ne put entendre, mais elle comprit que c'était une marque de respect. Elle sentit le rouge monter à ses joues. Elle n'avait pas l'habitude d'être ainsi la cible de tant de regards.

— Nous vous attendions, Kailiana.

Faith posa une main sur l'épaule de la jeune fille et lui chuchota à l'oreille :

— C'est le nom qu'ils donnent à leur... Disons, à l'équivalent du Samildanach chez les silves, voilà.

— Et qu'est-ce que cela veut dire ?

— Je ne sais pas, il faudra leur demander, murmura la barde.

Aléa salua le silve à son tour, aussi humblement qu'elle put.

— Bonjour, Obéron. Voici mes amis.

Le silve adressa un sourire à la compagnie.

— Vous devez avoir très faim. Nous allons vous préparer quelque chose.

Obéron se retourna et leva les bras. Tous les autres se mirent debout. Les cinq amis assistèrent alors à un spectacle merveilleux. Soudain, au milieu des silves, la clairière tout entière se mit en mouvement. Les lianes, les arbres, les feuilles, tout se mit à glisser, se dresser, s'enchevêtrer, et petit à petit se construisaient dans le cœur de la forêt un jardin, une table de festin longue de vingt mètres, des bancs, des colonnes qui s'élevaient lentement puis se prolongeaient en voûte pour créer enfin un toit de verdure au-dessus de la table... C'était comme un palais organique qui se construisait lui-même avec élégance, comme un ballet de branches et de lianes, souple, fluide.

— Par la Moïra ! s'exclama Mjolln qui n'en croyait pas ses yeux.

Puis de nouveaux silves arrivèrent dans la clairière qui finissait de s'aménager, apportant avec eux de grands bols emplis de fruits et de baies qu'ils déposaient un peu partout sur la table. Il devait y avoir une quarantaine de silves qui, en moins de dix minutes, préparèrent un festin sous le regard perplexe des cinq humains ébahis.

— Maintenant, vous pouvez venir manger, les invita Obéron.

Les cinq compagnons vinrent s'installer à la grande table. Ils s'assirent parmi les silves. La plupart d'entre eux ne parlaient pas le gaelien mais ils savaient se faire comprendre par des gestes délicats.

Obéron fit signe à la jeune fille de s'asseoir près de lui.

— Combien êtes-vous dans cette forêt ? demanda Aléa, encore émerveillée.

— Nous sommes un.

La jeune fille parut étonnée, mais elle n'insista pas. Les silves avaient leur langage, leur façon de parler, et il fallait les admettre comme tels. Elle regarda ses compagnons, éparpillés aux quatre coins de la grande table. Ils commençaient avec joie le repas qu'on leur avait préparé.

Ils se régalèrent et purent partager la bonne humeur des silves parmi lesquels ils se trouvaient en confiance. Ce fut un réel bonheur et un grand soulagement après la peur occasionnée par la traversée du tunnel et l'angoisse des derniers jours.

Mjolln se gavait de nourriture et cela semblait amuser les silves qui lui en apportaient toujours davantage. Faith, elle, fut vite assaillie par ses hôtes qui lui demandèrent de chanter. Elle s'exécuta avec bonheur et offrit à l'assemblée ses plus belles chansons.

Phelim et Galiad restèrent côte à côte, mais ne refusèrent pas l'amitié des silves à qui ils racontèrent l'aventure que vivait la compagnie et la raison de leur présence ici. Phelim parlait silve par moments, et l'on sentait une affection particulière entre lui et les habitants de la forêt.

Petit à petit, les silves éprouvaient de moins en moins de mal à parler le gaelien, ils semblaient apprendre la langue très vite, au fur et à mesure des conversations.

Quant à Aléa, elle ne dit pas un mot de la soirée mais écouta avec attention autant de conversations qu'elle le pouvait. Les silves lui adressaient régulièrement des sourires chaleureux, et respectaient son silence. Elle comprenait petit à petit ce qu'avait voulu dire Obéron en lui répondant « Nous sommes un ». Ils semblaient partager leurs pensées, leur savoir, et c'est sans doute ainsi qu'ils pouvaient apprendre si vite à parler le gaelien. Ils apprenaient tous ensemble, tant de mots, tant de phrases à la fois qu'ils faisaient les progrès cumulés de cinquante personnes. Aléa se dit qu'ils avaient une chance extraordinaire.

Tard dans la nuit, les conversations commencèrent à s'éteindre les unes après les autres, et bientôt il ne resta plus personne pour parler. Seule restait la musique de Faith qui emplissait le silence de la nuit.

Après quelques chants, Obéron s'adressa enfin à Aléa.

— Nous pouvons te montrer ce que tu cherches.

— Vous savez ce que je cherche ?

— Ton rêve nous l'a dit.

— Mais enfin, moi-même, je ne suis pas sûre de savoir !

— Ce que tu cherches, c'est ce que vous, humains, appelez l'Arbre de Vie. C'est pour cela que nous t'avons appelée, car il doit en être ainsi. Mais tu dois nous donner quelque chose en échange, petite humaine.

De l'autre côté de la table, Faith s'arrêta de jouer. Tous les regards s'étaient tournés vers Obéron et Aléa.

— Je t'écoute, répondit la jeune fille.

Et dans le tutoiement elle s'adressait à tous les silves. Elle le fit de telle sorte que tous comprirent que c'était un hommage qu'elle leur adressait. Elle voulait montrer qu'elle les comprenait et qu'elle les admirait.

— Tu devras nous donner la vie.

Phelim tourna brusquement la tête vers Obéron. Aléa vit l'inquiétude dans ses yeux, mais elle lui adressa un sourire pour le rassurer. Puis elle s'adressa à nouveau au silve :

— Comment cela ?

— Tu comprendras sans doute quand tu auras vu ce que tu cherches. Et un jour, dans longtemps sans doute, nous nous retrouverons, et tu auras ce jour-là l'occasion de... nous donner la vie. Promets que tu le feras et nous te montrons ce que tu cherches.

— J'ai du mal à promettre quelque chose que je ne comprends pas, silve, mais je te fais confiance et si je peux un jour te donner la vie, que tu me montres ou non l'Arbre que je cherche, je le ferai.

Tous les silves se mirent à chuchoter et Aléa comprit que c'était l'expression de leur satisfaction.

— Maintenant, tes amis doivent aller dormir. Nous leur avons préparé une maison pour la nuit.

— Je préfère accompagner Aléa, intervint Galiad en se levant.

— Impossible, répliqua le silve.

— Ne vous inquiétez pas, Galiad, nous sommes en sécurité ici, lui souffla Aléa.

Le Magistel chercha dans le regard de Phelim une réponse. Le druide acquiesça en fermant les yeux. Il sut que ceci était écrit. Qu'on n'allait pas contre le sens de la Moïra. Il adressa à Aléa un sourire où se lisait en filigrane une inquiétude amicale.

Aléa se leva à son tour et salua ses quatre compagnons qui partirent avec des silves un peu plus loin, dans une gigantesque cabane faite d'arbres et de lianes. Elle les vit disparaître à l'intérieur avec un pincement au cœur. Au fond d'elle, elle regrettait de devoir découvrir toute seule l'Arbre de Vie, mais elle savait qu'elle n'avait pas le choix.

Tout autour, la clairière reprenait petit à petit sa forme initiale, la table se déconstruisait, le toit se retirait, toutes les branches et les lianes retrouvaient la position qu'elles avaient avant de se mettre en mouvement.

Obéron s'approcha d'Aléa, la prit par la main, et la guida au centre de la clairière où il lui fit signe de s'asseoir. La jeune fille se laissa faire, elle avait un peu peur mais elle était en confiance.

— L'Arbre est ici ? demanda-t-elle.

— Chhh... Ne parle plus, Kailiana.

— Obéron, attends. Une dernière chose. Vous m'appelez Kailiana... Qu'est-ce que cela veut dire ?

— Kailiana, en silve, signifie « Fille de la Terre ».

Aléa resta bouche bée. Cette expression était déjà dans sa mémoire longtemps avant qu'elle ne trouve la bague dans la lande... Quel sens cela pouvait-il avoir ?

Les uns après les autres, les silves vinrent s'asseoir autour d'Aléa. Il y avait les cinquante du repas, puis d'autres encore qui ne cessaient d'arriver. Bientôt Aléa ne parvint plus à savoir combien ils étaient ; ils semblaient si nombreux. Et toujours en silence, ils s'asseyaient autour d'elle dans un cercle gigantesque qui emplit bientôt toute la clairière. Aléa avait de plus en plus peur, mais elle réalisa soudain que le Saîman montait en elle. Il était plus fort que jamais. Comme si la présence de tous les silves ravivait la flamme dans son esprit. Alors qu'elle ne l'avait pas cherché, il devenait envahissant. Il la saisissait complètement.

Elle vit alors les corps des silves couleur de bois se fondre les uns avec les autres. D'abord leurs bras, leurs jambes, puis leurs corps tout entiers s'unissaient dans un enchevêtrement étrange. Et petit à petit, l'assemblée des silves se transforma en une gigantesque forme unique, qui comme la forêt tout à l'heure se dressait en une construction merveilleuse. La forme colossale se souleva ensuite, impressionnante, et Aléa vit que c'était un arbre géant qu'on construisait autour d'elle. Un arbre fait de silves qui se dressait vers le ciel et se resserrait sur son corps à mesure qu'il s'élevait.

Emplie par le Saîman, elle ne ressentit pas la peur au fond d'elle et se laissa envahir par l'arbre dont elle devint le cœur.

Soudain, elle tomba dans la mémoire des silves.

Et ce fut comme un rêve.

Il lui sembla qu'elle perdait conscience et que son esprit flottait dans l'histoire, dans le passé des silves, dans leur futur, dans les milliers de légendes. Et elle comprit.

Le Saîman, le Samildanach, les silves, l'Arbre de Vie, tout cela n'était qu'un, c'était le cœur de la terre, l'âme du monde, la sève de la vie. Elle vit les silves, qui n'étaient qu'un. Elle vit qu'ils étaient l'Arbre de Vie. Ses feuilles, ses branches, son tronc, et ses racines. Elle vit le silve qui naissait au printemps puis mourait à l'hiver, une vie de trois saisons qui ne cessait de recommencer. Toujours la même vie, le même silve, la même mémoire, celle du monde. La mémoire de la terre. Elle vit l'éternité des feuilles de l'arbre. Celles qu'on offrait aux rois pour leur céder un an de vie. Elle vit Maolmòrdha à la Chambre du Conseil. Et un autre druide, Samael, lui aussi disparu. Elle vit qu'ils étaient les deux forces sombres qui s'uniraient contre elle. Elle vit tout cela et comprit la légende dont parlaient les hommes. Ce n'était pas une légende, c'était la vie, simplement. Et tout au bout de cette vie, de cette légende, elle se vit, elle, enfin. Elle ne comprit pas tout de suite l'image qu'elle voyait d'elle. Puis elle vit qu'elle tenait un enfant. Elle était mère. Puis l'instant d'après elle était vieille.

Soudain, elle vit qu'avec elle mouraient l'arbre, les silves, les druides. C'était une vision horrible. Complète.

Tout s'était éteint d'un seul coup. Le néant tout entier l'avait recouverte. Il ne restait rien. Pas même le battement d'un cœur.

Et cela, elle ne put le comprendre.

Au même instant, elle se réveilla en sursaut au milieu de tous les silves.

Ils semblaient dormir autour d'elle.

Avait-elle rêvé ?

Un à un ils se levèrent et disparurent dans les bois jusqu'à ce qu'il n'en reste plus qu'un. Obéron.

Aléa était bouleversée. Confuse. Perdue. Seule. La gorge nouée, elle se leva à son tour et marcha vers le silve.

— Je suis... votre mort ? demanda-t-elle.

— Kailiana, tu pourras nous donner la vie, et bien d'autres choses. N'oublie jamais ça, et ne meurs pas tant que tu n'auras pas fait tout ce que tu as à faire, répondit le silve en posant sa main sur la joue de la jeune fille. Tu as promis.

— Mais... je ne sais pas ce que j'ai à faire. Comment le saurai-je ? Qui me guidera ?

Le silve sourit mais ne répondit pas. Il posa un baiser sur la joue de la jeune fille et la laissa seule au milieu de la clairière. Arrivé à la frontière de l'ombre où se perdait la forêt, il se retourna une dernière fois et dit seulement, avant de disparaître :

— Dors, maintenant, et demain, fais ce que tu dois. Tu devras accomplir les trois prophéties.

Chapitre 11

ALRAGAN

Les cinq compagnons se réveillèrent en même temps, et découvrirent ensemble en sortant de la grande cabane confectionnée par les silves qu'ils n'étaient plus dans la clairière.

— Ahum. J'ai rêvé complètement, ou vous aussi vous avez vu un décor très différent hier ? demanda Mjolln dérouté en descendant la dernière marche.

Aléa, qui avait rejoint la cabane après le départ des silves, sourit au nain et le rassura tendrement.

— Non, mon bon Mjolln. Tu n'as pas rêvé. Les silves sont partis, c'est tout. Mais nous sommes toujours au cœur de Borcelia.

Mjolln tira sur le bout de sa barbe en levant les sourcils.

— Ah. Mais ma barbe, elle, est toujours blanche !

Aléa passa sa main sous le bras du nain. Les silves avaient laissé quelques fruits, du pain, du lait et du miel sur une pierre ronde, entourée de trois troncs. Ils s'assirent tous les cinq autour de la pierre, les uns en s'étirant, les autres en se frottant les yeux. Ils n'avaient pas si bien dormi depuis fort longtemps.

— C'est à n'y rien comprendre ! s'exclama le nain. Mais ça n'a pas l'air de t'étonner, on dirait. Bah. Tu commences à m'inquiéter, ma fille ! Ahum. Et l'Arbre de Vie, tu l'as vu ?

— Je vous raconterai ça plus tard, profitons d'abord de ce petit déjeuner, suggéra Aléa.

Mais soudain, avant même que quiconque ait eu le temps de goûter aux mets des silves, Galiad se dressa d'un bond.

De l'autre côté de la clairière, les quatre Herilims apparurent sur leurs grands chevaux noirs. Lentement, ils dégainèrent leurs épées. On devinait à peine leurs yeux obscurs sous la capuche épaisse de leur cape. Mais il n'y avait pas de doute : c'est Aléa qu'ils regardaient.

— J'ai bien peur qu'il nous faille ajourner ce petit déjeuner, déclara Galiad en dégainant à son tour.

Puis, d'une voix grave et tranchante, il donna des ordres simples :

— Aléa, cache-toi, et vous aussi Faith. Mjolln, prends ton épée.

Mais ni Faith ni Aléa n'obéirent.

Les quatre cavaliers arrivèrent bientôt devant la cabane. Galiad ne leur laissa pas le temps d'approcher davantage et il fondit sur eux en brandissant sa large épée. Mjolln l'imita aussitôt et courut à la charge à ses côtés. Ensemble ils lancèrent le cri de guerre des ancêtres du nain :

— Alragan !

Faith sortit son arc et ses flèches et Phelim prit la main d'Aléa.

— Défends-toi, petite, et ne t'occupe pas de nous.

Il la regarda droit dans les yeux, et ajouta en murmurant :

— Seule ta vie compte, Aléa.

L'instant d'après son corps se transforma en flamme, comme Aléa l'avait déjà vu faire devant les gorgûns. La jeune fille recula, effrayée, puis elle se dit qu'elle devait faire quelque chose, elle aussi.

Elle se laissa tomber sur les genoux, à la recherche du Saîman. Elle avait besoin du contact de la terre, et de trouver l'équilibre pour se saisir de son pouvoir. Si seulement Phelim avait pu lui en apprendre davantage !

Les quatre Herilims descendirent de leurs chevaux et les trois premiers accueillirent Galiad et Mjolln avec leurs épées alors que le plus grand, Sulthor, se tenait en arrière. Les lames des trois hommes sombres étaient parcourues de petits éclairs bleus qui firent d'abord reculer le nain.

Galiad donna un premier coup d'estoc, puis un large coup de taille. Les cavaliers reculèrent d'un pas. Une flèche de Faith alla se planter dans un arbre derrière eux. Le combat s'engagea dans la confusion. Le bruit des épées qui s'entrechoquaient se mêlait aux cris des uns et des autres. Mais Sulthor ne bougeait pas. Il attendait.

Phelim ne perdit pas un instant et fondit sur lui, mais Sulthor l'évita et se transforma à son tour en une gigantesque flamme. *Maolmòrdha lui a donné beaucoup de pouvoir*, pensa Phelim alors qu'il préparait une nouvelle attaque. Il se précipita encore sur Sulthor qui à nouveau esquiva. Puis une troisième fois. À chaque nouvelle attaque, Sulthor se rapprochait un peu plus d'Aléa qui était toujours à genoux devant la cabane.

Je dois trouver le Saîman, pensait la jeune fille en serrant les poings. *Il est là, dans la terre. Je suis Kailiana. Je suis la Fille de la Terre.* À côté d'elle, Faith décocha une nouvelle flèche qui cette fois atteignit l'un des cavaliers en plein cœur. Celui-ci s'écroula au sol alors que les deux autres se battaient avec Galiad. Le Magistel donnait toute sa force dans chacun de ses coups. Il savait que ses rivaux bénéficiaient d'une arme puissante et qu'il devrait se surpasser pour les vaincre. Il dut attaquer et esquiver deux ennemis en même temps jusqu'à ce que Mjolln parvienne enfin à entrer dans le combat, après avoir achevé au sol celui qui avait reçu la flèche dans le cœur. Le nain avait peine à porter ses coups d'épée tant sa lame était courte face à celles des deux cavaliers. Il fut très vite dépassé par les événements et, malgré les leçons d'Erwan, il reçut un violent coup de lame dans le cou qui le projeta au sol, inconscient.

Aussitôt, Aléa fut emplie d'une rage folle et perdit complètement le contact du Saîman. Elle se leva, prit l'épée qu'Erwan lui avait appris à manier et fondit sur les deux cavaliers en hurlant. Galiad profita de son arrivée pour concentrer ses efforts sur un seul des cavaliers qu'il parvint à faire reculer. Aléa était portée par la fureur et elle se battait avec force contre le second cavalier. Elle se rappela les feintes d'Erwan et s'appliqua à varier ses attaques pour surprendre l'adversaire. Un contre, un appel, une estocade, un saut sur le côté, elle laissait sa mémoire et sa rage guider son épée, ses jambes et ses bras dans le combat. Mais le cavalier était plus fort et gagnait du terrain. Si elle ne trouvait pas un moyen de le repousser, elle allait finir par recevoir un mauvais coup. Entre deux passes elle prit sa respiration et se lança sur le côté pour tenter la botte secrète d'Erwan. Elle se souvenait de ses paroles. *C'est le plus souple et le plus fort des deux poignets qui l'emporte, Aléa. Il faut plier, mais rester ferme.* Sa lame glissa le long du gant de cuir noir du Herilim et d'un geste brusque du poignet elle lui fit perdre prise.

L'épée fut projetée quelques mètres derrière. Aléa aurait dû en profiter pour fendre son ennemi, mais elle était si étonnée elle-même qu'elle attendit une seconde de trop. Le Herilim en profita pour sauter en arrière et récupérer son épée qui s'était plantée dans le sol. Il courut alors vers la jeune fille en poussant un terrifiant cri de haine. Aléa se campa sur ses deux jambes et alors qu'elle tentait une esquive au dernier instant, elle reçut la lame de son adversaire en pleine hanche. Elle hurla de douleur et s'écroula à terre.

Un peu plus loin, Phelim continuait de retenir Sulthor. Leurs flammes s'affrontaient dans des explosions de lumière et brûlaient tout autour d'eux. Phelim ne vit pas Aléa tomber au sol car le combat contre Sulthor l'accaparait.

Le cavalier noir s'approcha d'Aléa en levant son épée au-dessus de sa tête, mais il vit au même instant Faith qui armait une flèche quelques mètres plus loin. Il se précipita alors sur la barde, laissant le corps d'Aléa sur le sol, et abattit son arme sur Faith en évitant la pointe de sa flèche. La barde n'eut pas le temps d'esquiver et prit le coup d'épée sur l'épaule. Elle s'effondra à son tour et perdit connaissance. Le cavalier se retourna lentement vers Aléa. Ses ordres étaient précis. Tuer la petite peste.

Mais alors qu'il s'apprêtait à abattre son épée sur la jeune fille, il reçut un violent coup d'épée sur la nuque, et sa tête, tranchée, s'envola dans les airs. Le corps du cavalier s'écroula lourdement, laissant apparaître derrière lui Erwan, le fils de Galiad, qui poussa à son tour un cri de rage.

Pendant qu'Aléa se relevait péniblement, incrédule, Erwan se précipita aux côtés de son père qui luttait encore contre le troisième cavalier.

— Qu'est-ce que tu fais là, mon fils ? ne put s'empêcher de crier Galiad alors qu'il esquivait une attaque.

En guise de réponse Erwan riposta à sa place et enfonça son épée dans le ventre du Herilim, qui lâcha son arme et tomba à genoux, s'agrippant à la lame qui le tuait, dans un dernier sursaut de vie.

Mais Galiad et Erwan eurent à peine le temps de se retourner. Ils furent projetés au sol par l'explosion qui éclata derrière eux.

Quand ils se relevèrent, ils mirent du temps à comprendre ce qui était arrivé. Il y avait de la fumée partout autour d'eux. Soudain, à travers les nappes brumeuses, ils virent apparaître la longue cape noire du prince des Herilims. Sa capuche était retombée sur ses épaules et l'on pouvait voir son visage mêlé de chair vive et de métal anthracite. Dans le noir de ses yeux se lisait un sourire arrogant.

À ses pieds, une forme sombre et immobile se dessina lentement. Galiad serra les poings. Il espérait se tromper. Ce n'était pas possible. Pourtant, quand la fumée eut complètement disparu, il n'eut plus aucun doute : c'était le corps de Phelim, étendu à terre, sans vie.

La flamme dans l'esprit de Galiad s'éteignit, comme une bougie soufflée par le vent. Tout à coup, il n'y avait plus rien. Le lien s'était éteint. Phelim était mort.

Tué par le prince des Herilims.

*
**

Imala erra tout le matin au cœur de la forêt, elle était épuisée, blessée, et elle avait faim. Mais elle avait échappé aux verticaux et cela seulement comptait. C'était une nouvelle leçon des lois de la nature. Après avoir été chassée par sa meute, elle avait été chassée par les verticaux. À l'une et aux autres elle avait fait confiance, à tort. Elle savait maintenant qu'elle était seule. Elle était désespérée, mais elle en retirait aussi une force nouvelle. La force du savoir. Imala apprenait.

À la tombée du jour, elle sentit soudain qu'elle entrait sur le territoire d'une meute. Elle hésita un moment, tournant sur elle-même, puis elle reconnut l'odeur gravée au fond de sa mémoire. Elle était revenue sur le territoire de sa meute d'origine. Elle sentait l'odeur d'Ahéna.

Son instinct de louve la poussa en avant. Elle se mit à courir là où elle savait qu'elle trouverait la meute. Elle galopa dans la nuit, la tête haute, portée par un élan intérieur qui ne pourrait s'éteindre avant d'avoir atteint son but.

Et elle arriva enfin devant la tanière des loups. Les mâles la sentirent arriver et se dressèrent devant elle. Ils grognèrent en montrant les crocs, les babines retroussées.

Mais Imala n'avait plus peur.

Elle avait déjà vaincu un vertical.

Elle s'avança sans hésiter au milieu des loups qui comprirent à sa démarche et à son odeur qu'il valait mieux la laisser passer. Sans doute la reconnurent-ils, et ils s'écartèrent devant elle en rentrant les crocs.

Imala savait où elle allait. Elle poussa un grognement, et Ahéna se leva aussitôt et la reconnut.

Les deux louves se tenaient l'une en face de l'autre et se défiaient du regard.

*
**

Mjolln reprenait peu à peu conscience, et ce qu'il vit ensuite dépassa son entendement.

Le temps sembla s'arrêter. Les bruits et les mouvements ralentirent et s'éteignirent progressivement. Il crut d'abord qu'il perdait à nouveau connaissance. Pourtant, devant lui, il vit Galiad, Erwan et Aléa arrêtés dans leur course comme par magie. Leur corps s'était figé alors qu'ils s'élançaient vers le Herilim. Mjolln lui-même ne pouvait plus bouger.

Et lentement, il vit les silhouettes de ses trois compagnons disparaître avec celle du cavalier.

Quand enfin le temps parut reprendre son cours, le nain se dressa d'un bond. Le sang coulait de son cou et la coupure profonde lui faisait atrocement mal. Ses jambes tremblaient. Mais il voulait être sûr qu'il n'avait pas eu une hallucination.

Il fit quelques pas en avant, se frotta les yeux puis il dut se rendre à l'évidence. Aléa, Galiad et Erwan avaient bien disparu, en même temps que Sulthor.

Il pressa sa main sur son cou pour retenir le sang qui coulait de plus en plus. Il avança en boitant, l'esprit embué. Faith était étendue là, à quelques mètres, dans un profond coma. Il marcha jusqu'à elle et prit sa main. Il sentit battre le pouls de la barde et poussa un soupir soulagé. Encore un peu plus loin, il vit le corps sans vie de Phelim, et ses yeux s'emplirent de larmes.

*
**

Ils sont dans le néant.

Sulthor s'est servi du Man'ith de Djar pour les mener là où il sait qu'ils seront affaiblis. Par la peur, l'inconnu, et le poids du néant de Djar partout autour d'eux. Ils ne connaissent pas cet endroit. Ils ne connaissent pas les règles. Il va les tuer tous les trois. Le Magistel, son fils, et la jeune fille. Il l'amènera morte à son maître.

Aléa s'est arrêtée brusquement. Elle ne voit plus rien autour d'elle que Galiad, Erwan et le cavalier. Sulthor. C'est lui qui les a amenés là. Elle le sait. Mais quel est cet endroit ? Il n'y a rien, pas de matière, pas de lumière, pas de distance, pas de force. Pourtant elle est sûre de connaître ce lieu. La seule différence, c'est le décor. Mais oui, elle sait où elle est : dans le monde des rêves où Obéron l'avait appelée. Maintenant, elle comprend.

Sulthor s'approche.

Elle doit l'empêcher.

Le Saîman est encore éteint au fond d'elle. Sulthor s'approche. Il est là. Il va penser leur mort. Oui, c'est comme ça que l'on tue, ici. Par la pensée. Il n'y a plus d'actes. Que des pensées. Elle doit l'empêcher. Mais Galiad et Erwan ne comprennent pas. Ils ne sont pas comme elle. Ils n'ont pas eu l'expérience de l'Arbre de Vie, ni aucun de ces rêves.

Ils essaient de se débattre mais leurs corps ne répondent pas. Ils essaient de hurler, mais les sons ne sortent pas. Ils refusent au fond d'eux-mêmes la réalité de cet endroit et c'est ce qui les emprisonne. Elle doit les aider. Accaparer leur attention.

Je t'aime.

Erwan a entendu sa pensée. Il la regarde, médusé. Il a entendu mais il ne comprend pas.

Je t'aime, Erwan. Merci d'être venu. Maintenant ne bouge plus et pense. Pense le monde autour de toi. Pense ton père. Pense-le avec toi.

Erwan ferme les yeux. Il essaie de comprendre.

Les règles ne sont plus les mêmes. Il n'y a plus de paroles. Les pensées se confondent.

Je suis avec toi, Aléa.

Alors pense ton père. Pense-le avec toi. Et partez loin d'ici. Je m'occupe du cavalier.

Erwan se concentre. Galiad lui aussi commence à comprendre.

Nous sommes vraiment ici ?

Aléa le rassure. Mais le temps presse. Sulthor commence à envahir leur espace par sa pensée.

Vous devez fuir avec votre fils, Galiad. Vous ne pouvez rien, ici. Je suis la seule à pouvoir faire quelque chose. Par pitié, pour l'amour que je porte à votre fils, par la Moïra, pensez-vous loin d'ici, fuyez par la pensée. Je vous retrouverai.

Aléa, je suis venu te prévenir. Le Conseil a banni Phelim et envoyé trois druides à votre poursuite avec leurs Magistels. Je suis arrivé avant eux, mais ils sont là. J'étais venu pour ça, Aléa. Te protéger...

Adieu, Erwan, et merci. Je vous retrouverai, fuyez !

Sulthor fond sur Aléa. Fond en elle.

Meurs ! hurle-t-il.

Mais Aléa a trouvé la voie du Saîman. Même ici. Et elle repousse la pensée meurtrière de son assaillant.

Sulthor paraît surpris. La petite semble comprendre le Djar. Il doit modeler le néant. Contre elle. Il sait le faire.

Il dresse des murs autour d'elle. Sur les murs, il pense des lames effilées. Puis il referme sur elle la prison assassine. Lentement. Sous elle il fait venir le feu.

Aléa voit les murs qui se referment.

Il sait penser le néant. Il transforme mon espace. Je ne peux contre-attaquer ici. Il faut que je porte mon assaut autrement. Je dois nier son attaque par la pensée. Non. Je vais la retourner comme un gant. Créer le néant à nouveau autour de moi.

Sulthor voit l'espace qui se renverse. Son attaque a échoué. Il rompt sa pensée avant qu'elle ne le tue lui-même.

Aléa ouvre à nouveau son esprit. Le Saîman est là. Elle sort de son corps. Elle se regarde. Elle sait que Sulthor est derrière elle, mais elle se regarde. Elle essaie de comprendre le Saîman qui brûle en elle. Je dois arrêter de penser le Saîman comme une chose qu'on contrôle. Je suis le Saîman. Il est moi. C'est ainsi que je dois m'en servir, comme je me sers de moi-même. Il n'est pas en moi, il est moi.

Sulthor voit la jeune fille qui s'éteint. Son âme a quitté son corps. Que fait-elle ? Elle est stupide ! Je ne vais en faire qu'une bouchée. Il se projette vers Aléa.

Je suis Saîman. Aléa est Saîman. Je n'ai qu'à ouvrir les yeux. Je n'ai qu'à regarder les choses. Voilà. Je sais le monde. Ici, je sais le néant. Je sais qui est le cavalier. Il est Ayn' Sulthor, prince des Herilims, prince des voleurs d'âmes ; le Jeteur d'ombre. Il vient me tuer pour me porter à Maolmòrdha.

Il n'est rien pour moi. Qu'un obstacle. Je vais le tuer par lui-même. Je vais pousser jusqu'aux pensées de Maolmòrdha le cri de douleur de son serviteur pour qu'il apprenne à me craindre. Qu'il sache qu'après Sulthor, c'est lui que je viendrai tuer.

Je suis Sulthor.

Aléa se fond dans le corps de Sulthor qui l'attaque.

Elle entre dans chacune de ses veines. Dans son esprit. Dans son cerveau. Dans son ventre. Dans ses pensées. Elle se repaît de lui. Elle est Sulthor. Et comme elle a retourné sa pensée tout à l'heure, elle pousse de toute son âme pour passer à travers lui. Exploser chaque veine, chaque bout de chair de l'ennemi dont elle s'est habillée.

Sulthor hurle. Sa tête va exploser. La petite peste est en lui.

Aléa hurle. Elle libère toute sa haine. Le Saîman explose dans ses veines. Elle se projette hors de Sulthor et le déchire d'un seul coup.

*
**

Ahéna bondit la première. La gueule grande ouverte, elle s'éleva au-dessus d'Imala qui se dressa à son tour. Les deux louves se heurtèrent de front, les pattes avant cherchant à se poser sur les épaules de l'adversaire. Les grognements de rage et d'intimidation jaillissaient d'un côté comme de l'autre et les mâchoires claquaient, prêtes à mordre.

D'un coup de pattes, Ahéna fit perdre l'équilibre à Imala qui dut poser une patte avant sur le sol. La dominante saisit aussitôt sa chance pour mordre son adversaire à la gorge. Mais Imala laissa son corps se courber dans le sens de sa chute plutôt que de résister et échappa ainsi aux crocs d'Ahéna. Celle-ci sauta par-dessus le corps d'Imala pour tenter de l'attaquer par l'autre côté.

Les autres membres du clan n'osaient pas intervenir. Pas même Ehano, le dominant. Ils regardaient inquiets le combat sur le sol, où les deux louves se débattaient bruyamment dans un nuage de sable et de poussière.

Imala parvint à repousser l'attaque d'Ahéna d'un coup de ses pattes postérieures, et se releva d'un bond. Les deux louves s'affrontèrent à nouveau face à face, museau contre museau, dressées sur leurs pattes arrière, formant une voûte gracieuse qui menaçait de s'écrouler à chaque mouvement de tête.

Les blessures encore sensibles d'Imala la faisaient souffrir et elle sut qu'elle ne pourrait résister longtemps à la force de son adversaire. Un instant elle se dit qu'elle allait perdre le combat et qu'Ahéna allait la chasser à nouveau ou peut-être même l'achever devant les autres loups pour assurer sa suprématie encore davantage.

Puis soudain, Imala revit les images de tout ce qu'elle avait vécu depuis son départ. Les animaux qu'elle avait vaincus, les verticaux qui l'avaient accueillie et ceux qui l'avaient chassée, et celui qui était mort, enfin, entre ses crocs. Et cette vague soudaine de souvenirs aiguisa son instinct de survie. Elle ne pouvait pas mourir. Elle ne voulait plus subir. Elle voulait dominer, au moins sa propre vie.

D'un seul coup de reins, elle renversa Ahéna sur le sol et dans un concert de grognements furieux elle attrapa sa gorge à pleins crocs. La dominante eut à peine le temps de hurler, Imala referma sur elle sa gueule ensanglantée. Elle aurait pu tenir ainsi jusqu'à ce qu'Ahéna meure, mais elle sentit soudain les muscles de la dominante qui se relâchaient et ses pattes qui se levaient en signe de soumission. Imala donna un dernier coup de croc et lâcha prise, dressée au-dessus d'Ahéna qui respirait avec peine et perdait beaucoup de sang.

Imala resta ainsi un long moment, posant un regard sur la meute autour d'elle, puis elle se retira et disparut dans la forêt. Elle aurait pu prendre la place d'Ahéna au milieu des loups, la place de dominante, mais la forêt l'appelait, et elle se sentait trop différente pour retourner dans une meute. Depuis le jour de son départ, elle savait même qu'elle ne pourrait plus jamais vivre avec eux.

Elle galopa à travers bois en s'enivrant de l'air du soir. Puis elle s'arrêta près d'un ruisseau où elle s'installa pour la nuit. Avant de se coucher elle poussa un hurlement magnifique et reçut en écho les hurlements de la meute. Ils lui adressaient un dernier adieu, et Imala se coucha paisiblement.

Elle était seule, mais au moins elle était libre.

*
**

Aléa s'écroula sur le sol, au milieu de la clairière. Son corps était épuisé, mais le Saîman brûlait encore en elle. En un instant elle comprit qu'il ne s'éteindrait plus jamais.

Elle ouvrit les yeux et regarda autour d'elle.

Mjolln était là, il pleurait à côté du corps inerte de la barde.

Elle n'est pas morte.

Plus loin, les trois cavaliers morts.

Et devant la cabane, Phelim.

La jeune fille se releva péniblement et marcha vers Mjolln. Le nain leva la tête et sursauta en l'apercevant. Il faillit tomber à la renverse. Puis il sécha quelques larmes d'un revers de sa manche.

— Tu... tu es vivante ? s'écria-t-il, incrédule.

— Oui, répondit simplement Aléa en venant près du nain. Quelqu'un a touché au corps de Phelim ?

Mjolln parut surprit et fit non de la tête sans comprendre. Aléa se releva et marcha jusqu'au corps immobile du druide. Elle se mit à genoux. Elle posa une main sur le corps de Phelim. Elle sentait les larmes monter à ses yeux.

Personne ne prendra votre place, Phelim. Personne ne peut vous remplacer.

Et, d'instinct, elle libéra le pouvoir du Saîman. Le corps de Phelim s'arc-bouta, puis il retomba sans bruit. Les flots d'énergie se dispersèrent autour de lui.

Adieu, et merci.

Le nain balbutia quelques paroles incompréhensibles. Aléa l'effrayait. Il refusait de comprendre. Il se laissa tomber sur les fesses et recula lentement.

— Et... le... le cavalier ? demanda-t-il, les yeux écarquillés. Il... il ne vous a pas... ?

— Il est mort.

— Galiad et Erwan ?

— Je ne sais pas. Ils... Oh, Mjolln, qu'ai-je fait ?

Elle tomba à genoux devant lui et fondit en larmes dans les bras du nain.

Épilogue

FILLE DE LA TERRE

Ils restèrent deux jours dans la cabane des silves. Le premier soir, Faith reprit enfin connaissance. Aléa et Mjolln pleurèrent de joie, puis l'obligèrent à se reposer pour la nuit.

Le lendemain, ils lui racontèrent le combat de la veille. Les yeux emplis de larmes, Aléa lui avoua la mort de Phelim. La disparition de Galiad et d'Erwan. Le soir, la barde avait retrouvé assez de force pour apaiser les larmes de la jeune fille avec quelques chansons.

Au matin du troisième jour, Mjolln revint en courant d'une expédition dans la forêt.

— Les trois druides et leurs Magistels sont sur nos traces ! s'écria-t-il en entrant brusquement dans la cabane. Que devons-nous faire, Aléa ? Nous rendre ?

— Pas avant d'avoir retrouvé Galiad et Erwan. Après nous aviserons. Partons, une longue route nous attend.

— Mais où allons-nous ?

— Là où se cache Maolmòrdha.

Le nain écarquilla les yeux.

— Tu es folle ?

— Tu n'es pas obligé de me suivre, mais j'irai là-bas car c'est la seule chance que j'aie de retrouver Erwan et son père. Je ne vais pas passer ma vie à fuir.

— Nous fuyons pourtant devant les druides.

— Je m'occuperai d'eux plus tard, répondit simplement Aléa en ramassant ses affaires. Faith, tu vas pouvoir marcher ?

— Je n'ai pas encore vengé la mort de Tara et Kerry. Je te suis.

— Mjolln ?

— J'arrive, lanceuse de cailloux. Tu ne crois quand même pas que je vais repartir les mains dans les poches au pays des nains ?

Ils partirent tous trois aussi vite qu'ils purent avant que les druides ne les retrouvent, et offrirent une dernière larme au tombeau de Phelim qu'ils laissaient derrière eux. Aléa passa sa main sur la broche que le druide lui avait offerte et qu'elle avait toujours sur elle. Elle jura qu'elle vengerait cette mort.

Ils marchèrent toute la journée et une partie du soir, et quand ils installèrent leur campement, ils n'étaient plus très loin de la lisière de la forêt.

Aléa laissa ses deux compagnons s'endormir et partit dans le cœur de Borcelia, cherchant le repos de son âme dans une promenade nocturne. Au fond d'elle, elle espérait sans doute voir les silves pour leur faire un dernier adieu. Mais aucun silve ne vint. Elle marcha entre les arbres, laissant ses pensées se perdre au cœur de la forêt. Il y avait quelque chose de nouveau au fond d'elle. Un lien. Le Saîman avait créé un lien. Un pont entre elle et le monde. Il avait donné un sens à son surnom. La Fille de la Terre.

Soudain, elle aperçut une louve, quelques mètres à peine devant elle. Aussitôt, elle comprit. C'était la louve qu'elle avait vue en rêve. La même fourrure blanche, les mêmes yeux.

L'animal fut aussi surpris qu'elle et resta dressé sur ses pattes, le regard ancré dans celui de la jeune fille.

Elles restèrent un moment à se dévisager l'une l'autre, sans bouger.

Aléa s'accroupit sans quitter la louve du regard. Le Saîman était en elle, et elle était le Saîman : elle était le monde autour d'elle, et les arbres, et la louve. Elle tendit la main vers l'animal.

Elle vit dans ses yeux toute l'histoire de la louve.

— Viens, lui dit-elle, je suis comme toi.

La louve poussa un petit gémissement. Elle fit un pas en arrière, inclina la tête de côté. Puis elle avança vers la jeune fille lentement, s'arrêtant à chaque pas.

Aléa lui sourit.

— Je suis ta sœur, Imala.

La louve avança encore jusqu'à toucher sa main. Elle hésita un instant puis d'un coup de langue elle lécha la paume de la jeune fille. Enfin, elles ne se sentaient plus seules.

Notes et remerciements

Les druides de *La Moïra* n'ont bien sûr plus grand-chose à voir avec les druides bien réels du monde celtique et, de même, j'ai quelque peu triché sur la nature et le comportement des loups. Je prie donc les chercheurs, les historiens et les zoologues de me pardonner d'avoir pris tant de libertés pour jouer avec l'imaginaire.

Je voudrais adresser à nouveau ma reconnaissance à Anne Ménatory, responsable du Parc des Loups du Gévaudan, pour son aide, sa disponibilité et sa générosité. Si le lecteur passe par la Lozère, qu'il n'oublie pas d'aller voir là-bas les cousins d'Imala !

Ensuite, un grand merci à mon premier éditeur, Stéphane Marsan, pour son savoir-faire unique ; à mon second éditeur, Marion Mazauric, pour m'avoir soutenu au moment crucial ; à mon guide, Bernard Werber, dont chaque conseil s'est avéré salutaire et dont la discipline est un exemple ; à mes amis et parents Emmanuel Baldenberger, Alain Névant, David Oghia, Sophie et Jean-Christophe Delpierre, Christine et Jean-Pierre Lœvenbruck pour leur confiance sans faille.

J'ai écrit ce premier volume de *La Moïra* entre janvier 1999 et novembre 2000 dans le haras normand de la famille Wharmby, où le calme et le paysage sont les meilleurs amis de l'écrivain. Je les remercie et espère qu'ils pourront encore me supporter pour l'écriture des prochains volumes...

Enfin, le plus grand des mercis revient à mon épouse Delphine, à qui je dois courage, inspiration... et le plus beau cadeau du monde !

6757

Composition P.C.A.
Achevé d'imprimer en France (La Flèche)
par Brodard et Taupin
le 13 septembre 2004. - 25906
Dépôt légal septembre 2004. ISBN 2-290-32532-5
1er dépôt légal dans la collection : octobre 2003

Éditions J'ai lu
84, rue de Grenelle, 75007 Paris
Diffusion France et étranger : Flammarion